Aus Freude am Lesen

Hanns-Josef Ortheil

Die geheimen Stunden der Nacht

Roman

btb

FSC
Mixed Sources
Product group from well-managed forests and other controlled sources

Cert no. GFA-COC-1223
www.fsc.org

Verlagsgruppe Random House FSC-DEU-0100
Das für dieses Buch verwendete FSC-zertifizierte Papier *Munken Print* liefert Arctic Paper Munkedals AB, Schweden.

1. Auflage
Genehmigte Taschenbuchausgabe September 2007,
btb Verlag in der Verlagsgruppe Random House GmbH, München

Umschlaggestaltung: Design Team München
unter Verwendung eines Motivs von Philipp Keel
Satz: Filmsatz Schröter GmbH, München
Druck und Einband: Clausen & Bosse, Leck
KS · Herstellung: BB
Printed in Germany
ISBN 978-3-442-73639-3

www.btb-verlag.de

Dieser Roman ist
der Verlegerin Imma Klemm,
der Enkelin des Verlegers und Lyrikers Wilhelm Klemm,
der Urenkelin des Verlegers Alfred Kröner,
der Ururenkelin des Verlegers Adolf von Kröner,
der als Vorsteher des »Börsenverein des Deutschen Buchhandels«
in Deutschland die Preisbindung von Büchern durchsetzte,
gewidmet.

I

FLOATING

I

GEORG VON HEUKEN verläßt sein Haus kurz nach neun, es ist ein herbstlicher Montag, Wochenbeginn also, einer dieser Tage, an denen es auf seine Anwesenheit ankommt, mittags gegen zwölf zum Beispiel während der großen Konferenz mit den Lektoren des Verlages, den von Heuken seit erst zwei Jahren leitet. Auf dem Weg zur Garage schaut er kurz hinunter zum Rhein, das Haus liegt kaum zweihundert Meter vom Ufer entfernt in Rodenkirchen, einem südlichen Stadtteil von Köln. Jeden Morgen scheint das bekannte Bild für einen kurzen Vertrautheits-Moment stillzustehen: der graublaue Fluß-Fries mit dem Wellenrelief, der milchige Dunst des anderen Ufers mit seinen fleckigen Wiesen, wo längst die Jogger von ihren herumeilenden Hunden eingekreist werden.

Der Rhein hier bei Köln mit dem dicht gestaffelten Parcours der Brücken und den darunter hergleitenden Schiffen ist eines der frühsten Kindheitsbilder, das von Heukens Leben begleitet, nicht weit von diesem Ufer, im nobleren Stadtteil Marienburg, wurde er vor zweiundfünfzig Jahren geboren, manchmal verbindet das Rheinbild sich mit einem schwachen Ölgeruch, der vom Ufer heraufflackert, dann sind die Szenen der Kindheit plötzlich da: barfuß mit den Geschwistern am schimmernden Ufer, die Hosen hochgekrempelt, ein scharfes Sonnenätzen im Nacken und das weiße Unterhemd, das ein Windzug manchmal kurz aufbläht.

Heute morgen aber ist keine Zeit für sentimentale Schübe, von Heuken schaut wieder zu Boden, wie er es oft tut bei diesen wenigen ersten Schritten am Morgen ins Freie, am liebsten wäre er unsichtbar zu dieser Uhrzeit oder höchstens ein blasser Schatten, dem ein paar stumme Helfer alle Handgriffe abnehmen. Das Tor der Garage springt langsam und schwerfällig auf, von Heuken duckt sich und drängt sich leicht gebückt in den kühlen, etwas zu niedrigen Bau, wo der neue rote Mazda RX mit seinen schwarzroten glänzenden Ledersesseln nur auf ihn wartet, er steht da wie ein exotisches fettes Insekt, das in solchen Standboxen auf ideale Weise gedeiht und bei Sonnenlicht ausrastet. Vier Türen, vier Sitze – das war der Kompromiß, auf den von Heuken sich gerade noch eingelassen hatte, dafür ist der Wagen für seinen Geschmack immer noch Sportwagen genug, auf den Punkt getrimmt und mit einem leicht arroganten Design, durchaus also etwas für Fahrer, die ihre Runden auch einmal allein drehen wollen.

Er startet den Wagen und läßt ihn aus der Garage rollen, er glaubt förmlich zu spüren, wie scharf dieses Auto darauf ist, loszubrausen, und wie es sich denn doch zurückhält, um fast lautlos auf die schmale Straße vor seinem Haus zu gleiten. Neun Uhr vier, denkt von Heuken, exakt in der Zeit, in seinem Büro schaltet Joana jetzt das Schreibtisch-Licht ein und stimmt es mit dem Dimmer ab auf das mulmige Dunkel des Herbstes. Der Glaspalast des Konzerns, der aussieht, als habe man einen gewaltigen Haufen glänzender Gelatine mitten in eine wüste Leere gestellt, liegt im Kölner Norden, vom frühen Morgen an bekommen die Mitarbeiter die Veränderungen des Wetters bis in jedes Detail mit, das ist lästig und kostet nur Zeit, insgeheim war von Heuken immer gegen solche angeblich radikalen Extravaganzen, Pa aber war davon begeistert, Pa mit seinem koreanischen Star-Architekten, der ihm etwas von Transparenz und Klarheit vorgeschwärmt hatte, jetzt war es zu spät, und Transparenz und Klarheit waren nichts anderes als lächerlich gewordene Begriffe eines asiatischen Snobs, der nicht einmal an das Kölner Wetter gedacht hatte.

Kölsch Wetter, denkt von Heuken und bläst etwas kühle Luft gegen das Lederlenkrad des roten Mazda, Wolken, die sich gerade noch über den Rheinbrücken halten, die Blätter der Uferalleen eindicken und sich mit einem Platzregen in den Fluß sacken lassen, und dazu jede halbe Stunde ein taumeliger Wind aus einer anderen Richtung. Er hält das Lenkrad mit beiden Händen und biegt in den dichten Verkehr ein, der direkt am Rhein entlang nach Norden fließt, er überlegt kurz, ob er das Radio einschalten soll, dann aber spürt er, wie er fast von allein tiefer hineinsackt in den schräggestellten, bequemen Sitz, wie er abtaucht und dem Wagen die Fahrt überläßt.

Die Kinder, Marie und Johannes, sind längst in der Schule, Marie ist fünfzehn und Johannes kaum ein Jahr jünger, morgens bekommt er nicht viel von ihnen mit, sie frühstücken unten in der Küche, wo ihnen das englische Hausmädchen, dessen Namen er immer wieder vergißt, etwas hinstellt. Wenn sie das Haus verlassen, hört man die schwere Tür ins Schloß schlagen, dann schnarren die beiden Mofas kurz auf, selbst bei diesem Sauwetter fahren die Kinder damit zur Schule, mit eingezogenen Köpfen, regungslos in sich zusammengekrümmt, als verstopfe ihnen das britische Frühstück, das sie wegen ihrer Begeisterung für irgendwelche Pop-Gruppen von der Insel jeden Morgen in sich hineinschaufeln, den Magen.

Clara aber sitzt jetzt noch unten im Erkerzimmer, wo sie gegen acht meist zusammen frühstücken, sie durchblättert die Zeitungen und die Trend-Journale, von denen alle paar Tage welche ins Haus flattern, für einen kurzen Moment sieht er sie hinter der breiten Glasfront in ihrem Korbsessel sitzen, der breite Gürtel des Bademantels hängt längst schlaff zu beiden Seiten herab, seit sie Fünfzig geworden ist, läßt sie sich ein wenig gehen, Georg von Heuken hat die kleinen Signale müder Resignation genau bemerkt, aber natürlich hat er sie nie erwähnt, sie sprechen darüber nicht, sie geben sich Mühe, weiter zusammenzuhalten, erst recht jetzt, wo von Heuken den Verlag endlich führt, an dessen Spitze er seit mehr als zehn Jahren hatte stehen wollen.

Caspar & Cuypers hat der alte von Heuken Mitte der fünfziger Jahre gekauft, damals war es ein, wie man so sagt, alteingesessener Kölner Verlag ohne Erben, Pa hat sich mit seinem Duzfreund Walter Caspar angeblich im *Früh am Dom* während eines langen Mittagessens geeinigt, noch heute erzählt er davon, von Rheinischem Sauerbraten und sechzehn Kölsch, von vier holländischen Zigarren und acht Klaren, niemand konnte damals mit Pa mithalten und erst recht nicht Walter Caspar, der noch an seinen Kriegsverletzungen laborierte, während Pa bereits zu einer Inkarnation des Wirtschaftswunders geworden war, ein junger, zielstrebiger Mann um die Dreißig mit einem ausgeprägten kaufmännischen Instinkt, der begonnen hatte, sich eine Unternehmensgruppe zusammenzukaufen.

Caspar & Cuypers also ..., mit seinen mehr als zehn Lektoren und hundert Mitarbeitern ist er inzwischen ein Traditionsverlag der *Heuken*-Gruppe, Belletristik und Sachbuch, Reisebücher, nicht zu vergessen die nach wie vor florierende Abteilung *Kunst & Fotografie*, *Caspar & Cuypers* ist ein hoher Gewinnposten in der Bilanz, aber wenn man diesen Verlag leitet, ist man noch lange nicht an der Spitze des Konzerns angelangt, zu dem noch sechs weitere Verlage, vier Zeitungen, mehrere Zeitschriften und ein Buchclub gehören. Die Konzernleitung hat der alte von Heuken noch nicht aus der Hand gegeben, seit Jahren werden Gespräche geführt, Planungen angestellt, Umstrukturierungen sind angeblich notwendig, bis jetzt ist aber nichts Greifbares dabei herausgekommen, außer mehreren eintägigen Treffen des Alten mit seinen drei Kindern, Georg ist der älteste, aber es gibt auch noch Christoph und Ursula, auch diese beiden leiten jeweils einen Verlag, zum Glück nicht hier in Köln, sondern in Stuttgart und Frankfurt.

Der rote Mazda kommt immer wieder in den langen Schlangen, die sich am Rheinufer entlangziehen, zum Stehen, Georg von Heuken wartet jetzt in Höhe des Doms, manchmal sucht er mit seinen Blicken nach einem Halt in diesen schwarzgrauen Massen, aber es gelingt ihm nie, kein Detail, nichts bietet sich an, jeder Blick malt nur ein paar stumpfe, bohrende Kreise in die Außenfassade, die aussieht wie erstarrter dunkler Biskuit. Einmal ist er mit einem amerikanischen Geschäftspartner in einem Außenaufzug an all diesen spitzen Fialen und Kreuzblumen entlang in die Höhe gefahren, schon der Gedanke an das enge Gefährt und den hereinplöddernden Wind läßt ihn zusammenzucken, seither macht ihm dieses Gebäude noch mehr angst als früher, als er sich als Kind in seinen unterkühlten Hallen bewegte, in der Sakramentskapelle des Doms wurde er sogar getauft, der Alte hatte darauf bestanden, all seine Kinder und auch die drei Enkel erhielten die Taufe in dieser Kapelle, seit vielen Jahren hat Georg von Heuken sie nicht mehr betreten.

Als er wieder anfahren will, klingelt das Handy, Joana meldet sich aus seinem Büro, »entschuldigen Sie, Herr von Heuken, es handelt sich um eine dringende Sache«, sagt sie so leise, als dürfe es niemand hören, er gibt kurz durch, wo er sich gerade befindet, »spätestens in zehn Minuten bin ich da«, sagt er betont gelassen, doch sie insistiert, »Ich glaube, Sie sollten es sofort erfahren, Herr von Heuken.« Joanas Ton klingt ganz anders als sonst, er hört es sofort, und es wundert ihn, da er diesen gepreßten, etwas unruhigen Ton von ihr nicht kennt, Joana ist eine Person, die ihre Emotionen perfekt kontrolliert, gerade deshalb hat er sie ja zu seiner Sekretärin und rechten Hand gemacht, vor genau zwei Jahren, als sie sich mühelos gegen fünf Bewerberinnen durchsetzte, drei Sprachen fließend, nicht aus

Köln, wohl aber aus der Region, eine schmale, große und doch wohltuend unauffällige Frau, die ihn bisher noch nie enttäuscht hat. Er sagt, daß er sofort zurückrufen werde, dann zieht er sich, die beiden Hände jetzt noch fester am Steuer, in seinem Sitz hoch, er biegt von der Uferstraße nach links ab und parkt den Wagen in der nächsten Lücke, die sich in dem zum Rhein hin gerichteten Parkstreifen auftut.

»Was gibt's denn, Joana?« meldet er sich wieder und schaut jetzt direkt auf den Rhein. »Ihr Herr Vater hatte heute früh eine Herzattacke«, antwortet die Stimme, der er einen Moment nachhorcht, während er gleichzeitig schon die Wagentür öffnet und den Wagen verläßt, er steht jetzt im Freien und lehnt sich mit seinem ganzen Gewicht schwer gegen die hintere Tür, er schluckt kurz, mit einem Mal ist seine Zunge so trocken und rauh, als habe er tagelang nicht getrunken.

»Hören Sie mich?« fragt Joana, von Heuken bemüht sich, ruhig zu antworten, »ja, ich höre Sie gut, Joana, sprechen Sie weiter«. Er schluckt mehrmals und hastig, er versucht, den trockenen Mund zu befeuchten, jetzt ist der Moment da, denkt er, der Moment, von dem wir Geschwister manchmal gesprochen und an den wir doch nicht geglaubt haben, der zweite Herzinfarkt, immerhin mehr als zehn Jahre nach dem ersten, der Moment, nach dem, wie Christoph einmal spöttisch gesagt hat, nichts mehr so sein wird wie früher. Von Heuken kratzt sich am Kopf, es ist ein purer Reflex, in San Francisco hat er als junger Buchhändler einmal einen Kurs in Katastrophen-Training besucht, wie reagiere ich auf plötzliche, unerwartete Ereignisse, auf den Tod eines nahen Menschen, auf Unfälle, auf alles, was den Lebensfaden mit einem einzigen Hieb zerteilt, so daß er sich vielleicht jahrelang nicht neu knüpfen läßt. Einige Kurs-Teilnehmer hatten solche Kurse bereits hinter sich und berichteten detailliert, was sie unternehmen würden, ihm war es schließlich zuviel geworden, er hatte nachts von diesen Berichten geträumt, es hatte ihn richtiggehend hineingezogen in das finsterste Unglück, Wochen hatte er gebraucht, die depressive Lethargie loszuwerden, die all diese Ego-Manien in ihm ausgelöst hatten.

Jetzt ist genau die Stimmung von damals wieder da, das fahle Entsetzen, der offene Mund mit der pelzigen, rasch dicker werdenden Zunge, Gary, der Coach, hatte das alles exakt anhand von bunten anatomischen Skizzen erklärt, diesen ganzen Aufruhr des Körpers mit seinen hintersinnigen, minimalen Zeichen, die sich bald von außen nach innen verlagern und zu Bildern einer entwürdigenden Abwesenheit und eines apathischen Herumfummelns führen. Er kratzt sich weiter, er fährt mit der flach ausgestreckten Rechten immer wieder über sein Haar, dann sagt er noch einmal: »Sprechen Sie weiter, Joana, ich höre«, er steht jetzt steif neben seinem roten Mazda RX, der ihm noch nie so lächerlich vorkam, deplaziert, eine Schnapsidee, ein kastrierter Traum, am liebsten würde er ihn sofort im Rhein versenken.

»Die Nachricht kam vom Empfangschef des Dom-Hotels«, macht Joana nun weiter, »Ihr Herr Vater ist etwa vor einer halben Stunde in seiner Suite zusammengebrochen, ganz plötzlich, der Zimmerservice servierte gerade das Frühstück.« Wieder versteht er nur langsam, wieder verdrehen sich diese Worte zu einem Strudel, der sich in lauter schwarzen Blasen verliert, welche Suite, wieso im Dom-Hotel, heißt das, daß Vater nicht zu Hause übernachtet hat, nicht in Marienburg also, sondern außerhalb, im Hotel? Aber warum sollte er im Dom-Hotel übernachten, von dem aus ein Taxi kaum zehn Minuten bis nach Marienburg braucht?

»Die Klinik wurde sofort verständigt«, sagt Joana, »soll ich nachfragen, ob der Transport schon dorthin unterwegs ist?«

»Nein«, antwortet von Heuken, »ich fahre hin, ich bin nicht einmal drei Minuten vom Hotel entfernt, sprechen Sie mit niemandem darüber, Joana, keinerlei Auskünfte, Sie wissen von nichts, ich melde mich sobald es geht wieder bei Ihnen.«

»Ich habe verstanden«, sagt Joana, »und es tut mir leid, Herr von Heuken, auch für Sie tut es mir leid, meine ich.«

»Danke, Joana«, antwortet er, während er rasch einsteigt und das Handy auf den Beifahrersitz legt. Wenn der Transport unterwegs ist, lebt Vater noch, denkt er, genauer nachzufragen hat er nicht gewagt, noch lebt Vater, denkt er stur immer wieder, dann aber sagt er sich, daß er diese schräge Sitzgarnitur so schnell es geht vor das Dom-Hotel fahren muß, rechts abbiegen, ein paar hundert Meter geradeaus, gleich wieder rechts, in maximal fünf Minuten wird er dasein, aber was wird sein, wenn man ihm dort doch einen Toten präsentiert, für Sekunden sieht er das Bild eines Leichnams, dessen harte Konturen sich durch eine über ihn gebreitete Decke pressen, weiß ist diese Decke, milchweiß, gleich wird eine Hand am Kopfende sie zurückschlagen und den Blick auf einen Schädel mit weitgeöffnetem Mund freigeben, so jedenfalls stellt er es sich vor, Pas großen, beinahe kahlen Schädel mit den fleischigen, sinnlichen Lippen, die bereits etwas gesprungen und von feinen, welken Lamellen durchzogen sind. Den Leichnam seiner Mutter hat er nie gesehen, sie ist vor acht Jahren gestorben, nachdem sie bald zwei Jahre allein in einer Drei-Zimmer-Wohnung verbracht hatte, kaum fünfhundert Meter von seinem Elternhaus entfernt, in dem der alte von Heuken bis jetzt mit seiner Haushälterin lebt.

Liesel Burger, die Haushälterin ... – während er viel zu schnell zum Dom-Hotel einbiegt und durch zwei Ampeln aufgehalten wird, überlegt Georg von Heuken, ob er sie anrufen und fragen soll, warum sein Vater im Dom-Hotel übernachtet hat, rasch aber überlegt er es sich anders, erst will er wissen, wie es Vater geht, dann kann das Nachfragen beginnen, das nicht leicht werden wird, erst recht nicht im Fall von Liesel Burger, die Pa schließlich seit über fünfzig Jahren betreut. Seltsam, diese stabilen Lebenskreise, denkt er, Liesel leitet Vaters irdischen Hofstaat, das große Haus mit den Angestellten und dem weiten Gartengelände, fast ebensolang wie Minna Zech sein Büro, schwer zu sagen, wer die Stärkere von beiden ist, sie konnten sich niemals ausstehen, sie haben immer darum gekämpft, in Pas Umkreis die wichtigste Rolle zu spielen, richtig erbittert wurde das, als Pa sich von Mutter trennte, sie war der einzige stabile Halt, den er nach vielen Ehejahrzehnten preisgab. Was da vor zehn Jahren passiert ist, weiß niemand genau, und Mutter hat darüber mit niemandem eingehender gesprochen, höchstens, vielleicht, mit Ursula, aber aus Ursula war noch nie etwas herauszubekommen.

Auch Minna Zech wird er jetzt nicht anrufen, er hält nun direkt vor dem Eingang des Dom-Hotels auf der Domplatte, wie peinlich, einen solchen Wagen in aller Öffentlichkeit und aus diesem Anlaß hier zu parken, im schlimmsten Fall wird er sich sofort einen anderen Wagen zulegen müssen, etwas Gesetzteres, in Schwarz oder höchstens in einem dieser Metallic-Töne, die gerade in Mode sind, verdammt, er ruft sich zur Raison, er wird jetzt hineingehen und absolut die Ruhe bewahren, er wird die Sache durchstehen, man muß die überhitzten Emotionen striegeln wie Pferde nach dem Ausritt, man muß sie abkühlen lassen und langsam durch das Nadelöhr in die Boxen schleusen, so einen Unsinn hat Gary damals in San Francisco gesagt, Gary ist später auf die Militärakademie von West Point gegangen, er war einer von denen, die einfach nicht genug bekommen konnten von all diesem Katastrophen-Nonsense.

2

DAS NADELÖHR, denkt Georg von Heuken, als die Glastür des Hoteleingangs vor ihm aufspringt, dahinter empfängt ihn die smarte, heimlichtuerische Dunkelheit, die Grand-Hotels im Rezeptionsbereich gern zelebrieren, im Aufenthaltsraum zur Linken sitzen bereits ein paar ältere Gäste in den Sesseln und haben sich die neuesten Zeitungen geschnappt, von Heuken hat gleich den Verdacht, daß es Menschen mit Schlafstörungen sind, die sich so früh wie nur möglich über das Frühstücksbuffet hergemacht haben, um sich im Ausgleich für den fehlenden Schlaf mit so schwerer Kost wie geräuchertem Lachs, Eiern und Speck zu versorgen. Die beiden jungen Empfangsdamen, die wie zwei Schwestern dicht nebeneinander stehen, schauen zu ihm auf, erkennen ihn aber nicht, sie halten ihn für einen Gast, der jetzt sein Anliegen vortragen wird, von Heuken geht direkt auf sie zu und bleibt dicht vor ihnen stehen, um sie gut fixieren zu können.

»Guten Morgen, mein Name ist Georg von Heuken«, sagt er mit einem gewissen Nachdruck, mehr glaubt er nicht sagen zu müssen, damit sie sofort reagieren und ohne jedes Zögern davonschwirren, um den Empfangschef zu holen. Sie starren ihn einen Moment an, während er überlegt, welche von beiden aus der Region ist, vielleicht die blonde mit dem glatten, gepäppelten Teint und der unvermeidlichen Solarium-Bräune, mit Menschen aus der Gegend kommt er gut zurecht, und jetzt ist es wichtig, mit den Angestellten dieses Hotels gut klarzukommen. Er fixiert die beiden weiter, doch es ist genau die andere, die antwortet, sie sagt nur »ja, sofort, Herr von Heuken, ich hole sofort den Empfangschef«, ihr Ton wirkt bedrückt, das bekommt sie gut hin, auch ihr Gesicht zeigt Züge leichter Erschütterung, als habe sie immerhin ein schwaches Mitleid gepackt. Georg von Heuken ist soviel Schauspielerei zuviel, er wendet sich ab und wartet ohne ein weiteres Wort auf den Empfangschef, er mustert die zeitunglesenden Paare, die schon wieder leicht schläfrig und voll der satten Müdigkeit, in die Eier mit Speck einen am frühen Morgen versetzen, auf ein Taxi oder den Start zu ihren Vormittags-Unternehmungen lauern, nie hätte Pa am frühen Morgen so ergeben und beinahe devot dagesessen, eher wäre er hinüber in die gleich dahinter liegende Hotelbar gegangen, um dort ein Glas Champagner zu trinken. *Sir Peter Ustinov's Bar* – von Heuken hat ihren Namen sofort parat, kurz schaut er hinüber zum Oval ihrer Theke mit den hohen, lederbezogenen Barhockern, ein viel zu junges Gör füllt dort gerade eine Serie Glasschälchen mit Chips, Vater hätte sich mit ihr unterhalten, aber solche Mädchen sind heutzutage mißtrauisch, man hat ihnen eingeimpft, Abstand zu den Gästen zu halten, seit ein paar Jahren achtet man selbst an jedem lumpigen Post-Schalter auf diesen deutschen Sicherheits-Abstand, auf Intimität und Privatsphäre, inzwischen geben sich die meisten so privat, daß es ihnen nicht mal mehr gelingt, den richtigen Partner zu finden und mit ihm Kinder zu zeugen, all die nicht-gezeugten Kinder verdanken sich in Deutschland diesem elenden, mimosigen Sicherheits-Abstand, der so gar nicht zu Vater paßt, denn er kann nicht allein sein, stets zieht er sein Gegenüber in eine Unterhaltung, es gibt solche Menschen, es sind Meister der Konversation, die selbst von einem Gespräch mit einem beliebigen Fremden profitieren, oft waren sie auch gute Psychologen, erfahren jedenfalls in der Kunst, jemanden für sich einzunehmen, die besseren Vertriebs-Chefs der großen Verlage sind solche Meister, versierte Unterhalter, pfiffig, munter, solche Leute unterhalten sich schon frühmorgens mit ihrer elektrischen Zahnbürste und summen Melodien zu ihrem nervigen Brummen.

Er aber hat nichts von dieser Art, er bleibt in Gesprächen

stets auf Distanz, das hat man ihm in den USA und in England beigebracht, schon mit zwanzig hat man ihn in die klassischen Disziplinierungs-Camps dieser Länder geschickt, Pa hatte die Kontakte vermittelt, natürlich Pa, der selbst niemals einen Rhetorik-Kurs belegt hätte, aber unbedingt darauf drängte, daß er bei so etwas mitmachte, in den 70ern hat er in New York und London eine Lehre und die weitere Ausbildung zum Verlagskaufmann absolviert, New York und London waren damals noch voller unruhiger, kaputter, vom kulturellen Aufbruch der sechziger Jahre zersprengter Zonen, die immer wieder durchspült wurden von den letzten, bereits verebbenden Wellen der bunten Revolten, ihn aber erreichten sie nicht, ihm brachte man bei, sich zu benehmen und das, was dort *communication* genannt wurde, freundlich, höflich und sachlich zu meistern, sein Leben verlief gegen den Zeitgeist, und er wurde ein Mensch mit gut versteckter Berührungsangst, der sich mit Ironie gegen die laufenden Moden abdichtet, dafür aber weiß, wo man die richtigen Anzüge kauft.

Als der Empfangschef erscheint, überprüft Georg von Heuken unwillkürlich Sakko, Hose und Hemd, der breite, schon etwas zerlaufene Typ trägt einen Blazer in Dunkelblau mit den obligatorischen Goldknöpfen, ein helles Hemd und eine Hose aus grauem Flanell, in die Brusttasche des Blazers ist ein winziges Wappen eingenäht, von Heukens Blick bleibt kurz an dieser Geschmacklosigkeit hängen, so daß er den Namen des Mannes nicht mitbekommt, nur einen leicht amerikanischen Akzent hört er heraus, anscheinend hat auch dieser Bursche Lehrjahre in den USA hinter sich, fade, zu große Steaks am Mittag mit etwas Salat, dazu ein kleines, labbriges Bier, von Heuken muß beinahe lächeln, dann jedoch zwingt er sich, zur Sache zu kommen. Er stellt sich kurz vor, dann bringt er es über die Lippen: »Wie geht es meinem Vater?«

Er hat damit gerechnet, nicht sofort eine Antwort zu erhalten, in diesem Ambiente wechselt man keine vertraulichen Sätze, »Bitte kommen Sie mit«, sagt der Empfangschef auch wirklich und macht eine beinahe galante Bewegung in Richtung des Fahrstuhls. Georg von Heuken studiert ihn, während er hinter ihm hergeht, er hat das Taxieren und Vergleichen gelernt, diesem Mann geht es jetzt darum, das Hotel aus der Sache herauszuhalten, so einer kennt die jetzt abzuwickelnden Schritte genau. Als sie im Fahrstuhl dicht nebeneinander stehen und der Fahrstuhl sich schleichend nach oben bewegt, beginnt er in einem gedämpften Kammerton mit der Schilderung der Vorgänge: »Es ist gegen acht Uhr dreißig passiert, der Zimmerservice brachte das Frühstück, Ihr Herr Vater stand am Fenster und schaute nach draußen. Als er sich umdrehte, brach er zusammen, es war wohl eine Herzattacke, vielleicht aber auch ein Infarkt. Ich wurde jedenfalls sofort informiert und habe wiederum augenblicklich die Klinik und Prof. Loeb verständigt, ich habe die beiden Nummern gewählt, die uns Ihr Herr Vater für den Notfall notiert hatte, nicht daß wir mit so etwas rechneten, aber ich hatte sie sofort zur Hand. Zum Glück erreichte ich Prof. Loeb auch persönlich, ich vermute, wenn jemand weiß, wie Ihrem Herrn Vater geholfen werden kann, ist er es, ich kenne ihn übrigens von einem Vortrag in unserem Hause anläßlich eines Ärzte-Kongresses her auch, er ist ein wunderbarer Mann, humorvoll, gelassen, eine echte Kapazität.«

Sie verlassen den Fahrstuhl, die obligatorischen Goldknöpfe gehen voraus, Georg von Heuken spürt eine leichte Beruhigung, das Ankommen auf diesen breiten Velourssteppichen mit den schwarzen Mäandermustern ist wohltuend, das gestreifte Weiß der Wände, die Messinggold-Töne der Lampen, die vollkommene Stille, dicht und intensiv wie in den Tiefen einer menschenleeren Krypta – all das sorgt für diese Entspannung, zu der sich ganz passend das Bild des Professors gesellt, Loeb ist ein kleiner, munterer Mann mit einer großen Brille in einem Osterhasen-Gesicht, er ist der Hausarzt der Familie und der angesehenste Kardiologe von Köln, Loeb wird nicht der geringste Fehler unterlaufen, sein vertracktes, kluges Hirn ortet noch die verstecktesten Symptome, ganz zu schweigen von den psychischen Begleiterscheinungen der Krankheiten, über die er zwei Bücher verfaßt hat.

»Solange wir auf den Krankenwagen warteten, hat eine unserer medizinisch sehr erfahrenen Angestellten mit den Sofortmaßnahmen begonnen, ich war selbst zugegen. Mund-zu-Mund-Beatmung, Herzdruckmassage, alles, was man in solchen Fällen tun kann, der Krankenwagen war in weniger als zehn Minuten zur Stelle«, macht der Empfangschef mit schräg zur Seite gedrehtem Kopf weiter, während er entschieden vorangeht. »Der Notarzt übernahm die weitere Versorgung, ich konnte sie aber selbst nicht mehr verfolgen, da Ihr Herr Vater unverzüglich abtransportiert wurde. Leider konnte ich auch nicht in Erfahrung bringen, wie ernst es um ihn steht. Zum jetzigen Zeitpunkt wird Ihr Herrn Vater sicher schon in der Klinik sein, ich denke, Sie brauchen sich nicht allzusehr zu beunruhigen.«

Sie stehen nun vor der Türe der Suite, der Empfangschef öffnet sie und geht ohne jedes Zögern voraus, plötzlich und vollkommen unerwartet steht Georg von Heuken im Reich seines Vaters, er spürt es sofort, alle seine Nerven und Sinne nehmen Witterung auf: der rote Schal auf der Couch, das zurückgeschlagene Bettuch, das die kleine Schlafmulde freigibt, die Vaters schwerer Körper die Nacht über in dieses glatte Weiß gepreßt hat, und dazu der unverwechselbare Geruch, etwas Herb-Erdiges, gepaart mit einer beinahe schwelgerischen Süße, es ist der Geruch, den er seit Kindertagen kennt, er füllt alle Zimmer, in denen sein Vater sich häufiger aufhält, bis in die letzten Ritzen. Von Heuken räuspert sich, Pas Nähe, die dieses Zimmer und die in ihm verstreuten Gegenstände vermitteln, ist fast zuviel für ihn in diesem Moment, die meterhohen Gardinen sind noch beiseite gezogen und geben den Blick frei auf die Südfassade des Doms, die mit ihren hellgrauen Steintönen zu diesem Zimmer zu gehören scheint und wie eine spanische Wand wirkt, hinter der sich eine geheime, illustre Gesellschaft verbirgt.

Er würde sich gerne setzen, er fühlt sich nicht wohl, aber das kann er sich jetzt nicht leisten, »wir haben nicht das geringste verändert«, sagt der Empfangschef und schaut lauernd, als wartete er auf einen Vorwurf, während Georg von Heuken den Halbkreis der Ecksuite durchmißt, um vor dem Schreibtisch stehenzubleiben, wo er auf die geöffnete Briefpapier-Mappe mit dem Briefpapier und den Briefumschlägen des Hotels stößt, Pa, erinnert er sich, schreibt gerne Briefe auf Hotel-Briefpapier, Pa schreibt fast alles, was er schreibt, mit der Hand, das meiste davon ist von einer bestechenden, beinahe kalligraphischen Schönheit, unwillkürlich schließt seine Hand die Mappe, als wollte er andeuten, daß sie etwas birgt, das niemanden angeht.

»Ich werde jemanden vorbeischicken, der sich um alles kümmert«, sagt er, während er die Atmosphäre des Raums genießt, etwas ihm sehr Nahes und doch Fremdes schlummert in ihm, etwas von Stille, Reife und Luxus, die verstreuten Dinge hier erscheinen wie Dinge auf einem Stilleben, die eine starke Magie eng miteinander verbindet, der ganze Raum wirkt daher beinahe wie ein dichtes, von einer Künstlerhand geordnetes Bild, kein Detail stört, überall setzen sich vielmehr die Verweise auf den letzten, hier eingekehrten Gast wie teure Relikte in Szene.

Er könnte Liesel Burger anrufen und sie mit der Abwicklung dieser Sache beauftragen, Liesel wäre in ihrer Verschwiegenheit für diese Angelegenheit genau die Richtige, andererseits würde er dann aber nur in Bruchstücken erfahren, was Pa veranlaßte, sich gerade hier einzuquartieren.

»Was hat mein Vater für dieses Zimmer bezahlt?« fragt er und bemerkt gleich, daß er *Suite* und nicht *Zimmer* hätte sagen müssen, typisch, daß ihm so etwas passiert, er mag das Wort *Suite* nicht, es ist ein Wort für die neureichen Geldesel, denen jedes anständige Zimmer zu klein ist.

»Wir haben monatlich abgerechnet«, antwortet der Empfangschef, »je nachdem also, wie häufig Ihr Herr Vater die Suite benötigte, selbstverständlich gewährten wir ihm einen äußerst günstigen Sondertarif.«

»Wenn ich die Suite für – sagen wir – eine Woche miete, könnte ich sie angesichts der Umstände auch zu diesem Tarif bekommen?« fragt von Heuken, der die pelzige Schwere seiner Zunge wieder unangenehm spürt, Pa hat sich anscheinend also regelmäßig hier einquartiert, so muß es gewesen sein, am liebsten würde er nachfragen, doch er verkneift es sich und tut so, als wisse er von diesen Aufenthalten.

»Selbstverständlich«, antwortet der Empfangschef, »kein Problem, ich verstehe gut, daß Sie sich Zeit lassen wollen«, er versteht *nichts*, denkt von Heuken, bringt es aber sogar zu einem leichten Lächeln, eine erste Aufgabe hat er ohne jede Mühe gelöst, er hat sich einen Platz in diesem Zimmer verschafft, dieser Platz wird ihm dazu dienen, all seine Gegenstände und Zeichen zu lesen, so genau, so beharrlich, bis er die Rätsel, die sie ihm aufgeben, vollständig gelöst hat.

»Danke, daß Sie Verständnis haben für meine Lage«, sagt er, »ich möchte mich doch lieber persönlich um alles kümmern, ich werde selbst alles in die Hand nehmen, niemand sonst, Sie verstehen.« Sein Gegenüber nickt kurz und schweigt so deutlich, als hätten ihn das Mitleid oder die Trauer sprachlos gemacht, sie sind sich jetzt einig, von Heuken bittet darum, von hier aus telefonieren zu dürfen, so übernimmt er diesen Raum jetzt auch sichtbar, der Empfangschef ist schon auf dem Rückzug, anscheinend ist er zufrieden, daß sich dieser unangenehme und schwierige Fall so leicht lösen und bereinigen läßt.

»Ziehen Sie einfach die Tür zu, wenn Sie die Suite verlassen«, sagt er, »ich werde Ihnen an der Rezeption dann Ihre Schlüsselkarte geben. Ich lasse Sie jetzt allein, Sie können gewiß sein, daß ich Ihnen, wenn Sie es wünschen, in allen Belangen behilflich sein werde. Ihr Herr Vater war uns einer der liebsten Gäste, wir haben ihn sehr geschätzt, es tut mir unendlich leid, daß es ihn gerade bei uns ereilte.«

»Mein Vater ist nicht gestorben«, antwortet von Heuken, »mein Vater lebt, in zwei Wochen trinken wir zu dritt ein Glas Champagner in *Sir Ustinov's Bar*.« Er steht jetzt ganz sicher da, auch ihm ist kein großer Fehler unterlaufen, von Heuken streckt sich etwas und macht Anstalten, das Sakko zum Telefonieren auszuziehen, als er sich noch ein letztes Mal an den Empfangschef wendet: »Ach, noch eine Kleinigkeit, in der Aufregung eben habe ich Ihren Namen nicht genau verstanden.«

»Ihr Herr Vater nannte mich Max, Herr von Heuken«, bekommt er zur Antwort.

»Max«, von Heuken lächelt, »wen haben Sie außer meinem Büro und Professor Loeb bisher noch verständigt?«

»Ich habe die Klinik und den Herrn Professor verständigt, dann habe ich sofort im Konzern angerufen. Die Sekretärin Ihres Herrn Vaters war nicht zu erreichen, deshalb hat man mich mit *Ihrem* Büro verbunden.«

»Das ist alles?«

»Ja, Herr von Heuken, sonst habe ich mit niemandem gesprochen.«

»Mein Kompliment, Max«, sagt von Heuken und wirft sein

Sakko auf den Stuhl hinter dem Schreibtisch, »Sie haben perfekt reagiert und gehandelt. Es wäre gut, wenn sich die Nachricht nicht wie ein Lauffeuer verbreitet, vielleicht gelingt es Ihnen, dahingehend einzuwirken auf die Belegschaft.«

Er stützt beide Hände in die Hüften, es ist, als wollte er seinen langen und schlanken Körper wieder richten und in die Höhe ziehen, er versucht, noch einmal zu lächeln, dann hört er zu, wie Max, der Empfangschef, ihm versichert, daß nichts nach draußen dringen werde, nichts, keine Silbe, wie er noch eigens einmal betont. Georg von Heuken fixiert ihn, ein strenges Fixieren erreicht man durch einen Blick zwischen die Augen, der Blick sollte auf die Nasenwurzel zielen und dort, so lange es geht, verweilen, der Erfolg zeigt sich dadurch, daß das Gegenüber sich unwillkürlich über die Stirn streicht, Georg von Heuken wartet darauf, doch Max wendet sich um und schließt hinter sich beinahe lautlos die Tür.

3

JETZT, als er wieder allein ist, hat er endlich Zeit, den Raum in Ruhe zu betrachten, er streicht, als wollte er weiter Fühlung aufnehmen, langsam über die Lehnen der rotbezogenen Sessel vor der Couch, während es seinen Blick an den hohen Balkontüren vorbei zu dem Flachbildschirm an der Wand zieht, er kann sich nicht vorstellen, daß sein Vater hier Zeit mit Fernsehen verbracht hat, während er selbst noch immer einen Nachholbedarf hat, viel ferngesehen hat er nie, aber er erinnert sich an den schweren *Loewe*-Fernseher in dem dunklen, verschließbaren Holzgehäuse, den Vater Anfang der 60er Jahre anschaffen und in einer Ecke des Bügelzimmers unterbringen ließ, wie an einen unangetasteten Schatz, um den er sich zu wenig gekümmert hat. Die Anschaffung war damals ein Zugeständnis an den Zeitgeist, in der Familie blieb das Gerät aber weiter geächtet, der bullige Kasten staubte in der Kammer regelrecht ein, und seine beiden Flügel wurden nur an historischen Tagen wie zwei Hälften eines Tabernakels geöffnet, um einen Blick auf die Zeremonien des britischen Königshauses oder die Gipfeltreffen zwischen Adenauer und de Gaulle zu werfen.

Noch heute spürt er daher angesichts eines Fernsehers eine gewisse Verkrampfung, reine Freude empfindet er höchstens wegen eines guten Designs, aber er überlegt jedes Mal kurz, ob er ihn anschalten soll, und oft kommt es ihm danach noch so vor, als probierte er ihn nur aus und als wären die scharfen, farbigen Bilder eher aseptische Zeichen, die längst nicht dieselbe starke atmosphärische Wirkung erreichen wie die von ewigem Zigaretten- und Zigarren-Rauch durchnebelten Schwarz-Weiß-Bilder seiner Kindheit.

Musik dagegen könnte er sich hier eher vorstellen, Jazz mag er am liebsten, John Coltranes Saxophon-Meditationen etwa würden die Eleganz dieses Raums mit einem schwebenden, unaufdringlichen Stream unterlegen, der ihn weiter und sachlicher machen und seine Behäbigkeit dämpfen würde. Vater aber würde auch daran wenig Gefallen finden, was Musik betrifft, ist er sehr zurückhaltend und vollkommen sentimental, während langer Autofahrten durchs Land oder manchmal spätnachts zu Hause hört er Chansons aus Frankreich, Juliette Grécos *Je suis comme je suis* oder *Sous le ciel de Paris*, ihre melancholische Seligkeit erinnert ihn, wie er einmal gestanden hat, an die Jahre direkt nach dem Krieg, an ein asketisches und doch nicht lustloses Dasein, an den Geschmack lauter Dinge, die man damals zum ersten Mal probiert hat.

Die staubige Trockenheit in seinem Mund macht ihm noch immer zu schaffen, er geht hinüber zur Mini-Bar und schenkt sich ein Glas Mineralwasser ein, Champagner- oder Sekt-Flaschen fehlen auffällig, das paßt zu Pa, denn schon kurz nach Betreten eines Hotelzimmers läßt er die kleinen Flaschen auftanzen und meldet der Rezeption dann die Marken, die sofort zu beschaffen sind, weil er sie besonders gern trinkt. Größere Mengen allerdings trinkt er nie allein, generell kann man sich nicht vorstellen, daß Pa lange allein bleibt, minutiös plant er gewöhnlich den Ablauf der Stunden und besetzt sie mit Terminen. Von Heuken steht jetzt mit dem Glas Wasser in seiner Rechten vor dem Schreibtisch und greift mit der Linken nach dem Taschenkalender aus braunem Leder, der direkt neben der Briefmappe liegt. Heute ist für zehn Uhr ein Termin eingetragen, *PF* lautet das Kürzel, während sich gestern nur der Eintrag *13 Uhr* finden läßt, er nimmt das alles mit einer leichten Beklemmung zur Kenntnis, eigentlich geht ihn das alles nichts an, aber die Situation, sagt er sich, macht ungewöhnliches Handeln erforderlich.

Mehr noch als dieser Kalender, den er mit einer raschen Bewegung in seine linke Tasche gleiten läßt, beschäftigt ihn aber der kleine Zettel neben der Schreibtischlampe, *Cip 730150* ist darauf vermerkt und zweifach stark unterstrichen. Er liest sich diese Notiz mehrfach laut vor, aber er hat nicht die geringste Ahnung, was damit gemeint ist, etwas Fremdes, Irritierendes geht von ihr aus, so daß er gleich weiß, daß er alles daran setzen wird, dieses Rätsel zu lösen. *Cip* könnte auf eine Sache mit Computern verweisen, etwas Technisches steckt jedenfalls bestimmt dahinter, die Zahl könnte eine Seriennummer bezeichnen, er wird das herausfinden, heutzutage kommt man solchen Andeutungen schnell auf den Grund.

Er nimmt auch den Zettel an sich und trinkt das Glas leer, dann schenkt er sich noch einmal ein und tritt neben das breite Bett, Vater hat diese Nacht allein hier übernachtet, soviel kann man immerhin sagen, zur Sicherheit schaut er kurz unter die zur Seite geschlagene Bettdecke, unter der er drei Tageszeitungen entdeckt, er zieht sie heraus, sie sind von heute, Pa hat sie sich aufs Zimmer bringen lassen und wahrscheinlich lange vor dem Frühstück noch im Bett gelesen. Einen Großteil seines beinahe unfehlbaren Instinktes bezieht er aus der Zeitungslektüre, im Grunde ist er der ideale Zeitungsleser, süchtig geradezu nach ihren Tagesrationen und dem frischen Stoff, mit dem er seinen Riecher für Tendenzen und Trends füttert, der dann auf schwer zu durchschauende Weise seine Entscheidungen beeinflußt und steuert. Auch ihm und den Geschwistern hat er immer wieder gepredigt, exzessiv Zeitung zu lesen, mit all den Projekten, die er anstößt, reagiert er auf diese Lektüre, sein geheimes Ziel ist es, ihre flüchtige Zerstreutheit in etwas Dauerhaftes zu verwandeln, in Bücher also und Buchreihen, in etwas, in das man sich vertiefen und mit dem man sich längere Zeit beschäftigen kann. Selbst seine Vorstellung von schöner Literatur, von Romanen und Erzählungen, von Dramen, ja selbst von Gedichten, gründet auf einem solchen Verständnis, er gerät beinahe aus dem Häuschen, wenn er in einem Roman auf Dinge und Zeichen des gegenwärtigen Lebens stößt, so etwas befriedigt ihn ungemein, weshalb er mit deutscher Literatur auch selten zurechtkommt, das meiste davon ist ihm zu fern von der Welt der Geschäfte und Mitteilungen, zu winkelversessen, zu wenig inspiriert von den Themen, die eine Gesellschaft auf unzulängliche Weise, aber doch fasziniert buchstabiert.

Von Heuken legt die drei Zeitungen auf den Schreibtisch, er selbst fände in ihnen nicht den Hauch einer versteckten Spur oder geheimer Offenbarungen, nichts setzt sich zusammen, wenn er sie durchblättert, wie ein Pflichtpensum erscheint ihm vielmehr das Durchgrasen der Finanz- und Wirtschafts-Nachrichten oder der Blick auf die zittrigen Fieberkurven der Rendite- und Ölpreis-Angaben, auch der Kulturteil ermüdet ihn, höchstens Sport und die Nachrichten aus aller Welt liest er mit einer gewissen Aufmerksamkeit, manchmal bescheidet er sich sogar ganz mit ein paar abgelegenen Kuriosa oder einer kleinen Geschichte über einen Basketballstar, von dessen Spiel er etwas versteht, weil er es selbst einmal nicht schlecht beherrschte. In Vaters Gehirn aber verwandelt sich Zeitungsstoff in funkelndes, reiches Material, das er auch in seine Gespräche einschleust, wo man es hin und her wenden und an Meinungen und Stimmungen anklinken kann, seine Fähigkeit, die richtigen Themen für die jeweiligen Gesprächspartner zu finden, ist groß, er bedient sich einfach solcher Motive und Stoffe und schneidet sie für jedes Gegenüber so zu, daß er sich angesprochen und aufgefordert fühlt, etwas dazu zu sagen.

Er steht jetzt wieder nahe dem Eingang, in der dunklen Zone zur Rechten sind die Schränke untergebracht, er öffnet sie kurz und wirft einen Blick auf zwei dicht nebeneinander baumelnde Anzüge, einen Mantel und den Stapel von Hemden, die ordentlich aufeinanderliegen, als habe sich jemand eigens darum gekümmert. Zwei-, dreimal atmet er rasch durch die Nase ein, je mehr er sich dem Bad nähert, um so konzentrierter und stärker wird der Vater-Geruch, als er die Tür öffnet, ist das volle Aroma da, eine Wolke des alten Nachkriegsdufts *4711*, eine ganze Türkis-Batterie von Flaschen und Dosen steht auf der Ablage vor dem Spiegel, Rasiercreme, Rasierwasser, Duschgel, alles in diesem überholt-pompösen Türkis-Gold, Pa läßt nur diese Traditionsmarke an sich heran, jeden Morgen duscht er und hüllt den Körper dann in den immer gleichen Duft von *Echt Kölnisch Wasser*, den er selbst noch in seine Taschentücher verspritzt.

Auch die Toilettenartikel sind sorgfältig geordnet, nur der Hotel-Bademantel aus weißem Frottee liegt faul und wie eine nutzlos gewordene Haut über dem Rand der Wanne aus schwarzem Marmor. Diese Ordnung, denkt Georg von Heuken, geht nicht auf Vater zurück, vielleicht hat er zum Auspacken den Etagenservice gerufen, oder er kennt die Hausdame persönlich, sicher hat er einen beträchtlichen Teil der Belegschaft auf Trab gehalten und mit seinen großzügigen Trinkgeldern belohnt, der Zimmerpage kümmerte sich um seine Post, der Etagenservice servierte ihm das Essen aufs Zimmer und besorgte Champagner, während er die Hausdame mit seiner Kleidung beschäftigte, gerade an seinen teuren Anzügen waren oft Kleinigkeiten auszubessern.

Daß Liesel Burger ihn hierher begleitet und die Sachen eingeordnet hat, hält er für ausgeschlossen, längst ist jedoch Zeit, sie auch zu benachrichtigen, er geht zum Telefon und wählt ihre Nummer, es ist noch immer die Nummer, unter der man früher ihn selber als jungen Mann im Elternhaus erreichte. Liesel meldet sich, und er beginnt langsam, ihr die Situation zu erklären, vorsichtig spricht er und beinahe behutsam, als wollte er vermeiden, sie mit einem ungeschickten Wort in Panik zu versetzen.

Ihr gegenüber kann er offen sein, er fragt kurz, ob sie von Vaters Aufenthalten in diesem Hotel gewußt habe, und sie antwortet sofort »ja, natürlich, ich habe ihm doch jedes Mal den kleinen Koffer gepackt«. Er schweigt einen Moment und überlegt, Liesel hat es also gewußt, das bringt ihn schon wieder ein gutes Stück weiter, denn von ihr wird er dann auch erfahren können, wie es zu diesen Ausflügen kam, jetzt muß er sie nur von der Idee abbringen, gleich in die Klinik zu fahren und nach dem Rechten zu sehen, »bleib zu Hause, Liesel, bleib bitte, Du kannst jetzt nichts für ihn tun, und es sollte jemand zu Hause sein«.

Er verspricht, daß er später vorbeikommen wird, von hier aus wird er erst zur Klinik fahren, dann in den Konzern und wenn er dort die wichtigen Dinge geregelt hat, zu ihr. Als er ihr diese Route schildert, spürt er einen leichten Schweißausbruch im Nacken, als sei jemand mit einem winzigen kühlen Schwamm über die Stellen oberhalb des leicht scheuernden Hemdes gefahren. Instinktiv greift er mit der Rechten nach hinten, wahrhaftig, es ist dort etwas feucht, angeekelt schnüffelt er an den beiden Mittelfingern entlang, es kommt ihm so vor, als habe dort ein kleiner, klebriger Quell *4711* zu fließen begonnen.

Er beendet das Gespräch und öffnet die Krawatte, er geht noch einmal zurück ins Bad und fährt sich mit kaltem Wasser über den Nacken, dann hört er das Telefon läuten. Er weiß sofort, daß seine Schonfrist mit diesem Läuten vorbei ist, und streift sich, während er das Zimmer durchquert, weiter über den Nacken, als müsse er eine Wunde kühlen. Dann greift er nach dem Telefon und tritt ans Fenster, so daß er auf die Domplatte herunterschauen kann.

Das gefleckte Grau der Platte erscheint an diesem dunstigen Tag wie eine dicke Eisschicht, auf der die Skateboard-Fahrer ihre lässigen Stick-Bewegungen vollführen, von Heuken verfolgt einen Typ mit schwarzer Kapuze, der sich wie eine biegsame Playmobil-Figur zu den Rhythmen aus seinen versteckten Kopfhörern bewegt, längst sickern von allen Seiten kleine Touristenpulks auf die Platte und prallen auf das Massiv des Doms, das von außen etwas Neutrales und Kaltes hat und nicht die Spur einer intimen, sakralen Note anbietet, seit Jahren plant er ein Buch über den Dom, noch immer gibt es aber kein gutes Konzept, nichts jedenfalls, das den üblichen Dom-Bänden den Rang ablaufen könnte.

»Ja bitte?« sagt Georg von Heuken rasch und scharf, als wollte er einem unangenehmen Anruf mit dieser Schärfe entgegentreten.

»Max hier, Herr von Heuken. In unserer Bar wartet ein Herr, der behauptet, mit Ihrem Vater dort um zehn Uhr verabredet zu sein.«

»Kennen Sie ihn?«

»Nein, nicht daß ich wüßte.«

»Ich komme herunter ...«, sagt von Heuken und wirft einen letzten Blick auf die unruhigen Bewegungen der Scharen auf der glatten Fläche.

4

ALS ER *Sir Ustinov's Bar* betritt, zerreißen die Nebel, die sich um das Kürzel *PF* in Vaters braunem Taschenkalender gebildet hatten, sofort, *PF* meint Peter Feil, den kleinen, schwarzhaarigen Mann in der weinroten Lederjacke, der gerade einige Chips aus einem der gefüllten Glasschälchen fingert.

Peter Feil war vor einigen Jahren noch Redakteur bei einer Kölner Tageszeitung, er ist ein wacher, lebenslustiger Mann, der den alten von Heuken damals interviewte, wobei der gleich soviel Gefallen an ihm fand, daß er ihm eine Stelle im Konzern anbot, eine Weile lungerte er auf einigen Abschiebeposten herum, dann wurde die Stelle des Pressesprechers unverhofft frei und mit ihm besetzt.

Die Arbeit lag ihm, er machte aus öden Presse-Mitteilungen kleine Kabinettstücke und würzte sie mit jenem Kölner Humor, den man in der Region braucht, um heikle Dinge herunter zu reden. Das Problem sind die Kollegen gewesen, mit den meisten von ihnen kam Peter Feil nicht gut aus, für die feinen und oft übertrieben ernsten Lektoren, die durch die Konzerngänge schleichen, als hätten sie persönlich am Klassiker-Nimbus ihrer Autoren zu tragen, war er zu spontan und zu direkt, während er den offeneren Typen aus den Bereichen Herstellung und Vertrieb mit seiner Komik auf die Nerven ging. So ist er für die einen das Hänneschen gewesen, das jedes Gespräch dominierte und in einen drastischen Small-Talk verwandelte, während er für die anderen zu umtriebig war, einer, der nicht in einen Buchkonzern, sondern eher in einen Sender wie RTL gehörte, wo er mühelos eine eigene Comedy-Show gestemmt hätte.

Mit der Zeit machte die Abneigung Peter Feil nervös, Fehler schlichen sich in seine Meldungen und Berichte ein, die Stelle mußte neu besetzt werden, diesmal mit einer Frau, doch der alte von Heuken hielt weiter zu seiner Entdeckung und erfand für ihn ein Projekt, das ideal zu ihm paßte. Peter Feil wurde der Biograph des Alten, eine große Biographie stand längst aus, und Peter Feil war gut im Recherchieren, denn er durchwühlte leidenschaftlich gern Privatmüll, selbst den trockensten Fakten gab er noch eine skurrile und vor allem unterhaltsame Note.

Der Alte gab ihm zwei Jahre, sein gutes Gehalt als Pressesprecher behielt er, mindestens einmal im Monat trafen sich die beiden zu einem Gespräch, Peter Feil hatte den Ehrgeiz, aus der Biographie einen Bestseller zu machen, und sprach bereits von weiteren Plänen wie dem *Heuken*-Roman, einer locker erzählten Geschichte der Dynastie von ihren unschuldigen und ärmlichen Anfängen im neunzehnten Jahrhundert bis in die strahlende Gegenwart.

Sie begrüßen sich, Georg von Heuken verleiht der Anblick des jungen Mannes und die klare Sicht auf das rätselhafte *PF* geradezu Schwung, außerdem weiß er, daß er mit Peter Feil gut zurechtkommen wird, mit Menschen, die nichts Ambitiöses ausstellen, geht es ihm meistens so. Sie nehmen auf zwei Barhockern Platz, Peter Feil wundert sich nicht einmal, dem jungen von Heuken hier zu begegnen, er erwartet, daß der alte gleich in einem Winkel der Bar auftauchen wird, laut, die Prachtexistenz eines virilen Mannes mit rotem Schal, den es nach Champagner verlangt.

Georg von Heuken aber verträgt so früh keinen Champagner, er macht sich auch sonst nicht viel daraus, er hat Vater zu oft damit posieren sehen, als daß er sich gerade diese Trink-Rituale zu eigen gemacht hätte. Peter Feil schaut zu ihm auf, als er zwei Mineralwasser bestellt, dann nimmt von Heuken ihn kurz am Arm und führt ihn hinüber in den abgelegeneren Bereich der Bar vor die große Glasfront, durch die man hinaus auf die Domplatte blickt. Die Schlangen-Bewegung des Skateboard-Fahrers mit schwarzer Kapuze. Ein Grüppchen älterer Frauen, das sich vor der Dom-Kulisse zu einem Foto postiert. Ein Paar mittleren Alters mit diesem entsetzten und beinahe angewiderten Blick hinauf zu den Spitzen der Domtürme.

Von Heuken weiß genau, wie er es angehen muß, er wartet, bis das Mineralwasser serviert wird, dann berichtet er Peter Feil rasch und knapp, was am Morgen passiert ist. Er bewältigt den Bericht ohne Stocken, und während er erzählt, als wäre er selbst dabeigewesen, spürt er die Beruhigung, die von den Räumen des Hotels ausgeht. Im Grunde, weiß er plötzlich, will er gar nicht hinaus, solange man sich hier aufhält, scheint es nichts Böses oder Bedrohliches zu geben, denn vom losen Ärmelknopf bis zum kleinen Infarkt gibt es hier eine rasche und perfekte Lösung, selbst der kleine Infarkt ist nicht mehr als eine gut abgespulte Zwanzig-Minuten-Sequenz, die man über einen Notausgang und den Hotel-Innenhof abwickelt.

»Sie sind einer der ersten, die davon erfahren«, endet er, »nicht einmal meine Frau weiß bisher davon.«

Das alles ist etwas viel für den kleinen, schwarzhaarigen Mann in seiner chicen Jacke, sein sonst zupackender Humor kommt da nicht mit, vielleicht kalkuliert er auch in Windeseile die Chancen für sein Projekt. Georg von Heuken aber gibt sich weiter vertraulich, er wiederholt einige Brocken des gerade Erzählten noch einmal, damit es sich setzen kann, Peter Feil, denkt er, kann ihm wie kein anderer bei der Aufdeckung der Rätsel, die diese Suite oben ihm aufgibt, behilflich sein, Feil gehört nicht zum Konzern und kennt ihn doch sehr genau, Feil ist der Mann für die kleinen, aufwendigen Recherchen, für die er selbst nicht genug Zeit finden wird. Kaum zehn Minuten unterhalten sie sich, dann vereinbaren sie, sich bald wiederzutreffen.

Als von Heuken sich auf den Weg zur Klinik macht, verabschiedet er sich mit einer scheinheiligen Frage: »Ach, Peter, Sie haben sich meist *hier* mit meinem Vater getroffen, nicht wahr?«

»Ja«, sagt Peter Feil, der sich noch immer nicht richtig von der Nachricht erholt hat, »hier am häufigsten, es fiel Ihrem Herrn Vater leichter, an so einem Platz über sein Leben zu sprechen, er behauptete, im Konzern gelinge das nicht, da fühle er sich nicht frei genug.«

Von Heuken legt ihm die Hand auf die Schulter und nickt ihm noch einmal zu: »Dann machen wir es genauso weiter, mein Lieber, wir werden uns *hier* treffen, vielleicht kann ich Ihnen etwas Interessantes über meinen Vater erzählen, etwas, das selbst Sie noch nicht wußten, und vielleicht, wer weiß, revanchieren Sie sich und überraschen mich mit ein paar Neuigkeiten. Jedenfalls, Ihre Arbeit ist wichtiger denn je, bleiben Sie dran und betrachten Sie ab sofort *mich* als Ihren Ansprechpartner. Ich werde mir Zeit nehmen für Sie, jetzt aber haben Sie bitte Verständnis, wenn ich mich auf den Weg zur Klinik mache.«

Peter Feil hat das Glas Mineralwasser auf dem kleinen Rundtisch nicht angerührt, statt dessen schiebt er es laufend hin und her, als wollte er in den Rhythmen der Skateboardfahrer draußen mitswingen. So still wie jetzt hat von Heuken ihn noch niemals erlebt, er sitzt da wie eine kleine, in sich zusammenschrumpfende Pflanze, deren Wurzeln man ein rasch wirkendes Gift zugeführt hat. Ein anscheinend heftiger sentimentaler Impuls läßt seine Lippen ein wenig zittern, von Heuken ist dieser Anblick peinlich, aber er ist der letzte, der sich jetzt zu einigen tröstenden Worten hinreißen lassen würde. Viele Menschen haben an Pa gehangen, und nicht wenige haben ihn sogar geliebt, er hat ihnen etwas von seiner Kraft abgegeben, und vor allem hat er oft genug dafür gesorgt, daß das Leben sich für Stunden in etwas Leichtes und Schwebendes verwandelte, als seien sie alle auf der Welt, um an ihr Gefallen zu finden und für ein paar Jahrzehnte eine halbwegs gute Figur zu machen. Eine so starke Rolle wie Vater kann er nicht spielen, er ist ein ganz anderer Typ, vor allem aber ist er ein Mann, dem man noch keine Gelegenheit gegeben hat, zu seiner Höchstform aufzulaufen. Wer weiß, was alles noch in ihm steckt, wenn er gefordert wird, wer weiß?

Er trinkt sein Glas Wasser auf einen Schluck leer, dann trennt er sich von dem Bild des Kummers, das vor ihm hockt und für das ihm nicht die richtigen aufbauenden Worte einfallen wollen.

Nachdem man ihm an der Rezeption die Schlüsselkarte ausgehändigt hat, geht er eilig nach draußen, der rote Mazda RX ist ihm jetzt verhaßter denn je, er duckt sich in ihn hinein und zieht, als er losfährt, unmerklich die Schultern hoch. Er denkt daran, daß er sich jetzt auf die Strecke des Krankentransports begibt, die zeitlose Stille, mit der das Hotel seine Gäste einlullt, liegt hinter ihm, er läßt den Wagen ruhig über die Domplatte rollen, dann gibt er Gas, als wolle er nun genau erfahren, wie es Pa wirklich geht.

Obwohl er in Köln geboren wurde und den Großteil seines Lebens in dieser Stadt verbracht hat, kennt er doch längst nicht alle Ecken, überhaupt ist er kein Spaziergänger, der sich neugierig und interessiert in die entlegensten Winkel verläuft, nur in der Pubertät ist er ein wenig herumgekommen, aber das ist lange her, und außerdem hat die Stadt sich nach seinem Gefühl besonders im letzten Jahrzehnt stark verändert, obwohl er nicht exakt beschreiben könnte, in welcher Weise, ihm fällt jedenfalls auf, daß es ihn nur noch selten in die Innenstadt zieht, denn dort scheinen jetzt ganz andere Menschen als früher zu leben, Menschen, die er nicht mehr ohne weiteres versteht, weil sie sich seltsamen Kulten und Riten verschrieben haben, für die er sich längst zu alt fühlt.

Vielleicht ist aber auch er selbst an dieser Entfremdung schuld, seit der Geburt seiner Kinder hat er sich ein beflissenes Familienleben verordnet und sich, so gut es ging, an der Erziehung der Kinder beteiligt, in den ersten Jahren sind Clara und er sogar kaum noch ausgegangen, so erschöpft waren sie an den Abenden von dem immensen Programm. Nach dieser Phase der somnambulen Entrücktheit und des begrenzten Blicks auf die nächsten Umgebungen von Laufstall, Kinderwagen und Spielplatz hat er nicht wieder zurückgefunden in die Kreise der alten Freunde und der Vergnügungen, mit einem Mal hatten sie etwas Abgestandenes, Schales, er bemerkte es, als er begann, in den Kneipen auf die Uhr zu schauen, die Zeit wollte nicht mehr so wie früher vergehen, sie floß nicht mehr unbemerkt ab, sondern zerfiel mal in dichte, mal in unglaublich leere Einheiten.

Inzwischen kommt er abends beinahe besser allein als mit Freunden oder Bekannten zurecht, wenn er nach Hause kommt, schwingt er sich auf das Fahrrad und fährt am Rhein entlang, oder er läuft eine Weile in raschem Tempo, trotz seiner 1,90 m wiegt er nicht mehr als achtzig Kilo, auch in den schwierigen

Jahren, in denen sich die meisten Männer wegen der großen Arbeitsbelastung fallen lassen und keine Kraft mehr für etwas anderes aufbringen, hat er weiter Sport getrieben und einen Lebens-Rhythmus gefunden, der ihn bei Laune hält. Etwas mehr Abwechslung könnte er wohl vertragen, aber er beklagt sich nicht, er hält das stabile Familienleben längst für etwas, das genau zu seiner Zielstrebigkeit und seiner Verläßlichkeit paßt. Unter den von Heukens ist er der einzige, der ein solches Leben gewählt hat, Ursula hat sich früh scheiden lassen und ihr einziges Kind auf ein Internat geschickt, während Christoph sich nicht einmal hat dazu durchringen können, eine der vielen Frauen in seinem Leben auch wirklich zu heiraten.

Der Kontakt mit Pa freilich ist in diesen Jahren schwächer geworden, zuvor dagegen hatte er noch als das Kind gegolten, das ihm am nächsten war. Als das älteste Kind hatte er ihn auf vielen Reisen begleitet und ihn hier und da bei Terminen vertreten, während Christoph zur Mutter hielt und immer wieder den Kontakt zu ihr suchte, den Ursula wiederum beinahe ebenso häufig brauchte, um sich mit ihr anzulegen.

Die Scheidung der Eltern vor zehn Jahren hatte Georg von Heuken als das deutlichste Zeichen seiner Entfremdung vom Vater empfunden, nicht einmal geahnt hatte er von diesem Bruch, und danach hatte er sich mit den damals noch kleinen Kindern immer seltener in sein Elternhaus getraut, in dem Vater nun mit der Hilfe von Liesel Burger, einem Chauffeur, einem Gärtner und einer ganzen Phalanx von Dienstboten allein residierte.

So hatte er ihn bald nur noch im Konzern getroffen, täglich hatten sie sich mindestens für eine halbe Stunde, meist aber länger gesehen, diese Zeit hatte ihnen gereicht, um über die laufenden Geschäfte zu sprechen, und selbst an hohen Festtagen kam es zu den üblichen gemeinsamen Mahlzeiten mit der ganzen Familie nur in einem Restaurant, wo Vater am Ende der Tafel stets gezeigt hatte, daß er noch immer das Haupt der ganzen Familie war, Pa, auf dessen Regungen die Kellner allein achteten, Pa, mit dem all die Autoren unbedingt essen gehen wollten, die seit Jahrzehnten an den Konzern und einen seiner Verlage gebunden waren.

Clara hatte nicht verstanden, wie er es mit diesem Patriarchen so lange hatte aushalten können, trotz seiner Brillanz im Umgang mit Menschen versagte der Alte doch oft genug im Umgang mit seinen Kindern, er hielt sie auf Distanz und begann, die Konkurrenz unter ihnen zu fördern, Christoph erhielt zuerst einen seiner Verlage, dann überließ er ausgerechnet Ursula, von der alle wußten, daß sie nie mit so etwas zurechtkommen würde, die Leitung eines anderen, erst zum Schluß war Georg dran, gedemütigt als der letzte der Reihe, der von nun an zwar den größten Konzernverlag leitete, jedoch mit dem Ruf des Spätzünders zu leben hatte, von dem man sagte, er werde es nie bis an die Spitze bringen und reiche nicht im geringsten an den Alten heran.

Während von Heuken zur Klinik fährt, gehen ihm diese Geschichten noch einmal durch den Kopf, bis heute hat Vater nicht entschieden, wer den Konzern nach ihm leiten wird, ein Leitungsgremium ist ausgeschlossen, einen solchen Konzern können nicht drei Menschen leiten, die sich laufend mißtrauisch beäugen und kaum eine Gemeinsamkeit haben. Er hat sich vorgenommen, die Geschwister erst nach seinem Aufenthalt in der Klinik zu benachrichtigen, im Moment hat er jedenfalls einen Vorsprung, den er, wenn sich die Möglichkeit dafür ergibt, Schritt für Schritt ausbauen möchte.

Alles kommt jetzt darauf an, was ihm Loeb mitteilen wird, er kennt ihn seit seinen Kindertagen, und doch graust ihm vor dieser Begegnung, wie es ihn auch vor dem Krankenhaus graust, noch vor wenigen Monaten hat er dort einen Verlagsangestellten nach einem Infarkt besucht, mit weißen Strümpfen und einem an einigen Stellen leicht durchgeriebenen Bademantel saß er in einem Lehnstuhl, eingepaßt in ein Knäuel von Schläuchen, während eine milde, stickige Brise von Urin und zu lange gedünstetem Sauerkraut durch die Flure mit ihren blitzenden Linoleumböden wehte und man laufend die in die Stille gemorsten Haltezeichen der auf dem Stock ankommenden Fahrstühle hörte. Ihm war schlecht geworden, langsam war die Übelkeit durch seine Gedärme gekrochen, er hatte sich entleert und auf der Toilette Unmengen kalten Wassers aus der geöffneten Hand getrunken, draußen aber, auf den von leise summenden Neonröhren durchstrahlten Gängen, hatte er danach den Körpergeruch jedes einzelnen Kranken, den sie in einem Rollstuhl an ihm vorbeigeschoben hatten, noch um so stärker mitbekommen, einen kleinen, fiesen Schlag nach dem andern in den Magen hatte er hinnehmen müssen, am Ende war er in die leere Krankenhauskapelle geflüchtet, um die stumm dasitzenden Reihen der Besucher mit ihren Blumensträußen und den viel zu großen Konfektschachteln in den Wartebereichen nicht länger sehen zu müssen.

Es ist jetzt soweit, kaum zwanzig Minuten hat er gebraucht, um die Klinik zu erreichen, im günstigsten Fall könnte es der Krankenwagen vielleicht in zehn geschafft haben. Sicher haben sie während der Fahrt mit Pas Behandlung begonnen, Sauerstoffzufuhr, Injektionen, vielleicht sogar fein dosierte Elektro-Schocks, er mag sich das alles nicht vorstellen. Während er die Klinik betritt und durch die Halle zum Auskunftsschalter geht, tastet seine Rechte nach der Seidenkrawatte, bis sein Daumen die fein gestichelte Innennaht findet und sie dann zwei-, dreimal entlangfährt, als wäre dies der richtige Abwehrzauber, um für Loebs Wahrheiten gerüstet zu sein.

5

KAUM ZWEI STUNDEN später sitzt Georg von Heuken in seinem Büro im obersten Stock des Konzerngebäudes, an guten Tagen sieht er von dort über die flachen Ebenen des Kölner Nordens hinweg, auf denen in früheren Zeiten noch Kohl und Kartoffeln angebaut wurden. Wenn es sonnig ist, bildet sich in der Umgebung des Rheins ein helles Glimmen, und die blanken, flach ins Wasser auslaufenden Sandufer schimmern wie glatte Teppiche, auf denen man sich sofort niederlassen könnte. Die nähere Umgebung des neuen Konzerngebäudes aber ist häßlich, verfallene, niedrige Mietshäuser reihen sich an den langen Ausfallstraßen entlang, und Fabrikhallen und Schuppen gruppieren sich mit ihnen zu einer einzigen Ödnis, aus der der große Komplex der Konzernbauten mit dem Bürohaupthaus, den Lagerhallen, der Druckerei und dem weißen Kubus der Kunsthalle wie ein Fremdkörper herausragt. Die Kunsthalle hat Vater sich selbst geschenkt, um dort in einigen Monaten seine Sammlung zu präsentieren, in den letzten Wochen hat er sich um diese Sache besonders gekümmert, denn die Sammlung ist über Jahrzehnte kontinuierlich gewachsen und erscheint heute wie eine Geschichte seiner Vorlieben und Passionen, von Kokoschkas Köln-Skizzen über Objekte von Beuys bin hin zu Ueckers Aquarellen sind es lauter Kunstwerke, die im Rheinland entstanden sind oder einen versteckten Bezug zur Region haben. Jetzt, als von Heuken einen Blick auf das Gebäude wirft, sieht er dieses Projekt auf sich zukommen, aus den Planungen hat er sich vollkommen herausgehalten, den einzigen kulturellen Impuls, den er hatte beisteuern wollen, sollten Jazz-Sessions sein, sechsmal im Jahr, im großen Veranstaltungsraum des Museums.

Von Heuken weiß jetzt, daß es bei diesen Jazz-Sessions nicht bleiben wird, gerade hat er seine Geschwister und seine Frau benachrichtigt und ihnen Loebs Diagnose mitgeteilt, um Vater steht es viel schlimmer als er erwartet hatte, offenbar war es doch ein schwerer Infarkt gewesen, denn gleich mehrmals sprach Loeb von einem *kardiogenen Schock* und von einem Ballonkatheter, der in die Aorta eingeführt werde, um den Blutdruck wieder zu normalisieren. Loeb hatte sich in seinem kleinen Vortrag um Präzision und Anschaulichkeit bemüht, mit knappen Schließbewegungen der rechten Faust hatte er sogar versucht, Vaters hilfloses Herz zu imitieren, all diese Anschaulichkeit hatte von Heuken jedoch nur schwer erreicht, weil er im Mienenspiel des ernsten Loeb nach dem ironischen, heiteren Onkel und Arzt gesucht hatte, der Loeb für ihn seit der Kindheit gewesen war. Die ganze Zeit hatte er auf ein derartig erleichterndes Zeichen gewartet und im stillen darum gebettelt, daß es wie früher sofortige Besserung oder eine baldige Genesung in Aussicht stellen würde. Nichts jedoch davon – Loeb hatte sich bis zum Schluß an das Fachvokabular gehalten, ich verstehe Dich nicht, laß es, sprich doch endlich Klartext, hatte von Heuken immer wieder gedacht, war aber von Loeb mit Begriffsbrocken wie *Hypotension* oder *Relaxation* auf Distanz gehalten worden. Begriffen hatte er gerade noch, daß selbst die Einführung des Katheters keine sichere Rettung verhieß, sondern wegen großer Infektionsgefahr sehr riskant war.

Er hatte gehofft, Pa kurz sehen und ihm die Hand drücken zu können, vom direkten Augenkontakt hatte er viel erwartet, doch Loeb hatte ihm am Ende seines Vortrags erklärt, daß er Vater nicht sehen könne. Auf der Intensivstation liegt Vaters Körper anscheinend in einer dieser geschlossenen Glaszellen, denkt von Heuken, irgendwo in einem Kontrollraum wird ein Assistenzarzt den Herzmonitor nicht aus den Augen lassen, eine Lungenentzündung wäre der nächste Schritt hin zum Aus, das bedrohliche Wort *Organversagen* hat er noch im Ohr und verknüpft damit lauter beängstigende Bilder eines allmählich erstarrenden Körpers, in dem sich ein Organ nach dem andern aus dem Verbund abmeldet und am Ende nichts zurückbleibt außer einem einzelnen, letzte Signale in das endgültige Nichts morsenden Ton.

Mit solchen Bildern, die ihn auf groteske Weise an Haydns *Abschiedssymphonie* erinnern, haben die Geschwister und er nun zu kämpfen, Ursulas *O Gott* reagierte verzweifelt auf von Heukens Anruf, während Christoph sich in einer seiner üblichen Suaden verlor. Selbst jetzt schien er zeigen zu wollen, daß ihm zu allem und jedem und daher auch zu Vaters ernster Lage noch etwas einfällt. Am hilfreichsten hatte sich Clara verhalten, »das hatte ich schon lange erwartet«, hatte sie nur matt und leicht resigniert gesagt, und dann hatten sie beide für ein paar Minuten Pas Trink- und Eßexzesse Revue passieren lassen, »Hirschpastete zum Frühstück, diese konzentrierten Dosierungen im Gelatinerand« war von Heuken eingefallen, und Clara hatte »Ausgebratene Blutwurst mit weißen Fettaugen« genannt, was ihn sogar für einen Moment hatte auflachen lassen. Clara hatte es einfach verstanden, der Sache auch eine komische Note abzugewinnen, und obwohl solch eine Note vielleicht für unangebracht gehalten werden könnte – ihm gefiel sie, denn sie befreite ihn ein wenig von dem lastenden Druck und bewahrte in ihrer Lakonie etwas von jenem Optimismus, nach dem ihn so sehr verlangte.

Denn jetzt, während er weiter auf den Kölner Norden schaut und sich wünscht, der Rhein möge glimmen, sickert die Nachricht durchs Haus, die mittägliche Lektorenkonferenz, auf der bereits die Vorschau der neuesten Bücher des kommenden Frühjahrs geplant werden sollte, hat er bereits abgesagt, er kann derzeit nicht an das nächste Frühjahr denken, für so etwas braucht er eine stabile Verfassung und wenigstens eine Spur von überschüssigem Mut.

Statt dessen überlegt er, was in den kommenden Stunden und Tagen auf ihn zukommen könnte, den ersten kapitalen Fehler hat er schon begangen, als er Minna Zech, Vaters Büroleiterin, zu spät informierte. Als Pa nicht wie üblich gegen zehn Uhr erschien, hat sie in Marienburg angerufen und die Nachricht ausgerechnet von Liesel Burger erhalten, »ich bin also die letzte, die so etwas erfährt«, warf sie ihm vor, als er gleich nach der Ankunft im Konzerngebäude in ihr Büro kam.

»Entschuldige, Minna, das hätte nicht passieren dürfen, es war *mein* Fehler«, nur diesen *einen* Satz ohne jede Erklärung hat er gesagt und sie dann noch gebeten, ihm einen Tee zu machen. Stumm hat ihn Minna Zech angeschaut und sich, als er weiter nichts sagte, an die Zubereitung des Tees gemacht, als sie das Wasser in den Kocher laufen ließ, standen sie einander dicht gegenüber und hörten zu, wie das Wasser in die verkalkte Hohlform schoß und dann mit einem knisternden Klirren zu sieden begann. Minna Zech hatte das Schweigen nicht mehr ertragen, »ist ja schon gut, Georg«, hatte sie endlich gesagt, sie hatte nicht ahnen können, wie wohl es ihm getan hatte, seinen Vornamen zu hören, endlich spielte jemand darauf an, daß er nicht nur der mögliche Nachfolger, sondern noch immer auch das Kind seines Vaters war, ausgerechnet in Minna Zechs Büro hatte ihn dieses anhängliche Empfinden, das er seit dem Moment der Wahrheit im Krankenhaus bekämpft hatte, ereilt, von einer leicht depressiven Verstimmung begleitet, löste es Erinnerungsbilder aus, von denen jedes einzelne stark genug war, ihm das Herz aufzuschwemmen. Pa mit ihm und dem kleinen Hund, den er gerade geschenkt bekommen hatte, während eines ersten gemeinsamen Spaziergangs im Südpark. Pa mit ihm in der chaotischen Wohnung eines Wiener Lyrikers, voll übertriebenem Stolz und voller unerwarteter Emphase, dem an solchen Ausbrüchen völlig desinteressierten Dichter seinen fünfzehnjährigen Sohn präsentieren zu können. Pa mit ihm auf der Akropolis von Athen, im beizenden Sonnenlicht von der plötzlichen Allgegenwart der Texte der griechischen Klassiker so ergriffen, daß seine Stimme für die Dauer eines sonst ganz harmlosen Satzes rauh wurde und einen Beiklang von Überwältigung erhielt. In schlimmen Zeiten erinnert man sich anscheinend vor allem an solche Momente großer Vertrautheit, denkt von Heuken, es sind gute, aber auch gebrochene Momente, in denen Pa etwas Starkes und Hilfloses zugleich hatte, ausgerechnet er, der gerne ein stattliches Leinwandporträt entwarf, das dann aber verblaßte und einen schlichten Mann zu erkennen gab, der plötzlich von einem kleinen, herumtollenden Hund gerührt war.

Als Minna Zech ihm die Tasse Tee gereicht hatte, hatte er leise »verdammt noch mal« gemurmelt, noch wehrte er sich gegen diese holprigen Zeitreisen zurück in die Vergangenheit, Minna jedoch, spürte er, wußte genau, was in ihm vorging, und wie so oft tat sie in ihrer pragmatischen Art das Richtige, indem sie mit ihrer Tasse Tee in der Hand vorausging, hinüber in Vaters Büro, wo auf dem schwarzen, alten Schreibtisch der Stapel Post vom heutigen Morgen lag.

»Was wird nun damit?« hatte Minna Zech gefragt, während ihm die großen Zigarrenschachteln auf dem sonst leeren Schreibtisch auffielen, aus denen Pa jedem Autor, der zu Besuch war, eine Zigarre anbot und dabei souverän ignorierte, daß die meisten längst nicht mehr rauchten. Vater jedoch hatte sich jedes Mal eine Zigarre angezündet und die erste Zeit des Gesprächs damit verbracht, sie am Brennen zu halten, nicht selten versuchte er, die oft hartnäckige Verbissenheit von Gesprächspartnern mit solchen Ritualen zu unterlaufen, irgendwann, spätestens aber nach einer halben Stunde, gaben sie nach und folgten wie hypnotisiert den Eleganz-Signalen seines Zigarren-Konsums.

»Gehen Sie die Post noch einmal durch, Minna«, hatte von Heuken gesagt, »schreiben Sie in dringenden Fällen eine kurze Mitteilung, Vater sei erkrankt und melde sich nach seiner Genesung sofort. Wichtige Autoren-Korrespondenz leiten Sie an mich weiter, und machen Sie mir bitte eine Aufstellung von Vaters Terminen in dieser Woche, ich werde sehen, ob ich ihn in wichtigen Fällen vertreten kann und ob wir die anderen Verabredungen absagen müssen.«

Minna Zech war sichtlich froh gewesen, diesen Auftrag zu erhalten, wenn sie sich jetzt überhaupt von jemandem etwas sagen ließ, dann von ihm, sie schätzte ihn und hatte immer zu ihm gehalten, obwohl sie insgeheim vielleicht nicht frei war von Zweifeln, ob er der Richtige sei. Für Vater hatte sie alles getan, selbst seine manchmal groben Unhöflichkeiten hatte sie ihm verziehen, nichts hat diese Alten so zusammengeschweißt wie die gemeinsame Erfahrung der Nachkriegsjahre, hatte von Heuken immer gedacht, damals waren sie genau im richtigen Alter für ein Durchstarten, voll eines naiven Trümmeroptimismus.

»Sie übersehen doch die Termine der Woche«, hatte er zum Schluß noch gesagt, »warnen Sie mich schon einmal vor, was ist der härteste Brocken?«

»Wilhelm Hanggartner«, hatte Minna geantwortet.

»O mein Gott, was ist mit ihm?«

»Er hat sich für übermorgen angesagt, um sein fertiges Roman-Manuskript persönlich vorbeizubringen.«

»Ist es dieser Liebesroman?«

»Ja, der Liebesroman. Ein älterer Schriftsteller verliebt sich in eine junge Buchhändlerin, die ihn jeden Tag mit Mail-Sendungen ködert.«

»Liegt uns schon ein Teil des Manuskriptes vor, damit ich mich einlesen kann?«

»Soweit ich weiß nicht, aber sprechen Sie vorher unbedingt mit Herrn Bayermann, schließlich ruft Hanggartner ihn ja alle drei Tage an.«

»Gut, ja, ich spreche mit ihm. Und sagen Sie noch: Was hatte Vater mit Hanggartner vor?«

»Ein Mittagessen bei Hanggartners Lieblingsitaliener in der Marzellenstraße, dabei Übergabe des Manuskripts, die üblichen Dankes-Hymnen und Übertreibungen, so etwas kann bis zu vier Stunden dauern. Wenn Hanggartner den Wein getrunken hat, den er bei solchen Anlässen trinkt, die Marke kann ich herausfinden, bringt man ihn zu Fuß die paar hundert Meter zum Bahnhof und setzt ihn wieder in seinen Zug zurück in dieses Nest an der Nordseeküste.«

»Das ist zuviel für mich, Minna«, hatte von Heuken noch gesagt, »ich werde mir etwas anderes einfallen lassen. Rufen Sie ihn aber schon einmal an, machen Sie ihn dezent mit Vaters Zustand vertraut, und sagen Sie ihm, daß ich mich darauf freue, ihn übermorgen hier im Konzern begrüßen zu dürfen.«

Es geht auf Mittag zu, von Heuken kann sich nicht lösen vom Anblick des vor sich hin schnurrenden Lebens da draußen, das sich zu einem weiten, hybriden Panorama gruppiert, oft tut ihm diese Höhenperspektive geradezu gut, als enthöbe sie ihn wahrhaftig für kurze Zeit der nächsten Entscheidung. Aber er weiß, daß er sich das alles nicht mehr lange wird leisten können, im schlimmsten Fall wird es auf einen Personalumbau hinauslaufen, auf einen Umbau, der die Arbeit neu ordnet, und zwar so, wie er es sich vorstellt. Aber wie stellt er es sich vor?

Minna Zech und Günter Bayermann arbeiten schon seit Jahrzehnten im Konzern, von Heuken kennt sie seit den ersten Tagen nach seiner Geburt, als kleines Kind hat er bei Minna Zech auf dem Schoß gesessen, er erinnert sich selbst noch an das Spielzeug, das sie ihm geschenkt hat. Ihre Ruhe und Strenge tat ihm als Kind immer gut, lange hielt er sie für eine unantastbare Erscheinung, die kluge Antworten auf fast alle Fragen wußte und alles Anstehende mit jener geduldigen, immer gleichen Gründlichkeit erledigte, die gerade Kinder so fasziniert. Noch als Neunjähriger hat er ihr gerne zugeschaut, wenn sie Etiketten auf Briefe klebte, sie hat ihn an solchen Arbeiten manchmal teilnehmen lassen, er weiß noch genau, daß er den säuberlich geschichteten Briefstapel später selbst zur Poststelle tragen durfte, er balancierte ihn auf beiden Händen, während er langsam, damit kein einziger Brief zu Boden fiel, durch die Korridore des alten Konzernhauses in der Innenstadt ging, hoch konzentriert, ganz angekommen in der selbstversunkenen Schönheit dieser langsamen Bewegung.

Jetzt aber soll er von einem Tag auf den andern ausgerechnet mit Minna Zech zusammenarbeiten, er fragt sich, ob so etwas überhaupt möglich ist, jeder Betriebspsychologe würde von einem Dienstverhältnis abraten, in dem zu wenig Distanz steckt und zu wenig Reibung, darüber muß er irgendwann nachdenken und dieses Problem vielleicht sogar mit ihr besprechen, aber auch darauf wird sie sofort eine Antwort parat haben, etwas Klares, Einleuchtendes, das zu entkräften ihm schwerfallen dürfte.

Überhaupt werden ihm die Altersstrukturen im Konzern noch zu schaffen machen, niemand hat früher an so etwas Aufmerksamkeit verschwendet, nur er selbst hat sich dann und wann klargemacht, daß es zum einen die alte Riege gibt, die sich seit ewigen Zeiten um Vater schart, und daneben die sehr jungen Mitarbeiter, die man in größerer Zahl erst eingestellt hat, als das baldige Ausscheiden der alten Belegschaft sich andeutete. Der Umzug in dieses neue Gebäude erlaubte dann einen Schnitt, von den Alten waren nicht mehr viele bereit gewesen, hierher zu folgen, die satte Eleganz der geschwungenen Hauptfassade, die technisch perfekt aufgerüsteten kleinen Büros, von überall einsehbar, dieser ganze ambitionierte Chic mit den begrünten Innenhöfen, in denen vier magere Bäume in einem diffusen Dunkel vor sich hin lungern und von einer psychedelischen Musik, die vom Band kommt, animiert werden, in den Himmel zu wachsen – das war den Älteren schon bei der ersten Besichtigung zuwider, es hatte nichts mehr mit dem familiären Touch zu tun, den sie im alten Konzerngebäude genossen hatten. Rasch hatte einer nach dem andern dann Platz gemacht, so war beinahe auf einen Schlag eine junge Truppe in das neue Verlagsgebäude eingezogen, klare und sprachgewandte Typen, die der Musik in den Innenhöfen wenig Aufmerksamkeit schenkten und ihre Bürozellen abends so gut aufräumten, daß man denken konnte, sie wären immerzu auf dem Absprung zur besseren, nächsten Adresse.

Von Heukens Generation aber ist im Konzern schwach vertreten, was ihm also fehlt, sind die Weggefährten in demselben Alter, aber was ist das schon für ein Alter und was für eine Generation, es schaudert ihn beinahe, wenn er an die Launenhaftigkeit denkt, die er oft an ihr wahrgenommen hat, an das Feminin-Kapriziöse und an die nicht auszurottende Neigung, sich zu entziehen, viele halten sich für Gott-weiß-Was und pflegen einen hochgepäppelten Individualismus, aber richtige Treffer, Menschen also, die ganz unbedingt zu einem halten, waren nur selten darunter.

Für Vater war Günter Bayermann ein solcher Treffer gewesen, er ist einer der älteren Lektoren hier im Konzern, ein stiller Mann, der fast alles in eigener Regie erledigt und selbst mit den im Umgang schwierigsten Autoren gut zurechtkommt. Mit vielen dieser Autoren ist er befreundet, er trifft sich regelmäßig mit ihnen, mit einigen verreist er sogar dann und wann für ein paar Tage, so daß ihm selbst die unscheinbarsten Erreger ihrer seelischen Ups and Downs sehr vertraut sind.

All das füllt sein Leben so aus, daß er kaum noch ein Privatleben hat, das einzige, was von Heuken von ihm weiß, ist, daß er häufig und leidenschaftlich gern in den Zoo geht, sich aber nur ungern dahin begleiten läßt. Es heißt, er wisse beinahe alles über Tiere, und es heißt auch, man müsse ihm dieses Wissen entlocken, einmal in Schwung, erzähle er einem solche Sachen wie die, daß männliche Pinguine wochenlang auf einem winzigen Fleck stehen, um ihren winzigen Nachwuchs zu wärmen, wobei sie ihm eine Art körpereigenes Öl einflößen und selbst bis auf ein Minimum abnehmen.

Für einen Autor soll es eine Seltenheit sein, so etwas von Bayermann erklärt zu bekommen, denn mit seinen Tier-Erzählungen bringt er sich zu sehr selbst ins Gespräch, während es für Lektoren sonst darauf ankommt, ihren Autoren zuzuhören, stundenlang, jederzeit. Selbst die ältesten sind noch immer ganz scharf darauf, einen möglichst guten Kontakt zu ihrem Lektor zu haben, aber auch die jungen, die sich bei jeder Gelegenheit cool und autonom geben und denen man daher eine solche Sehnsucht nach Bemutterung gar nicht zugetraut hätte, lechzen nach nichts so sehr wie nach dem freundlichen Anruf ihres Lektors.

Von Heuken kennt die seltsame Struktur dieser Kontakte genau, oft handelt es sich um sehr enge, beinahe eheähnliche Verhältnisse, um verschworene Duos, unentwegt auf kleinen Bahnen um die hehren Geheimnisse der Kreativität kreisend und zusammengehalten von einer absoluten Verschwiegenheit gegenüber jedwedem Dritten. Jedes Stocken, jede Änderung, jeder neue Ansatz im Text hinterläßt auf diesen Bahnen kurze Schlingerbewegungen und Spuren und führt jedes Mal zu intimen Beichtszenen, deren oft penetrantem Irrsinn vor allem der Lektor gewachsen sein muß. Immer wieder muß er sich auf einen anderen Charakter einstellen und doch jedem das Gefühl geben, er sei ihm der nächste, einzige. Nicht zuviel Lob, im richtigen Moment kompakte kritische Dosen, vor allem aber absolute Selbstverleugnung des eignen Geschmacks, auf den es in keinem Fall ankommt – von Heuken hat sich nie vorstellen können, wie ein Mensch, hochgebildet, aber vielleicht in seiner Sensibilität in irgendeinem Punkt gehemmt oder verschlossen, so etwas durchhält. Das Leben, das dabei herauskommt, erscheint ihm schizophren, Verständnis für alles, große Hilfsbereitschaft und vollendete Diskretion gehören dazu, die typische Lektorenkrankheit ist die Selbst-Auslöschung, das allmähliche Zerbröckeln des eigenen Willens und des eigenen Geschmacks zugunsten einer jedes Fremde aufsaugenden Aufnahmebereitschaft.

Um mit diesen Prozessen vertraut zu werden, hat er selbst sich auch einige Zeit im Lektorieren versucht, doch er merkte schnell, daß dieses Dasein nichts für ihn war, er besaß nicht die nötige Anschmiegsamkeit und die enorme Geduld, außerdem sah er alles zu sehr von außen und unter der Perspektive des Geschäftlichen, kalkulieren hat er von Grund auf gelernt, nicht aber lektorieren, dieses Atmen und Leben in einem fremden Text, wie ein Spürhund darauf aus, jede falsche Nuance feinfühlig zu korrigieren.

Auch Pa hatte so etwas nie gekonnt, jahrzehntelang hatte er zwar vor allem die mit ihm gleichaltrigen Autoren betreut, dabei aber auf eine einfache Methode gesetzt. Die harte Arbeit der Korrekturen hatte er Bayermann überlassen und statt dessen alle Nachfragen und Probleme durchs Feiern erstickt, er lud die Autoren ein, er zelebrierte aufwendige Essen, dann schickte er sie leicht angetrunken und benommen wieder nach Hause, wo sie mit der Arbeit selbst zurechtkommen mußten.

Von Heuken schaut auf die Uhr, es ist Mittag, die Angestellten machen sich jetzt auf den Weg in die große Kantine, auch er spürt den Appetit, aber er will sich jetzt auf keinen Fall in der Kantine zeigen, um am Ende noch Fragen nach Vaters Zustand beantworten zu müssen. Am liebsten würde er etwas erledigen, etwas anpacken, Hanggartners Besuch wäre zum Beispiel vorzubereiten, er gibt sich einen Ruck und geht hinüber zu seinem Schreibtisch, er greift nach dem Telefon und kommt, nachdem er Bayermanns Nummer gewählt hat, mit dem Apparat zurück zu der großen Fensterfront. Er schaut hinunter zu den bunten Schildern des Bistros an der Ecke, früher zogen zur Mittagszeit kleine Pulks von Angestellten dorthin, um zu rauchen und einige Kölsch zu trinken, diese Kurzbesuche hat man inzwischen jedoch unterbunden, da der mittägliche Alkoholkonsum die nachmittägliche Arbeit erheblich gestört hat.

Bayermann meldet sich, von Heuken hört seine sanfte, wohltuende Stimme, es ist eine Stimme, die sich nach wenigen Worten in einer leicht sonoren, beruhigenden Tiefe einpendelt und dann in ein weiches, melodiöses Fließen gerät. Sie brauchen nur wenige Sätze, um sich zu verständigen, Bayermann wird in etwa zehn Minuten im Bistro erscheinen, er geht so umstandslos auf von Heukens Vorschlag ein, als habe er seit Tagen genau mit diesem Anruf gerechnet.

Als von Heuken mit dem Telefon zurück zum Schreibtisch gehen will, kommt Joana ins Zimmer, in der Nähe der Tür bleibt sie stehen und fragt ihn, ob sie etwas zu essen besorgen solle. Er hört ihre Frage, reagiert aber einen Moment nicht, er starrt wieder hinaus, dann sagt er »nein danke, Joana, ich habe mich gerade mit Bayermann unten im Bistro verabredet«. Der Satz gelingt ihm nicht recht, er kommt beinahe tonlos, als spreche er mit sich selbst oder als sei er in ganz anderen, schweren Gedanken versunken. Vielleicht ist es dieser Tonfall, der sie animiert, den Raum nicht gleich wieder zu verlassen, jedenfalls bemerkt er, daß sie nun ein paar Schritte hin zur Fensterfront macht und dort stehenbleibt. Für den Bruchteil einer Sekunde stehen sie nebeneinander, von Heuken beachtet sie jedoch nicht, sondern geht hinüber zum Schreibtisch, um dort das Telefon auf der Empfangsstation abzulegen.

Als er sich umdreht, steht sie noch immer am Fenster, er schaut diese große, schlanke Gestalt jetzt von hinten an, sie trägt eine hoch in der Taille sitzende, schwarze Hose und eine Bluse, die wie ein weißes Herrenhemd aussieht oder vielleicht sogar eines ist, ihre kurzen, blonden Haare erinnerten ihn früher an die junge Mia Farrow von *Rosemary's Baby*, jetzt aber sind sie kräftiger, dichter, wie überhaupt ihr Gesicht durch die Arbeit markantere Züge bekommen hat, so daß sie jetzt eher eine gewisse Ähnlichkeit mit Nicole Kidman hat. Es ist sehr still in von Heukens Büro, niemand von den beiden sagt einen Ton, längst hätte Joana gehen und sich wieder in ihr Vorzimmer zurückziehen müssen, aber sie steht noch immer am Fenster, wie ein weiblicher Abdruck oder Schatten der großen Gestalt Georg von Heukens.

Sie so zu sehen, wirkt auf ihn wie eine unabsichtlich gestellte Szene, ein Bild wie von Hopper, denkt er, eine einsame, sehnsüchtige Frau, der er noch nie begegnet ist, beim Blick aus dem Fenster. In den Anfängen ihrer Zusammenarbeit hat er sich dann und wann nach Joanas Leben erkundigt, verheiratet ist sie nicht, sicher hat sie einen Freund, aber er weiß das alles längst nicht mehr genau, nicht einmal, wo sie wohnt, könnte er exakt sagen, nur daß es nicht weit von hier ist, in der Nähe der Agneskirche. Je länger er hinschaut, um so mehr prägt sich dieses Bild ein, und als müsse er etwas gegen die Anziehung tun, macht er ein paar Schritte auf sie zu, er nähert sich ihr, als wollte er mit ihr zusammen hinausschauen auf diese regennassen Ausfallstraßen und die beiden aneinander vorbei pendelnden Straßenbahnen. Es ist gar nicht sicher, daß da dicht vor ihm Joana steht, die schwarze Hose und das weiße Herrenhemd sind eher starke, abstrakte Signale, jedenfalls möchte er dieses Schwarz-Weiß mit den Händen an der hohen Taille berühren, einen kurzen Moment möchte er die ferne Gestalt genau dort umfassen und ihr für einen Moment nahe sein.

Als sie seine Berührung spürt, reagiert sie nicht, sie schaut sich nicht nach ihm um, sie stehen dicht hintereinander wie zwei Menschen voller gegenseitiger Zuneigung, es ist jetzt ein anderes Bild, das er sieht, ein Bild, das nichts mehr mit Hoppers Bildern zu tun hat, sondern etwas Zärtliches zeigt, von Heuken läßt seine Stimmigkeit auf sich wirken, Joana so zu berühren, beruhigt ihn für einen wohltuend langen Moment, es ist, als hätten sie etwas Gemeinsames entdeckt, etwas früher nie Gekanntes, die Fähigkeit, sich auszutauschen und im anderen einen Halt zu finden. Er hat so etwas in all seinen Berufsjahren noch nie getan, empfindet es aber jetzt weder als anzüglich noch falsch, er könnte sie näher an sich ziehen und versuchen, aus der kleinen Geste mehr zu machen, doch er spürt genau, daß er damit alles zerstören würde, er lehnt sich an sie, mehr ist es nicht, sie schauen hinaus, als wären sie ein Paar, das gerade irgendwo eingezogen ist und in einem ruhigen Moment das Ende der Strapazen genießt.

Dann macht er sich los, er geht zurück zum Schreibtisch, um einen Notizblock in die Tasche zu stecken, »ich bin in spätestens anderthalb Stunden zurück, Du weißt, wo Du mich erreichst«, sagt er noch. Sie bewegt sich noch immer nicht, sie bleibt, während er hinausgeht, vor dem Fenster stehen, als wolle sie diesen Fleck nicht verlassen oder als brauche sie noch ein klein wenig Zeit, um sich einzustellen auf dieses »Du«, das er so selbstverständlich in einem sonst nüchternen Allerweltssatz untergebracht hat.

6

DAS BISTRO wurde erst vor kaum einer halben Stunde geöffnet und ist daher noch leer, einige Stühle stehen noch auf den Tischen, von Heuken geht an dem alten Klavier am Eingang entlang, auf dem er noch nie jemanden hat spielen sehen, und nimmt im hinteren Teil an einem dunklen Ecktisch Platz. Der junge Mann, der hinter dem Tresen mit Aufräumarbeiten beschäftigt ist, hat ihn kurz begrüßt, jetzt macht er Licht und bringt von Heuken unaufgefordert ein Kölsch, »Musik?« fragt er kurz, und kümmert sich, als von Heuken nickt, sofort um den CD-Player, aus dessen Boxen dann etwas Rauchiges, Nächtliches summt, *Paolo Conte*, denkt Georg von Heuken, es ist eine Musik, die er auf langen Autofahrten manchmal selbst hört, weil sie ihn in eine Stimmung abdriften läßt, in der leichte, ungetrübte Phantasien von südlichem Leben entstehen.

Drei, vier Minuten sitzt er so da, als erinnerte er sich an etwas von früher und ließe sich ganz auf dieses Wegträumen ein, in Wahrheit aber spielt diese Musik hinein in sein Erinnern an das gerade Geschehene, dieser stille Moment mit Joana dort oben beunruhigt ihn, weil er nicht weiß, ob und wie er sich fortsetzen läßt. Darüber mit ihr zu sprechen, schließt er von vornherein aus, das Schöne an dieser Berührung war, daß sie sich sprachlos ergab, es war eine Szene, wie man sie der Wirklichkeit nicht zutraut, poetisch, denkt von Heuken, von dieser Art Poesie, wie sie französische Filme so gern zelebrieren. Das nächste wäre dann etwa, gemeinsam mit ihr zu verreisen, er sieht sich vor einem dreistöckigen Mietshaus in der Nähe der Agneskirche vorfahren, er steigt aus und öffnet den Kofferraum, schon ist auch Joana zur Stelle und stellt einen kleinen, sehr eleganten Reisekoffer neben den seinen, »Paris?« fragt von Heuken, als er anfährt, und Joana lächelt ihn kurz von der Seite her an, als spielten sie das Traum-Paar aus der neusten *Toyota*-Werbung, über das Marie und Johannes sich jedes Mal lustig machen.

Er trinkt einen Schluck Kölsch, typisch, denkt er, daß sich an einem solchen Tag Fluchtphantasien einstellen, vielleicht rührt die ganze Szene genau von diesem Wunsch her, einsteigen, losfahren, für ein paar Tage abtauchen in einen Traum, in dem alles von vornherein mit soviel Nostalgie getränkt ist, als hätte Paolo Conte es schon einmal besungen. Zum Glück kann er sich diesen Phantasien nicht länger hingeben, er ist beinahe erleichtert, als er Bayermann das Bistro betreten sieht, mit einem dicken Stapel Papier, das von einem dünnen, roten Gummi zusammengehalten wird, kommt er auf ihn zu, so daß von Heuken bewußt wird, daß er selbst nichts in der Hand hat, nicht einmal eine dürftige Büromappe hat er mitgenommen, so sehr hat ihn die kurze Szene mit Joana durcheinandergebracht. Der weiße Stapel aber ist das richtige Zeichen, um sofort wieder zur Vernunft zu kommen, denn beinahe alle Büros im Verlag sind voll von diesen mehr oder minder dicken Stapeln Papier, die Seite für Seite immerzu kopiert, korrigiert, als Mails verschickt und wiederum ausgedruckt werden, in unübersichtlichen Haufen liegen sie auf den Bücherregalen und auf Tischen und Böden, quer übereinandergeschichtet. Sie und nur sie sind die wahren Schätze jedes Verlags, denkt von Heuken und redet sich so ins Gewissen, sie werden durchgrast, umgepflügt, sie erhalten lockende oder versponnene Titel, und dann durchlaufen sie viele Stationen, in einigen Stockwerken des Verlags gibt es eigens für sie sogar schmale Fließbänder, die sie von Abteilung zu Abteilung befördern.

Vater hatte sich an die Devise gehalten, in jedem Frühjahr oder Herbst eines dieser Manuskripte besonders herauszustellen, *das Goldstück* nannten alle intern den Titel, der Geld einbringen mußte, meist verband Vater schon deshalb viel Emotionales damit und redete sich regelmäßig in einen kleinen Rausch, wenn es darum ging, andere von der besonderen Qualität gerade dieses Textes zu überzeugen. Drei, vier Monate lang versuchte er, das Goldstück in beinahe jedem Gespräch besonders zu erwähnen, Halbjahr für Halbjahr setzte er alles auf diese eine Karte und tat so, als wäre Bücher zu verkaufen eine Art Sport mit den dazugehörenden Wetten und als beobachte er den Verkauf von einer der weißen Holztribünen der Galopprennbahn von Köln-Weidenpesch aus, die er manchmal besucht. Die Angestellten aber hatten oft ganz andere Vorlieben, sie hingen, statt nur auf das Goldstück zu setzen, an ihren Vorlieben, an Büchern, mit denen sie etwas anfangen konnten und für die sie sich deshalb wirklich begeisterten, gar nicht so selten waren solche Titel letztlich die erfolgreicheren, weil sich ihre Qualität herumsprach und die Buchhändler dieser Mundpropaganda mehr trauten als jedem vollmundig herausgestellten Spitzentitel der Saison.

»Tut mir leid, Georg«, sagt Bayermann, als sie sich die Hand geben, sein strenges Gesicht löst in von Heuken wieder diese Beklommenheit des Vormittags aus, »danke«, ist alles, was er dazu herausbringt, um keinen Preis möchte er jetzt über Vater sprechen, vielmehr fällt ihm auf, daß er Bayermann duzt, seit ewigen Zeiten duzt er Bayermann schon, ausgerechnet jetzt aber überlegt er, wie es wäre, diesen klugen und erfahrenen Mann zu siezen, »ich danke Ihnen, Herr Bayermann«, das wäre jetzt zweifellos besser, weil dann die Regeln des Umgangs formeller wären und nicht hinter jedem Satz eine private Mitteilung aufscheinen würde.

Um dem weißen Stapel Papier Platz zu machen, schiebt er das Glas Kölsch zur Seite, für jeden, der mit der Herstellung von Büchern zu tun hat, hat ein solcher Stapel eine gewisse Magie, man möchte das rote Gummi herunterpellen und sich sofort an die Lektüre der ersten Seiten machen, den Anfang liest man oft mit starker Erregung und offenem Mund, dann setzt die Gewöhnung an Thema und Stil meist sehr rasch ein und entkrampft die Gesichtszüge. »Sprechen wir über Hanggartner«, sagt er und starrt auf den Stapel, natürlich darf er ihn, obwohl er nichts lieber tun würde, noch nicht berühren und näher an sich heranziehen, die vielen Seiten liegen in Bayermanns Einzugsbereich, *er* hat sie mitgebracht, noch sind sie ausschließlich ein Teil *seiner* Arbeit, deshalb muß er sie erst freigeben, bevor von Heuken sie an sich ziehen kann.

Sprechen wir ..., immerhin hat er signalisiert, daß er sich wünscht, unverzüglich auf das eigentliche Thema zu sprechen zu kommen, Bayermann allerdings wendet sich erst noch einmal zu dem jungen Typ hinter dem Tresen, um ein Glas Wasser und die Speisekarte zu bestellen, deren Lektüre er dann mit einem sich abgrenzenden Schweigen beginnt, während von Heuken so tut, als hörte er jetzt Paolo Conte zu, vom häufigen Hören kennt er den Text jedes Liedes auswendig und versteht doch kein einziges von ihnen ganz, obwohl manche einfachen Wortbrocken sich laufend refrainartig wiederholen, *elegia, nostalgia, infanzia* ... – er darf sich jetzt nicht einlassen auf diesen weichen und süßen Klangteppich, vielmehr sollte er sich unbedingt auf Hanggartner konzentrieren und sich vergegenwärtigen, was ihm übermorgen bevorsteht.

Vater hatte es einfacher, er und Hanggartner sind etwa gleich alt und kennen sich seit den ersten Literatentreffen nach dem Krieg, schon damals wohnte Hanggartner in diesem Kaff in Nähe der Küste, in dem man ihn heutzutage wie einen Erbkönig behandelt, einen Bauernhof hat er dort von seinem Vater geerbt und sich für ein ganzes Leben in der hintersten Provinz niedergelassen, die er seither alle paar Jahre mit kleinen Essays über den angeblich unterschätzten Zauber von Hof, Gasthaus und Kirche adelt. Immer wieder hat Pa ihn dort auf seinem großen Gelände besucht, meist gibt es einen frischen Apfelkuchen von Hand der Autorengattin, die es jetzt seit mehr als fünfzig Jahren mit diesem eitlen und launischen Mann aushält und seine schwer lesbaren Manuskripte abtippt, nicht einmal vor den Liebesromanen, von denen er alle paar Jahre einen veröffentlicht, ist sie bisher zurückgeschreckt. Dabei legt es Hanggartner darauf an, zu jedem dieser Romane eine pikante Geschichte zu streuen, meist läßt er durchblicken, daß sich irgendein junges Geschöpf ahnungslos in seine Ställe und Scheunen verlaufen hat, später findet die kreuzunglückliche und längst wieder abgeschobene Person sich als eine entsprechend dem Zeitgeist kompliziert liebende Frau in einem seiner Romane wieder und hat beinahe gleichzeitig ein paar kurze Auftritte in den üblichen Gazetten als attraktive Geliebte des großen Mannes. Auch von Heuken hat ihn oft gesehen, aber er ist sich jetzt nicht einmal sicher, was Hanggartner über ihn denkt oder weiß, denn obwohl er mehrere Kinder hat, hat er sich nie für Kinder oder Heranwachsende interessiert, anders nämlich als der letzte Postbote, aus dessen Botenschicksal er noch zumindest eine Erzählung zu machen weiß, waren Kinder für ihn nie ein Stoff, so daß er sie übersah und sich lieber seinem Hund widmete, dessen Umgang, wie er manchmal mit gespielter Boshaftigkeit sagte, bekanntlich auch Thomas Mann dem Umgang mit seinen Kindern vorgezogen hatte.

Mit Vater aber kommt er wie mit keinem anderen zurecht, die beiden verstehen sich beinahe blind und sind die besten Freunde, es wird sogar offen darüber gesprochen, sie hätten sich früher gegenseitig ihre Geliebten ausgespannt, von Heuken weiß bis heute nicht, was an solchen Geschichten eigentlich dran ist, allerdings kann er sich das alles gut vorstellen, er braucht nur an Hanggartners von vielen Schwarz-Weiß-Fotos bekanntes Jünglingsgrinsen aus den späten fünfziger Jahren zu denken. Wach, unschuldig und draufgängerisch – so hatte dieses Grinsen hinter der strengen Moderne einer schwarzen Hornbrille gewirkt, der junge Hanggartner war eine typische Pflanze dieser Jahre gewesen, nach außen anscheinend noch hilflos, umständlich und verklemmt, dabei aber längst genau darüber im Bilde, wie man bei jeder nur denkbaren Tagung in diesen altdeutschen, krempelverstopften Gasthäusern irgendwo hinter dem Mond eine junge Lektorin oder Autorin flachlegte. Damals, in diesen fernsehlosen Zeiten, in denen im Rundfunk noch soviel Worte gemacht wurden, hatte er mit ein paar kleinen Sachen begonnen und sich dann Jahr für Jahr mehr in die Bekanntheitsränge hinaufgeschrieben, viel hatte dazu beigetragen, daß er ein unermüdliches Debattier-Gemüt besaß und ihm zu jedem politischen Thema noch irgendein vergrübelter, umwegiger Satz einfiel, der in fast allen Feuilletons dann wie eine ernstzunehmende Intellektuellen-Botschaft debattiert und bis auf das letzte, magere Nichts heruntergeredet wurde.

»Das ist *nicht* Hanggartners neues Manuskript«, sagt Bayermann, nachdem er endlich einen griechischen Salat mit nicht zuviel Schafskäse bestellt hat, »leider ist es das nicht.«

Von Heuken schaut ihn an, er sitzt da wie ein guter, etwas selbstzufriedener Onkel, der ein Geschenk mitgebracht hat, das sich als Attrappe entpuppt.

»Was ist es dann?« fragt er und bemüht sich zu lächeln.

»Es ist das Manuskript seines letzten Romans, ich habe es mitgebracht, um Dir zu zeigen, wie Hanggartners Manuskripte aussehen.«

Die kleine Enttäuschung läßt von Heuken aus der Reserve gehen, er greift nach dem weißen Stapel, zieht ihn zu sich und leert gleichzeitig sein Glas. Dann streift er das rote Gummi herunter und wirft einen Blick auf die ersten Seiten.

»Du siehst, es ist makellos«, sagt Bayermann, »Hanggartners Frau hat diese Endfassung getippt und selbst bereits korrigiert, meist habe ich kaum noch etwas daran zu tun.«

Wahrhaftig findet sich auf den Seiten kaum eine Korrektur, nur dann und wann hat Bayermann ein Satzzeichen verändert oder eine Wortumstellung vorgeschlagen, seine Eingriffe erscheinen als kleine Bleistiftsignale in gestochen scharfer Schrift.

»Geht er auf deine Anmerkungen ein?« fragt von Heuken und zeigt der Bedienung an, daß er noch ein zweites Kölsch möchte.

»Aber nein«, sagt Bayermann, »ich vermute, er schaut sie sich nicht einmal an. Ich schicke das korrigierte Manuskript an ihn zurück, und seine Frau trägt die Korrekturen in das Manuskript ein, wenn sie vor ihrem kritischen Auge Bestand haben.«

»Ich verstehe«, sagt von Heuken, »seine Frau ist also seine Grammatik oder sein Textprogramm.«

»Ja, genau, zum Glück ist sie sehr musikalisch, ganz im Gegensatz zu Hanggartner übrigens, der ein völlig unmusikalischer Mensch ist. Unmusikalische Autoren mit Prosa-Ambitionen sind sonst so ziemlich das Schlimmste, was einem als Lektor widerfahren kann, meist mußt du die Texte völlig neu schreiben, das kann Wochen dauern. Hanggartners Manuskripte aber gehen kaum zwei Wochen, nachdem er sie abgegeben hat, in Satz.«

»Sehr gut«, sagt von Heuken, »dann haben wir es wenigstens in dieser Hinsicht einfach mit ihm.«

»In dieser Hinsicht schon, sonst aber ist er einer, der es einem wirklich nicht leichtmacht. Am schlimmsten sind seine Telefonate, denn wenn er konzentriert an einem Manuskript arbeitet, ruft er einen alle paar Tage an. Er braucht das, um sich abzulenken, angeblich redet er mit kaum jemandem außer mir, es gibt Telefonate, in denen er mir aus der Zeitung vorliest und die Nachrichten ausführlich kommentiert. Außerdem ist er versessen auf Klatsch, er will ganz genau wissen, welcher

Autor bei uns zu welchen Ehren gekommen ist, ich vermute, er hat so eine Art Rangliste im Kopf.«

»Und woraus ergibt sich die?«

»Aus der Höhe der Vorschüsse, die wir anderen Autoren zahlen. Natürlich rücke ich mit so etwas nicht raus, deshalb weiß ich auch nicht, wie er an solche Informationen herankommt. Manchmal liegt er total daneben, aber in den wirklich wichtigen Fällen weiß er Bescheid.«

»Hat er einen Agenten?«

»Natürlich nicht, einer wie Hanggartner braucht keinen Agenten, es macht ihm ja geradezu einen höllischen Spaß, jedes Mal einen neuen Vertrag auszuhandeln. Wenn er ein fertiges Manuskript abgibt, steht eine solche Verhandlung bevor.«

»Du willst sagen, er wird übermorgen mit mir schon über das nächste Buch sprechen?«

»Ja, ganz sicher, aber nur, wenn er Dich als Verhandlungspartner auch akzeptiert, bisher hat er darüber immer nur mit Deinem Vater gesprochen.«

Von Heuken legt eine Pause ein und trinkt von dem zweiten Kölsch, irgendwo im Hintergrund dieses Gesprächs entfernt sich ein Auto auf einer regennassen, von den Laubstreifen der letzten Herbstblätter gerahmten Straße, er und eine zweite Person sitzen darin, sie hören Paolo Conte, der von einem schweigsamen Paar singt, das sich im gedämpften Abendlicht einer Stadt verliert, *in un ambiente maron* ...

»Warum sollte er mich nicht akzeptieren?« fragt von Heuken und scheut etwas vor dem griechischen Salat zurück, der Bayermann nun serviert wird.

»Ißt Du nichts?«

»Nein, ich habe noch eine Verabredung, ich esse später.«

Bayermann dreht an der häßlichen, bleichen Glasschüssel, in der man den Salat viel zu hoch aufgetürmt hat, es sieht beinahe so aus, als betrachte er diese Mahlzeit wie ein Ereignis. Lektoren machen sich wahrscheinlich nichts aus Essen, denkt von Heuken, immerzu müssen sie nüchtern und fit bleiben, um dem berauschten Phantasieren ihrer Autoren zuzuhören, daher diese Salat- und Mineralwasser-Kasteiung.

»Du darfst es nicht persönlich nehmen«, sagt Bayermann, »es geht nicht um Dich, Hanggartner würde auch niemand anderen akzeptieren, Du weißt, daß er mit Deinem Vater seit langem beinahe liiert ist.«

»Wir werden sehen«, antwortet von Heuken, »jedenfalls bin ich darauf vorbereitet, mit ihm zu verhandeln. Hat er schon etwas über sein nächstes Buch verlauten lassen?«

»Nein, keine Silbe, so etwas macht er nicht, es gehört zum Ritual, daß er die ersten Andeutungen auch erst im Verhandlungsgespräch unterbringt, er läßt sie nach und nach raus, seine Themen und Stoffe verwandeln sich wie von selbst in Buchkalkulationen und Vertragsforderungen. Diesmal jedoch habe ich eine Vermutung.«

»Ich höre.«

»Nach drei Romanen ist wieder ein Band mit seinen Reden und Essays dran.«

»O nein!«

»O doch! Seine Bremer Ratskeller-Rede, seine *Erwägungen über Kafka und andere Personen*, sein Begrüßungstoast anläßlich eines Mörike-Umzuges irgendwo auf der Schwäbischen Alb ...«

»O nein, er weiß doch, daß so etwas ein absolutes Verlustgeschäft wird, da brauchen wir über einen Vorschuß erst gar nicht zu reden.«

»Fünfzigtausend!«

»Wie bitte?«

»Er wird fünfzigtausend Euro verlangen, ich sage es dir. Vierzigtausend waren es beim letzten Essayband, ohne noch einmal zehntausend draufzulegen, wird er es nicht machen.«

»Wir haben ihm beim letzten Essayband vierzigtausend gezahlt, vierzigtausend?«

»Dein Vater hätte ihm auch achtzigtausend gezahlt, zum Glück ist Hanggartner in diesem Punkt zu naiv, um so dreist seine Forderungen zu stellen. Natürlich zahlen wir bei den Essaybänden drauf, letztlich ist das aber einkalkuliert, schließlich wurde jeder von Hanggartners drei letzten Romanen mehr als einhunderttausend Mal verkauft.«

»Ja, sicher, mir ist das schon klar, es reizt mich nur unglaublich, ihn herunterzuhandeln.«

»Tu es nicht, Georg, tu es bitte nicht. Du und ich – wir haben beide unsere Probleme mit diesem Mann, ich ertrage ja schon seine Lesungen nicht, er liest mit Schal, wie ein in die Jahre gekommener Zeus-Darsteller, seine struppigen Augenbrauen heben und senken sich in den Rhythmen der dunklen und hellen Vokale. Wenn er allein reist, instruieren wir die Buchhandlungen vorher genau, seit einiger Zeit gibt er sich mürrisch, leicht depressiv und natürlich voller Verachtung für jede Buchhandlung, die nicht mindestens dreihundert Exemplare seines neuesten Buches verkauft hat. Wir haben aber herausgefunden, daß es gegen diese Attitüden des späten Alters gewisse Gegenmittel gibt, *Antidepressiva* könnte man sie nennen, zum Beispiel hilft es enorm, ihm vor jeder Lesung im Foyer seines Hotels eine junge und möglichst gutaussehende Buchhändlerin zu präsentieren, die den weiteren Abend über eng an seiner Seite bleibt.«

»Was soll das heißen?«

Von Heuken beobachtet, wie Bayermann nun beginnt, den Salat mit der Gabel genau zu durchforsten, die bröckligen und wahrscheinlich ungenießbaren Stücke Schafskäse schafft er an den Rand, wo sie sich zu einer breiig aussehenden weißen Kalkhalde gruppieren, während er die Gurkenstücke mit nur einem Zacken der Gabel aufspießt und sie so langsam in seinen Mund schiebt, als koste er etwas hochgradig Süßes, von dem er nicht allzuviel nehmen darf.

»Das heißt, sie bringt ihn zur Lesung, und sie wartet danach auf ihn, um ihn zum Hotel zurückzubringen. Ist er halbwegs in Stimmung, begleitet sie ihn zu einer jener urdeutschen geselligen Runden, die sich nach einer Lesung beim Italiener einfindet, um das Ereignis zu feiern. Dort sitzt sie neben ihm, auf dem Prinzessinnenplatz. Wenn er dann erst einmal zu trinken beginnt, ist der Abend gerettet, er trinkt viel, Du weißt das, und er schätzt es gar nicht, wenn man nicht ebenfalls sehr viel trinkt.«

»Ich weiß Bescheid, aber ich werde ihm nicht jeden Gefallen tun können, zum Beispiel kann ich nicht mittags viel Wein trinken, sonst muß ich mich danach mindestens zwei Stunden hinlegen.«

»Dann leg Dich doch zwei Stunden hin, das ist immer noch besser, als ihn zu enttäuschen. Enttäuschen kannst Du ihn übrigens leicht, Du wirst es nicht einmal bemerken, es kann sein, daß er plötzlich aufsteht, sich den Mantel holt und das Restaurant mit dem lakonischen Satz ›ich bin enttäuscht‹ einfach verläßt.«

»So etwas Bühnenreifes würde ich gern mal erleben.«

»Wenn Du es übermorgen erlebst, könnte es uns Hunderttausende kosten, er zieht sich nämlich nach solchen Auftritten zurück, monatelang bekommst Du ihn nicht ans Telefon, mit Sicherheit würde der Roman nicht im kommenden Frühjahr erscheinen.«

Bayermann hat nun endlich die Gurkenstücke herausgepickt, mit einer nachdenklich wirkenden Geste schiebt er die Glasschüssel, deren Grund jetzt von einer sumpfigen Ölwasserlache überschwemmt wird, in die Mitte des Tisches, dabei schaut er ihr nach, als falle es ihm schwer, sich von ihr zu trennen. Ich würde ihn gern einmal in den Zoo begleiten, denkt von

Heuken, wenn er schon gegenüber einem griechischen Salat soviel Zuwendung entwickelt, könnten ihm angesichts eines frierenden Pinguins sogar die Tränen kommen.

»Was weißt Du denn bisher über den neuen Roman?« fragt er schnell, um etwas gegen das Lachen zu tun, das in ihm aufsteigt.

»Na ja«, sagt Bayermann, »nicht eben viel. Ein älterer Schriftsteller, der auf dem Land lebt, erhält von einer jungen Buchhändlerin Tag für Tag mehrere Mails, und der übliche Schnickschnack beginnt.«

»Geht es etwas genauer?« fragt von Heuken und beginnt nun doch, probeweise zu lachen.

»Ich bitte Dich«, sagt Bayermann, »Hanggartners Phantasie besitzt Du doch allemal.«

»Eben nicht, ich finde, er hat immer so etwas Umwegiges.«

»Da hast du allerdings recht, das Umwegige ist seine Marke, irgendwo hat er immer einen absurden Schlenker eingebaut, auf den er besonders stolz ist. Was das neue Buch betrifft, müssen wir leider abwarten, ich weiß nur, daß sich das ungleiche Paar in eine Art Verführungsrausch mailt, sie will ihn überreden, in ihrer Buchhandlung zu lesen, und er entlockt ihr immer großzügigere Avancen, natürlich erzählen sie sich daneben auch noch ihr Leben, was sie gerade so tun, woran sie denken, was sie mögen, Hanggartner hat vor etwa drei Wochen angedeutet, es handle sich um einen Roman seiner intimsten Passionen, ich weiß es so genau, weil ich es mir gleich für den Klappentext notiert habe.«

»*Intime Passionen* ..., wäre das nicht ein möglicher Titel?«

»Auch den Titel verrät er nie vor Abgabe des Manuskripts, übrigens habe ich noch nie erlebt, daß wir gegen ihn einen eigenen Titelvorschlag durchsetzen konnten. Er reist mit dem endgültigen Titel an, so war es bisher jedenfalls immer, und auch diesmal wirst Du Dich mit seiner lange ausgeheckten Formulierung anfreunden müssen, selbst wenn sie *Stilles Werben in Fuhlsbüttel* heißt.«

Wenn Bayermann zu scherzen beginnt, denkt von Heuken, zeigt dies das Gesprächsende an, er hat alles gesagt, er entledigt sich der Geschichte mit einer kurzen komischen Pointe, dann geht er zum nächsten, noch ernsteren Fall über. Im Grunde ist Lektorenarbeit vor allem Krisenbewältigung, ein intensives Studium fremdester Psychen, die Dich wie Hannibal Lecter am liebsten in ihren Käfig ziehen wollen, pervers kannibalistisch.

Um Bayermann noch etwas Zeit zu geben, sich von seinem Salat zu erholen, blättert von Heuken in dem weißen Stapel, übermorgen wird er es mit mehr gespielter Leidenschaft tun, vielleicht wird er einige Sätze herauspicken und sie laut vorlesen, um Hanggartner Gelegenheit zu geben, einige Anmerkungen zu seinen Stil-Eigenheiten zu machen.

»Die Grundidee des neuen Romans finde ich eigentlich gar nicht so schlecht«, sagt er, um Bayermann noch etwas Fachliches zu entlocken.

»Nein, die Grundidee ist sogar sehr gut und typisch für Hanggartner. Er stürzt sich gern auf das Allerneuste, in diesem Fall sind es Mail-Texte, die ja viel flotter und auch direkter sind als unsere früheren, bedächtigen oder sogar tranigen Briefe. Eine Mail ist etwas Augenblickliches, an ihr arbeitet man nicht, sie ist ein kurzes Signal, Schreib- oder Tipp-Fehler, die man in einem Brief korrigieren würde, geben einer Mail etwas Authentisches.«

»Für einen Mann seines Alters ist eine Beschäftigung mit dem Allerneusten doch eher erstaunlich.«

»Ja, schon, zweifellos, das Problem ist nur, daß er das Besondere des Allerneusten dann meist doch nicht erkennt, er verwandelt es in einen Teil des Hanggartnerschen Kosmos, und dort bekommt es sofort etwas Bleiernes und Verdruckstes.«

»Hast Du eine Ahnung, wie das in diesem Fall aussehen könnte?«

»Ja, die habe ich, ich vermute, der Roman hat zwei Teile, der erste besteht aus den vielen Mail-Botschaften, die Schriftsteller und Buchhändlerin wechseln, der zweite aber erzählt von ihrer ersten realen Begegnung und den Enttäuschungen, die sich aus dem Zerfall der Liebes-Projektionen in der Hanggartnerschen Welt zwangsläufig ergeben.«

»Die beiden kommen mit ihren hohen Erwartungen nicht zurecht ...«

»Exakt, die beiden werden verzweifelt daran arbeiten, ihre hilflosen Körper der Hochstimmung ihrer Seelen anzupassen.«

»Das könnte ja geradezu etwas Komisches haben ...«

»Hat es bei Hanggartner aber nicht, er schreibt so einen Roman ja schließlich nur, um erneut zu beweisen, wie illusionär und verfehlt Liebe ist. Stell es Dir so vor: Er bläht das Thema groß auf, dann läßt er langsam und schmerzvoll die Luft raus und deutet mit besonderer Lust auf jede Wunde.«

»Und was bringt uns dieses Martyrium?«

»Wir werden von diesem Roman so viele Exemplare verkaufen, wie wir noch nie von einem Buch Hanggartners verkauft haben. Die Buchhändlerinnen werden denken, das ist sein letztes Wort in Sachen Liebe, sein Vermächtnis, der Gipfel seiner Liebesschmerz-Philosophie.«

»Also zweihunderttausend?«

»Ich wette auf eine Viertelmillion.«

Von Heuken kalkuliert rasch, wieviel eine Viertelmillion dem Verlag bringen könnte, zusammen mit dem Verkauf des Taschenbuchs, das spätestens dann in zwei Jahren erschiene, und dem eventuellen Verkauf von Film- und anderen Nebenrechten ist es eine gewaltige Summe für ein einzelnes Buch.

Wenn das Treffen mit Hanggartner gute Ergebnisse bringt, wird das viele beeindrucken, die nie geglaubt hätten, daß er mit einem so erfahrenen und erfolgreichen Autor zurechtkommen würde. Wie wichtig dieses Essen übermorgen auch für ihn ist, das hat er nun genau begriffen.

»Gehen wir?« fragt er ruhig.

»Ja«, sagt Bayermann, »machen wir uns wieder an die Arbeit.«

»Ich danke Dir«, sagt von Heuken, »aber ich habe gleich noch eine Bitte.«

»Und die wäre?«

»Ich möchte Dich gern wieder einmal in den Zoo begleiten«, sagt von Heuken nach einer kurzen Pause.

»Wie kommst Du denn darauf?« fragt Bayermann und beginnt, das rote Gummi wieder über den Stapel weißen Papiers zu streifen.

»Wir waren vor langer Zeit einmal zusammen im Zoo, ich erinnere mich noch genau, vor jedem Käfig sind wir stehengeblieben, und Du hast eine Geschichte erzählt, ich war noch ein kleiner Bub, aber mir lief jedes Mal ein Schauer über den Rücken.«

»Dann melde Dich«, sagt Bayermann, während von Heuken schon den Anflug leichten Stolzes erkennt, der sich auf seinem Gesicht abzeichnet, »ich erzähle Dir gerne wieder Geschichten, inzwischen weiß ich so viele, daß wir im Zoo Tage zubringen könnten.«

Sie erheben sich zugleich, von Heuken geht voraus, um an der Theke rasch zu bezahlen. Noch immer singt Paolo Conte, und draußen ist es so trübdunkel, als sollte bereits jetzt der Abend beginnen.

7

DAS VORZIMMER seines Büros betritt er beinahe beflügelt, seine Bewegungen haben etwas von dem lockeren, entspannten Schwung, den er während des abendlichen Lauftrainings manchmal erreicht, er ist froh, nichts gegessen und nur zwei Kölsch getrunken zu haben, er wird sich einen Kaffee machen lassen und seine leichte Euphorie ausnutzen, um noch ein paar Stunden zu arbeiten. Als Joana ihn sieht, nimmt sie den Hörer des Diktiergerätes vom Kopf, »Frau Zech hat sich gemeldet, Sie sollen sofort zurückrufen.« Er bemerkt, daß sie ihn siezt, für einen Moment überlegt er, ob er darauf eingehen soll, dann aber geht er rasch weiter in sein Zimmer, er hat jetzt zu tun.

Während er Minna Zechs Nummer wählt, schenkt er sich mit der anderen Hand ein Glas Wasser ein, sie ist aber so schnell am Apparat, daß er nicht einmal dazu kommt, etwas zu trinken.

»Minna? Hier Georg, ich sollte zurückrufen?«

»Ja, Georg, danke, ich habe mit Hanggartner telefoniert, er ist erschüttert, ich konnte ihn gar nicht beruhigen. Er sagt, der Infarkt Deines Vaters sei der grausamste Schlag, der ihn seit Jahren ereilt habe.«

»Jaja, er kam für uns alle plötzlich. Hat er etwas zu seinem Besuch im Verlag gesagt?«

»Eigentlich nicht, nur daß er nicht kommen wird.«

»Was?! Er wird nicht kommen?! Aber warum denn nicht, warum wird er nicht kommen?«

»Weil er erschüttert ist, weil ihn das alles zu sehr mitnimmt, weil er nicht seinen Geschäften nachgehen will, solange Dein Vater mit dem Tod kämpft ...«

»So ein Unsinn, hat er das gesagt? ..., das ist kompletter Unsinn, es würde Vater doch freuen, wenn er sein Manuskript abgeben und über alle Details mit uns sprechen würde, damit es erscheinen kann. Hast Du ihm das gesagt?«

»Ich habe mein Bestes versucht, Georg, aber er ließ nicht mit sich reden, schließlich ist er ein alter Mann, er hat Jahrzehnte mit Deinem Vater so eng wie kein anderer Autor des Hauses zusammengearbeitet, da mußt Du verstehen, daß ihn eine so einschneidende und überraschende Nachricht erschüttert.«

»Ich verstehe gar nichts, und ich will auch gar nichts verstehen! Das alles ist typisch Hanggartner, es ist genau der Theaterdonner, durch den er auf unsereinen oft so abstoßend wirkt.«

»Nein, Georg, das ist es *nicht*, Du solltest Menschen, die Deinem Vater sehr nahe sind, Zeit lassen, damit sie sich ihren Gefühlen stellen können, in so einem Fall haben die Geschäfte zu warten.«

Von Heuken greift nun doch nach dem Wasser und nimmt einen Schluck, Minna Zech spricht mit genau der gelassenen und entschiedenen Stimme der Chefsekretärin, die er in früheren Zeiten so gern gehört hat. Während er trinkt, bemerkt er seine flattrige Aufregung, er ist so aufgedreht, durcheinander und trotzig wie ein Kind, dem man gerade die Erfüllung eines Lieblingswunsches verwehrt. Er trinkt das Glas leer und schenkt sich gleich wieder ein.

»Georg? Bist Du noch dran?«

Er atmet tief aus, Minna soll ruhig hören, wie schwer es ihm fällt, mit dieser Nachricht umzugehen.

»Ich habe gerade ausführlich mit Bayermann konferiert, ich bin vorbereitet auf das Treffen mit Hanggartner, sein Buch würde uns von einigen Sorgen befreien, verstehst Du, Minna?«

»Ich verstehe Dich gut, Georg, aber es hilft nichts, Du mußt auch für Hanggartner Verständnis aufbringen, so schwer es Dir fällt.«

»Und Du meinst, es gibt nicht die Spur einer Chance, ihn umzustimmen?«

»Nein, die gibt es nicht, jedenfalls werde *ich* in dieser Richtung nichts unternehmen, das kannst Du nicht von mir verlangen.«

Er leert das zweite Glas Wasser auf einen Schluck, jetzt erst kommt die Enttäuschung ganz in ihm an, er spürt die Aussichtslosigkeit seines Anrennens, gleichzeitig reizt ihn diese Aussichtslosigkeit aber so, daß er am liebsten das Wasserglas gegen eine dieser größenwahnsinnigen Glasfensterfronten schmeißen würde.

»Gib mir einen Rat, Minna«, sagt er und bemüht sich, wieder leiser zu sprechen, »was soll ich tun?«

»Abwarten, Georg, und auf keinen Fall bei Hanggartner anrufen.«

»Er wird sich stundenlang ans Telefon hängen und es der ganzen Welt mitteilen.«

»Das wird er.«

»Er wird ein Horror-Szenario entwerfen vom drohenden Ende dieses Konzerns ...«

»Vielleicht auch das ...«

»Er wird sich die Seele aus dem Leib reden, und ich soll nichts tun, sondern ihn gewähren lassen.«

»Ja, Georg, laß ihn, er wird sich beruhigen, glaub mir, er wird ein paar Tage und viele Telefonate brauchen, aber irgendwann wird er sich beruhigen.«

»Morgen? Im Laufe des morgigen Tages?«

»Nein, morgen ist ganz bestimmt noch zu früh.«

»Dann können wir den Termin vorerst vergessen.«

»Ja, den Termin mußt Du vorerst vergessen.«

Er hat Platz genommen, er wiegt sich jetzt mit Hilfe der nachgebenden Rückenlehne seines Drehstuhls hin und her, als Kind hat er sich einmal einen Affen gewünscht, der Wunsch war ihm nicht auszutreiben, immer von neuem setzte er ihn auf seine Geburtstagswunschlisten und die kleinen Schmierzettel, die er unters Kopfkissen gelegt hatte, um den Himmel gnädig zu stimmen und zu erweichen. Er hatte fest daran geglaubt, mit der Zeit erhört zu werden, aber der Himmel war hart geblieben, eine starre und kalte Front weißer Engel, die ihm nicht einmal ein Lächeln gewährt hatten.

Er spricht jetzt so leise, daß es ihn selbst beinahe anekelt. »Danke, Minna, lassen wir die Sache vorerst auf sich beruhen.«

»Es ist das Beste, Georg, glaub mir.«

»Ja, in Ordnung, ich melde mich wieder.«

Die ganze Betriebsamkeit dieses Tages zieht sich wie am Morgen, als ihn die Nachricht erreichte, zusammen zu einem einzigen schmerzhaften Punkt. Versuchsweise dreht er sich auf seinem Stuhl einmal um die eigene Achse, aber es hilft nichts, dieses Sackgassen-Gefühl wird er einfach nicht los. Er greift nach dem Hörer und wählt die Nummer der Klinik, erst nach mehr als einer Minute meldet sich ein Assistenzarzt und versorgt ihn mit lauter dürftigen Auskünften. Die Einführung des Katheters sei erfolgreich verlaufen, bisher seien keine größeren Komplikationen aufgetreten, der Patient sei jedoch nicht bei Bewußtsein, detailliert gebe ausschließlich Professor Loeb Auskunft. Von Heuken fragt noch, ob er vorbeikommen solle, aber der junge Arzt läßt ihn nicht einmal zu Ende reden, sondern fertigt ihn eilig ab. Nein, ein Besuch sei jetzt nicht angebracht, der Patient werde optimal versorgt.

Von Heukens Arbeitselan ist längst zusammengebrochen, er ist nervös und unausgeglichen wie ein Kind, das sich nicht richtig zu beschäftigen weiß. Ein Leben lang wird man diese trüben Kindernachmittage nicht los, denkt er, diese Nachmittage, an denen man sich dauernd die Haut kratzte oder vor Langeweile soviel Süßigkeiten aß, daß man sich schließlich ins Bett legen mußte. »Warum liest Du nicht einfach etwas?« hatte ihn Mutter dann oft gefragt, bis er sich irgendein Buch geholt und darin zu lesen versucht hatte, das alles aber war beinahe schmerzhaft gewesen, eine Art schmerzhafter Lähmung, fast wie ein Lebensekel, nur noch ohne die philosophischen Weihen, die man demselben Empfinden in den Pubertätsjahren verlieh. Seine Grübeleien erinnern ihn an sein Kinderzimmer und das Elternhaus in Marienburg, wie schön, denkt er, wie schön war schon der breite Treppenaufgang hinauf in den ersten Stock, ganz zu schweigen von der sonstigen Großzügigkeit dieses Hauses, in dem er seine ganze Kindheit verbracht hat.

Als er erneut die Marienburger Nummer wählt, ist es, als wolle er hineinhorchen in die dortige Stille, und wirklich glaubt er, die Räume im Erdgeschoß beinahe zu sehen, als er Liesel Burgers Stimme zu hören bekommt. Er schließt die Augen und spricht in derselben leisen Tonlage weiter, in der er das Gespräch mit Minna beendet hat.

»Liesel, ich bin es, Georg. Ich bin noch im Büro, aber ich habe jetzt Zeit, ich käme gern mal vorbei, paßt es Dir?«

Sie antwortet nicht sofort, sie scheint sich an seine ungewohnt leise und weiche Stimme erst gewöhnen zu müssen.

»Es geht ihm nicht gut, habe ich recht?« fragt sie dann.

»Nein, Liesel, es geht ihm nicht gut, aber laß uns zu Hause darüber sprechen.«

»Ich habe mit der Suppe auf ihn gewartet, ich habe gedacht, er kommt doch noch vorbei.«

Von Heuken schweigt, er hat die Augen weiter geschlossen, dieser Satz mit der Suppe ist das Schlimmste, was er heute bisher zu hören bekam. Warum sagt Liesel so etwas, begreift sie nicht, was sie mit einem Satz wie diesem anrichtet?

»Ich habe gedacht, er kommt doch noch vorbei«, sagt sie ein zweites Mal, als vermute sie, er habe sie nicht genau verstanden. Er umklammert mit einer Hand die Glasplatte seines

Schreibtischs, dann sagt er, langsam, als spreche er mit einem sehr kleinen Kind: »Was ist es für eine Suppe, Liesel?«

»Es ist eine Gemüsesuppe, nach seinen Aufenthalten im Hotel kam er jeden Montagmittag vorbei und aß eine Gemüsesuppe.«

»Und wo steht sie jetzt?«

»Sie steht auf dem Herd, die Gemüsesuppe steht noch auf dem Herd.«

»Liesel? Wie lange steht die Gemüsesuppe schon bei uns auf dem Herd?«

»Ehrlich gesagt, weiß ich es nicht so genau, Georg, es tut mir leid, eigentlich müßte ich das doch ganz genau wissen.«

»Nein, Liesel, darum geht es nicht. Ich will nur wissen, ob sie noch genießbar ist. Ich habe Hunger, Liesel.«

»Dann komm doch vorbei, Georg.«

»Gut, Liesel, dann bin ich in einer halben Stunde bei Dir, und dann essen wir zusammen einen Teller Suppe, ist Dir das recht?«

»Ja, Georg, natürlich ist es mir recht.«

Seine Hand löst sich von der Glasplatte, ein »bis gleich, Liesel« rutscht ihm noch heraus, dann kehrt er mit der Hand über den aufgeräumten Schreibtisch und schichtet den unberührten Poststapel noch einmal neu, ohne einen einzigen Brief genauer zu betrachten.

Wie lange war er nicht mehr in seinem Elternhaus? Auf jeden Fall nicht mehr seit Mutters Tod, alles, was seit ihrem Tod in diesem Haus geschehen ist, liegt für ihn im Dunkeln. Er steht auf und starrt noch einen Moment auf die Schreibtischplatte, in all den Jahren, in denen er nun schon hier sitzt, ist er den Verdacht nicht losgeworden, bloß an einem Spieltisch zu sitzen, denn alles, was er hier tut, kommt ihm austauschbar vor, als beträfe es ihn nicht eigentlich oder als könnte es ein anderer genauso erledigen. Ein zentraler Unterschied zwischen den Alten und uns, denkt er, besteht darin, daß die Alten so ein Empfinden nie haben, sie sehen sich niemals als überflüssig an, sie sind fest und absolut davon überzeugt, daß es auf sie und niemand anderen ankommt. Dieses Empfinden von Wichtigkeit haben sie, weil sie den Krieg überlebt haben, bis heute zehren sie von diesem stummen, starken Triumph.

Er zieht seinen Mantel über und geht ins Vorzimmer, noch weniger als alles andere, was heute geschah, begreift er die Geschichte, die mit diesem Vorzimmer zu tun hat. »Ich fahre jetzt nach Marienburg«, sagt er und schaut Joana an.

»Gibt es schlechte Nachrichten?«

»Jedenfalls gibt es keine besonders guten.«

Er spürt, daß er mehr sagen müßte, sie blicken sich an, als überprüften sie beide, was genau mit ihnen passiert ist, er möchte gern etwas sagen, was sich darauf bezieht, gleichzeitig schielt er in Gedanken aber auch zurück und hat dann das frühere, distanzierte Verhältnis von Chef und Sekretärin im Auge. Sie schauen sich etwas zu lange an, sie geben sich Mühe, diesen gespannten Zustand in der Schwebe zu halten, dann lächelt sie plötzlich, sie lächelt, als wolle sie ihn freigeben, damit sie später auf diese Momente wieder zurückkommen kann. Auch er lächelt darauf ganz kurz, er kann so etwas nicht gut, in solchen Momenten kommt er sich tölpelhaft und schwerfällig vor, lieber hätte er durch einen Witz oder eine ironische Wendung von sich abgelenkt.

Als er draußen ist, spürt er, daß dieser Blickkontakt ihn beruhigt hat, ein tieferes Einverständnis lag ihm zugrunde, das ihm mehr Sicherheit gibt, als er zuvor besaß. Vielleicht ist er jetzt endlich im richtigen Alter für solche Kontakte, jedenfalls würde er etwas anderes daraus machen als etwa Hanggartner, der gar nicht mehr darauf zu vertrauen scheint, daß sich

Begegnungen dieser Art allmählich entwickeln und dann schön sein können. In Geschichten von einer bestimmten Intimität ist nichts schlimmer als pubertäre Panik und der geile Drang, möglichst rasch und immer von neuem zum Ziel zu kommen, Hanggartner hat es wohl ein Leben lang auf diese Weise versucht, wie ein Streuner, der von einer Buchhandlung zur anderen zieht und überall winzige Spuren seiner hastigen Ekstasen hinterläßt. Man sollte eine Deutschlandkarte mit all seinen Volltreffern herausbringen, denkt von Heuken, das wäre ein wunderbarer Gag für die Werbung, eine bunte Karte mit lauter fein abgestuften Hanggartnerschen Erotik-Signalen und darüber in fetten Lettern *Wilhelm Hanggartners Intime Passionen. Stationen und Hintergründe.*

Wenn uns gar nichts mehr einfällt, machen wir eine Ausstellung, denkt er weiter, als er den gläsernen Aufzug ins Foyer hinunter betritt, dann lassen wir all seine weiblichen Volltreffer ausführlich von ihren Erlebnissen erzählen und bringen kleine Fotografien von den Hotels und den Weinmarken, deren Gesüffel dem großen Showdown vorausgingen, so eine Ausstellung würde ihn noch einmal in ein ganz anderes Licht rücken und all seine Umständlichkeit mit den Attributen zeushafter Potenz glanzvoll dekorieren.

Er lacht kurz hämisch auf und nimmt das Lachen sofort zurück, als der Aufzug im Foyer ankommt und die Glastür betriebsam aufspringt. Unten geht er mit einem schnellen Gruß an der Pförtnerloge vorbei und läuft beinahe zu dem großen Parkplatz hinüber. Von einigen der Bürofenster aus wird er beobachtet werden, da ist er ganz sicher, er legt es sogar darauf an, daß man von dort oben einen Mann davonstürzen sieht, jemanden in großer Aufregung, damit das Gerücht in Umlauf gebracht wird, der junge von Heuken fahre zur Klinik, weil der alte im Sterben liege. Ihm ist daran gelegen, ein Alibi für sein Verschwinden zu haben, keine weitere Stunde hält er es im Konzern aus, nachdem das Treffen mit Hanggartner nicht klappt.

Er startet den roten Mazda und bremst ihn beim Wenden mehrmals hart ab, er ist jetzt der beflissene Sohn, der ans Sterbebett seines Vaters eilt, er reiht sich in den Verkehr der Ausfallstraße ein und wechselt gleich mehrmals die Spur, erst als er sich nicht mehr beobachtet fühlt, fährt er langsamer und lehnt sich zurück, schließlich läßt er sich nur noch in die Innenstadt treiben und biegt fast im Schrittempo vom Rheinufer aus in die langen Alleen des Stadtteils Marienburg ein.

8

DIE STILLE MARIENBURGS mit seinen Alleen und seinen großen Villen im Stil englischer oder amerikanischer Landhäuser macht ihn jedes Mal, wenn er nach einer Zeit der Abwesenheit dorthin zurückkommt, fassungslos, er läßt die Fenster seines Wagens herunterschnurren, damit er noch besser in sie eintauchen kann, die erdige Feuchtigkeit des Herbstlaubs schlägt wie ein Dufthauch aus einem Flakon, den er gerade geöffnet hat, hinein, er rollt jetzt durch eine ganz andere Welt, in der es weder Kneipen noch Läden, weder lautes Vergnügen noch erregte Debatten gibt, denn diese Stille ist die Stille des Reichtums, der sich vor der restlichen Welt in Sicherheit gebracht hat. Hohe, jeden Einblick verwehrende Zäune grenzen diese Welt noch einmal nach außen hin ab, aber solcher Zäune bedürfte es gar nicht, weil kein Mensch sich hierher verirrt, die Straßen sind menschenleer, höchstens daß irgendwo ein einzelner Hund ausgeführt und von Baum zu Baum begleitet wird. Sogar den Krieg haben diese Ruhezonen ohne allzu große Zerstörungen überstanden, die reichste Wohngegend Kölns lag nicht in der Einflugschneise der alliierten Bomber, so daß hier wie seit über hundert Jahren Bankdirektoren und Finanziers, Schokoladenfabrikanten und steinreiche rheinische Kaufleute wohnen. Eine Apotheke, ein Feinkostladen, eine protestantische und eine katholische Kirche, an St. Maria Königin, der katholischen, Anfang der fünfziger Jahre von Dominikus Böhm erbauten, fährt von Heuken gerade vorbei, Pa, denkt er, war angeblich nur zweimal in dieser Kirche, zu meiner und dann noch einmal zu Ursulas Kommunion, er mochte den modernen Bau mit seiner verkorksten Zeltidee nicht, besonders abstoßend fand er die große Glaswand des Hauptraums mit all ihren Schlieren und Rillen, an denen der Blick von uns Kindern während der langen Gottesdienste, zu denen uns Mutter regelmäßig mitnahm, oft hängenblieb.

Er nähert sich jetzt seinem Elternhaus, das Tor zur Straße steht offen, er fährt die Auffahrt zum Vorhof hinauf, wo sich das Wohnhaus mit dem mächtigen Eckturm und der Garagenflügel mit dem Chauffeurshaus befinden, seit er sich erinnern kann, hatte Pa einen italienischen Chauffeur, der erste war mehr als dreißig Jahre bei ihm, während der zweite, der von Anfang an nur »Secondo« genannt wurde, jetzt auch schon mehr als zwanzig Jahre sein Fahrer ist.

Als er den Motor abstellt und die Tür öffnet, kommt Liesel nach draußen, er braucht einen Moment, um ganz zu begreifen, daß sie es ist, so lange hat er sie nicht mehr gesehen. Sie ist stark gealtert, denkt er, denn er erkennt ihre frühere resolute und wendige Art nicht mehr sofort, sie wirkt kleiner und mehr in sich verkrochen, aber noch immer hat sie dieses feine, unglaublich duldsam wirkende Frauengesicht, ein Gesicht wie von Dürer, so hat Vater es jedenfalls oft genannt. Sie geht auf ihn zu und umarmt ihn, sie zieht seine große Gestalt tief zu sich herab, ihre knochigen, gut zupackenden Finger spürt er wie früher auf seinem Rücken. Dann gehen sie nebeneinander ins Wohnhaus und betreten die Empfangshalle, an die sich die größere Wohnhalle mit dem schönen Erker hinaus zum Park anschließt, nach rechts geht es zum Herrenzimmer mit Wintergarten und Bibliothek, während sich links ein Salon, das Speisezimmer und die große Küche befinden.

»Leg bitte ab«, hat Liesel früher meist zu ihm gesagt und ihn hinüber zur Garderobe begleitet, jetzt aber sagt sie »wo wollen wir essen?« Von der Garderobe aus geht er durch die hohen, herrschaftlichen Räume, beinahe sieht es so aus, als befände er sich auf einem Erkundungsgang und schlenderte müßiggängerisch von Raum zu Raum, »wir essen bei Dir in der Küche«, sagt er und ruft ihr, als sie sich auf den Weg dorthin macht, noch nach: »ich habe mittags doch *immer* bei Dir in der Küche gegessen.« Es stimmt, in seinen letzten Gymnasialjahren hat er nach der Schule oft mittags allein in der Küche gegessen, von den drei Kindern war er das einzige, für das Liesel noch etwas bereithielt, Christoph aß meist außerhalb, bei einem seiner Schulfreunde, und Ursula bekam in ihrer Nonnenschule am Mittag eine jener Mahlzeiten, die ihre Eßgewohnheiten bis heute ruiniert haben.

Obwohl er die große Villa bis in alle Einzelheiten kennt und sich seit seiner Jugend nichts in ihr verändert hat, staunt er nach der langen Zeit des Fernbleibens doch insgeheim wieder über ihre Größe und den unauffälligen, geschickten Wechsel von helleren und dunkleren Räumen. Von einem Kölner Architekten kurz vor Beginn des Ersten Weltkriegs nach einer Englandreise erbaut, gruppieren sich die Räume des Erdgeschosses um die zentrale, mit dunklem Holz getäfelte Wohnhalle mit dem großen Kamin, die Wände und Decken des Herrenzimmers sind dagegen lichtgrün, die Übergardinen hellgelb, während die Regale, Schränke und Möbel der sich anschließenden Bibliothek wieder in dunklerem, matt poliertem Nußbaum gehalten sind.

Am schönsten erscheint ihm jetzt aber das lichte, zum Park hin gelegene Speisezimmer mit den leichten, mit roter Seide bezogenen Mahagonistühlen um den noch immer mit dem großen weißen Tischtuch gedeckten Tisch, auch die Übergardinen sind rot, dieses Rot, denkt von Heuken, war Mutters Idee, sie kontrastierte es mit dem Elfenbeingelb der Wände und Türen, der Raum wirkt noch heute so freundlich und festlich und durch seinen Gelb-Rot-Kontrast so überraschend, als befände man sich in einer ländlichen Villa an einem der oberitalienischen Seen. Die Villa als Ganzes aber war Vaters Entdeckung, er hatte sie sich für seine junge Familie geleistet, denn als die Kinder klein waren, gab er den vor lauter Vitalität überschäumenden Vater, dem dieses herrschaftliche Ambiente gerade recht war, um seine wirtschaftlichen Ambitionen auch nach außen hin zu dokumentieren. Weitläufig, elegant und mit dem umgebenden Park geschickt verbunden, war es der ideale Raum für seine Mittagsrunden mit Geschäftsfreunden und Kollegen oder für die sommerlichen Abendgesellschaften, für die der ganze Park in eine einzige Festwiese mit blumengeschmückten Lauben und Pavillons verwandelt wurde.

In von Heukens Erinnerung liegen diese Zeiten schon unendlich lange zurück, all diese Szenen spielen in den fünfziger und frühen sechziger Jahren, Jahren mit einem nicht abreißenden, das ganze Haus durchflutenden Strom kleinerer oder größerer Menschengruppen, die ihm als Kind wie merkwürdig gekleidete und sich seltsam benehmende Gestalten eines skurrilen Festumzugs vorkamen, nicht selten waren sie vom Alkohol leicht benebelt und zu jener Sorte Albernheiten aufgelegt, für die man als Kind nicht das geringste Verständnis aufbrachte. Irgendwann aber hat die festliche Gestimmtheit in diesen Räumen nachgelassen, es war, als ermüdete ein schleichendes Gift die gute Laune und ließe lauter zersplitterte Grüppchen zurück, auch die Familie war nicht mehr so häufig wie früher zu den üblichen Mahlzeiten zusammen, vielmehr ging jeder immer mehr seinen Neigungen nach und suchte sich seinen Platz in dem großen Terrain. Mutter begann damit, sie zog in die alte Remise, die dann nur noch *der Damentrakt* hieß, sie ertrug Vaters Eskapaden und all die Freiheiten, die er sich nahm, einfach nicht mehr und zeigte von da an auch nach außen, daß sie gewillt war, ihr eigenes Leben zu führen. Allmählich, denkt von Heuken, haben wir uns alle von hier entfernt, erst Mutter, dann Christoph, dann Ursula, ich habe es immerhin bis zum Abitur ausgehalten, nur Vater hat sich keinen Schritt von der Stelle bewegt, unaufhörlich war er darauf aus, das große Haus so zu erhalten wie früher, schließlich trafen sich zu seinen Soireen lauter Typen, die er kaum kannte und die solche Gelegenheiten nutzten, um gut zu essen, sich zu betrinken und irgendwo eine lange, durchschwatzte Nacht zu verbringen.

»Georg, ich bin soweit«, hört er Liesel rufen, er steht noch im Speisezimmer und blickt hinaus in den Park, nun tut es ihm fast leid, daß sie nicht zusammen in diesem Raum essen (er säße am Ende des Tisches, auf Vaters altem Platz, mit dem Blick auf die Parade der Säuleneichen am hinteren Ende des Grundstücks), doch als er die Küche betritt, gibt er sofort wieder diesem Eßplatz den Vorzug, schon der Steinboden mit den großen schwarz-weißen Fliesen ist ein starkes Bild aus seiner Kindheit, er erinnert sich genau, auf diesem Boden gesessen und sein Spielzeug die Fliesenfugen entlanggeschoben zu haben, manchmal fielen vom großen Tisch Kartoffelspäne oder Gemüseblätter herab, die er dann auf seine kleinen Laster geladen oder seinem Stoffaffen in die steifen Finger gedrückt hat.

Er setzt sich, wie früher hat Liesel für sie beide gedeckt, und wie früher sagt sie »Gelobt sei Jesus Christus« und schlägt kurz das Kreuzzeichen, das hat er vor einer Mahlzeit unendlich lange nicht mehr getan, jetzt aber macht er mit, es ist so in Ordnung, nichts wäre lächerlicher als in diesem Augenblick den modernen Skeptiker zu spielen und die alten Ordnungen dieses Hauses, die Liesel wie niemand anderer verkörpert, zu ignorieren.

Für einen kurzen Andachtsmoment sind sie beide still, dann breitet er die schwere, weiße Serviette auf seinem Schoß aus und kostet langsam die Suppe, sie schmeckt wie eine gute Essenz, kräftig und doch zurückhaltend und fein und jedes Gemüse so eigen, als sei diese Zubereitungsweise die einzige all diesen vielen Sorten gemäße. Er beginnt, langsam zu erzählen, vom Morgen im Hotel und seinem Aufenthalt im Krankenhaus, dabei versucht er, keinerlei Dramatik aufkommen zu lassen, Liesel soll sich den Ablauf der Ereignisse genau vorstellen können, am frühen Abend wird sie selbst ins Krankenhaus fahren, um einen Koffer mit den für Vater notwendigsten Sachen dorthin zu schaffen.

»Hast Du etwas bemerkt«, fragt er schließlich, »gab es irgendwelche Anzeichen, daß er sich nicht wohl fühlte?«

»Nein«, antwortet Liesel, »nicht die geringsten, nur daß er sich noch immer soviel zumutete, das war bedenklich. Du weißt ja, er ist ein Mensch, der nicht altern kann. Man bemerkt es schon daran, daß er niemals zurückblickt, er spricht nicht von der Vergangenheit oder ruht sich wie unsereins in solchen Erinnerungen aus, für ihn gibt es nur die Zukunft und all die Projekte, die sie bis an den Rand füllen, darin fühlt und denkt er wie ein Zwanzigjähriger, der sich jeden Tag aufs neue in dieses offene Loch stürzt.«

»Ja, das stimmt, so ist er.«

»Dabei ist doch gerade das Alter eine so unendlich wertvolle Zeit. Ich sitze oft hier und schaue hinaus in unseren Park, all diese Bäume und Sträucher da draußen sind mit uns in die Jahre gekommen, ich werde ganz ehrfürchtig, wenn ich daran denke, und außerdem ist es etwas sehr Seltenes, Schönes, diese Bäume Jahr für Jahr belaubt, kahl und wieder belaubt zu sehen, das gräbt sich tief in Dich ein, manchmal, wenn ich hier allein sitze, fange ich sogar an zu singen, weil mich das alles so erfüllt und auch freut und meine Freude dann eben hinausmuß, es hört Dich ja keiner, Du darfst das, denke ich dann, aber selbst wenn Ihr mich alle hören würdet, es wäre mir auch egal, nehmt ruhig an, Liesel, wie sie so dasitzt und wie eine alte Indianerin den Bäumen was vorsingt, wird nun auch langsam senil.«

Von Heuken antwortet nicht, er will jetzt nicht eilfertig etwas sagen, vielleicht, denkt er, ist diese alte Frau am Ende die einzige, die diesem großen Haus und seiner Umgebung gewachsen ist, wir anderen sind mit beidem immer weniger zurechtgekommen, und außerdem besitzen wir auch nicht Vaters Energie, wir springen nur noch herum und spielen die Betriebsamen, denen dauernd etwas Neues einfallen muß. Nichts diktiert die Arbeit im Konzern so wie der Ruf nach dem Neuen, noch bevor die neusten Bücher gerade aus der Druckerei kommen und überallhin ausgeliefert werden, denken wir an die nächsten, die allerneusten, dabei kommen wir längst nicht mehr mit, wir sind gar nicht mehr in der Lage, mit Büchern mehr zu verbinden als einen Umschlagentwurf oder einen passenden Slogan für die Zielkundenwerbung. Und Pa? Vater trat immer mit der Vorstellung an, jetzt den großen Treffer zu landen, jedes halbe Jahr klammert er sich an diese Illusion, wobei es ihm nicht nur um den wirtschaftlichen Erfolg geht, sondern auch darum, daß ein Buch ins, wie er es nennt, Herz der Zeit trifft. Wahrscheinlich hat er die Stille hier und das alte Haus nicht mehr ertragen, es hat ihn einfach wieder hinausgezogen, nichts braucht er so lebensnotwendig wie Kontakte und Berührungen mit dem, was er für frisch und aktuell hält.

»Was hat es mit diesen Nächten im Dom-Hotel auf sich, Liesel, warum hat er dort übernachtet?« fragt von Heuken, obwohl er spürt, daß diese Frage wie ein Bruch wirken muß, »ich frage, weil ich von diesen Nächten nichts gewußt habe, und ich kann mir auch nicht denken, daß es sonst viele wußten.«

»Nein, das glaube ich auch nicht, Georg, obwohl er kein großes Geheimnis daraus gemacht hat. Es hat vor etwa zwei Jahren angefangen, er hatte einen Termin mit Herrn Feil, und er wollte ihn nicht hier, in der Villa, empfangen. Sie trafen sich im Dom-Hotel zu einem Abendessen, das lange gedauert haben muß, jedenfalls nahm er sich damals wohl aus einer Laune heraus ein Zimmer und fand dann daran Gefallen, weil ihm die Stille hier nicht mehr behagte. Er wollte Abwechslung, Leben, zumindest für ein paar Tage im Monat, und er hatte in Herrn Feil einen Gehilfen, der diese Abwechslungen verschaffte.«

»Feil? Peter Feil hat sich darum gekümmert?«

»Ja, wenn Du mehr darüber wissen willst, mußt Du ihn fragen, er hat alles arrangiert, Konzertkarten für die *Philharmonie*, einen Abend an einem Ecktisch im *Früh*, solche Sachen, er hat sich oft hier gemeldet und kam dann auch vorbei, um dies und das ins Hotel zu schaffen, Getränke, Zigarren, aber auch Unterlagen und Akten, denn Dein Vater hat dort auch manchmal Geschäfte erledigt und sich anscheinend mit den verschiedensten Menschen getroffen, Genaueres weiß ich allerdings nicht, ab und zu fiel nur einmal ein Name, zum Beispiel der von dieser Agentin, Du kennst sie auch, ich meine diese Agentin mit den extrem kurzen Röcken und den schwarzen Netzstrümpfen, wie heißt sie doch gleich?«

»Lina Eckl, meinst Du Lina Eckl?«

»Ja, genau, die meine ich, mit ihr hat er sich, glaube ich, häufig getroffen, sie mußte ihm von New York erzählen, denn nichts wurmte ihn mehr, als in seinem Alter nicht mehr nach New York fliegen zu können, unsere besten Autoren waren immer Amerikaner, hat er doch oft gesagt, na Du kennst seine Vorlieben, mit den älteren amerikanischen Autoren konnte er reden und trinken und alle Probleme vergessen. Nervös wurde er nur, wenn ihn einer fragte, wie es denn weitergehen solle mit dem Konzern und seinen Verlagen, das mochte er gar nicht, im Grunde wollte er mit niemandem darüber reden, nur mit mir, ausgerechnet mit mir hat er oft darüber gesprochen, wenn wir hier mittags zusammen eine Suppe gegessen haben oder auch abends mal Zeit hatten, er hat immer hier in der Küche essen wollen, etwas Einfaches, Gesundes mußte es sein, den Luxus hat er sich nur an den Wochenenden während seiner geheimen nächtlichen Streifzüge erlaubt.«

Von Heuken hört ihr wie gebannt zu, denn darauf, daß sein Vater sich trotz seines Alters bis tief in die Nacht mit Menschen getroffen und mit ihnen Streifzüge unternommen hat, wäre er nicht gekommen, die ungebrochene Lebenslust, die sich dahinter verbirgt, beunruhigt ihn, denn er selbst lebt in seinem jetzigen Alter schon beinahe so, als wäre er überhaupt nicht mehr auf Abwechslungen oder gar Überraschungen aus. Er greift nach dem großen Suppenlöffel und nimmt sich noch einen zweiten Teller, diese geheimen Stunden der Nacht, wie Liesel sie nennt, haben für ihn etwas von Verführung, von Magie und von Freiheit, vielleicht haben sie Vaters Vitalität immer wieder erneuert, denn gerade in den letzten beiden Jahren kam es einem ja durchaus so vor, als legte er an Elan und Kraft noch einmal zu. Sicher war dieses Wohlbefinden auch der Grund dafür, daß immer seltener über die Zukunft gesprochen wurde, jetzt aber muß darüber gesprochen werden, auch Liesel hat ja schon damit begonnen, so daß er neugierig geworden ist, er spürt diese Neugierde direkt körperlich, sie kriecht ihm wie ein juckendes Pulver unter das Hemd und läßt ihn auf seinem Stuhl hin und her rücken.

Eine kleine Weile führt er noch den Löffel zum Mund und

überlegt, ob Liesel sein Nachfragen nicht als zu direkt empfinden könnte, dann jedoch bemerkt er erleichtert, daß sie von sich aus weitererzählt:

»Meine Haltung, Georg, das will ich Dir jetzt ruhig einmal sagen, war immer klar, klar und eindeutig, jedes Mal habe ich Deinem Vater gesagt, daß der Älteste den Konzern übernehmen muß, der Älteste, sonst niemand, und damit basta! Ursula scheidet von vornherein aus, da sind wir uns wohl beide einig, aber ich sage es jetzt einmal ausdrücklich, weil es gesagt werden muß. Das hat nichts damit zu tun, daß ich sie nicht mag, ich mag sie sehr gern, wir alle mögen sie ja, und Dein Vater hängt an ihr vielleicht am meisten, aber einer so schweren Aufgabe ist sie einfach nicht gewachsen, sie würde sich in ihr Büro hoch oben im Konzernturm verkriechen und tagelang in den wunderbaren Gedichten eines kaukasischen Lyrikers lesen, die sie dann in drei Bänden herausbringt, ohne sich eine Sekunde zu fragen, ob es nicht fürs erste auch ein einziger Band tun würde. Und Christoph? Christoph, sage ich immer, ist noch nicht erwachsen, bei Christoph weiß man nie, ob er nicht das halbe Vermögen durch seine Bestseller-Spekulationen verliert, er hat zuviel vom Draufgängerischen Deines Vaters und zuwenig von seinem kühlen rheinischen Kaufmannsverstand. Du dagegen hast diesen Verstand, vielleicht fehlt Dir etwas vom Draufgängerischen, mag sein, vielleicht fehlt Dir auch, daß Du niemals auf die Nase gefallen und statt dessen – wie Deine Geschwister natürlich auch – so verwöhnt worden bist, daß Du Dir die Härten, die das Leben anderer Menschen bestimmen, nicht einmal vorstellen kannst. Dein Vater kann das, er kann sich in fremde Menschen hineinversetzen, nicht lange und nicht mit sehr viel Geduld, aber er hat eine Menschenkenntnis, die ihn vor großen Fehlern bewahrt. Du dagegen, hast Du das, Menschenkenntnis? Kannst Du eine Vorstandssitzung leiten und dabei allen, die daran teilnehmen, das Gefühl geben, von Dir verstanden und vielleicht sogar noch gefördert zu werden?«

Die Wendung, die das Gespräch plötzlich nimmt, paßt von Heuken nicht, er hat nicht erwartet, so ins Zentrum gerückt und auch noch begutachtet zu werden, schon in seiner Schulzeit hat Liesel manchmal an ihm herumgekrittelt und versucht, ihm auch noch die letzten kleinen Schwächen auszutreiben. Dummerweise hat Mutter sie darin meist unterstützt, denn Ma konnte so etwas überhaupt nicht, sie war niemand, der an seinen Kindern herumnörgelte oder sie auf Fehler hin überprüfte, lieber ging sie mit ihnen in die Stadt, kaufte ihnen etwas Neues zum Anziehen und freute sich dann ein paar Stunden darüber, wie diese neuen Kleidungsstücke sie in liebenswürdige, adrette Erscheinungen verwandelten. Ma war wundervoll, denkt von Heuken, aber vielleicht hat niemand von uns das zu ihren Lebzeiten so richtig erkannt. Wenn es Streit gab, stand sie auf und ging in ihr Zimmer, und wenn ihr etwas überhaupt nicht paßte, ließ sie sich einen halben Tag nicht sehen und ging am Abend allein ins Theater, sie wollte sich nicht streiten, und sie tat es auch nicht, ohne viele Worte hat sie alles ertragen, was Vater sich ihr gegenüber erlaubte, bis es ihr zuviel wurde und sie für immer verschwand. Einem feineren Menschen als ihr sind wir alle wohl nie begegnet, selbst Vater hat sich bei ihrem endgültigen Fortgehen dann so geschämt, daß es ihm den Boden unter den Füßen fortzog und er seinen ersten Infarkt bekam.

»Entschuldige«, sagt Liesel, »eigentlich wollte ich Dir das nicht sagen, ich mache mir nur meine Gedanken, schließlich hänge ja auch ich am Konzern und dem Lebenswerk Deines Vaters.«

Lebenswerk, ja, denkt von Heuken, so nennt man das wohl, *Lebenswerk* hört sich großartig und prall und barock an, ein Lebenswerk trauen sie unsereinem nicht zu, höchstens daß man die Karten aufnimmt und so lange weiter mit ihnen spielt, bis sie wiederum der nächste bekommt.

»Neinnein, Du brauchst Dich nicht zu entschuldigen«, sagt er dann, »ich bin froh, daß wir über das alles einmal reden, im Grunde reden wir viel zu spät darüber.«

»Ja, das stimmt, viel zu spät reden wir über all diese Dinge, Dein Vater hat solche Gespräche aufgeschoben, um Zeit zu gewinnen, er wollte sehen, wie Ihr Euch bewährt, und natürlich wollte er der Alleinherrscher bleiben, denn einen wie ihn kann man sich wohl schwer dabei vorstellen, sein Reich mit anderen zu teilen. Aber er verlor diese Notwendigkeit doch immerhin nicht aus den Augen, das nicht, und am Ende gab es sogar eine Lösung, die er favorisierte.«

Wieder antwortet von Heuken nicht, Liesels Wort von der *Lösung* klingt in ihm nach, mit *Lösung*, das spürt er sofort, ist etwas Unangenehmes verbunden, vielleicht handelt es sich sogar um eine juristisch bereits geprüfte und bis in jede Einzelheit abgesicherte Nachfolgekonstruktion, die, davon ist er überzeugt, allen das Leben nur schwermachen wird. Er greift nach seiner Serviette und legt sie neben den Teller. Wie immer, wenn er sich insgeheim gegen etwas wehrt, lehnt er sich zurück und verschränkt die Arme vor der Brust, noch nie hat Vater in seinem Beisein je so ein endgültig klingendes Wort wie *Lösung* gebraucht, anscheinend hat er sich nur Liesel gegenüber frei genug gefühlt, dieses schwere und nachdenklich stimmende Alterswort in den Mund zu nehmen.

»Möchtest Du hören, wie diese Lösung aussieht?« fragt Liesel und schaut ihn jetzt ganz direkt an.

Am liebsten würde von Heuken etwas Ausweichendes sagen, ja und nein, möchte er antworten, ja, ich möchte es hören, weil ich dann endlich Bescheid weiß, nein, ich möchte es auf keinen Fall hören, weil ich nichts Unerfreuliches erfahren möchte. Wenn Liesel von einer *Lösung* spricht, bedeutet das nur, daß er nicht ohne Umwege Vaters Nachfolger werden wird, denn eine direkte Nachfolge wäre keine *Lösung*, sondern das Einfachste und Naheliegendste, etwas, das er sich in seinen Träumen immer wie einen glatten, bruchlosen Übergang ausgemalt hat.

Er erträgt seine Unruhe nicht mehr, er steht auf und macht ein paar Schritte zum Fenster, um in den Park hinaus zu schauen, Jahrzehnte hat keiner gewagt, von Vater eine Festlegung zu verlangen, all die vielen Jahre lang hat sich ein ganzer Konzern mit all seinen Vorstandsmitgliedern, Verlagsleitern und Mitarbeitern davor gedrückt, die entscheidende Frage zu stellen. Wie ein tumber Parsifal ist er sich selbst oft genug vorgekommen, wie ein Parsifal, der sich scheute, die klare Frage zu stellen, und dann unruhig den Gral umkreiste und immer weiter aus den Augen verlor. Jetzt aber, da er zurückgekehrt ist in die Küche seines Elternhauses, um dort wie in der Kindheit eine Gemüsesuppe zu löffeln, begreift er nicht mehr, wie er in all der Zeit eine solche Zurückhaltung und Geduld aufbringen konnte, warum er sich diese demütigenden Jahre des Wartens hat gefallen lassen, warum von ihnen allen niemand den Mut hatte, Vater entgegenzutreten und ihm ein paar eindeutige Worte abzuverlangen?

»Mach es nicht so spannend, Liesel«, sagt von Heuken und starrt weiter hinaus in den Park, »Du weißt ganz genau, daß Du mich mit diesen Lösungs-Andeutungen nervös machst.«

»Ja, Georg, das kann ich mir denken, und ich gebe zu, daß ich es sogar ein wenig genieße. Und weißt Du auch, warum? Weil ich die Haltung von Euch drei Geschwistern nie verstanden, weil ich Eure Zurückhaltung als Feigheit empfunden habe. Ihr hättet längst den Mut haben müssen, von Eurem Vater eine klare Auskunft über die Zukunft des Konzerns zu verlangen, jeder von Euch aber hat sich zurückgehalten, weil er dachte, Euren Vater würde diese Frage wütend machen. Ja und? Warum sich nicht die Zunge verbrennen? Vor demjenigen von Euch, der so etwas gewagt hätte, hätte ich Respekt gehabt, auch dann, wenn es ihn alle Chancen auf die Nachfolge gekostet hätte. Das muß ich Dir jetzt einmal sagen.«

»Gut, Liesel, Du hast es gesagt, ich will Dir jetzt nicht darauf antworten, obwohl zu meiner Verteidigung einiges zu sagen wäre. Sag mir jetzt aber lieber, welche Lösung Vater ausgetüftelt hat, es ist nicht fair von Dir, es so lange für Dich zu behalten.«

»Er hat nichts ausgetüftelt, Georg, einer wie Dein Vater tüftelt nichts aus, das müßtest Du wissen, einer wie Dein Vater denkt einfach und in geraden Bahnen, er überläßt Euch Dreien selbst die Entscheidung.«

Von Heuken kneift die Augen etwas zusammen, im trüben Licht des Nachmittags sind die alten Gruppen der Laubbäume auf der anderen Seite des Parks nicht mehr genau zu erkennen, vielmehr bilden die verwaschenen Gelb- und Braun-Töne des Laubs vor dem schweren Dunkelgrün der Kiefern eine Art diffuser Palette. Die großen Rasenflächen des Geländes aber erscheinen in einem nassen Moosgrün, er erinnert sich noch genau daran, wie der Wasserlauf angelegt wurde, der durch die gesamte Längsachse hinüber zu dem Seerosenbecken verläuft. Die Bäume sind natürlich viel größer als in seiner Kindheit, der gesamte Baumrahmen, der die Rasenflächen einfaßt, wirkt festlicher und hat regelrecht etwas Theatralisches, trotz all dieser Veränderungen erkennt er das Gelände aber noch Stück für Stück wieder, das Unheimliche an diesem Wiedererkennen ist ja, daß er es so genau wiedererkennt, als habe er sich aus dem Haus seiner Eltern nie entfernt. Als hätte ein Teil von ihm hier überlebt und in all den Jahren auf ihn gewartet. Als gäbe es nichts Natürlicheres, als wieder hier einzuziehen und endlich zurückzukehren zu den Spielen und der alten Ordnung von früher. Die Glocken von St. Maria Königin läuten, und er geht mit den Geschwistern zur Kirche. Es ist früher Abend, und Liesel kommt hinaus in den Garten, um sie zum Abendessen zu rufen. Der Hund hat sich an der Pfote verletzt, und Christoph und er tragen ihn zu zweit ins Haus.

»Was ist denn?« fragt Liesel, »hast Du nicht verstanden, was ich gesagt habe?«

Von Heuken steckt beide Hände in die Hosentaschen und dreht sich nach ihr um, mit dem Oberkörper lehnt er sich etwas gegen das Fenster, ein wenig hat er jetzt von der schlaksigen Haltung aus der Zeit, als er Salinger las und all die anderen Bücher dieser lockeren und munteren amerikanischen Vögel.

»Ich hab's gehört, Liesel«, sagt er und kommt sich plötzlich wirklich ein wenig so abgebrüht vor wie in diesen Jugendtagen, »ich hab's gehört. Es hört sich, sage ich mal fürs erste, ganz sauber und einfach an. Vater überläßt uns die Entscheidung, fabelhaft. Aber wie soll sie zustande kommen, diese Entscheidung? Sollen wir würfeln, oder lassen wir die Sterne sprechen?«

»Ihr sollt abstimmen«, sagt Liesel, »ganz einfach abstimmen.«

»Abstimmen?! Einen Namen auf einen Zettel schreiben und ihn in eine Wahlurne werfen?! Stellt Ihr es Euch so vor?!«

»Ihr sollt abstimmen«, sagt Liesel, »die Wahlurne könnt Ihr Euch schenken.«

»Na vielen Dank, Liesel, sehr großzügig. Wer ist denn auf diese Idee gekommen, wer bitte?! Wenn wir abstimmen, entscheidet Ursula über die Zukunft des ganzen Konzerns, das ist klar. Wem Ursula ihre Stimme gibt, der wird Pas Nachfolger werden, denn es glaubt doch wohl niemand im Ernst, daß Christoph mir seine Stimme geben wird oder ich ihm die meine?«

»Na, wer weiß? Wer wollte sich da schon festlegen? Es kann viel passieren, und es kann jederzeit Gründe geben, daß einer von Euch für den anderen oder am Ende vielleicht sogar für Ursula stimmt.«

»Mein Gott, Liesel, das ist ja infam, diese Regelung bedeutet, daß wir einander so lange beharken, bis zwei von uns sich einig geworden sind, den dritten auf keinen Fall zum Zug kommen zu lassen.«

»So könnte es kommen, Georg, und vielleicht hat Dein Vater es genau so gewollt, weil er von Euch jetzt eine solche Härte verlangt. Wer einen Konzern leiten möchte, der muß sich durchsetzen können, selbst gegen seine eigenen Geschwister. Im einzelnen hat er mit mir aber nicht über solche Planspiele gesprochen, er will, daß Ihr drei unter Euch den Nachfolger ausmacht, wie Ihr dabei vorgeht, das ist Eure Sache.«

Von Heuken löst sich vom Fenster, nimmt ein Glas in die Hand und geht hinüber zur Spüle, um es mit Wasser zu füllen. Er leert es auf einen Zug und stellt es ab, dann verläßt er die Küche und geht quer durch die Empfangshalle, öffnet die Glastür zum Garten und macht ein paar Schritte hinaus. Ein feiner, fast unmerklicher Regen hängt über dem Gelände wie ein feuchtes Netz, aber all dieses Geriesel kümmert ihn nicht, sondern tut ihm sogar gut, soll ihm der Regen nur ruhig den Kopf kühlen, das ist nicht das Schlechteste in einem Moment, in dem von ihm verlangt wird, seine Geschwister so auszutricksen, daß zumindest eines von ihnen das nicht als Schmach empfindet, sondern ihn weiterhin unterstützt. Ein Kampf unter Dreien ist so ziemlich die schwierigste Aufgabe, die ihnen gestellt werden konnte, laufend können die Fronten wechseln und jeweils zwei sich heimlich gegen den Dritten zusammentun, in solchen Fällen muß man die unverfrorensten und perfidesten Taktiken beherrschen, von einigen besonders weitgehenden hat er während seiner USA-Zeit in Manager-Kursen erfahren, in denen man von Verhaltensstrategien redete, als handelte es sich dabei um raffinierte Kriegs-Taktiken.

Von Heuken streift jetzt langsam über den Rasen, er hat nie geglaubt, über solche Taktiken einmal nachdenken zu müssen, und ihre Erörterung daher immer nur belustigt mitverfolgt, jetzt aber wird er nicht weiterkommen, ohne jeden Schritt genau zu bedenken, das Schlimme ist nur, daß man das alles von ihm ausgerechnet zum jetzigen Zeitpunkt verlangt, da er sich nicht so stark und sicher wie sonst fühlt, sondern gelegentlich eine leichte Schwäche und Nachgiebigkeit spürt. Etwas Dumpfes, Schleichendes rumort in ihm, es könnte damit zu tun haben, daß Vaters Zusammenbruch ihn aus seiner langen Gleichgültigkeit herausgerissen hat, seltsam ist zum Beispiel, daß er dieses Gelände hier nicht mehr wie eine ihm fremd gewordene Bühne betrachtet, sondern sich leicht danach zu sehnen beginnt, hier erneut zu wohnen, er würde das Gebäude renovieren und hier und da ein wenig verändern, an so etwas hat er vor wenigen Monaten nicht einmal gedacht. Vielleicht reagiert er darauf, daß Vaters Platz seit dem frühen Morgen nicht mehr besetzt ist, vielleicht macht er, ohne es sich einzugestehen, längst Anstalten, diesen Platz zu besetzen, er weiß es nicht genau, aber er weiß, daß etwas in ihm vorgeht, das er nicht fest und bewußt in der Hand hat.

Als müsse er sofort etwas unternehmen, ruft er über sein Handy noch einmal die Klinik an, es gelingt ihm sogar, Loeb kurz an den Apparat zu bekommen. Loeb ist anscheinend mit Vaters Zustand zufrieden, dekoriert seine Sätze aber wieder mit so vielen Fachbegriffen, als habe er es mit einem Fremden zu tun und müsse unbedingt Eindruck machen. Immerhin stellt er ihm aber in Aussicht, Pa am kommenden Morgen sehen zu dürfen, am Ende des Gesprächs ist von Heuken erleichtert, daß er heute nicht noch einmal die Klinik aufsuchen muß.

Er schlendert langsam durch den Regen zurück, er braucht jetzt etwas Ruhe, um sich alles, was ihm heute widerfahren ist, durch den Kopf gehen zu lassen. Allein möchte er sein, vollkommen allein, ideal wäre es, wenn er sich jetzt ganz zurückziehen könnte. Erst kurz vor dem Wiederbetreten des Hauses kommt ihm ein Gedanke, sofort bleibt er stehen, sucht auf dem

Display seines Handys nach einer Nummer und wippt, während er sie anwählt, in der feuchten Kälte von einem Fuß auf den andern. »Habt Ihr noch etwas frei?« fragt er, »ich könnte in zwanzig Minuten dasein.« Als eine weibliche Stimme ihm antwortet, daß man ihn in zwanzig Minuten erwarte, atmet er tief durch und betritt wieder das Haus.

Liesel steht in der Empfangshalle, sie hat sich anscheinend während seiner Wege durch den Park kaum von der Stelle gerührt.

»Christoph hat angerufen«, sagt sie, »er hatte schon versucht, Dich im Büro zu erreichen. Ich soll Dir ausrichten, daß er morgen nach Köln kommt, auch Ursula wird morgen kommen, er läßt fragen, ob Du abends Zeit hast, er schlägt ein Essen zu dritt in einem Restaurant vor.«

Von Heuken nickt, als habe er genau das erwartet, jetzt wird die ganze Sache ernst, sein jüngerer, lebenslustiger Bruder betritt die Bühne, um sein Glück zu versuchen, und in seinem Schlepptau taucht Ursula auf, deren Überlegungen und Pläne er am wenigsten durchschaut.

»Wir könnten bei uns zu Abend essen«, sagt er ruhig und stellt sich für einen Moment vor, wie sie zusammen im Eßzimmer des Rodenkirchener Hauses sitzen und sich hoffnungslos in ihren Gesprächen verheddern, Christoph wird ein paar spöttische Kommentare zu Claras Kochkunst abgeben, und Ursula wird ihn zurechtweisen und darauf bestehen, vor dem Essen einige Gläser lauwarmen Wassers zu trinken. Das Zusammensein wird etwas Stickiges, Peinliches haben, sie werden um die Probleme so lange herumreden, bis es so spät geworden ist, daß es sich nicht mehr lohnt, sie detailliert anzugehen.

»Christoph besteht auf einem Restaurant«, sagt Liesel, »er hat eigens betont, daß er gut essen möchte und nicht familiär.«

»Das sieht ihm ähnlich«, antwortet von Heuken, »gut und

nicht familiär – als ginge es jetzt vor allem um solche Extravaganzen.«

»Er läßt Dir ausrichten, daß er sich um die Reservierung kümmert.«

»Ja, Liesel, es ist gut, ich habe verstanden, Christoph läßt ausrichten, betont, besteht darauf – und die anderen werden vorher natürlich nicht einmal gefragt.«

»Christoph sagt, Ursula sei einverstanden, anscheinend hat er mit ihr bereits telefoniert.«

»Na perfekt, dann brauchen wir uns ja nur noch in das Restaurant zu bequemen, in das unser jüngerer Bruder uns zu kommen nötigt.«

Von Heuken geht hinüber zur Garderobe und holt seinen Mantel. Als er in die Empfangshalle zurückkehrt, steht Liesel Burger noch immer unverändert da. Er schaut einen Moment etwas erstaunt, dann bemerkt er den schwachen Schimmer in ihren Augen, es kommt ihm so vor, als habe sie sich die ganze Zeit Mühe gegeben, diesen dünnen Flor einzudämmen, und als reiche ihre Kraft jetzt nicht mehr dafür aus. Als er sich zu ihr herabbeugt und sie auf die rechte Wange küßt, schlägt ihm der Geruch der Suppe noch einmal so streng entgegen, als habe er sich tief in ihre Hautporen eingenistet, dort aber inzwischen Spuren von Fäulnis angenommen.

»Er wird nicht sterben«, sagt Liesel, »ich weiß ganz sicher, daß er nicht sterben wird.«

Von Heuken richtet sich auf und beginnt, seinen Mantel zuzuknöpfen.

»Nein, Liesel«, antwortet er, »er wird nicht sterben, natürlich wird er das nicht.«

Dann schlägt er den Mantelkragen hoch, umarmt Liesel Burger noch einmal, verspricht, sich am nächsten Tag wieder zu melden, und verläßt das Haus.

9

KAUM ZWANZIG MINUTEN später parkt von Heuken seinen Wagen in der Nähe des Rudolfplatzes und geht im nachlassenden Regen einige hundert Meter zu Fuß, bis er in einer engen, gewundenen Gasse sein Ziel erreicht. Durch die schlichte Glasfront betrachtet, sieht das Ganze so unscheinbar aus wie ein kleiner Laden, an dessen einfacher, geschwungener Theke etwas verkauft wird. Von Heuken öffnet die schmale Tür und tritt ein, ein schwülwarmer Dunst schlägt ihm von der zur Linken in den Keller führenden Treppe her entgegen, während eine junge Frau auf das Klingelzeichen der Tür hin sofort hinter der Theke erscheint. Er erkennt sie, sie sind sich hier schon mehrmals begegnet, aber er weiß nicht, wie sie heißt, und auch sie hat keine Ahnung, mit wem genau sie es zu tun hat. Sie trägt eine leichte, hellblaue Hose und ein weißes Hemd mit sehr schmalen Trägern, ihre nackten Arme und Schultern sind von jener mattglatten, intensiven Bräune, die auf einen nicht lange zurückliegenden Aufenthalt in irgendeinem sonnigen Feriengebiet schließen läßt. Von Heuken kann sie sich gut in einer Strandbar vorstellen, den halben Vormittag mit einem einzigen dekorativen Drink beschäftigt, ein harmloser, flinker Fisch, der in einer schattigen Ecke Tag für Tag die Szene belauert und niemandem ins Netz geht.

Sie begrüßt ihn, lächelt kurz auf und schiebt ihm ein Formular hin, und er unterzeichnet, ohne noch einmal genauer darauf zu schauen, daß er weder herzkrank noch in ärztlicher Behandlung ist und an diesem Tag keinen Alkohol in größeren Mengen zu sich genommen hat. Das Schöne an dieser Sache, denkt von Heuken, ist nicht zuletzt, daß man sich so spontan dazu entschließen kann, man ruft kurz an und kommt einfach vorbei, ohne jedes Utensil, einfach so, weil man sich für eine

Stunde allen Fremdreizen entziehen und so vollkommen wie möglich für sich sein will.

Die junge Frau geht nun voraus, und er folgt ihr die schmale Treppe in den Keller hinunter, er kennt schon das merkwürdig Zwielichtige dieses Moments, denn immer wenn sie so zu zweit auf dem Weg in den nur schwach erleuchteten Keller sind, nimmt alles Züge einer mit jedem Schritt intimer werdenden Bordellszene an. Sie gehen an einer Ruhezone mit zwei großen Liegen und einem vor sich hin brodelnden Brunnen vorbei, dann wird eine Tür aufgeschlossen, und die junge Frau mit der blauen Hose und dem weißen Trägershirt schlüpft vor ihm hinein, als befinde sich in der kleinen, überheizten Kammer das Zentrum der Lust.

Als sie in der Nähe der Garderobe dicht nebeneinander stehen, versucht er, nicht auf die cremefarbenen, nackten Partien ihrer Schultern zu starren, sie nimmt einen Stapel frischer Handtücher aus einem Schrank, während er den Mantel auszieht und an einem Türhaken aufhängt. So dicht neben ihr möchte er sich jetzt nicht weiter entkleiden, die Situation bekäme etwas penetrant Anzügliches, er glaubt, schon den warmen Duft ihres Körpers zu riechen, etwas Nussiges weht ihn jedenfalls an, und als sie sich bückt, um die Handtücher auf ein Ablagebrett zu schichten, bekommt er das leichte Flattern und Verrutschen eines Trägers über dem plötzlich scharf hervortretenden Schlüsselbein mit. Um ihr Zeit für die notwendigen Handgriffe zu geben, entschuldigt er sich und verläßt den Raum, die Toilette liegt schräg gegenüber, er ist beinahe erleichtert, als er die Tür hinter sich zuschließen kann und sich keinem anderen Anblick mehr hingeben muß als dem des hellgelben, scharfen Strahls, mit dem er die Beckenmulde des Pissoirs ausspült.

Als er in den überheizten Raum zurückkommt, ist die junge Frau zum Glück verschwunden, sofort beginnt er, sich zu entkleiden, obwohl er dabei nie das Gefühl los wird, von einer Kamera heimlich beobachtet zu werden. Vielleicht ist dieses Gefühl der Grund dafür, daß er seine Kleidungsstücke sehr ordentlich hinlegt, dann aber geht er schnell unter die Dusche und behält, während er das Wasser auf sich herabschießen läßt, den großen ovalen Tank im Auge, der den kleinen Raum zur anderen Seite hin fast vollständig ausfüllt. Das Ganze sieht aus wie ein lindgrünes, monströses Dinosaurier-Ei, dessen halbe Oberseite wie eine hungrige Rachenklappe weit aufsteht, von Heuken dreht jetzt den Duschhahn ab und steigt langsam und geduckt in den Rachen hinein, drinnen wendet er sich, setzt sich in das hüfthohe, warme Wasser und zieht die Klappe ganz zu sich herunter. Als sie mit einem kurzen Einschnappgeräusch schließt, streckt er sich aus und spürt sofort, wie sein Körper im schweren, beinahe ölig wirkenden Salzwasser zu treiben beginnt, er hat das Gefühl eines leichten, entlastenden und ganz mühelosen Schwebens im All, denn im Innern des jetzt geschlossenen Tanks ist es beinahe vollständig dunkel, während eine nachhallende, sich nicht von der Stelle bewegende Musik leise einsetzt. Musik ist es eigentlich nicht, denkt von Heuken, es ähnelt eher weit ausschwingenden, unendlich verlangsamten Schallwellen, ab und zu schlägt ein Beckenpaar hell aufeinander, dann ertönen, wieder unendlich verzögert, Schläge auf einer wohl immens großen Trommel, all das hat keine Melodie und erst recht keinen Rhythmus und ist daher purer Raum, ein räumlicher, auf der Stelle zerfließender Klang, als tropften diese schweren Töne wie kosmische Tropfen von einem imaginären Himmelsscheitel herab.

Er liegt jetzt auf dem Rücken, die Arme noch eng am Körper, diese Haltung erinnert ihn immer an die der frühesten altgriechischen Jünglingsskulpturen mit ihrem weggetretenen Lächeln, noch hat er etwas von ihrer festgefrorenen Steifheit, aber das wird sich bald ändern. Sein Hinterkopf liegt tief im Wasser, auch der übrige Körper ist jetzt beinahe ganz von Wasser bedeckt, nur sein Glied taucht in all seiner prallen Laxheit manchmal wie die schwere, verhornte Hautschwellung eines sich sonst unter Wasser befindlichen Flußpferdes kurz daraus auf. Dann schließt er die Augen und gibt sich der Abgeschiedenheit hin, während das schwache Licht allmählich hinter seinen Pupillen versickert, um in der tiefsten Dunkelheit seines Kopfes ab und zu noch ein kleines Lichtfenster zu öffnen.

In den ersten Minuten konzentriert er sich ganz auf die Musik, er versucht, den Kopf zu leeren und alle rasch nacheinander aufblitzenden Tagesbilder zu löschen. Wichtig ist, daß er die wohltuende Leichtigkeit seines Körpers spürt, das schwache Zur-Seite-Pendeln der Arme und die matte Wellenbewegung der Wasseroberfläche, die an seinem Rücken entlangstreicht, bis hinab zu den kaum merklich auf und ab wippenden Füßen. Langsam scheint sich der Wirrwarr im Kopf zu beruhigen und fahlen, monochromen Farbflächen zu weichen, hinter dem Graudunkel der Panoramaleinwand im Kopf tauchen sie wie breite, im Wind flatternde Tücher auf, die sich im schwach dröhnenden Nachhall der Musik straffen und plötzlich entspannen, sich entspannen und dann wieder straffen.

Allmählich scheint der Körper an Größe und Gewicht zu verlieren, es ist, als verwandelte er sich von Minute zu Minute mehr in einen eher amorphen Laich, der bewußtlos in einer immer dunkler werdenden Fruchtwassermulde treibt, längst ist die Welt draußen vergessen, denn es scheint nur noch den Wechsel der aufschimmernden und sich wieder zersetzenden Farben zu geben, die immer mehr einen südlichen Glanz annehmen und das Zeitgefühl schließlich vollkommen ausblenden.

Bei seinen ersten Floating-Versuchen bekam es von Heuken am Beginn des endgültigen Wegdriftens mit der Angst zu tun, er richtete sich auf und starrte gegen die Decke des geschlossenen Tanks, an der sich das auf dem Wasser tanzende Licht als ein flackerndes Linienornament brach, jetzt aber ist er sogar fähig, den Übergang in die nicht mehr zu beeinflussenden Zonen der inneren Bilder und Klänge wie ein gedehntes Gleiten über eine Zeitschwelle zu genießen. Der starke Genuß hat aber mit der Magie des sich nun langsam zusammensetzenden Films zu tun, in seiner Erinnerung kommt es ihm immer so vor, als streue ein Zeitmaschinen-Projektor diese zunächst noch unruhig flackernden Sequenzen ins Dunkel, jedenfalls glaubt er zu Beginn oft Porträts zu erkennen, kleine, ovale Miniaturbilder, dreistöckige Häuserfronten in einer winkligen Gasse, Zimmer und Stuben wie in einem Puppenhaus, ein herumschweifendes Kameraauge betrachtet das alles von oben und begibt sich dann unvermutet mitten hinein in das Interieur. Natürlich weiß er nicht genau, was er da sieht, der Film stellt sich ja schließlich von selbst ein und erinnert ihn mit seinen abgebrochenen, verzerrten Bewegungen höchstens an Stummfilme der Frühzeit, was ihn verwundert, ist auch eher, daß ihn genau diese Bilder oft überraschen, als rufe ein geheimes Zentrum in seinem Innern sie letztlich eben doch ab.

In klaren Momenten bringt von Heuken diesen Film mit Bildern aus einer alten Chronik des Konzerns zusammen, dabei handelt es sich um Bilder aus jener reich bebilderten Auflage, die er als Kind oft durchblätterte, die Chronik beginnt im frühen 19. Jahrhundert mit der Biographie eines Vorfahren, der seine Kölner Buchhandlung zunächst um einen kleinen Verlag und dann um eine Zeitung erweiterte, dieser Vorfahre gilt als der eigentliche Verlagsgründer, obwohl sein jüngerer Bruder während seiner Leipziger Lehrlingszeit ebenfalls einen Verlag gründete, dem er später aus Verärgerung den Familiennamen entzog, um ihm einen neuen, nicht mehr an die Familie erinnernden Namen zu geben.

Trotz dieser kleinen Querelen waren Köln und Leipzig lange Zeit die zentralen Verlagsorte geblieben, in der Chronik hatten die ersten Verlagshäuser noch etwas Harmloses, Biedermeierliches, erst in den letzten Jahrzehnten des Jahrhunderts waren in den Zentren beider Städte große Geschäftshäuser mit ihren weiten Kontor- und Lager-Fluren entstanden, als Kind hatte von Heuken sich immer über die Scharen von Menschen gewundert, die in den Lagern Arbeit gefunden hatten. Vor allem aber hatte er das Arbeitszimmer seines Großvaters mit all seiner pompösen Altherrenpracht in Erinnerung behalten, der kreisrunde schwere Tisch auf der alten Fotografie stand noch heute im Büro seines Vaters direkt neben dem etwas schmaleren, alten Schreibtisch, der Legende nach hatten an diesen Tischen berühmte Autoren wie Ibsen, Strindberg oder Gerhart Hauptmann gesessen, heutzutage führte man einen Mann wie Hanggartner vor diese Reliquien, um ihn zumindest für ein paar Stunden im Dunstkreis monumentaler historischer Bedeutung herumschnuppern zu lassen.

Je länger er im Dunkel treibt, um so mehr scheinen die anfänglich noch sprunghaften und ungeordneten Sequenzen dann selbst ins Fließen und Strömen zu geraten, das Sonderbare ist nur, daß sie ihn allmählich ganz in ihre Welten hineinziehen, so als werde sein Blick von dem Blick seines Großvaters auf einer Lithographie, die ihn noch als Lehrling abbildet, erwidert oder als gehe er selbst gerade durch das alte, frühere Geschäftshaus und schaue durch ein Fenster hinab auf eine fast menschenleere Straße, auf der nur ein paar vereinzelte Männer mit fliegenden Mänteln und Hüten entlangeilen, die ihn allesamt an Franz Kafka erinnern. Von Heuken liebt dieses dreidimensionale Kino, an seine rätselhafte Bildfolge erinnert er sich hinterher immer noch sehr genau und geht seinen Spuren manchmal sogar nach, es hat nichts von der quälenden Pomadigkeit sich wiederholender Träume, sondern wirkt wie ein leichter, betörender Bildregen, der sich im Innern eines Kaleidoskops auf immer neue und verblüffende Weise entfaltet.

Manchmal treiben die Bilder auch zu dicht aufeinanderfolgenden Rudeln zusammen und strömen dann allmählich in eine Richtung, von Heuken hat den Verdacht, daß diese Strömungsordnung mit dem Strömen des Rheins zu tun hat, denn immer wieder gruppiert sich alles zu Seiten eines schmalen Bandes, das von Grün- zu Blau-Tönen wechselt und bei längerer Betrachtung eine Magie entfaltet, der er sich nicht entziehen kann. Seltsam ist auch, daß ihm während dieses sich lange hinziehenden Abdriftens nie etwas Häßliches, Abstoßendes oder Erschreckendes erscheint, die Farben und Bilder suggerieren vielmehr eine Harmonie, die er sonst von nirgendwoher kennt, es handelt sich weder um etwas Künstlich-Naives noch überhaupt um etwas Künstlich-Gestaltetes, mit der Zeit erscheinen die Bilder einfach nur heller und sonniger, und die Dinge darauf sind, wie sie sind, ehrlich und schlicht und als könnte man sie mit einem kurzen Handgriff wieder an ihren angestammten uralten Platz zurückstellen, von dem aus sie ihre kurze Reise in diesen Erinnerungsstrom angetreten haben.

Er denkt nicht mehr an bestimmte Zeiten und Räume, und die vielen Geschichten des Tages liegen längst hinter ihm, sein Körper ist jetzt ganz zur Ruhe gekommen und reagiert selbst kaum noch auf die wenigen Reize um ihn herum, er atmet sehr langsam und immer gleichmäßiger, und dann verschwinden auch all die Bilder und die Farbstreifen, die ihn oft an die Farbtöne des Rheins zu Zeiten seiner jugendlichen Kanu-Streifzüge durch die Altwasserarme erinnern ... – bis schließlich nur noch das tiefe Dunkel sehr allmählich ins Helle changiert und die strahlende Helligkeit dann wieder abblendet ins Dunkel, als habe er das ersehnte Gleichgewicht endlich gefunden.

Als er den tiefen Dauerton hört, der das Ende dieses einsamen Schwebens signalisiert, nimmt er sich noch einige Minuten Zeit, dann öffnet er wieder die Luke und entsteigt dem Tank, auch seine Bewegungen draußen erscheinen ihm jetzt stark verlangsamt, wie er überhaupt nicht sofort wieder zurückfindet zu den notwendigen Handgriffen. Er duscht das Salzwasser gründlich ab und wäscht es auch aus den Haaren, dann setzt er sich einen Moment auf die Holzablage und reibt sich mit den Handtüchern trocken.

Als er angekleidet ist und den Raum wieder verläßt, blickt er sich noch einmal um. Das Salzwasser ist längst aus dem lindgrünen Ei abgeflossen, die nackte Plastik-Höhle erscheint ihm jetzt sehr profan, wie ein abgestoßenes Spielzeug. Er zieht die Tür rasch hinter sich zu, dann geht er an den beiden Liegen und dem leise brodelnden Brunnen vorbei und nimmt die Treppe hinauf zur Theke, wo er mit der jungen Frau, die ihn längst schon erwartet, noch ein paar Worte wechselt.

Als er das Floating-Center verläßt, regnet es nicht mehr. Nach nur wenigen Schritten bleibt er stehen, alles geht jetzt zu rasch, er will jetzt nicht wieder umstandslos mitmachen und sich den üblichen Geschwindigkeiten anpassen. Den ganzen Weg über bis zu seinem Parkplatz blickt er auf den Boden. Als er eingestiegen ist, wechselt er sofort die CD und dreht die Lautstärke etwas hoch. Der räumliche Klang, der nachhallende Schall der tiefen Trommeln, der kurze Beckenschlag, hell und rasch wieder zerfallend, wie ein Nieseln. Von Heuken startet den Wagen und macht sich, ohne auch nur einen Moment zu überlegen, auf den Weg, zehn Minuten später erreicht er das Dom-Hotel.

10

ALS ER DIE SUITE BETRITT, die am frühen Morgen noch die Suite seines Vaters war, zögert er einen Moment, er wünscht sich, daß drinnen alles aufgeräumt und nichts mehr zu sehen ist von den Turbulenzen des Morgens, deshalb schiebt er sich langsam hinein in den stillen Raum und ist sofort erleichtert, als er die penible Ordnung und die Leere auf Tischen und Stühlen bemerkt. Die dünnen Gardinen, hinter denen die Südseite des Doms in einem fast frostigen, zu hellen Licht liegt, sind zugezogen, und das breite Bett ist verpackt mit einer schweren, straff sitzenden Tagesdecke, die nicht die geringste Einbuchtung zeigt. Die wenigen Utensilien, die am Morgen noch verstreut herumlagen, hat man nebeneinander auf dem Schreibtisch gelagert, ein Stapel Bücher, die Zeitungen, ein paar Notizzettel und Unterlagen – der dreiteilige Aufbau wirkt wie das Triptychon eines kleinen Erinnerungsaltars, der als einziges deutliches Zeichen noch an den gestrigen Benutzer der Suite erinnert.

Vorsorglich setzt er seinen kleinen Kontrollgang fort und blickt kurz in den Schrank, wo man inzwischen wahrhaftig Pas Kleidungsstücke alle untergebracht und gleichzeitig so eingeräumt hat, daß für die seinen ebenfalls Platz wäre, auch das Bad ist perfekt aufgeräumt, die türkis-goldene *4711*-Galerie spiegelt sich im blank gescheuerten Spiegel, und sämtliche Bade- und Hand-Tücher sind erneuert.

Die Perfektion all dieser unscheinbaren Handreichungen macht ihm gute Laune, zum einen hat man die Erinnerung an Pa nicht grob getilgt, zum anderen aber dem neuen Gast Platz gemacht, die Balance dieser beiden Gewichte erscheint ihm ideal, so daß er jetzt bereit ist, die Suite endlich zu nutzen. Als erstes zieht er wieder den Flor der Gardinen zurück, denn erst, wenn sie beiseite gezogen sind, rückt der gesamte Raum um das Hotel näher und wirkt beinahe wie ein Teil dieses Zimmers, vor allem der nahe Dom erscheint so präsent, als wirkten die blanken Scheiben der hohen Fenster und Türen wie Vergrößerungsgläser. Vor einer der Türen, die auf einen winzig schmalen Balkon führen, beginnt er sich dann zu entkleiden, er genießt es, alle Kleidungsstücke lässig und ohne hinzuschauen auf das Sofa hinter sich zu werfen, mit gutem Auge könnte man ihn von der Domplatte aus jetzt in all seiner Nacktheit erkennen und für einen Exhibitionisten halten, dabei gönnt er seinem Körper nach der wohltuenden Floating-Session nur etwas Atem und Freiheit.

Er grinst und geht lieber hinüber zur Mini-Bar, er entnimmt ihr eine kleine Flasche Champagner und schenkt sich gleich ein Glas ein, das er zusammen mit der Flasche auf den Nachttisch neben das Bett stellt, dann schlägt er die Bettdecke weit zurück, holt Vaters kleinen Kalender aus seiner Sakkotasche und läßt sich seitlich mit dem Rücken aufs Bett fallen. Er nimmt einen Schluck, die kühle Flüssigkeit sickert langsam über die Zunge, Champagner enttäuscht ihn fast jedes Mal und läßt ihn daher fast jedes Mal glauben, noch nicht die richtige Marke entdeckt zu haben. Irgendwas aber muß doch dran sein, Pa hat immer *Roederer Cristal* bestellt und aufgrund einer perversen Neigung zu Champagner-Rosé manchmal auch den *Rosé Veuve Cliquot*, vielleicht sollte er es ihm einfach gleichtun, schließlich ist er jetzt über Fünfzig und kann es sich daher leisten, Pas Geschmack wenigstens teilweise zu kopieren, anstatt wie früher ununterbrochen den Unterschied zu betonen.

Er beginnt, den Kalender langsam durchzublättern und die vielen Termine und Angaben zu untersuchen, PF erscheint wirklich sehr häufig, vielleicht wäre es nicht schlecht, sich mit Peter Feil gleich morgen wieder zu treffen und ihm einige Konkreta über Vaters nächtliche Exkursionen zu entlocken, auch LE, Lina Eckl, erscheint mehrere Male, mit ihr sollte er möglichst bald einen Termin vereinbaren, nicht zuletzt sollte er sich aber um die *Cip*-Notiz kümmern, die er heute morgen auf einem eigenen Zettel fand und die jetzt erneut, zusätzlich noch mit einem Fragezeichen versehen, unter dem Datum des kommenden Freitags im Kalender auftaucht.

Er trinkt sein Glas leer und schenkt sich ein zweites Mal ein, an einen Tag wie diesen kann er sich nicht erinnern, im Grunde hat er all die Schläge, die er einstecken mußte, nicht einmal schlecht pariert, jetzt, am frühen Abend, liegt er jedenfalls einigermaßen gefaßt da und hat sogar wieder zu einer gewissen Leichtigkeit gefunden und zum Einverständnis mit ein paar alten und langsamen Dingen wie denen in dieser Hotelsuite hier, die ihm etwas von seiner früheren Sicherheit zurückgeben. Wenn er noch das zweite Glas geleert hat, könnte diese Sicherheit sogar übergehen in ein Gefühl leichter Stärke, dann wird er sein Glück versuchen und Wilhelm Hanggartner anrufen.

Er dreht das Licht aus und schleicht noch einmal nackt an eines der hohen Fenster, unten auf der Domplatte treffen jetzt kleine Dreier- oder Vierer-Gruppen in jener gehobenen, schlecht sitzenden Abendgarderobe ein, die sie wahrscheinlich für festlich halten, er haßt es, wenn ältere Frauen Highheels tragen und sich dann noch bei Männern mit Wollmänteln einhängen, wie ein Pinguinpärchen vorantapsend, machen sie sich quer über die Domplatte auf den Weg zur Philharmonie, in der sie dann mehr als zwei Stunden oder zur Steigerung der Qualen vielleicht sogar drei Symphonien von Berlioz oder andere Rentnerclassics ertragen. Er lacht und ahmt laut ein Klarinettenmotiv nach, der Champagner beginnt also schon, etwas zu wirken, das Bild all der den weiten Platz überquerenden und zu ihren abendlichen Verpflichtungen eilenden Menschen steigert diese Wirkung noch, plötzlich erinnert er sich, daß er sich inmitten des alten römischen Köln befindet, das in seinen frühsten Zeiten fast die Form eines Quadrats hatte, seine Ostmauer verlief direkt hinter dem Dom in einiger Entfernung vom Rhein.

In diesem mythischen Gelände mit seinen unterirdischen Kanälen und Wegen befanden sich also Vaters verschwiegene Orte und all seine Nachtkästchen, vielleicht stand er auch manchmal am frühen Abend hier am Fenster und freute sich auf die nächsten Stunden, ihn jedenfalls erregt dieser Anblick und der Gedanke daran, sich unter diese abendlichen Flaneure zu mischen, er spürt seine Erregung sogar ganz direkt durch das leicht stärker werdende, kirremachende Pulsen des Bluts, das sein Glied etwas anschwellen läßt und ihm eine spürbare Schwere verleiht.

Erst nach einer Weile löst er sich von seinem voyeuristischen Platz und leert auch das zweite Glas Champagner, dann geht er ins Bad und greift nach dem weißen Frotteebademantel, schon als er ihn vom Haken nimmt, weiß er, daß es noch immer der von Pa benutzte ist, den Badenmantel haben sie also nicht ausgetauscht, seltsam eigentlich, wo doch gerade dieser Mantel von *4711*-Nebeln nur so durchtränkt ist. Von Heuken macht kurz die Probe und preßt ihn gegen sein Gesicht, wahrhaftig hat das weiche, laszive Ding Vaters Aromen derart aufgesogen, daß sie ihn bald einhüllen werden, er schlüpft jetzt in den Mantel und verknotet den Gürtel, dann beschafft er sich das Handy und Vaters Kalender und setzt sich auf den breiten Sessel hinter dem Schreibtisch. Hanggartners Telefonnummer ist im Telefonverzeichnis von Vaters Kalender schnell zu finden, während er die Nummer wählt, überlegt er noch, ob er eine Lampe einschalten soll, dann aber entscheidet er sich für die Dunkelheit und blickt, während er das Freizeichen hört, weiter hinab auf den Platz. Irgendeine Besonderheit verbindet sich mit den drei Bronzetüren des südlichen Domportals, auf das er jetzt schaut, sind nicht ein paar Motive auf diesen Türen vom jungen Beuys, oder verwechselt er das, oder hat Beuys nur seinem Lehrer Mataré in den frühen fünfziger Jahren bei dieser Arbeit geholfen? Dunkel erinnert er sich an das Motiv des brennenden Köln, das kleine Erinnerungsbild macht ihn aber sofort so unruhig, daß er den Blick abrupt von den drei grünlich schimmernden Türen abwenden muß. Genau in diesem Moment meldet sich Hanggartner, seine Stimme klingt so verhangen und bedrückt, wie von Heuken es sich vorgestellt hat.

»Guten Abend, Wilhelm, hier ist Georg«, von Heuken hört sich selbst zu, wie er so leise und gedämpft spricht, als kommentierte er einen endlosen Springreiterparcours in einem der Dritten Fernsehprogramme, »ich möchte Dich nicht stören, Wilhelm, aber ich möchte kurz mit dir sprechen, jetzt, da ich gerade dabei bin, die Klinik zu verlassen.«

Hanggartner reagiert nicht sofort, während von Heuken sich rasch darüber klarzuwerden versucht, warum er das nicht tut, sonst fällt er einem mit seiner hochtourigen Stimme doch meist gleich ins Wort. Vielleicht muß er sich an den leisen Ton erst gewöhnen, oder er ißt gerade mit seiner Frau zu Abend, er kann sich gut vorstellen, wie die zwei unter einer lange nicht mehr abgestaubten, viel zu niedrig hängenden Tischlampe sitzen und sich laufend einen Brotkorb mit weißem Damastdeckchen zuschieben.

»Störe ich Dich gerade, Wilhelm?« fragt von Heuken, da antwortet Hanggartner endlich, »nein, Du störst mich überhaupt nicht, nicht im geringsten, keineswegs.«

Von Heuken ist erleichtert, dieses umständliche Dahinplätschern und Umwälzen von Phrasen wieder zu hören, er nimmt sich vor, die Wortfrequenz etwas zu erhöhen, sonst könnte das alles hier leicht in ein Stundengespräch ausarten. »Ich stehe gerade hier unten im Eingangsbereich der Klinik, Wilhelm, deshalb spreche ich so leise, ich hoffe, Du kannst mich dennoch verstehen, schließlich braucht nicht jedermann zu hören, was ich Dir sagen möchte.«

»Ich verstehe Dich gut, Georg, zum Glück bin ich ja noch nicht schwerhörig. Wie geht es Deinem Vater, wie geht es ihm denn? Heut früh hat mich die alte Zech zu Tode erschreckt, als sie mich anrief und mir mitteilen mußte ...«

»Ich weiß, Wilhelm«, von Heuken nimmt sich vor, Hanggartner jetzt immer wieder zu unterbrechen, er soll sich erst gar nicht ausruhen dürfen in der Suada all seiner Lehnsätze, »ich weiß, Minna hat mir am Nachmittag von Deiner Erschütterung berichtet, ich hatte sie gebeten, Dich als ersten zu informieren.«

»Als ersten? Als ersten wovon?«

»Als ersten, Wilhelm, als ersten überhaupt, ich finde, wir sind es Dir schuldig, Dich als ersten ins Vertrauen zu ziehen.«

»Es ist nett, daß Du das sagst, Georg, ich weiß das zu schätzen, es ist gut zu wissen, daß das Alter noch eine Rolle spielt und seinen Wert hat ...«

»Es ist heute früh passiert, Wilhelm, ich denke, Minna hat Dir die Details erzählt.«

»Ja, das hat sie, im groben hat sie es getan, obwohl ich natürlich lieber noch viel genauer und im einzelnen wissen würde, wie ...«

»Für mich, Wilhelm, war es einer der schlimmsten Tage meines bisherigen Lebens. Dreimal war ich heute hier in der Klinik, aber erst jetzt am Abend habe ich Vater zum ersten Mal wenigstens kurz sprechen dürfen.« Von Heuken legt eine Pause ein, der Alkohol läßt ihn schneller sprechen als sonst, er versucht, mit den Sätzen rechtzeitig fertig zu werden, bevor sich ein Hänger einschleicht, so ist es immer, auch wenn er nur wenig getrunken hat. Pa hat oft davon gesprochen, daß man das

Alkoholtrinken beherrschen muß und Trinkfestigkeit eine wichtige Voraussetzung für einen guten Verleger ist, früher hat er darauf nichts gegeben und solche Ratschläge zu Pas Amerika-Prosa gerechnet, mit der er immer anrückte, wenn ihn ein gewisser Übermut gepackt hatte und er nicht mehr ganz genau hinsehen wollte, jetzt aber haben einige dieser Ratschläge längst etwas von unumstößlichen Wahrheiten, die irgendwann in gußeisernen Lettern auf dem Seitenflügel eines nach ihm benannten Baus stehen werden.

»Ist die Verbindung in Ordnung so, Wilhelm?« setzt von Heuken wieder an, als Hanggartner zu seinem Erstaunen die Pause nicht zu einer Erwiderung nutzt.

»Ja, Georg, ich verstehe Dich gut, die Verbindung ist sogar ausgezeichnet ...«

»Schön, Wilhelm, das freut mich. Was soll ich sagen? Ich kann hier nicht ausführlicher werden, das wirst Du verstehen, aber es geht jetzt auch nicht darum, ausführlich zu sein, in solchen schweren Minuten und Stunden kommt es vielmehr auf den Kern, auf das Wesentliche, an.«

»Ja, Georg, gewiß, das sehe ich auch so ...«

»Zwei Begriffe sind wichtig, Wilhelm, zwei, die ich hier nennen will, *Kontinuität* ist der eine, *Verläßlichkeit* ist der andere. Kontinuität und Verläßlichkeit, davon hat Vater gesprochen, denn, Du verstehst, nichts quält ihn jetzt so sehr wie die Sorge, daß es in all unseren Aktivitäten zu einem Bruch kommen könnte. Es darf kein Bruch entstehen, Georg, kein Bruch, sagte er mir immer wieder.« Von Heuken schweigt wieder einen Moment, da er bemerkt hat, wie wirksam das ist, kurzes Schweigen verleiht dem Gespräch etwas von Andacht und Ergriffenheit und unterwandert damit das Management-Vokabular, das ihm in seinem jetzigen Zustand so leicht über die Lippen kommt, daß er eine Stunde lang sprechen könnte, ohne einmal nachdenken zu müssen. Er muß nur aufpassen, daß er die letzten beiden Begriffe deutlich vor Augen behält, statt *Verläßlichkeit* zum Beispiel hätte er beinahe *Verträglichkeit* gesagt, ein einziger solcher Ausrutscher könnte das Gespräch zum Abstürzen bringen, er erinnert sich noch genau an eine Taschenbuch-Präsentation, bei der er nach dem Genuß eines einziges Glases Sekt von einer Taschen*tuch*-Präsentation gesprochen hat und mit ein paar hämischen Lachern bestraft worden ist.

Von Heuken atmet laut aus, er wird jetzt das Thema wechseln und die ersten Schrauben einziehen. »Ich habe heute auch mehrmals mit Loeb gesprochen, Wilhelm, Loeb sagt, im Grunde müsse man Vater jetzt von allem, aber auch wirklich allem, fernhalten. Keine Gespräche, keine Kontakte und keine Nachrichten. Ideal, sagt Loeb, wäre jetzt eine Art *Stand-by*, Du verstehst, ein absolutes *Stand-by*, am besten sogar so etwas wie ein künstliches Koma, ein Tiefschlaf, ein vollkommenes Wegtreten, damit der Körper eine Chance hat, seine Probleme zu regeln und alles wieder in den Griff zu bekommen.«

Hanggartner atmet nun ebenfalls laut aus, dieses *Stand-by*, denkt von Heuken, macht ihm zu schaffen, so etwas hat er noch nie gehört, einen Körper auf *Stand-by* schalten, das ist ganz und gar nicht Hanggartners Sprache, und doch und gerade deshalb wird er es sofort seinem großen Wortspeicher einverleiben und bei der erstbesten Gelegenheit selbst verwenden.

»Bevor es jedoch soweit ist«, von Heuken zögert nun und senkt die Stimme etwas nach unten, um in einem noch sonoreren Tonfall jetzt zügig zum Erfolg zu kommen, »bevor Vaters Körper also diese vielleicht weite Reise antreten wird, könntest Du uns allen einen großen Gefallen tun.«

»Ich? Ich könnte *Euch* einen Gefallen tun?« Hanggartners Stimme klingt etwas wacher, es ist klar, daß er sich nun geschmeichelt fühlt, denn er hat jetzt den Eindruck, daß es auch auf ihn ankommen könnte, und nichts schmeichelt Menschen in seinem Alter mehr, als um irgend etwas gebeten zu werden.

»Ja, Wilhelm, Du könntest Vater helfen, rascher gesund zu werden. Er bittet Dich nämlich, wie verabredet übermorgen zu kommen und mir das neue Manuskript zu übergeben, Vater hat mich autorisiert, es entgegenzunehmen.«

»Er hat Dich autorisiert? Schriftlich?«

»Schriftlich nicht, aber er hat mir seinen Segen gegeben, Du verstehst. Wilhelm wird uns nicht im Stich lassen, hat Vater gesagt, geh mit ihm zu seinem Lieblingsitaliener in der Marzellenstraße, hat er gesagt, iß und trink und feiere mit ihm die Übergabe seines großen Romans, und am Ende stoßt ihr dann auf den alten von Heuken an.«

Jetzt ist es heraus, von Heuken schließt für einen Moment die Augen, wie er es in Kindertagen manchmal bei einem Stoßgebet getan hat, lieber Gott, hilf, mach, daß niemand entdeckt, daß ich geschwindelt habe, als Katholik wußte man für jede Situation ein Gebet, und wenn es besonders kritisch wurde, eilte man in die Kupfergasse zur Schwarzen Madonna und klemmte eine Kerze in den heißen Wachskerzenwald gleich links hinter dem Eingang, seltsamerweise erledigten sich die Probleme dann wirklich oft wie von selbst, oder man hatte mit einem Mal das Gefühl, daß man sie sich nur eingebildet hatte und sie vollkommen nichtig waren. Warum braucht Hanggartner so lange, um zuzustimmen? Wenn er »nein« sagt, wird von Heuken so schnell kein weiterer Köder einfallen, denn junge Buchhändlerinnen hat er auf die Schnelle jetzt nicht zur Hand.

»Wilhelm? Bist Du noch dran? Es tut mir leid, daß ich Dich so überfalle, ich weiß, daß Du Dich heute morgen anders entschieden hast, und ich will Dir auch sagen, daß ich heute morgen zu unserer alten Zech sagte, Respekt, meinen Respekt, davor, wie Wilhelm mit der Sache umgeht, habe ich tiefen Respekt. Von uns aus gehen wir Wilhelm jetzt nicht mehr an, habe ich zu unserer alten Zech gesagt, wir warten vielmehr, bis er uns wissen läßt, wie wir weiter verfahren sollen. Aber jetzt ist

Abend, Wilhelm, und ich stehe hier allein und in einem so elenden Zustand wie noch nie in meinem bisherigen Leben im Entree dieser Klinik und habe Vaters schwache Stimme von vorhin noch immer im Ohr und sehe Deinen alten Freund vor mir, wie er nicht einmal fähig ist, seine Hand ein paar Zentimeter zu heben.«

Mehr geht nicht, denkt von Heuken, mehr an Sentiment kann ich ihm nicht mehr bieten.

»Wenn ich käme«, hört er Hanggartner ansetzen, »wenn ich mich entschließen könnte zu kommen, könnte ich ihn sehen, wäre das möglich?«

»Vater hat sogar eigens darum gebeten, daß Du vorbeikommst«, antwortet von Heuken und versucht, ein erstes Frohlocken noch etwas zu unterdrücken, »geht essen, hat er gesagt, und hinterher kommt ihr für ein paar Minuten vorbei, damit ich meinem besten Freund die Hand drücken kann.« Das wird nicht passieren, mein Freundchen, denkt von Heuken aber gleich weiter, die Klinikdetails für Deinen Zweihundertseiten-Roman mußt Du selbst auf Deine emsige Art recherchieren.

»Georg?«

»Ja, Wilhelm?«

»Georg, ich denke, daß ich es Deinem Vater schuldig bin, übermorgen zu kommen.«

»Ich will Dich nicht drängen, Wilhelm, das will ich auf gar keinen Fall.«

»Ich denke, ich bin es ihm verdammt noch einmal schuldig zu kommen«, Hanggartner wird nun lauter, es ist klar, er hat sich entschieden, sein Gehirn arbeitet schon daran, die Sache zu überhöhen und zu einer Geschichte auszustaffieren. Der alte Mann, der ans Krankenlager seines betagten Freundes eilt. Der Erfolgsautor, der seinem Verlag in einer schwierigen Situation ein gut verkäufliches Manuskript auf den runden Tisch legt, an dem bereits Ibsen, Strindberg und der vergreiste Gerhart

Hauptmann gesessen haben. Fünfzig Jahre einer Autoren- und Werk-Biographie, die in einem läppischen E-Mail-Roman kulminiert, der von der Kritik als zarte, gedankenreiche Spätlese über die Liebe gefeiert werden wird.

»Dein Vater und ich, lieber Georg«, sagt Hanggartner feierlich, »wir haben gemeinsam begonnen und in all den Jahren alles, aber auch alles, gemeinsam geplant. Es gab Höhen und Tiefen, aber das alles erlebten wir immer gemeinsam. Jetzt, aufs Ende zu, trinken wir denselben Wein, denselben Champagner und mögen dasselbe Essen, von den Frauen, ha, ganz zu schweigen. Wie sollte ich da nicht nach Köln kommen, um ihm beizustehen? Wie könnte ich hier oben in meinem Dorf ruhig sitzen bleiben, während es bei Euch dort unten um Leben und Tod geht?«

Heute morgen, denkt von Heuken, hat er wahrscheinlich genau das Gegenteil gesagt, genauso laut, genauso pathetisch, er gehört eben einer Generation an, die es gern etwas extrem mag, extrem und vor allem laut. Wenn er jetzt nicht aufpaßt, schwatzt Hanggartner ihm sein aufkeimendes Glücksgefühl aus, zehn Minuten von dieser Art Telefongespräch, und er spürt im Hinterkopf einen depressiven Druck, den er den ganzen Abend nicht mehr loswerden wird. Dabei wäre festzuhalten, daß es etwas zu feiern gibt, denn mit diesem Anruf hat er dem Tag eine glückliche Wende gegeben und viel von dem repariert, was heute danebengegangen ist.

Von Heuken klopft mit dem Handy mehrmals sacht gegen den Schreibtisch, dann streift er es langsam über den weichen Frotteeflausch seines Bademantels und verleiht seiner Stimme ein wenig von der Aufregung, die er heute morgen noch am eigenen Leib erfahren hat.

»Wilhelm? Wilhelm, ich höre Dich nicht mehr gut. Irgend etwas ist mit meinem Akku nicht in Ordnung, das dumme Ding gibt seinen Geist auf, gerade jetzt …«

Er lauscht, aber auch Hanggartner scheint jetzt zu lauschen, von Heuken läßt das Handy über die Tischplatte springen, als walze er einen Kuchenteig aus.

»Da gibt es irgendeine Störung, Wilhelm, deshalb verabschiede ich mich jetzt. Ich freue mich auf übermorgen, das wird ein großer, sehr großer Tag werden, Wilhelm. Wilhelm?! ... Der Akku gibt jetzt den Geist auf, ich sage adieu, unsere alte Zech wird Dich morgen noch einmal kontaktieren, sag ihr, wann genau Du in Köln eintriffst, ich hole Dich selbstverständlich vom Bahnhof ab.«

Von Heuken hört jetzt auch Hanggartners fernes »Adieu, Georg, adieu«, es kommt ihm vor wie ein Schlaflied, das immer leiser wird und schließlich verrinnt, einige Sekunden bleibt er noch sitzen, dann springt er auf und schlägt, um sich vom Druck zu befreien, mit der geschlossenen Faust mehrmals fest auf den Tisch. Er hat es geschafft, und das sogar leichter, als er es sich vorgestellt hat. Um den Erfolg wenigstens etwas zu feiern, geht er zur Mini-Bar, zum Glück ist die schummrige Box voll von diesen kleinen Champagner-Flaschen, der Zimmerservice hat sie weiter mit großen Mengen bestückt, als wäre Vater hier noch zu Gast.

Er schenkt sich ein und erledigt, um den Schwung auszukosten, der ihn trägt, gleich noch weitere Telefonate, nichts, gar nichts kann an diesem Abend schiefgehen, das weiß er, er fühlt sich stark, er spricht zwei, drei Minuten mit Peter Feil und verabredet mit ihm einen neuen Termin, er meldet Minna Zech die Nachricht von Hanggartners Sinneswandel und plaudert abschließend noch etwas mit Lina Eckl, die ihn mit einigen Details aus dem Insider-Wissen der Branche unterhält.

»Mit Hanggartner? Du hast gerade mit Hanggartner gesprochen?«

»Vor zehn Minuten, er kommt übermorgen hierher, um sein neues Manuskript abzugeben.«

»Gratuliere, mein Lieber! Weißt Du auch, was er sonst noch so vorhat?«

»Nein, sag schon, was hat er vor?«

»Er plant eine Ausstellung mit Tagebüchern aus seinen frühen Jahren.«

»Ist das Dein Ernst?«

»Absolut, denn nichts kommt ohne sein Gegenteil aus.«

»Was? Was redest Du für ein Zeug?«

»Nichts kommt ohne sein Gegenteil aus – das wird der Titel der Ausstellung sein.«

»Lina, ich bitte Dich, soll das ein Witz sein?«

»Nein, nicht einmal das, einfach nur bestes Hanggartner-Deutsch.«

Als von Heuken etwas zur Ruhe gekommen ist und er sich so leer fühlt, daß ihn nicht einmal mehr die Erinnerung an Lina Eckls Pointen amüsiert, schaltet er zur Ablenkung den Fernseher ein und legt sich noch einmal aufs Bett. Petra Gerster moderiert gerade die *heute*-Nachrichten, sie schaut ihn mit ihren großen Augen so kindlich an, als wolle sie sich für den Katastrophen-Shit, den sie präsentieren muß, gleich wieder entschuldigen. Sie macht das fabelhaft, denkt von Heuken, all diese Frauen, die man mit ein paar Magazinen oder einigen Auslandsjobs gepäppelt und auf größere Aufgaben vorbereitet hat, machen das fabelhaft. Marietta Slomka, Anja Chalet und wie sie alle heißen, nicht zu vergessen Ulrich Wickert, der genau die richtige Distanz zu dem ganzen Tagesmüll hält, der in den Sendern für superwichtig gehalten, tagelang durchgeschnüffelt und doch immer nur auf dieselben Fragen hin abgeklopft wird. Daß er das aushält, dieser Wickert, denkt von Heuken, wahrscheinlich genehmigt er sich nach jeder Sendung irgendein perverses Vergnügen, einen dreiundsiebzigprozentigen *Lemon Hart* aus Jamaica oder einen *Japanese Whisky, Suntory Yamazaki, 12 years.* An Petra Gerster allerdings reicht auch er nicht heran, niemand reicht an sie heran, sie hat nicht nur *Mona Lisa* moderiert, sondern war es ganz einfach selbst, Mona Lisa, eine sich selbst unverständliche Ikone, die mit einem schwer durchschaubaren Mann verheiratet zu sein scheint, wie heißt er doch gleich, von Heuken kommt einfach nicht auf den Namen, er hat nur das Bild eines bärtigen Typen vor Augen, der sich immer etwas zu dicht neben seinem blonden Wahnsinnsfang präsentiert.

Als sich irgendein Wetterfrosch meldet und mit Nachrichten über die mittleren Tagestemperaturen in Albstadt, Baden-Württemberg, loslegt, schaltet von Heuken ab. Er steht auf und geht mit dem Glas Champagner noch einmal ans Fenster. Auf der Domplatte hat das Tempo jetzt zugenommen, in wenigen Minuten beginnen die Abendveranstaltungen, und in den meisten Lokalen ist schon kein Platz mehr frei. Es wäre schön, jetzt mit jemandem verabredet zu sein, mit Mona Lisa, oder nein, mit einer Frau, die eine schwarze lange Hose trägt und ein weißes Herrenhemd. Er würde sie unten in *Sir Ustinov's Bar* erwarten, und später würden sie zusammen an der blaugrau schimmernden Domfassade entlanggehen, ein unauffälliges Paar, das genau weiß, wie man Geheimnisse bewahrt.

II

STANDING

I

WIE BEINAHE jeden Morgen erwacht von Heuken gegen halb sechs, meist kommt er dem Alarmsignal des kleinen Reiseweckers zuvor und stellt ihn leise aus, eine Viertelstunde liegt er still da und geht den bevorstehenden Morgen in Gedanken durch, dann steht er auf, schleicht kurz ins Bad, zieht den Morgenmantel über und erreicht über die schmale Wendeltreppe das Erdgeschoß.

Kurz vor sechs ist er dann allein in der Küche, regelmäßig steht er als erster auf, er liebt die morgendliche Stille und die meist etwas dunstige Wärme des Küchenraums mit seinen Speise- und Familien-Aromen, in denen er mit immer denselben Handgriffen den Tag beginnt. Er streut Kaffee in den kleinen Filter der Espresso-Maschine, stellt etwas Milch auf eine Herdplatte, füllt den Wasserkocher beinahe bis zum Rand und holt dann von draußen den Stapel der Zeitungen herein, die den Briefkasten jeden Morgen bis zum Ersticken füllen. Er legt sie noch etwas beiseite und wartet, bis ein dünner, brauner Strahl in die Tasse rinnt, dann nimmt er die Milch vom Herd, schäumt sie kurz auf und schichtet den Schaum in schmalen, schneeweißen Laken auf den Kaffee. Das heiße Wasser gießt er in das gläserne Halbrund der Teekanne und läßt zwei Teebeutel darin baumeln, er hebt, senkt und bewegt sie wie zwei kleine Marionetten, die ihre goldbraunen Schleier hinterlassen, als das Goldbraun sich im ganzen Gefäß verteilt hat, zieht er sie heraus und läßt sie kopfüber in die Spüle fliegen, wo sie wie zwei vor Nässe triefende, kleine Pakete aufklatschen.

Während er den Cappuccino trinkt, beginnt er die Zeitungen durchzublättern, eine halbe Stunde nimmt er sich Zeit für den ganzen Stapel, er zupft die Seiten, die ihn interessieren, zunächst heraus und nimmt sich danach bestimmte Artikel vor, zum Glück liest er schnell, auch das hat man ihm schon früh in seinen amerikanischen Jahren beigebracht, als man ihn mit all den nützlichen Techniken versorgte, die vieles erleichtern und eine gewisse Pragmatik ins Leben bringen. Meist beginnt er mit dem *Streiflicht* der *Süddeutschen Zeitung* und liest sofort darauf *Zippert zappt*, die kurze Kolumne links unten auf der ersten Seite der *Welt*, über Zippert, den Kolumnisten, hat er einmal einen längeren Artikel gelesen, er konnte sich nicht vorstellen, wer hinter diesen Kolumnen steckt. Jeden Tag auf die Minute eine kleine Kolumne zu schreiben und dann mit gesenktem Kopf in einem ausgelichteten Wäldchen eine Dreiviertelstunde in der Pose des Grüblers spazierenzugehen, das hat was, von Heuken kann sich gut vorstellen, wie jemand durch unermüdliche Übung jetzt auf beinahe traumwandlerische Weise Tag für Tag diesen kurzen Humor-Ausstoß von fünfundzwanzig Zeilen produzieren kann und nach dieser heftigen, kleinen Ekstase dann eine Weile brauchen wird, die Leere in seinem Kopf zu bekämpfen. Aus ihm unerklärlichen Gründen findet er so ein zurückgezogenes Leben auf der Basis einer einzigen Tageskolumne attraktiv, vielleicht sehnt er sich insgeheim nach einer derart klar abgegrenzten und doch professionellen Aufgabe, durch so etwas bliebe man auf dem laufenden und hätte doch jeden Tag Zeit genug für sich selbst, außerdem wäre man frei, absolut frei und nicht einem einzigen Menschen Rechenschaft schuldig.

Das *Streiflicht*, dann *Zippert zappt*, manchmal auch die Kultur-Glosse auf der ersten Feuilleton-Seite der *FAZ* – das genügt ihm zunächst, solche Kolumnen und Glossen haben einen eigenen Ton, sind nah dran am Tagesgeschehen, lassen sich aber nicht zu sehr auf Details ein, sondern kicken sie mit ein paar ironischen Kurzpässen gleich wieder hinter den Horizont. Es ist genau dieses Leichte und Souveräne, was von Heuken bei seinen ersten Lektüren sucht, er mag nicht die großen Themen aufgedrängt bekommen, die, um sie aufzublähen und ein paar Tage lang frisch zu halten, bedeutungsvoll kommentiert werden, deshalb blättert er auch als nächstes die Sportseiten an, für die er aber eigentlich schon seit Jahren immer weniger echtes Interesse aufbringt. Er mag die jungen Fußballer nicht mehr, die reden nur schnöseliges Zeug daher, ihnen sind ihre teuren Autos bis in die Gelspitzen der Haare anzusehen, leider waren auch die älteren nicht viel besser, bis heute begreift er nicht, wie es einem in den Sinn kommen kann, Leute wie Erich Ribbeck oder Berti Vogts zu Nationaltrainern zu machen. So etwas hat vieles versaut, denkt von Heuken, und dazu noch diese tattrigen Funktionärs-Greise, die sich asthmatisch oder vom Rheuma gezeichnet auf den besten Tribünen-Plätzen herumlümmeln, immerzu fixiert auf ihre angebliche Lichtgestalt, die ihnen noch in ihren Träumen als bajuwarische Edel-Mischung aus Handy-Vertreter, freundlichem Onkel und senilem Weihnachtsmann erscheint. Leicht angewidert, überfliegt von Heuken nur noch Ergebnisse und Tabellen, italienische, englische und spanische Liga, wenn möglich in dieser Reihenfolge, je älter er wird, um so mehr kann er mit der Nüchternheit dieser Fakten verbinden, *Athletic Bilbao–FC Barcelona 1:2*, es ist, als hätten die fremden Vereinsnamen mit den Jahrzehnten etwas Leuchtendes bekommen und sich vollgesogen mit all den Erinnerungen an die vielen Flutlichtübertragungen von früher, Beginn zwanzig Uhr, Ende gegen zweiundzwanzig Uhr, ohne all die heute üblichen idiotischen Interviews davor und hinterher.

Wenn er zum Schluß noch die Kurznachrichten *Aus aller Welt* liest, hat er den Cappuccino ausgetrunken und geht deshalb zum Tee über, leider ergeht es ihm mit diesen Nachrichten beinahe genauso wie mit den Sportseiten, viel zu viele junge Typen ziehen da mit ihren leicht durchschaubaren trostlosen Affären vorüber, da er kein großer Kinogänger mehr ist, kennt er die meisten nicht einmal, fast alle sind etwa Mitte Dreißig, mindestens einmal geschieden und leisten sich in der kalifornischen Sonne wahrscheinlich kleine PR-Agenturen, die immerzu neue Meldungen ausspucken und die halbe Welt mit Portionen von *Denver*-Trash versorgen. Dazu viel Tee zu trinken, tut ihm gut, im Gegensatz zu dem aufreißerischen Cappuccino, der sein noch schläfriges Gehirn mit ein paar heftigen Koffein-Schocks belebt, fließt der Tee wie ein neutraler Strom, der den ganzen Nachrichtenfluß als leichtes Geröll mit sich führt, durch ihn hindurch, spätestens in einer Stunde scheidet er alles wieder aus, jedes Mal schaut er beinahe hingebungsvoll auf den nicht enden wollenden Strahl von Urin, der das Ende seiner einsamen Morgenstunde markiert.

Daß man frühmorgens viel trinken muß, hat er vor Jahren von einem japanischen Kindermädchen, das den ganzen Tag Wasser und Tee trank und überall hin mit mindestens zwei Flaschen Flüssigkeit unterwegs war, gelernt, seit die Kinder auf der Welt sind, haben Clara und er beinahe ununterbrochen solche Kinder- und Hausmädchen aus den verschiedensten Ländern gehabt, je nach Herkunft zeigen sie fast immer dieselben, ganz deutlichen Prägungen, die jungen Italienerinnen bleiben zum Beispiel am liebsten im Haus und kochen sehr gern, nie jedoch etwas anderes als die ihnen vertrauten, auf die Dauer unendlich faden Pastagerichte, während die jungen Französinnen ungern kochen, nach Überwindung ihrer Unlust aber sehr aufwendig und ambitioniert, als erinnerten sie sich locker und jederzeit an die für sie selbstverständlichen Rituale und Spitzfindigkeiten der *Haute Cuisine*. Eine von ihnen, die junge Dominique, von Heuken lacht kurz auf, als er sich daran erinnert, hat ihm einmal minutenlang ganz exakt und verbissen erklärt, daß und wie man grünen Salat nicht nur zu waschen, sondern unbedingt, *en général*, zu schleudern und zu trocknen habe, er hat die Bilder ihres nationalen Pathos noch genau vor Augen, wie sie eines der blau-weißen Küchentücher aus dem Schrank reißt und damit hinaus bis in die Mitte des Gartens eilt, um dort mit einigen grotesken Bewegungen eine heilige Schleuder-Handlung an Salatblättern aus dem niederrheinischen Flachland zu vollführen. Das hat ihm gefallen und Clara und ihn sehr amüsiert, wie überhaupt Clara und er die Gegenwart dieser Mädchen als große Bereicherung ihres Familienlebens verstehen und sich oft über die kuriosen Eigenheiten ihres Lebenswandels austauschen.

Als er seinen Erinnerungen gerade weiter freien Lauf lassen will, hört er draußen im Flur leises Getuschel, das englische Hausmädchen, heißt es nun Betsy oder Becky, er verwechselt die beiden Namen immer wieder und vergißt sie manchmal sogar ganz, begleitet ihren Lover zur Tür, alle paar Wochen hat sie sich einen neuen geangelt, meist sind es große, dünne Kerle, die er dann nach einem Blick aus einem Seitenfenster der Küche regelmäßig die Straße vor dem Haus entlangtrotten sieht, müde und vom vielen nächtlichen Sex wie gedellt. Betsys oder Beckys Leben scheint nur aus diesem Sex und unendlich viel Musik zu bestehen, er vermutet, daß sie den Sex auf die jeweils favorisierte Musik abstimmt, weiß jedoch im Grunde von ihr nur wenig. Sie ist immer freundlich, verhält sich aber seit ihrer Ankunft verschlossen, wahrscheinlich ist sie nur auf die Kohle scharf und bringt daher ihre kleinen Pflichten schnell hinter sich, um ihre langen, unermüdlichen Streifzüge durch die Clubs und Diskotheken der Stadt möglichst unbehelligt fortsetzen zu können. Gegen sechs Uhr fünfundvierzig betritt sie jeden Morgen die Küche, um für Marie und Johannes das Frühstück zu machen, einmal ist er ihr begegnet, als sie in ihrem flattrigen Morgenmantel hereinkam, sie war nicht einmal erstaunt, als sie ihn sah, sondern machte sich sofort an die Arbeit, er hat seine Zeitungen beiseite geräumt und sich darüber gewundert, wie wenig sie auf seine Gegenwart reagierte, nicht einmal den Gürtel des Morgenmantels hat sie geschnürt, ihre kleinen, weichen Brüste schlüpften mehrmals aus dem schmalen Ausschnitt des Nachthemds hervor, als wollte sie ihm diese Überraschung zu seiner ganz privaten Freude gönnen. Erst beim Hinausgehen hat er die Kopfhörer unter ihren langen blondbraunen Strähnen bemerkt und verstanden, daß sie sich ganz auf die Musik konzentrierte, wahrscheinlich hat sie gar nicht darauf geachtet, was mit ihren Brüsten geschah, in ihrem Fall weiß er einfach nicht, woran er ist, sie erledigt alles ohne Murren und taucht doch soweit ab, als sei es nicht nötig, mit allen Sinnen präsent zu sein.

Mit den Kindern dagegen scheint sie sich gut zu verstehen, manchmal erzählt sie ihnen von ihrer Heimatstadt Birmingham, angeblich arbeitet sie dort für einen lokalen Sender, kennt jeden Club und tingelt oft mit den Boys irgendwelcher Gruppen durchs Land, so etwas kann er sich gut vorstellen, wie sie deren Management übernimmt, kocht, Termine vereinbart und die Boys auf Drogenentzug setzt, das wird sie perfekt beherrschen und gleichzeitig die Eifersucht unter den Knaben anheizen, indem sie keinen von ihnen näher an sich heranläßt, sondern sich die passenden Lover Abend für Abend frisch aus dem Publikum holt.

Ob ihr Verhalten und ihre Erzählungen auf die Kinder abfärben, kann er nicht sagen, trotz ihres Alters haben die beiden noch keinen festen Freund und keine feste Freundin, sie sind noch immer etwas anhänglich und erstaunlich frei von den eigentlich längst fälligen pubertären Auftritten. Von Heuken hat die Theorie, daß sie wegen ihrer hohen Belastung nicht dazu kommen, sich der Pubertät voll und ganz hinzugeben, heutzutage ist Schule ja nichts Harmloses mehr, sondern ein stressiges, den ganzen Tag beanspruchendes Dasein. All der Sport, all die Theater-, Schach- oder Musik-AGs füllen ihre Terminpläne bis auf die letzte Minute, sie können sich nicht einmal richtig langweilen, erstaunlich eigentlich, wenn er daran denkt, wie sehr er sich in ihrem Alter gelangweilt hat. Mit Fünfzehn oder Sechzehn hatte er aber nicht nur das penetrante Gefühl dauernder Langeweile, sondern mehr noch das der Einsamkeit, *Einsamkeit*, mit einem so schweren und belastenden Wort benannte man damals die depressiv machenden Hängepartien der Pubertät, die für ihn mit dem Überqueren der Uferstraße und dem Betreten der schmalen Pfade hinunter zum Rhein begonnen haben.

Am Rheinufer kam es ihm so vor, als wäre er weit von zu Hause fort und würde dort etwas ganz anderem begegnen, die damit verbundene Unsicherheit hat schon genügt, ein Empfinden wie Einsamkeit wachsen zu lassen, besonders an den frühen Abenden ist er gerne allein die wenigen hundert Meter bis nach Rodenkirchen gegangen, in dem damals zugewachsenen Ufergelände mit all seinen wilden Sträuchern und Verstecken hat er den ersten Sex seines Lebens mitbekommen. Das Bild des enthemmten Pärchens, das nicht einmal reagierte, als es ihn gewahr wurde, hat sich ihm eingeprägt, eine Weile hat er das blöde, seltsam erstarrte Grinsen des Mannes nicht vergessen können und erst recht nicht den weit geöffneten, wie ein Blasebalg nach Luft schnappenden Mund der sich wie außer Sinnen gebärdenden Frau.

Dieses intensive Bild hat das große Wort *Einsamkeit* damals mit Inhalt gefüllt, es meinte die Abwesenheit von alldem, was er, ohne es sich einzugestehen, suchte, *Einsamkeit* bedeutete das tote, enervierende Herumhängen ohne Sex, also hat er sich auf den Weg gemacht, um endlich nicht mehr einsam sein zu müssen. Die wilden Campingplätze und Rheinauen südlich von Rodenkirchen sind so zu seinem pubertären Gelände geworden, Erfolg hat er aber schließlich nicht bei den jungen Mädchen aus der Umgebung, sondern nur bei denen der Camper gehabt, die damals in großer Zahl aus Holland oder Skandinavien anreisten, um für einige Zeit etwas vom deutschen Wirtschaftswunder mitzubekommen. In Holland oder Schweden sind sie der Zeit irgendwie vorausgewesen, das hat er schon an dem Verhalten der Eltern bemerkt, die sich zu zweit auf Fahrradtouren begaben und ihre Töchter allein bei den Campingwagen zurückließen.

Noch heute spürt er das kaum auszuhaltende Kribbeln, das diese blonden Wesen ihm zugemutet haben, er sieht ihre glatten und wendigen kleinen Körper im Fluß, er hört ihr albernes, gar nicht mehr zur Ruhe kommendes Lachen, und er denkt mit einem immer noch starken Schauer daran, wie sie nach einigen beinahe schmerzhaften Umwegen dann doch den Weg ins Innere eines Wagens fanden, wo sie ganz plötzlich ihre Albernheit fallen ließen und so direkt zur Sache kamen, als hätten sie nie etwas anderes vorgehabt. Bis hin zum Abitur hat er auf diese Weise weder Langeweile noch Einsamkeit aufkommen lassen, fast das ganze Jahr über waren die Campingplätze gut belegt und an den Wochenenden sogar überfüllt, so daß er nur manchmal kurze Auszeiten hat nehmen müssen, in denen er sich von den Ausflügen in diese Gegend der Hingabe und der heftig betriebenen Glückssuche erholt hat.

Er leert seine dritte Tasse Tee, packt den Stapel Zeitungen unter den rechten Arm und schaut kurz auf die Uhr, in wenigen Minuten wird Betsy oder Becky erscheinen, höchste Zeit also, daß er verschwindet. Langsam und ohne ein lautes Geräusch zu machen, geht er die Wendeltreppe hinauf und zurück ins Schlafzimmer, Clara schläft noch in dem großen, breiten Bett, in dem vier Menschen Platz haben, jeden Morgen betrachtet er sie einen kurzen Moment, wie sie auf der Seite liegend tief schläft, ihr dichtes Haar verdeckt beinahe das noch immer fast jugendliche Gesicht, nur ihre eng am Körper liegenden Hände verraten mit den feinen Sprüngen und Rissen ihr wirkliches Alter. Seltsam, wie lange sie sich kennen, und trotzdem haben sie es geschafft, zusammenzubleiben, sie haben dasselbe Gymnasium besucht, damals aber noch keinen engeren Kontakt gehabt, täglich sind sie aneinander vorbeigegangen und haben höchstens dann und wann einmal ein paar Worte gewechselt, freundlich, umständlich und so wohlerzogen, wie man Mitte der sechziger Jahre in ihren Kreisen eben miteinander umging. Claras Eltern waren beide Lehrer, und sie war das einzige Kind, man sah ihrem Auftreten den Beruf der Eltern sofort an, so praktisch und uneitel wirkte sie und außerdem immer dabei, wenn es darum ging, etwas außerhalb des Unterrichts zu organisieren.

Nach dem Abitur haben sie sich sofort aus den Augen verloren und mit keinem einzigen Gedanken mehr aneinander gedacht, bis sie sich drei Jahre später durch puren Zufall in einem College des amerikanischen Mittleren Westens begegneten. Auf den ersten Blick hat er sie gar nicht wiedererkannt, nach drei Jahren Studium erschien sie ihm körperlich größer und um einiges reifer als er, sie haben sich angefreundet und mit einem Leihwagen einige Ausflüge den Missouri entlang unternommen, es waren die Jahre, in denen man laufend sehr lange Strecken zurücklegte und pausenlos unterwegs war und in den Kinos lauter Road-Movies liefen, dieses ziellose Herumdriften hat ihnen Spaß gemacht, und ohne große Umwege hat sich das Weitere dann ergeben, lustvoll, wie ein einziger unkomplizierter Frühling, weit weg von den neugierigen Augen und den dämlichen Kommentaren, die man zu Hause zur ersten großen Liebe zu hören bekam.

Schon damals ist ihm klar gewesen, daß er niemand anderen

heiraten wollte als Clara, sie haben nie darüber gesprochen, aber auch sie hat, so glaubt er jedenfalls heute, im Blick auf das Heiraten immer nur an ihn gedacht, obwohl sie später wohl noch andere Freunde gehabt hat, genau hat er das nie wissen wollen. Er selbst hat es jedenfalls nach ihrem Zusammensein in Amerika nicht mehr geschafft, sich in jemand anderen zu verlieben, die große Liebe ist für ihn mit einem Leihwagen und der herben, gesunden Frische der Landschaft um den Missouri eng verknüpft, als er wieder zurück in Deutschland war, hat sich dieses Amalgam dann als so beständig erwiesen, daß er weitere Eroberungen von vornherein ausgeschlossen hat. Zu Ende studiert haben sie jedoch nicht in derselben Stadt, nur in den Semesterferien haben sie viel Zeit miteinander verbracht, sie hat Amerikanistik und Romanistik studiert und zielstrebig auf den Lehrberuf zugearbeitet, in Aachen hat sie dann als Referendarin begonnen, und er hat sie in ihrem Mansardenzimmer hoch oben in der Altstadt besucht. Wenn er sie nachts auf den Straßen küßte, hat er manchmal geglaubt, noch immer den Frühling von Missouri zu riechen, so sehr haben diese Tage ihr gemeinsames Leben für immer geprägt.

Als sie in Köln eine Stelle fand, haben sie dann beinahe von einem Tag auf den anderen geheiratet, Pa mag Clara sehr und hatte ihn darin bestärkt, sie zu heiraten. Als die Kinder zur Welt kamen, hat sie den Lehrberuf aufgegeben und begonnen, als Übersetzerin zu arbeiten, jetzt ist sie eine anerkannte, vielbeschäftigte Frau mit einem eigenen, ruhigen Büro oben unter dem Dach, die dann und wann nach Paris oder in die Staaten fährt, um sich mit ihren Autoren zu treffen und ihre Übersetzungen mit ihnen abzustimmen.

Dreißig Jahre, denkt von Heuken, dreißig Jahre gemeinsamen Lebens, irgendwie um alle Klippen gesteuert und endlich angekommen in diesem Bungalow, in dem sie sich gestern nacht noch lange über den zurückliegenden Tag unterhalten haben. Clara hat einen direkten und nicht selten ironischen Blick auf die Dinge, sie hört ihn gerne erzählen und sagt dann meist etwas dazu, das ihm alles leichter und nicht so verbissen erscheinen läßt. Sie hat ihm geraten, Liesel Burger häufiger zu besuchen und um ihre Meinung zu fragen, und sie hat ihn vor seinem Bruder Christoph gewarnt, den sie allerdings noch nie hat ausstehen können. »Wenn Christoph von der Nachfolge-Regelung weiß, wirst Du keine ruhige Minute mehr haben«, hat sie zu ihm gesagt, und er hat wie immer, wenn sie über seinen Bruder sprechen, versucht, ihn in Schutz zu nehmen und das Thema schließlich ganz vom Tisch zu bekommen. In Wahrheit aber weiß er genau, daß sie recht hat, Christoph ist fähig, sich Sachen auszudenken, auf die er niemals kommen würde, vor allem aber hat Christoph im Konzern einige nicht zu unterschätzende Freunde, die ihm bei jeder Aktion beistehen werden.

Von Heuken legt die Zeitungen auf den Nachttisch neben Claras Bett und geht ins Bad, noch während er die Dusche anstellt, hört er, daß sie langsam erwacht. Morgens findet sie sehr schwer in den Tag, sie ist leicht schlafsüchtig und würde, wenn sie nicht beinahe täglich von seiner Morgentoilette geweckt würde, noch viel länger im Bett liegen. Er seift sich langsam ein und denkt daran, daß er einen kleinen Koffer packen sollte, für den Fall, daß er Lust bekäme, in der Suite zu übernachten. Gestern abend hätte es ihn beinahe gepackt, aber er hatte sich dann doch verboten, den Schlafanzug seines Vaters überzustreifen. Mit Clara hat er aber schon über das alles gesprochen, und sie hat ihn sogar darin bestärkt, einmal eine ganze Nacht im Hotel zu verbringen.

Als er die Dusche abstellt, hört er, daß sie bereits in den Zeitungen blättert. Sie sitzt jetzt aufrecht im Bett und trägt die schwarze, distanzgebietende Brille, die sie sich vor wenigen Wochen in Brüssel gekauft hat. Merkwürdig, wie Brillen einen bestimmten Lebenswillen ausdrücken, denkt von Heuken und reibt sich langsam mit einem viel zu schweren Badetuch ab, das einen schwachen Lavendel-Duft ausströmt. Daß es Claras Tuch ist, bemerkt er ein wenig zu spät, er hat für solche Dinge einfach keinen Blick, fatal im Grunde für einen, der Foto-Bände und Bücher über visuelle Erfahrung verlegt.

»Guten Morgen«, ruft er betont freundlich durch die Tür, um einem Streit wegen der Benutzung des Tuchs schon einmal zuvorzukommen, »ich habe gerade aus Versehen Dein Badetuch benutzt.«

»Tja«, hört er sie antworten und weiß sofort, daß es keinen Streit geben wird, denn mit diesem »tja« hat sie schon viele seiner Ungeschicklichkeiten abgehakt, »tja« ist ihre lakonische und zum Glück oft noch immer amüsierte Antwort auf ihre gemeinsamen dreißig Jahre.

Er geht jetzt hinüber ins Schlafzimmer, um sich anzukleiden.

»Die Zeitungen sind schon wieder so durcheinander, daß ich nichts finde«, sagt Clara leise.

»Athletic Bilbao – FC Barcelona 1:2, mehr muß man nicht wissen«, antwortet von Heuken.

»Ist Becky auf?«

»Ich glaube schon, schließlich hat sie noch nie verschlafen.«

»Ist sie wirklich auf, oder hast Du nur keine Lust, einmal kurz nachzuschauen?«

Von Heuken schluckt, er ist jetzt mit dem Ankleiden fertig. In Missouri war Clara immer fassungslos, wie schnell er angezogen war. Nichts, beinahe nichts hat sich verändert, noch immer braucht er kaum zwei Minuten zum Ankleiden, nur daß er jetzt Sachen trägt, von denen ein Teil leicht das Zehnfache von dem kostet, was er in seiner Jugend für seine gesamte Kleidung ausgegeben hat. Das Hemd mit dem weichen Umlegekragen, das er jetzt schon am Körper hat, mag er nicht, er muß den Kragen noch zuknöpfen, und dann gehört eine Krawatte darauf. Er angelt sich eine aus dem Schrank und geht, noch während er sie umbindet, hinaus auf den Flur. Unten in der Küche sind die Stimmen der Kinder zu hören, die sich mal wieder um irgendeine Kleinigkeit streiten.

»Guten Morgen«, ruft er zum zweiten Mal in diesen frühen Stunden, diesmal aber viel lauter. Maries großes Gesicht schaut kurz durch die geöffnete Küchentür zu ihm hinauf, im Gegensatz zu ihrer Mutter schläft sie nicht viel und ist schon in der Früh so geistesgegenwärtig wie keiner in dieser Familie.

»Ist Betsy noch da?« ruft er gleich hinterher, und erkennt daran, daß Marie kurz mit den Augen rollt, daß er statt Betsy Becky hätte sagen müssen.

»Nein«, ruft Marie zu ihm hinauf und versucht, seine Lautstärke zu halten, »*Becky* ist nicht mehr da, Herr von Heuken, *Becky* ist schon unterwegs, aber wir frühstücken, und es ist alles in bester Ordnung.«

»Einen schönen Tag Euch beiden«, ruft von Heuken noch, dann geht er noch einmal ins Schlafzimmer zurück. Er hätte niemals gewettet, einmal eine solche Tochter zu haben, auch an Entschiedenheit und Durchsetzungskraft übertrifft sie jeden in diesem Haus. Wenn sie sich mit ihrem langen, hinten zusammengebundenen Haar auf ihr Mofa setzt, flößt sie ihm sogar Respekt ein. Sie ist eine geborene Vorsitzende, denkt er dann, Vorsitzende von was ist egal, einfach eine ideale Vorsitzende, die auf jedes Problem eine Antwort weiß und ihre Emotionen so unter Kontrolle hat, daß sie ihr niemals gefährlich werden können.

Während er mit seiner Rechten noch einmal den Sitz des Krawattenknotens überprüft, macht er sich daran, den kleinen Koffer zu packen. Zwei Hemden mit diesen seitlich wegfliehenden Spitzen, wie nennt man die bloß? Ein Sakko und zwei Hosen, die dazu passen. Unterwäsche, Strümpfe, ein Paar Schuhe. Was er da einpackt, ist Freizeitkleidung, *Casual Look*, als führe er für ein Wochenende aufs Land, um sich zu entspannen.

Als er den Koffer verschließt, spürt er Claras Blick, der anscheinend schon die ganze Zeit auf ihm ruht. In Kniestellung, knapp über dem Boden, dreht er sich auf dem linken Absatz zu ihr herum. An diese Brille hat er sich noch nicht gewöhnt, sie verleiht ihr etwas Akademisches, als wollte sie noch einmal durchstarten zu einer Prüfung für Spätberufene.

»Das sieht aus, als wolltest Du länger fort«, sagt sie lächelnd.

»Ach was«, antwortet von Heuken, »es sieht aus, als wollte ich ins Sauerland, um mich in irgend einem dieser einsamen Landhotels in den Whirl-Pool zu legen.«

»Na dann viel Spaß«, sagt sie und nimmt sich wieder die Zeitungen vor.

In einer halben Stunde werden sie zusammen frühstücken, unten im Erkerzimmer, wie immer. Von Heuken greift nach dem Koffer und trägt ihn ins Erdgeschoß. Die Kinder sind fort, die Küche ist wieder so leer wie zur Zeit seiner einsamen Zeitungs-Lektüre. Er öffnet den Kühlschrank und beginnt, das Frühstückstablett zu bestücken, es ist kurz vor acht, als er das Tablett ins Erkerzimmer trägt. Er überlegt, ob er eine CD einlegen soll, läßt es dann aber wegen der kleinen Anspannung, die er in seiner Magengegend spürt, bleiben. Er kennt das, es ist nichts Ernstes, er hat dieses Unruhegefühl, das ihm meist den Appetit nimmt, seit seinen Schultagen, als ihn jede Klassenarbeit so aufregte, daß er blaß in die Schule kam. Im Grunde haben die Klassenarbeiten nie aufgehört, denkt von Heuken, schlimm, daß man sich so wenig im Griff hat. Bis Clara erscheint, wird er sich zur Sicherheit noch einen Kamillentee machen, Kamillentee hat ihm meist geholfen, Kamillentee ist genau das Richtige für einen, der sich gleich aufmachen muß, um an das Klinikbett seines herzkranken Vaters zu treten.

2

LOEB SPRICHT an diesem Morgen gegen neun Uhr in einem anderen Ton als gestern mit ihm, sie sitzen einander in seinem engen Besprechungszimmer gegenüber und beobachten sich, als müßten sie erst noch herausfinden, was der eine vom anderen will. Von Heuken fällt auf, daß Loeb etwas ruhiger als gestern ist, das Fachvokabular hat er fast ganz aufgegeben, vielleicht ein Zeichen dafür, daß er ernsthaft über die Sache nachzudenken beginnt. Wie es Pas Art ist, hat er Loeb früher, gleich nachdem sich die beiden kennengelernt hatten, ein Buchprojekt vorgeschlagen, *Das Herz* ist mit einer Auflage von beinahe siebzigtausend Exemplaren ein Renner geworden, noch besser aber ist der zweite Band angekommen, denn *Von der ärztlichen Kunst, gut zuhören zu können* hat dazu noch einen derart genialen Titel, daß ihn sich ein jeder kauft, der so ein tröstliches und besserwisserisches Werk einmal einem besonders mürrischen und arroganten Weißkittel unter die Nase halten will. Von Heuken hat dieses Buch damals mit betreut, deshalb erinnert er sich jetzt genau an das Kapitel über den Einsatz von Fachvokabular, in seiner altklugen und gewitzten Art hatte Loeb den Hang zu diesem Vokabular durch den Hinweis darauf, daß das menschliche Gehirn unerklärbare kausale Zusammenhänge einfach nicht ertrage, zu begründen versucht. Überexakte diagnostische Bezeichnungen seien phantastische Wort-Erfindungen gegen das Vakuum, jedes ungewöhnliche Symptom einer Erkrankung zuzuordnen, habe etwas Zwanghaftes – mit solchen zugespitzten Wendungen hat Loeb ganz gezielt seine Kollegen gegen sich aufgebracht und damit zugleich für eine so rege Diskussion gesorgt, daß der Verlag nicht einmal Werbung für den Bestseller machen mußte.

Wahrscheinlich erinnert er sich längst nicht mehr genau daran, was er geschrieben hat, denkt von Heuken, sonst hätte er gestern nicht diese Drohnummer mit großem Schreckvokabular abgezogen, oder er ist einfach launisch und stimmungsabhängig und tritt seinen Patienten und deren Verwandten jeden Tag anders entgegen. Mit jeder Minute mehr geht ihm das Gespräch auf die Nerven, er sitzt nicht hier, um sich über Loebs bestimmt komplizierten Charakter Gedanken zu machen, sondern ausschließlich deshalb, weil er seinen Vater sehen und sich selbst einen Eindruck verschaffen will, Loeb dagegen ist heute auch noch eine starke Neugierde anzumerken, jetzt, wo er den Patienten mit all seinen Ballonkathetern mundtot gemacht und ihn für ein paar Tage in der Intensivstation gelagert hat, behandelt er den Fall anscheinend mit der Pinzette, um sich kein Detail vom großen Tratschkuchen entgehen zu lassen.

Um ihn zu bremsen, antwortet von Heuken nur widerwillig und knapp auf Fragen wie die, warum Vater im Hotel übernachtet, mit wem und wo er zu Abend gegessen und wieviel er in letzter Zeit getrunken und geraucht habe, er kennt Loebs süffisantes Grinsen bei der Aufzählung der menschlichen Schwächen eines Patienten nur zu genau, dabei hat Loeb gewiß keinen Grund, seinen eigenen Gesundheitszustand als vorbildlich hinzustellen, denn schon seit Jahren und erst recht seit seinen großen Bucherfolgen ist er dick und dicker geworden, so daß selbst sein bewußt weit geschnittener Kittel und die albern große Brille mit den kuhäugigen Gläsern nicht mehr von seiner Überfettung ablenken können.

Als alles nichts hilft und er Loeb auch mit seinen knappen, ausweichenden Antworten nicht stoppen kann, schaut von Heuken auf die Uhr. Er läßt den Blick einen Moment auf dem Zifferblatt ruhen, er tut so, als müsse er genau nachschauen, wie spät es eigentlich ist, der Erfolg dieser harmlosen Geste ist jedenfalls, daß auch Loeb auf seine Uhr blickt, für einen Augenblick sitzen sie da, als verglichen sie gerade wegen eines bevorstehenden Termins die Zeit, dann steht Loeb plötzlich auf, als habe er endlich begriffen, daß er mit seinen Rundumfragen zu Pas Passionen und Lastern nicht ankommt und sein Gegenüber nur aufhält. Sein drittes Buch, denkt von Heuken, sollte *Wie man Ärzte zum Zuhören bringt* heißen, mit so einem Titel wird er den ersten Platz jeder Bestseller-Liste stürmen, er überlegt kurz, ob er mit dieser Idee herausrücken soll, geht dann aber zunächst schweigend hinter Loeb her, der jetzt mit überraschendem Schwung dicht an den Flurwänden entlang zur Intensivstation eilt.

Als sie die Station betreten, fühlt sich von Heuken kurz an das Betreten einer Kirche erinnert, denn wie in einer kleinen Kapelle wird der große Raum von einem mittelschiffähnlichen, breiten und fast leeren Flur beherrscht, an den sich zu beiden Seiten die Glaszellen mit den Patienten wie zwei schmalere Seitenschiffe anschließen. Von Heuken nimmt das alles aber nur flüchtig wahr, nur der generelle Raumeindruck prägt sich ihm ein, ansonsten läßt ihn die plötzliche bleierne Stille, in die nur die dünnen Geräusche der Herzmonitoren hineinfunken, so andächtig werden, daß er sich nicht weiter umschaut. Noch ein paar Schritte, dann ist es soweit, Loeb bleibt vor einer gläsernen Trennwand stehen und blickt stumm in das Innere der Zelle, als könne man von dort ein schlummerndes, aber ungefährliches Tier beobachten, das jederzeit gegen das Glas springen kann.

Vater liegt auf dem Rücken, nichts ist jedoch von ihm zu sehen außer dem schweren Kopf mit den fest geschlossenen und seltsam tief in die Augenhöhlen zurückgesunkenen Augen, die Bettdecke reicht ihm beinahe bis zum Kinn und umhüllt das ganze Bett wie eine dünne Schneeschicht, deren starker monochromer Akzent nur von einigen Schläuchen und Leitungen gestört wird, während unten, am Bettende, ein einzelner Fuß frei herausschaut, als hätte er sich nicht domestizieren lassen.

Von Heukens Blick bleibt sofort an diesem Fuß hängen, mit leicht geöffnetem Mund betrachtet er bewegungslos diese Erscheinung, das Spalier der ineinander verkeilten und einander im Wege stehenden Zehen, die am rechten, stark verhornten Fußrand auftauchenden Schründe und Risse, die dick und geschwollen hervortretenden Venen, die auf den schlaffen Sehnen wie hier und da gestockte und verschlammte Flüsse aufsitzen. Die Nägel sind sehr kurz geschnitten und verschwinden beinahe im Fleisch, während der dicke Zeh krallenartig nach vorne gekrümmt ist, als wäre er erstarrt oder ohne Leben. Von Heuken kann seinen Blick nicht von diesem Detail abwenden, die wächserne, gelbliche Steifheit des Fußes und seine mumienhafte Fremdheit machen ihn mit dem Gedanken an Vaters baldigen Tod vertraut, jetzt, da er sich in diesen Anblick verliert, begreift er erst genau, was gestern geschehen ist, denn die blutlos wirkende und in manchen Partien seltsam straff sitzende Haut erscheint ihm wie von einem schweren, schädlichen Gift infiziert, das vom Herz aus den ganzen Körper erfaßt und ihn längst bis in die Fußspitzen betäubt hat.

»Geht es Dir nicht gut?« hört er Loeb fragen, »holen Sie bitte sofort ein Glas Wasser«, hört er weiter, dann bemerkt er, daß Loeb ihn an der rechten Seite berührt, er spürt den Griff wie ein vorsichtiges Nachfragen und ist plötzlich gerührt über das milde Verständnis, das Loeb also doch, ganz gegen das Vorurteil, das ihn zu einem distanzierten Menschen macht, aufzubieten imstande ist. Als man ihm das Glas Wasser hinhält, tritt er einen kleinen Schritt zur Seite und beginnt gleich zu trinken, er steht jetzt so, daß er den nackten Fuß nicht mehr sieht, sondern nur noch das weiße Schneelaken und den gerade noch daraus hervorschauenden Kopf eines sehr alten Mannes, der so aussieht, als könne ihm niemand mehr helfen. Also doch. Der baldige Tod. Ein feierliches Hochamt im Dom und die Menschenmengen, die sich bis hinaus auf die Domplatte verlieren. Die schweren, angstmachenden Glockenschläge des großen Pitter und der Schlußgesang der Gemeinde, den Vater sich für diesen Fall manchmal im Scherz gewünscht hat, *Wir sind nur Gast auf Erden und wandern ohne Ruh, mit mancherlei Beschwerden der ewgen Heimat zu.* Von Heuken reicht das Glas wieder zurück, nimmt aber nicht wahr, wer es ihm abnimmt, aus weiter Ferne hört er Loeb leise sprechen und versucht, sich von den schwarzen Gedanken abzulenken, indem er sich zwingt, ihm jetzt genau zuzuhören, Loeb aber redet, wie von Heuken sofort bemerkt, nur so daher, er hat sein ärztliches Beruhigungs-Vokabular eingeschaltet und doziert über den Vorzug pneumatischer Matratzen und die Notwendigkeit eines regelmäßigen Verbandwechsels, alle zwei Tage reiche gewöhnlich aus, in einem solchen Fall aber sei ein täglicher Wechsel geboten, vor allem in Anbetracht der Tatsache, daß …

Währenddessen fragt sich von Heuken, ob er noch einmal einen Blick auf Pas Fuß werfen soll, wie lange hat er Vaters Füße nicht mehr nackt gesehen, Jahrzehnte müssen vergangen sein, das letzte Mal wird es am Rheinufer gewesen sein, als sie zu zweit mit dem Fahrrad Richtung Bonn unterwegs waren und an einer Bank Rast gemacht haben, wo Pa Schuhe und Strümpfe auszog und die nackten Füße knapp über dem Boden im Wind baumeln ließ. Vaters nackte, baumelnde Füße – wie kindlich war ihm diese Geste vorgekommen, als suchte dieser plötzlich einmal still dasitzende Mann nach den längst verlorenen Atmosphären seiner Kindheit, die Kindheit von Eltern, denkt von Heuken, stellt man sich viel zu spät vor, dabei erführe man vielleicht sehr viel über sie, wenn man sich Zeit nähme, einmal ihre Kinderbilder genau zu betrachten und sich vorzustellen, wie es ihnen in diesen frühsten Jahren erging.

»Geht es Dir besser?« hört er Loeb fragen, er muß jetzt etwas antworten, will aber auf keinen Fall zeigen, wie erschüttert er ist. Was denn, was könnte er antworten?

»Weißt Du was, Josef?« sagt er dann und räuspert sich kurz, »weißt Du, woran ich gerade dachte?«

Er wagt es endlich, Loeb von der Seite anzuschauen, aber Loeb schweigt und starrt nun selbst auf das Bett des Patienten, als müßte er sich dringend etwas dazu überlegen.

»Ich dachte an Menzel«, macht von Heuken weiter, »an den Maler Adolph von Menzel, wir haben seine Skizzenbücher vor kurzem herausgebracht, auf einem Blatt hat er nichts anderes gemalt als seinen eigenen rechten Fuß, nackt, fremd, es packt einen die Angst, wenn man diesen Fuß sieht.«

»Menzel ist großartig«, antwortet Loeb und blickt weiter starr geradeaus, »in meinen Augen ist er einer der größten Maler überhaupt. Ich habe viele Bilder von ihm gesehen, in Berlin natürlich, ja, in Berlin.«

Sie schweigen, als seien sie in der Betrachtung eines Meisterwerks versunken, nach dem man kein weiteres Bild mehr sehen mag. Erst nach einer Weile löst sich Loeb von der Trennwand und packt von Heuken noch einmal kurz am Arm. »Komm, Georg, laß uns wieder nach draußen gehen.«

Sie sprechen nicht mehr viel miteinander, Loeb faßt seine Diagnose noch einmal kurz zusammen und erwähnt nur andeutungsweise die möglichen Komplikationen, die zu einem kritischen Zustand führen könnten. Embolien, lokale Thromben, die größte Gefahr geht von Infektionen aus. Mit dem jetzigen Zustand des Patienten gibt Loeb sich zufrieden, er hat leicht reden, denkt von Heuken, wahrscheinlich hat er viel schlimmere Fälle vor Augen, so daß Vater im Vergleich noch immer gut wegkommt. Er selbst aber hat Vater noch nie so gesehen, und das, was er gesehen hat, hat sich in seinem Kopf zu einem einzigen Schreckbild zusammengesetzt, an das kein Vergleich mehr heranreicht.

Noch als er im Fahrstuhl steht, hat er sich von dem Bild nicht erholt, er kommt sich taub vor und wie abgetaucht in eine alle Geräusche wegdämmende Trance, er schaut sogar mehrmals auf die Uhr, als prägte sich ihm die Zeit nicht richtig ein. Als er den Fahrstuhl verläßt und durch die Empfangshalle zum Ausgang gehen will, sieht er seinen Bruder gerade die Klinik betreten. Sie erkennen sich, sie gehen aufeinander zu, als wären sie hier verabredet, Christoph trägt keinen Mantel, sondern nur einen dunklen, bequemen Anzug ohne Krawatte, sie geben sich kurz die Hand, von Heuken spürt, wie sein Bruder ihn mustert und versucht, einen Eindruck von seiner Verfassung zu gewinnen.

»Na? Wie geht's ihm?«

»Geh nicht hinauf, Christoph! Was Du da siehst, macht Dich nicht froh.«

»Und ob ich hinaufgehe, mein Lieber! Was denkst Du, warum ich schon gegen sechs Uhr von Stuttgart losgefahren bin?«

»Bist Du mit dem Zug gekommen?«

»Natürlich, wie könnte ich sonst schon hier sein?«

»Was hast Du heute noch vor, übernachtest Du hier?«

»Ich gehe jetzt hinauf und komme später zu Euch in den Verlag, für heute abend habe ich drei Plätze im *Le Moineau* reserviert.«

»Im *Le Moineau*? Ging es nicht einen Tick schlichter?«

»Hast Du schon einmal dort gegessen?«

»Nein, habe ich nicht, aber ich habe natürlich davon gehört.«

»Na siehst Du, nur davon gehört! Wenn ich nur davon gehört hätte, würde ich mir kein Urteil darüber erlauben.«

»Christoph, ich habe mir kein Urteil erlaubt, ich hatte nur den Wunsch, mich mit meiner Schwester und meinem Bruder in Ruhe so zu unterhalten, daß man nicht andauernd durch diesen französischen *Cuisine*firlefanz abgelenkt wird.«

»*Cuisine*firlefanz! Das sieht Dir ähnlich! Man merkt noch immer, daß Du in den USA und kein einziges Semester in Frankreich studiert hast.«

»Dafür hast Du in Frankreich und kein einziges Semester in den USA studiert.«

»Willst Du Frankreich und die USA wirklich miteinander vergleichen?«

»Nein, Christoph, das will ich nicht, und vor allem will ich es jetzt nicht, eigentlich müßte ich schon längst im Verlag sein. Lassen wir es dabei, gehen wir ins *Le Moineau*, wenn wir Dir damit eine Freude machen. Sollen wir uns dort wiedertreffen?«

»Wir treffen uns gleich in der Firma.«

Von Heuken schaut seinem jüngeren Bruder hinterher, wie er im Fahrstuhl verschwindet, einen Augenblick lang steht er noch still und läßt sich die hastige Unterhaltung durch den Kopf gehen. Sein Bruder hat in Frankreich studiert, sein ganzes Benehmen, all seine Vorlieben, seine ganze Art, sich dem Leben zu stellen, haben damit zu tun, demonstrativ hat er alle Versuche von Vaters Seite abgelehnt, ihn auch zu einigen Semestern in den USA zu bewegen. Als junger Mann fand er die USA banal, häßlich, einen historischen Unfall, und später, als er es besser hätte wissen müssen, tat er so, als habe er es nicht mehr nötig, zumindest ein wenig Pragmatik zu tanken. Vater hat ihm vor einigen Jahren die Leitung des *Phoebus*-Verlages anvertraut, aber ein Verlag mit lauter Lehrbüchern zur Grundschuldidaktik in braver Aufmachung war Christoph nicht genug, so daß er das gut verkäufliche, aber biedere Didaktik-Programm durch ein schlecht verkäufliches, allerdings elegantes ergänzte, das aus Belletristik, Geschichte und nicht zuletzt Philosophie besteht. Seither hat der *Phoebus-Verlag* viel Ansehen gewonnen, steht wirtschaftlich aber jetzt eher auf wackligen Beinen, das Eleganz-Programm mit seinen teuren und aufwendigen Titeln ist die Crux, denkt von Heuken, *le moineau, le plumeau*, dieser ganze teuer eingekaufte und mühsam importierte Firlefanz, der macht seinen Bruder so überheblich und gleichzeitig nervös, bestimmt wird er in seinem *Le Moineau* am Kopfende des Tisches Platz nehmen, und ganz sicher wird er etwas von seiner hochentwickelten Kunst, wie man Kellner zum Zuhören bringt, zelebrieren.

3

ALS VON HEUKEN wenig später das Vorzimmer seines Büros betritt, stutzt er einen Moment, Joana war schon immer sehr gut gekleidet, das, was sie heute trägt, bedeutet aber einen Sprung in die nächsthöhere Kategorie. Er schaut etwas fassungslos hin, ihm fehlen einfach die Begriffe für das, was er sieht, es handelt sich um einen eher weiten Blazer aus feiner, im Licht des kleinen Deckenstrahlers schimmernder Seide, die anscheinend bemalt ist, die zurückhaltende, zwischen Hellgrün und einem Wolkenrosa changierende Bemalung ist aber farblich so geschickt verteilt, daß er keine Knöpfe, Taschen oder andere Details erkennt, all das macht sich vielmehr erst beim zweiten Hinsehen bemerkbar, als er den Blazer auf seine Einzelteile hin betrachtet.

Sie begrüßen sich, er kann seine Verlegenheit nur mühsam verbergen, der kurze, schöne Moment des gestrigen Tages steigt vor ihm auf, jetzt erst weiß er genau, daß Joana mit diesem Moment ebenfalls noch beschäftigt ist, ihre Kleidung scheint diesen Moment sogar eigens auszustellen und damit anzudeuten, daß sie auf den nächsten Schritt wartet. Als er das begreift, macht es ihn beinahe stolz, ihr Aussehen schmeichelt ihm, eigens für ihn hat sie sich beinahe in ein Model verwandelt, dessen perfektes Bild einen nur noch hinstarren läßt. Er überlegt, ob er etwas sagen soll, läßt es dann aber bleiben und verschwindet lieber rasch weiter hinüber in sein Büro, wo er noch einige Sekunden auf und ab geht, als gelänge es ihm so besser, das wieder in ihm aufkeimende Verlangen zu unterdrücken oder in eine Aktion zu überführen. Gleichzeitig regt sich in ihm aber auch das Mißtrauen und seine alte Vorsicht, mit Frauen hat er sich nach seiner Heirat auf nichts Verfängliches mehr eingelassen, er hat vielmehr trotz so mancher Versuchung immer die Grenzen gewahrt. Als bräuchte er eine Orientierung oder einen hilfreichen Rat, geht er hinüber zu dem verschlossenen Schrank, in dem sich einige Manuskripte und vertraulich zu behandelnde Unterlagen befinden, er entdeckt Joanas Personalakte schnell und nimmt dann endlich Platz, um sie in Ruhe zu überfliegen.

Von der Person auf dem Bewerbungsfoto hat sie sich längst entfernt, das junge, schmale, aber noch trotzig Anerkennung einfordernde Gesicht gibt es nicht mehr, alle Anzeichen des Übergangs von der Jugend zum Erwachsenendasein sind längst verschwunden, jetzt hat sie eher etwas von einer Frau Mitte Dreißig, die Erfahrungen gesammelt hat, deren gehobene Ansprüche aber noch längst nicht befriedigt sind und die in ihrem Leben noch weiterkommen möchte. Joana, wo steht etwas von Joana? Von Heuken wird sofort unruhig, als er diesen Vornamen nicht in den Unterlagen findet, denn in den Unterlagen steht mehrmals Jana, was sich leicht durch ihre Geburt in Prag erklären läßt. In Prag geboren ..., auch davon hat er nichts gewußt, so eine Information verändert das skizzenhafte Bild, das er von ihr hat, vollkommen, denn bisher hat er sie wegen des Vornamens Joana immer mit Spanien in Verbindung gebracht. Jedenfalls spricht sie fließend Englisch, Französisch und Spanisch, von Tschechisch ist seltsamerweise nirgends die Rede, dabei hat sie ihre gesamten ersten zwölf Jahre in Prag verbracht und ist erst danach in die Nähe von Köln gezogen. In einer Informatik-Firma hat sie begonnen, darauf hat sie die Stelle in fast regelmäßigen Abständen gewechselt, ein Museumsjob ist darunter, Tätigkeiten in einer Galerie, an der Medienhochschule war sie am längsten und hat von dort nur die besten und für ihre Anstellung im Konzern wahrscheinlich ausschlaggebenden Referenzen bekommen.

Er hält einen Augenblick inne, denn er bemerkt, daß er dabei ist, sich ganz ernsthaft mit ihr zu beschäftigen und sich in ihr Leben einzumischen, er stellt sich Prag vor, das Kindheitsterrain, *Jana in Prag*, das ist für ihn plötzlich eine eigene, reizvolle Geschichte aus den achtziger Jahren, als Prag noch eine desaströs heruntergewirtschaftete, blasse Stadt mit gutem, billigem Bier war, in der man seinen Ausweis vorzeigen mußte, wenn man nur halbwegs in die Nähe einer der großen ausländischen Botschaften geriet, und in der der Name Franz Kafka noch derart geheimnisumwittert war, daß man ihn für einen Teil des Geheimcodes dubioser Agenten hätte halten können. *Jana – Joana*, die beiden Vornamen verleihen der großen, blonden Gestalt in seinem Vorzimmer mit einem Mal einen eigenen Nimbus, als wäre sie eine der schönen, inspirierenden Frauengestalten in den Romanen von Milan Kundera, an die sich immer dieselben ruhelosen Kerle heranmachen, hyperpotente Ärzte oder abgetakelte Schriftsteller, die das halbe Leben auf der faulen Haut liegen, sich mit etwas philosophischem Raunen aber beinahe mühelos Zutritt zu beinahe jeder Schönheit verschaffen.

Von Heuken lächelt, etwas tickt jetzt in ihm, er hat diese Frau in seiner unmittelbaren Nähe die ganze Zeit unterschätzt, vielleicht ist sie nur auf den ersten, flüchtigen Blick eine Sekretärin, während in Wahrheit noch ganz andere Wesen in ihr stecken, die er wegen seiner verdammten Routine nie zur Kenntnis genommen hat. Er schlägt die Akte wieder zu und stellt den Ordner zurück in den Schrank, das alles läßt sich nicht aufschieben, er will sofort Gewißheit, jetzt oder nie. Er beugt sich über die Sprechanlage, drückt kurz den Knopf und bittet sie für einen Moment in sein Büro. Dann geht er hinüber zu der großen Fensterfront und stellt sich genau an den Platz, an dem es gestern zu der kurzen Annäherung kam. Als sie hereinkommt, bleibt sie in der Nähe der Tür stehen, er schaut sich nicht nach ihr um, sondern blickt nach draußen und legt sofort los: »Sagen Sie, Joana, warum habe ich Sie eigentlich all die Jahre mit Joana angeredet, wo Sie doch eigentlich Jana heißen?«

Er bringt das alles etwas zu unruhig und beinahe unwirsch hervor, der etwas rauhe Ton ist der Sache gar nicht angemessen, aber er hat seine Stimme in solchen Momenten wegen einer gewissen Nervosität meist nicht gut unter Kontrolle, die Folge ist, daß er sich durch den unnötig spröden Ton oft alles verdirbt.

»Sie haben mich vom ersten Tag an Joana genannt«, antwortet sie, »ich weiß auch nicht, warum, es war ein Fehler, aber es gefiel mir, ich mochte es einfach, Joana genannt zu werden.«

»Sie mochten es? Und warum bestanden Sie nicht darauf, daß ich Sie mit Ihrem richtigen Vornamen anredete?«

»Weil in Tschechien, wo ich geboren bin, sehr viele Mädchen Jana heißen. Jana ist ein langweiliger Name, ich fand früher, es sei der langweiligste Mädchenname überhaupt.«

»Sie sind in Tschechien geboren? Auch davon habe ich nichts gewußt.«

»Ja, das ist seltsam, wir haben nie darüber gesprochen, dabei stand so etwas doch in meiner Bewerbung, Sie hätten es wissen können.«

Jetzt ist sie diejenige, deren Ton etwas rauh wird, es ist klar, sie begreift noch nicht, worauf dieses Gespräch hinausläuft, noch immer ähnelt es mehr einem Verhör, er darf so nicht weitermachen, er muß sofort den Ton Richtung Milan Kundera verändern.

»Ich hätte es wissen müssen, ja, da haben Sie recht, ich bin ein Trottel, ein Trottel, der nicht einmal Bewerbungen lesen kann. Haben Sie noch Kontakte zu Ihrer Heimat?«

»Ich bin in Prag geboren, aber ich habe nicht das Gefühl, daß Prag meine Heimat ist. Mein Vater ist Tscheche, meine Mutter Deutsche, wir haben zwölf Jahre zusammen in Prag gelebt, dann haben sich meine Eltern getrennt, und ich bin mit meiner Mutter nach Deutschland gezogen.«

»Aha, so war das, ich verstehe. Haben Sie denn früher überhaupt Deutsch gesprochen?«

»Kaum ein paar Worte, mein Vater duldete es nicht, Deutsch war damals für uns in Prag DDR-Sprache, die Sprache der Besatzer von Achtundsechzig.«

»Achtundsechzig, ach ja, natürlich, als Westmensch muß man bei diesem Datum immer erst umdenken.«

»Ja, muß man, in den neunziger Jahren war das Ost-Achtundsechzig schon beinahe vergessen, und in ein paar Jahrzehnten wird niemand mehr davon sprechen oder sich daran erinnern wollen, was Achtundsechzig in Prag geschah.«

Sie sind jetzt bei Kundera angekommen, langsam bevölkern all seine Gestalten das Gespräch, von Heuken erinnert sich an *Die unerträgliche Leichtigkeit des Seins* und die Verfilmung und an all den munteren Sex, der im ganzen Kino für gute Laune gesorgt hat. Wo war das, wo hat er den Film bloß gesehen? Bald wird er es bedauern, daß er nie Tagebuch geführt und den kleinen Überraschungen in seinem Leben nie allzuviel Aufmerksamkeit geschenkt hat, hätte er sich ein paar Notizen gemacht, könnte er solche Begebenheiten leicht wieder heraufbeschwören, so aber liegt die vergangene Zeit hinter ihm wie ein graues Vergehen mit ein paar wenigen bunten Flecken, die er zeitlich nicht einordnen kann.

Er ist jetzt noch weiter als gestern, eine ihm beinahe unheimliche Lust, sofort mit dieser Kundera-Gestalt zu verreisen und sich von ihr Stück für Stück ihr ganzes Leben erzählen zu lassen, hat ihn gepackt, er bringt diese Lust sogar mit dem kleinen Koffer in Verbindung, den er am frühen Morgen ins Gepäckfach seines Wagens gestellt hat. Als habe er geahnt, was auf ihn zukommt, als habe er diesen Koffer gepackt für eine Reise nach Prag.

Vor lauter Aufregung muß er schlucken, irgendwo tief drinnen in seinem Innern bildet sich ein Druck, den er nicht mehr wegwürgen kann. Warum hat er keine Idee, wie er sich in diesen Kundera-Roman einfädeln könnte, schließlich hat er genug gelesen, um die entsprechenden Phantasien abrufen zu können. Am meisten stört ihn die Rolle des Chefs, sie paßt überhaupt nicht hinein in das feine Geflecht, das er jetzt knüpfen sollte. Irgendwie müßte er es schaffen, sie diese Chef-Rolle vergessen zu lassen, das aber erscheint ihm beinahe unmöglich, wahrscheinlich hält sie ihn wirklich für jemanden, der morgens kurz nach neun nur ihr Zimmer betritt, damit er schnell die Post in die Finger bekommt, um sie durchzuforsten. In seinem Innern muß etwas eigentlich Lebensnotwendiges auf der Strecke geblieben sein, er hat sein Leben auf ganz exakt vorgezogenen Bahnen absolviert, außerhalb aller Romane, die dieses Leben erst interessant machen. *Kundera*, das klingt jetzt beinahe wie ein Lebensprojekt, sein Bruder Christoph hat einmal mit Kundera, natürlich in Paris, zu Mittag gegessen, er hat ihm sogar davon erzählt, aber er hat einfach nicht hingehört, als gehöre Kundera ausschließlich in Christophs literarische Delikatessen-Abteilung.

Sie wartet noch immer in der Nähe der Tür, seine Gesprächsführung erscheint ihm jetzt geradezu peinlich, überhaupt *Gesprächsführung*, für ihn ist das nichts anderes als ein Thema des Management-Coaching, wenn es darum ginge, wüßte er, was er als nächstes zu tun hat. Er versucht, sich Mühe zu geben, irgend etwas sollte er jetzt sagen, nach diesem langen Schweigen kommt es nur noch darauf an, daß er etwas sagt.

»Entschuldigen Sie, Jana, Prag und diese ganze Geschichte, ich brauche ein bißchen Zeit, um mich daran zu gewöhnen. Haben Sie manchmal etwas Sehnsucht nach diesen Jahren, denken Sie manchmal an Prag?«

»An Prag als Stadt eigentlich selten, aber ich liebe die tschechische Musik über alles.«

»Die tschechische Musik? Welche tschechische Musik?«

»Die große tschechische Musik, Smetana, Dvořák, Janácek, diese Musik liebe ich sehr.«

Er ist auf dieses Gespräch nicht richtig vorbereitet, von Smetana, Dvořák und Janácek hat er kaum eine Ahnung. Wenn ihm vor einigen Tagen jemand gesagt hätte, daß er mit dieser Trias einmal zu tun bekommen würde, hätte er nur laut aufgelacht. Jetzt aber ist alles anders, denn seit heute sitzt in seinem Vorzimmer eine junge Frau, die sich nach nichts so sehr verzehrt wie nach der *Moldau* und den Mond-Gesängen Rusalkas. *Rusalka?* Stimmt das? Hat Dvořák nicht eine Oper mit diesem Titel geschrieben? Und ist Rusalka nicht eine dieser slawischen Feen mit blondlangem Haar, die immer an dieselben falschen Chef-Figuren geraten? Er versucht es, Rusalka ist die einzige Chance, die er im Augenblick hat.

»Mein Gott, entschuldigen Sie *noch* einmal, Jana, ich bin heute etwas schwer von Begriff, irgendwie bringt mein verdammter Schädel heute nicht Osten und Westen zusammen, dabei habe ich die schönen Rusalka-Arien doch früher so gerne gehört.«

Wenn sie jetzt nachfragt, ist er verloren, keine einzige Rusalka-Arie hat er zu bieten, höchstens den Anfang der *Moldau*, diese rührende, säuselnde Anmache, die sie in jedem Dokumentarfilm einspielen, wenn ein Bächlein ins Bild kommt.

»Sie kennen *Rusalka*? Ach wirklich? Dann kennen Sie sicher auch Magdalena Kožená?«

Mist, verdammt, nein, er kennt diese Magdalena nicht, deren weicher, sich so schön über die Zunge spulender Name hier gerade so intoniert wird, als wäre es angebracht, sofort eine Geige aus dem Kasten zu holen. Warum aber kennt er Magdalena Koschschsch nicht? Weil er schon am frühen Morgen das falsche Zeug liest, weil sein Horizont zu beengt ist und zu wenig mit den schönen Perlen geschmückt, die anderen Menschen alles im Leben bedeuten. Er kann Jana jetzt nicht den Schmerz antun, von Magdalena Koschschsch nichts zu wissen, wenigstens irgendein Zeichen seines tiefen Interesses an tschechischer Musik muß er jetzt absenden.

»Ja, ich erinnere mich, ich glaube, ich habe sie einmal im Fernsehen gesehen.«

»Oh, darum beneide ich Sie, ich habe sie noch nie gesehen, aber natürlich viele Sachen von ihr gehört, ich freue mich schon auf ihr Konzert in der Philharmonie.«

»Sie konzertiert hier in Köln, in der Philharmonie? Davon nun wiederum habe *ich* nichts gewußt.«

»Sie konzertiert am Samstag mit dem Programm ihrer neuen CD.«

»Helfen Sie mir, Jana, was ist das für eine CD?«

»Oh, sie ist wunderbar, ich höre sie oft im Wagen auf dem

Nachhauseweg, es ist eine CD mit Stücken von Bach, von Johann Sebastian Bach und von seinen Söhnen.«

»Und der Titel? Wie ist der Titel?«

»Warten Sie, einen Moment, ich glaube, sie heißt *Lamento.*«

Meint sie das ernst? Oder macht sie sich über ihn lustig? Eine Klassik-CD kann unmöglich *Lamento* heißen, einen abschreckenderen Titel könnte sie gar nicht haben. Besser aber, er fragt nicht weiter nach, obwohl er jetzt immerhin ahnt, daß Magdalena Koschschsch eine Sängerin ist. Aber Vorsicht, noch ist es nur eine Ahnung, vielleicht bläst sie Oboe oder ein anderes, stark unterschätztes Instrument. Das Konzert, er sollte sich an das Konzert in der Philharmonie halten.

»Sie haben schon eine Karte für das Konzert?«

»Ja, natürlich, ich kann es gar nicht erwarten, sie heute abend in dem kleinen Laden am Roncalliplatz abzuholen.«

Der kleine Laden, wie sie ihn nennt, ja genau, heißt der kleine Laden nicht *Köln-Ticket?* Von seiner Suite im Hotel hat er ihn direkt im Blick.

»Gehen Sie etwa allein ins Konzert?«

»Ja, eine Person, die mich gern begleitet hätte, hat nun doch etwas anderes vor.«

»Das heißt, Sie haben zwei Karten bestellt und lassen *eine* wieder zurückgehen?«

»Ja, ich werde gleich anrufen, ich habe erst gestern erfahren, daß meine Begleitung leider doch keine Zeit hat.«

»Sie *müssen* nicht anrufen, ich würde Ihnen die Karte abkaufen.«

»Soll das heißen, Sie gehen mit ins Konzert?«

»Das könnte es heißen, wenn es Ihnen recht ist.«

Er kann sich nicht erinnern, eine Sache jemals mit soviel dreistem Draufgängertum angegangen zu sein, aber er kann nichts dagegen tun, denn er redet sich ununterbrochen selbst ein, daß es so und nicht anders sein muß. Keine *Gesprächsführung mit Kompetenzstrategie*, überhaupt nichts mehr von diesen geradlinigen Methoden, bei denen immer schon im voraus feststeht, worauf es ankommt und was man damit bezweckt. *Rusalka, Magdalena Koschschsch* – das sind jetzt die Zauberworte, die all jene neuen Horizonte eröffnen, die sich heute morgen in Gestalt eines ganz exakt zu dieser Slawen-Folklore passenden, seidenbemalten Blazers ankündigten. Er ist jetzt zu allem bereit, all das, was während des Gesprächs in ihm geschmolzen ist, kann nun heraus.

»Wäre es Ihnen unangenehm, wenn ich mitkäme?«

»Unangenehm? Aber nein, wieso denn das? Ich würde mich freuen, wenn Sie mitkommen würden.«

»Gut, dann machen wir es doch so, dann gehen wir am Samstag zusammen in die Philharmonie.«

Er nimmt seine beiden Hände aus den Hosentaschen, wo er sie die ganze Zeit versteckt hat, er geht hinüber zu seinem Schreibtisch und dreht sich erst nach ihr um, als er hinter ihm steht, während sie anscheinend noch darauf gewartet hat, daß er genau dort, an seinem gewohnten Platz, ankommt. Sie sagt aber nichts, sie steht nur da in ihrem seidenbemalten Blazer und ihrer schwarzen Hose, er muß jetzt etwas zu ihrem Aussehen sagen, obwohl er sich damit schwertut.

»Ihr Blazer, darf ich das sagen, Ihr Blazer, Jana, sieht aus, als hätte ihn jemand eigens für Sie gemacht.«

»Sie wollen sagen, er sieht wie Maßarbeit aus, stimmt's?«

»Maßarbeit, ja genau, wieder ein Wort, auf das ich heute einfach nicht komme.«

»Macht ja nichts, Sie haben jedenfalls recht, der Blazer ist handgemacht, von mir eigens für mich. Leider ist er keineswegs so perfekt, wie Sie glauben. Gefällt er Ihnen denn?«

»Ob er mir gefällt? Habe ich das noch nicht gesagt? Mein Gott, was ist heute nur mit mir los? Der Blazer steht Ihnen ganz ausgezeichnet.«

»Danke. Dann mache ich mich jetzt wieder an die Arbeit.«

Sie wartet noch zwei, drei Sekunden, es ist ein ganz ähnlicher Moment wie gestern, als er das Büro verließ. Ein schwaches Lächeln von beiden Seiten, nicht mehr, dann geht sie hinaus. Heute abend wird sie am Roncalli-Platz auftauchen und in das kleine Büro von *Köln-Ticket* gehen, »ich habe zwei Karten bestellt«, wird sie sagen, und dann wird sie die zwei Karten bezahlen und in ihre Handtasche stecken. Zwei Karten, eine für sie und eine für ihn, zwei Karten für zwei Personen, die zusammen in ein Konzert gehen, er denkt diese simplen Gedanken gleich mehrmals, und er hat ein wenig das Gefühl, als wäre er *high*, *high* wie früher, als man dieses Zeugs rauchte und doch nicht richtig abhob, *high*, als arbeiteten die kleinen Gehirnzellen mit etwas mehr Laune und Freude als sonst.

Der Poststapel liegt vor ihm, er hat nur eine Stunde Zeit, um ihn wenigstens flüchtig abzuarbeiten, denn in einer Stunde beginnt die Konferenz mit den Lektoren, denen er den Eindruck vermitteln muß, es gebe nichts Wichtigeres als die Buchproduktion des kommenden Frühjahrs.

4

VON HEUKEN betritt den großen Eckraum im obersten Stock des Konzerngebäudes, in dem die internen Konferenzen stattfinden, als einer der ersten, der langgestreckte Tisch, an dem sich gleich die Mitarbeiter gegenübersitzen werden, ist schon mit kleinen Inseln von Kaffee- und Tee-Kannen geschmückt. Er geht hinüber ans obere Ende und legt seine Ordner und Mappen auf den Tisch, zu Beginn wird er ein paar ernste Worte sagen und auf das Ereignis des gestrigen Tages eingehen, das die regionalen Zeitungen bisher nur durch eine kurze Notiz bekanntgemacht haben. Die Konferenz ist mit der bereits gestern anberaumten und dann abgesagten nicht zu vergleichen, heute hat er es mit dem Kern des Verlages, dem Kreis der wichtigsten Gefährten und Mitarbeiter, zu tun, die Konzentration auf die kleine Führungsmannschaft genügt, denn in großer Runde müßte er anders auftreten und sprechen und hätte auf jeden Fall einige unliebsame Zuhörer.

Als Bayermann den Raum betritt, geht er ein paar Schritte auf ihn zu und bietet ihm den Platz zu seiner Rechten an, er möchte Bayermann unbedingt so nahe wie möglich neben sich haben, denn Bayermanns Ruhe und Gelassenheit strahlen, wie er weiß, jedes Mal wohltuend auch auf ihn aus. Während die anderen hereinströmen, stehen sie dicht nebeneinander am Kopf des Tisches und unterhalten sich leise, genau das ist von Heuken sehr recht, denn so hält er die anderen zunächst auf Distanz und vermittelt den Eindruck, mit wichtigen, dringenden Themen beschäftigt zu sein. Dabei entgeht ihm aber nicht die Reihenfolge, in der die Mannschaft erscheint, Peter Ostkamp, der junge Lektor für deutsche Literatur mit dem frischen Bubengesicht und dem doch altmodisch gescheitelten Haar kommt als erster, dann betreten Julia Handwitt, Lektorin für romanische Literaturen, und Petra Seybold, Lektorin für Kunst und Fotografie, zusammen den Raum, gefolgt von Hermann Patt, dem Lektor für angloamerikanische Literaturen, der von den beiden Frauen gleich darauf aufmerksam gemacht wird, daß er seine Zigarette noch in der Hand hält, sie aber draußen, vor der Tür, hätte ausmachen sollen. Als er sich umdreht und brav wieder hinausgeht, stößt er auf Hanna Rotgerber, die Pressefrau des Verlages, die vom Leiter der Werbeabteilung, Norbert Wolle, der jüngsten Person hier am Tisch, begleitet wird, allmählich verteilen sie sich alle auf ihre Plätze und greifen sofort nach einer Tasse, das Einschenken und Palavern beginnt, Michael Diepges, der für den Vertrieb zuständig ist, kommt als letzter, von Heuken erkennt, daß die Mannschaft jetzt komplett ist, er wird ihr noch etwa fünf Minuten geben, dann geht es los.

Kurz unterrichtet er Bayermann über sein gestriges, abendliches Gespräch mit Hanggartner, Bayermann ist sichtlich erstaunt und unterläßt sogar seine sonst üblichen Scherze, von Heuken bemerkt, wie beeindruckt er ist, so daß er Grund hat, sich zum zweiten Mal an diesem Morgen geschmeichelt zu fühlen. Er löst sich von Bayermann, indem er ihm knapp und freundschaftlich an den rechten Arm greift, dann zieht er seinen Stuhl näher zu sich heran und nimmt Platz. Als Peter Ostkamp beinahe gleichzeitig aufsteht und die Tür schließt, wird es langsam ruhig.

Von Heuken begrüßt die Runde und beginnt mit seinem morgendlichen Klinik-Besuch, auf Details geht er nicht ein, zweimal benutzt er in seinem knappen Bericht die beruhigende Wendung »stabiler Zustand«, die Runde soll sich informiert fühlen, gleichzeitig gibt er aber zu erkennen, daß ihm eine längere Behandlung des Themas nicht recht wäre. Während er spricht, ist es stiller als sonst, keiner nippt an seinem Kaffee, die meisten sitzen wie abwesend da und schauen vor sich hin, als säßen sie wieder in der Schule und müßten sich jedes Wort des Klassenlehrers zu Herzen nehmen. Von Heuken schließt damit, daß es ganz im Sinne des Kranken sei, unbeirrt und mit aller Kraft weiterzumachen, er übertreibt und verheddert sich ein wenig in diesen unnötigen Durchhalteparolen, dann lehnt er sich etwas zurück, macht eine Pause und schlägt kurz und leicht mit der Hand auf den Tisch. Fast alle begreifen, daß dies das Zeichen ist, zur Tagesordnung überzugehen, nur Norbert Wolle schafft es nicht ganz so schnell wie die anderen, von der bedrückten Stimmung in eine lebhaftere, aufgeräumte zu wechseln.

Von Heuken dagegen ist jetzt besser in Fahrt, er weiß ganz

genau, worauf es nun ankommt, das Thema der Konferenz muß kurz umrissen und in seine Einzelaspekte zerlegt werden, es geht um die Frühjahrsproduktion des kommenden Jahres und damit bereits um erste Überlegungen für die Programmvorschau, es geht um Presse- und Werbe-Aktionen, jeder in diesem Raum weiß, daß es um all das geht, aber zu Beginn einer Konferenz muß es laut ausgesprochen und mit einem gewissen Drive so verkündet werden, daß alle Dasitzenden solche Eröffnungssätze als Signal verstehen, ihre kleinen, nervösen Pferde in die Startboxen zu führen und die Peitsche unter den Arm zu klemmen. Als er mit seiner Eröffnung fertig ist, lehnt von Heuken sich wieder nach vorn und öffnet einen der Ordner, dann schaut er Bayermann an und bittet ihn, mit dem Hanggartner-Projekt zu beginnen.

Hanggartners Roman gehört an den Anfang, denn natürlich ist er der am besten verkäufliche Titel des Frühjahrs, alle anderen Bücher des Programms werden von der Höhe seiner Auflage profitieren, und einige von ihnen wird es überhaupt nur geben, weil es Hanggartners Roman gibt, der dem Verlag ein beruhigendes, finanzielles Polster beschert. Die Konferenz mit der Vorstellung des Hanggartner-Romans einzuleiten, bedeutet also eine starke Eröffnung, von Heuken spürt die Zufriedenheit, die alle schon bei der bloßen Nennung des Hanggartnerschen Namens erfaßt, fünf, sechs Minuten nimmt die Mehrzahl der am Tisch Sitzenden jetzt eine kleine Auszeit, denn nichts ist vorstellbarer und kalkulierbarer als ein Hanggartner-Roman und nichts langweilt mehr, als sich mit seinem leicht vorhersehbaren Inhalt bis in die Details zu befassen.

Natürlich weiß auch Bayermann das, und deshalb macht er es ein wenig spannend, indem er zugibt, die Details noch nicht genau zu kennen, er ergeht sich in Andeutungen und präsentiert sie in Frageform, mit einem Mal ist die Runde über seinen Vortrag sogar amüsiert, keiner am Tisch hat damit gerechnet, daß man dem spröden Thema noch solche Pointen abgewinnen kann, so daß die Erleichterung darüber, nicht fünf bis sechs Minuten gelangweilt und mit Hanggartners Schrullen belästigt zu werden, allen anzumerken ist. Auch von Heuken freut sich, läßt aber niemanden etwas von dieser Freude erkennen, mit den Fingern beider Hände dreht er an einem Bleistift, Bleistifte machen sich in Konferenzen gut, denn sie sind das typische Arbeitsbesteck gewissenhafter und professioneller Lektoren, deren Kommentare und Anmerkungen von größter Bedeutung und dennoch meist nur von flüchtiger Dauer und eher skizzenhafter Natur sind und im schlimmsten Fall sofort wieder ausradiert werden.

Während er seinen Bleistift vorführt, beobachtet er insgeheim die Reaktionen am Tisch, wie meist notiert Wolle so eifrig, als lade er unermüdlich Baumaterial auf einen viel zu kleinen Laster, der Junge hat noch nicht begriffen, daß er sich mit so etwas bloßstellt, mit seinen vielen Notaten möchte er seinen Fleiß dokumentieren und zeigt letztlich doch nur, daß er noch immer nicht souverän die paar zentralen Angaben herauspicken kann. Von der Rotgerber könnte er lernen, er bräuchte nur einen Blick zur Seite zu werfen und zu sehen, wie sie ihren Block mit den ostentativ kleinen Seiten als Spielwiese benutzt, nur ab und zu notiert sie sich ein Stichwort, versieht es dann aber in Windeseile mit einem zusätzlichen Zeichen oder Kürzel, als nehme sie schon beim Notieren eine Einordnung vor. Ostkamp dagegen notiert nichts, er sitzt aufrecht und regungslos da und zeigt, daß alles, was jetzt über Hanggartners Roman gesagt wird, an ihm abblitzt, Hanggartner ist für ihn nicht nur kein Thema, sondern so ungefähr das Letzte, aber natürlich darf er das in dieser Runde weder sagen noch zu deutlich zeigen, sondern muß es sich für den Nachtratsch gleich auf den Fluren aufheben.

Bayermann kommt jetzt zum Schluß, er als einziger kann es sich leisten, dreist zu behaupten, man freue sich auf den neuen Hanggartner-Roman, obwohl er genau weiß, daß kein Mensch in diesem Kreis sich wirklich für dieses Buch interessiert und alle später höchstens einen Blick hineinwerfen werden, um sich über ein paar besonders danebengegangene Passagen lustig zu machen.

Mit dem Votum, daß es an erster Stelle der Programmvorschau plaziert werden sollte, schließt Bayermann, auch dieses Votum war zu erwarten, Hanggartners Roman gehört mit all den für ihn reservierten, sentimental getönten Werbeslogans (*Noch einmal die Liebe - noch einmal die Erprobung des Glücks*) auf mindestens die ersten zwei, wenn nicht sogar vier Seiten der Vorschau.

Auf das Stichwort *Vorschau* reagiert Norbert Wolle als erster, ihm muß jetzt sofort etwas einfallen, als Leiter der Werbeabteilung muß er wenigstens einen kleinen, markanten Einfall präsentieren, die Blicke aller sind auf ihn gerichtet, als er seiner Mappe ein Foto entnimmt und es wie eine Trophäe hochhält, es zeigt Hanggartner mit Hut und gewaltigem, um den Hals gewundenen und erstaunlich stilsicher nach hinten geworfenem Schal, er lehnt mit dem Rücken gegen eine kalkweiße Mauer, als habe er sich mit jemandem verabredet und warte *noch einmal* wie ein verträumter Jüngling auf die Marienerscheinung einer Frau aus den Himmeln. Wolle erläutert kurz, daß dieses, wie er sagt, *magische* Foto nicht nur auf dem Schutzumschlag erscheinen, sondern die gesamte Werbekampagne bestimmen wird, er grinst frech dazu, als präsentiere er den Streich eines bösen Buben, während Ostkamp sofort wieder wegschaut und demonstrativ etwas von dem Ekel zeigt, der beinahe alle erfaßt hat. Als Lektorin für Kunst und Fotografie müßte im Normalfall jetzt Petra Seybold etwas zur Diskussion beisteuern, alle warten darauf, und eine gewisse Vorfreude auf eine Bemerkung von ihrer Seite, die dem Foto nicht die geringste Chance lassen wird, macht sich schon breit, als Bayermann noch einmal die Hand hebt und ihr mit der Bemerkung, all seine Ausführungen seien leider noch als vorläufig zu verstehen, denn es sei noch keineswegs sicher, daß Hanggartner sein Manuskript wie vorgesehen in den nächsten Tagen preisgeben werde, zuvorkommt.

Von Heuken genießt die Stille, während der kurzen Unterhaltung vor der Konferenz hat er Bayermann gebeten, diesen Hinweis an das Ende seiner Ausführungen zu setzen, alle, selbst Ostkamp, schauen jetzt auf, als hätten sie zuvor etwas verpaßt oder nicht richtig verstanden. Sie fühlen sich betrogen, denkt von Heuken, mit einem Mal ist die schöne Sicherheit, auf deren Boden man sich alle Arroganz der Welt leisten konnte, dahin. Er hebt ein wenig den Kopf, als durchfahre die Mitteilung auch ihn, dabei ist er eher darüber begeistert, daß Bayermann es schafft, den Satz im Raum stehen zu lassen, ohne seine starke Wirkung durch eine einzige Nachbemerkung abzuschwächen.

Hanggartner will etwas nicht preisgeben, so etwas hat noch keiner in dieser Runde erlebt, denn natürlich wissen alle, daß Hanggartner Tag und Nacht mit nichts anderem beschäftigt ist, als sich preiszugeben, auf all seinem Schreiben und unermüdlichen Wirken klebt geradezu die Markenbezeichnung *Unbedingte Preisgabe*, durch sie ist er berühmt geworden, und mit ihr wird er sich zu Wort melden, bis er den letzten Krümel seiner Aufzeichnungen an den Mann gebracht hat. Keiner sagt etwas, alle erwarten von Bayermann jetzt eine Erklärung, dramaturgisch gesehen ist es ein selten gelungener Moment, denkt von Heuken, der Bayermann als einziger nicht anschaut, sondern den Blick an der Decke entlangwandern läßt, als mache er sich gerade Gedanken darüber, ob es nicht an der Zeit wäre, ihren dezent hellblauen Farbton zu verändern.

Peter Ostkamp ist der erste, der seine Fassung wiedergewinnt und beinahe lässig die rechte Hand hebt, um sich zu Wort zu melden, wahrscheinlich wittert er die Chance, eine seiner Jungautorinnen in der Vorschau ganz vorn zu plazieren, doch von Heuken ignoriert Ostkamps Meldung und schlägt statt dessen seinen viel zu schweren Ordner zu, um ihn dann mit einer entschlossenen Geste zur Seite zu schieben. Alle wissen, daß Hanggartner nur mit Vater verhandelt und ihm immer als erstem ein Manuskript übergibt, das Loch, das sich plötzlich auftut, bringen sie gerade mit Pas Erkrankung und seiner Abwesenheit in Verbindung, er läßt ihnen noch etwas Zeit, den Schreck zu verarbeiten, dann legt er auch seinen Bleistift beiseite. Seine Anerkennung in dieser Runde beruht auf seinen Management-Fähigkeiten, kaum einer weiß besser als er, wie man dem Buchhandel ein Buch vermittelt und seinen Verkauf mit genau auf das jeweilige Buch abgestimmten Aktionen fördert, als Lektor oder Ansprechpartner der Autoren dagegen ist er noch nicht häufig hervorgetreten, so etwas hat er meist den länger im Beruf arbeitenden Kollegen überlassen, denn er war bisher immer der Mann für das *Programm*, nicht für einzelne Titel, er überlegt, welche Bücher zu welchen passen könnten, und kümmert sich dann darum, daß aus dem Ganzen ein gut geschnürtes Paket entsteht, das zweimal im Jahr ins Land verschickt wird, um am Ende möglichst für einen stattlichen Gewinn zu sorgen.

»Wir alle«, beginnt er langsam, »wir alle hier wissen, daß Wilhelm Hanggartner seit Jahrzehnten mit diesem Verlag so eng verbunden ist wie kein anderer Autor. Diese enge Verbindung, auch das wissen wir alle, beruht auf einer tiefen, freundschaftlichen Beziehung Wilhelm Hanggartners zum Senior-Chef dieses Konzerns. Weil das so ist und weil Autoren und ihr Werk nicht bloße Posten in unseren Abrechnungen sind, habe ich Wilhelm Hanggartner gestern als ersten unserer Autoren über die Erkrankung des Senior-Chefs informiert. Wilhelm Hanggartner war tief erschüttert, wie wir alle hat er mit einer solchen Nachricht nicht gerechnet, deshalb sah er sich außerstande, einfach zur Tagesordnung überzugehen und wie verabredet morgen mittag in Köln zu erscheinen, um uns sein neues Manuskript zu übergeben.«

Jeder dieser langsam und leise gesprochenen Sätze tut seine Wirkung, von Heuken spürt, wie sie sich schon jetzt derart festsetzen, daß es später schwerfallen wird, mit anderen Themen gegen sie anzukommen. Das hier, denkt er, ist ein typischer Hanggartner-Moment, bei jedem seiner Bücher hat er es geschafft, durch irgendeinen Aufschrei im Feuilleton für zusätzliche Aufmerksamkeit zu sorgen, wenn alles nichts hilft und seine privaten Kapricen nicht ziehen, platzt er einfach mit einem völlig abwegigen Kommentar zur Lage der Nation heraus. Diesmal aber kommen diese Tricks nicht nur ihm selbst und seinen Büchern zugute, diesmal haben auch andere, wenn sie es geschickt anstellen, etwas davon, er, Georg von Heuken, zum Beispiel macht sie sich gerade zu eigen, er setzt sie in dieser Runde ein, um allen deutlich zu machen, daß man sich über die Position des Senior-Chefs dringend Gedanken machen sollte. Hermann Patt etwa macht sich anscheinend Gedanken, denn er zieht die Schachtel mit Zigaretten aus seiner Tasche und legt sie so sichtbar vor sich hin, als helfe in einem solchen Moment nur noch eine Dosis von diesen Krebsspendern, wegen deren nicht abgestelltem Genuß die anderen ihn ein wenig verachten, während es Petra Seybold genügt, ihre Brille abzuziehen und ihren Termin-Planer damit zu dekorieren. Es wird Zeit, mit der Bescherung zu beginnen, von Heuken rückt seinen Stuhl noch etwas weiter nach vorn und fährt sich mit der Rechten durchs

Haar, um die nächsten Sätze als kleine, feine Präsente an die dankbaren Empfänger zu bringen.

»Ich selbst habe für Hanggartners Entschluß, den Abgabetermin seines Manuskripts zu überdenken, großes Verständnis, dasselbe Verständnis setze ich bei Ihnen allen voraus, wenn ich Ihnen sage, daß ich den Senior-Chef von diesem Entschluß nicht in Kenntnis gesetzt habe. Jahrzehntelang hat der Senior-Chef seine Arbeit auf fruchtbringende Weise getan, jetzt, da ihn seine Erkrankung nicht mehr am Tagesgeschäft teilnehmen läßt, sollten wir unsererseits nun alles versuchen, ihm zu beweisen, daß wir dieses Geschäft, so gut es eben geht, auch ohne seine direkte Hilfe fortführen. Genau in diesem Sinne habe ich mich Wilhelm Hanggartner gegenüber während eines sehr privaten und sehr vertrauensvollen Telefongesprächs gestern abend geäußert. Auch Hanggartner und ich kennen einander seit Jahrzehnten, auch wir beide wissen, was wir aneinander haben. Deshalb war ich gestern abend gerührt und ergriffen, als Hanggartner mir am Ende unseres Gesprächs mitteilte, daß er sich spontan entschlossen habe, morgen mittag nach Köln zu kommen, um mir sein Manuskript persönlich zu übergeben.«

Er bewegt sich nicht, er sitzt nach vorne gebeugt da, als wäre er von seinen eigenen Sätzen überwältigt, sein Blick ruht auf der leeren Fläche auf dem Tisch vor ihm, als starre er auf einen Film, der ihn mit lauter ergreifenden Bildern aus seinem Leben konfrontiert. Hermann Patt läßt seine Zigarettenschachtel auf dem Tisch kreisen, und Julia Handwitt stützt ihren Kopf jetzt in die Hand, als lasse sie ihre Gedanken in von Heukens elegischen Wortwellen treiben, nur Bayermann reagiert sofort und sagt in die Stille: »Ich denke, das ist eine gute Nachricht, wir alle wissen, daß Du diese Verhandlungen zu einem guten Ende führen wirst, Georg. Hanggartner ist ein schwieriger, ein sehr schwieriger Fall, aber ich habe nach dem, was Du jetzt gesagt hast, nicht die geringste Befürchtung, daß Deine Gespräche schiefgehen könnten. Dennoch, sicher können wir im Fall Hanggartner nie sein, das wissen wir alle.«

Von Heuken lächelt ein wenig, als spreche Bayermann von einem Schüler, dem man seine nervenden Angewohnheiten immer wieder verzeiht, dann strafft er den Oberkörper, klopft zum zweiten Mal kurz mit den Fingerspitzen der Rechten auf den Tisch und sagt: »Wir haben noch weitere Bücher im kommenden Frühjahr, Herr Ostkamp, machen Sie bitte weiter.«

Er weiß, daß es gemein ist, jetzt ausgerechnet Peter Ostkamp das Wort zu erteilen, jeder, der sich nun äußern müßte, hätte Mühe, sich Gehör zu verschaffen, was Ostkamp nun zu den frischen Titeln seines jungdeutschen Nachwuchses vorbringen wird, verblaßt jetzt vollends. *Schnelles Vergnügen*, der Debutroman einer sechsundzwanzigjährigen Autorin aus Bergisch-Gladbach, *Kleine Verrichtung*, der Erzählungsband eines in seinem Herkunftsgebiet hoch geachteten Autors aus dem Fränkischen, *Schadstoffe und die Kehrseite des Lebens*, der zweite Roman einer eher durch ihre Kolumnen bekannten Autorin aus Krefeld, die seit neustem in Berlin wohnt, all diese Titel schwirren jetzt wie kleine, das Ziel verfehlende Pfeile durch den Raum. Dabei spricht Peter Ostkamp sehr gut, wenn auch etwas zu schnell, er verhaspelt sich nie, sondern führt seine langen, akademischen Satzgebilde beinahe traumwandlerisch zu ihrem jeweiligen Ende, seltsam ist nur, daß er trotz all seiner Intelligenz noch nicht begriffen hat, daß er mit diesen Verrenkungen aufhören sollte, denkt von Heuken, *ein Roman mit der Stringenz des Absurden* zum Beispiel ist ein solcher akademischer Unfug, ganz zu schweigen von *den Peripetien des Alltäglichen*, die einem angeblich auf jeder zweiten Seite des Franken-Nachwuchses die Schauer nur so über den Rücken jagen. Ostkamp, denkt von Heuken weiter, hält noch immer Referate in Seminaren, er achtet Manuskripte ja auch nur, wenn sie sich seinen Begriffen anbieten, vielleicht hat er deshalb noch nie eine Newcomerin aus der Tasche gezogen, die es nicht unbedingt mit seinen *Peripetien* und *Allegoresen* treibt. Nicht immer Partys, Sex und all die Drogen von gestern, nicht immer Popmusik und die *Theorie der elektronischen Metapher*, man wäre ja schon zufrieden, wenn diese Texte einmal mehr wären als ein paar weitergeschriebene Artikel in Stadtmagazinen, immer mit dem Auge darauf entstanden, daß man nur und ausschließlich von seinesgleichen verstanden und gelesen werden will.

Als nach Peter Ostkamp die um beinahe zehn Jahre ältere Julia Handwitt beginnt, beruhigt sich von Heuken sofort, jetzt sind die Franzosen dran und die Italiener, und Julia Handwitt ist bekannt dafür, daß sie ihre Titel so vorstellt, als handelte es sich um kurze Ferienaufenthalte in schönen, lebenswerten Regionen des Südens. *Provence*, schon wie sie das ausspricht, macht einem gute Laune, und wahrhaftig geht es jetzt auch nicht mehr um mulmige Daseinsbeihilfe, sondern um Menschen, die sich noch etwas zutrauen und nicht an jeder Allergie gleich erstikken. Solche Romane, denkt von Heuken, haben wenigstens Lebensaromen, in ihnen riechen, schmecken und leuchten die Dinge, anstatt von vornherein zum trostlosen Abfall zu gehören. Die härteren Sachen kommen danach, als Hermann Patt den auf fünfjährigen Recherchen beruhenden Roman eines amerikanischen Autors vorstellt und in die Details geht, Hermann Patt stellt Bücher vor, als präsentierte er komplizierte kriminalistische Fälle, jedes Mal hören alle gebannt zu und fragen sich hinterher, was genau sie denn so fasziniert hat. Eigentlich dürfen Amerikaner nicht so faszinieren, eigentlich, würde Peter Ostkamp sagen, haben sie *die Lektionen des Modernismus* weder begriffen noch gelernt, seltsam ist nur, daß ihre Themen im Vergleich mit denen anderer Autoren oft etwas Dominantes ausstrahlen, als hätten sie ihre Texte mit ein paar geheimen, stärkeren Wirkstoffen versehen.

Es geht auf Mittag zu, als Petra Seybold die bereits umbrochenen Exemplare ihrer Bildbände vorstellt, nichts ist angenehmer, als nach zwei Stunden mehr oder weniger gekonnter Präsentationen Fotografien der Po-Ebene im Morgengrauen zu sehen. All diese hingehauchten Nebel, die sich durch die langen Pappel-Reihen an den Flußufern schlängeln, all dieses kakaofarbene Braun der Felder mit den trüffelschwarzen Verdunklungen der Furchen, wie so oft verbinden sich diese Bilder auf symbiotische Weise mit dem leichten Hunger, der inzwischen fast alle befallen hat.

Von Heuken ist sehr zufrieden, der starke Akzent zu Beginn der Konferenz hat einen spürbaren Eifer entstehen lassen und zur versuchsweisen Nachahmung einer gewissen Dramatik verführt, in Konturen zeichnet sich die Programmvorschau immerhin bereits ab. Jedes halbe Jahr ist sie das Allerheiligste eines Verlages, die Summe unendlich lang besprochener und ausgetüftelter Spitzfindigkeiten und Kompromisse, von denen kein Mensch außerhalb des Betriebes nur das geringste ahnt. Die Reihenfolge der Titel, die Anzahl der Seiten pro Autor, die Werbeslogans mit all ihren schamlosen Übertreibungen und vor allem die eigentlichen Vorschau-Texte selbst, die ebenso holprig wie kastriert ein Buch von mehreren hundert Seiten auf ein Inhaltsgerüst wie *Zwei Freundinnen mit viel Zeit unterwegs* einkochen – all das führt am Ende zu einem mühsam konstruierten und nur in den seltensten Fällen organischen Bau, dessen Endprodukt bei einigen Mitarbeitern Wunden und bei anderen kurzfristige Triumphgefühle hinterläßt.

Zum Schluß möchte jeder noch einmal drankommen, jeder möchte noch etwas Resuméhaftes sagen oder noch eine Pointe anbringen, von Heuken weiß, daß besonders in den letzten Minuten die Zahl der Beiträge zunimmt und die Konferenz dadurch unnötig lang wird. Als er sich gerade eine Schlußbemerkung einfallen lassen will, die jede weitere Wortmeldung unmöglich macht, öffnet sich hinter Peter Ostkamp die Tür. Ostkamp dreht sich herum, und auch die anderen schauen jetzt dem Mann hinterher, der den Raum langsam, ohne von jemandem Notiz zu nehmen, so durchquert, als habe er sich lediglich geringfügig verspätet. Neben Georg von Heuken angekommen, nimmt er am oberen Ende des Tisches Platz, die Runde blickt jetzt auf die beiden Brüder, abwartend, wie sie wohl miteinander umgehen werden.

»Zum Schluß noch der Überraschungsgast«, sagt von Heuken lächelnd, um sich seinen Ärger nicht anmerken zu lassen. Wenn er jetzt nicht aufpaßt, zerstört Christoph die noch immer starke Nachwirkung der ersten Konferenzminuten. Es ist eine Dreistigkeit, daß er hier hereinplatzt, denkt von Heuken, er hat in dieser Runde nichts zu suchen, andererseits paßt es aber auch genau zu ihm, denn wenn er sich abgehängt fühlt, hat er schon immer völlig unberechenbar reagiert.

»Bitte macht weiter, laßt Euch nicht stören«, sagt er, als gehörte er ganz selbstverständlich dazu. Georg von Heuken spürt die leichte Hitzewelle, die ihm jetzt in den Kopf schießt, als Kind war alles sehr einfach, denn als Kind hat er Christophs Frechheiten meist mit ein paar wenigen Schlägen so rasch und endgültig beantwortet, daß er nicht einmal zur Gegenwehr kam. Wie er dann einpackte und sich in die Maulwurfshöhlen seines Kinderzimmers zurückzog, wie er nicht aufhören wollte mit seinen Drohungen, die längst ins Leere verliefen! Vielleicht lösen wir gewisse Lebensprobleme schon in der Kindheit und ahnen es gar nicht, denkt von Heuken, vielleicht vertrauen wir in unserem späteren Leben diesem wunderbaren Polster zu wenig.

»Sie kommen leider zu spät, Herr von Heuken«, sagt da plötzlich Bayermann, als spreche er nicht nur für sich, sondern auch für die Runde.

»Ja, schade«, sagt Hermann Patt, »Sie sind etwas spät dran, wir hätten Ihnen gerne die Bestseller des kommenden Frühjahrs präsentiert.«

»Schnelle Verrichtung«, sagt Norbert Wolle, der das Lachen kaum noch unterdrücken kann, *»Schnelle Verrichtung* ist unser Spitzentitel, an dem kommt kein Leser vorbei.«

Jetzt herrscht Kindergeburtstag, alle sprechen durcheinander und überbieten sich darin, den steifen Ernst ihrer noch vor wenigen Minuten vorgetragenen Referate in pure Komik zu verwandeln, *Schadstoffstringenzen*, *Die Kehrseiten der Provence*, nie sind Lektoren erfinderischer, denkt von Heuken, als wenn sie blödeln und sich über ihr eigenes Handwerk lustig machen dürfen, schade, daß man die Virtuosität, die sie gerade dann beweisen, nicht in irgend etwas Brauchbares verwandeln kann. Selbstironische Werbeslogans, Vorschau-Texte, die das Genre von Vorschau-Texten parodieren, warum ist noch niemand darauf gekommen, die Buchhändler würden es einem danken.

Er schneuzt sich kurz in sein Taschentuch, er tut so, als gäbe er hilflos der überdrehten Stimmung des kleinen Haufens nach, von dem nun bereits einige aufstehen, dann erhebt auch er sich langsam und verabschiedet alle mit nur noch einem einzigen, etwas lauteren Satz, der aber von niemandem mehr richtig verstanden wird. Die Flure draußen, der Aufzug, die Kantine, es gibt so viele Gelegenheiten, diese Konferenz noch einmal durchzuspielen und zu kommentieren. Sie strömen jetzt hinaus, die Konferenz hat für Gesprächsstoff gesorgt, ein starker Akzent zu Beginn und ein weiterer, kaum schwächerer jetzt am Schluß, besser konnte es für Georg von Heuken nicht laufen.

Christoph ist sitzen geblieben, ein Bein über das andere geschlagen, sitzt er da, als wäre er in Nachüberlegungen versunken, von Heuken jedoch räumt seine Sachen zusammen und tut so, als wäre nichts Nennenswertes geschehen. Als sein Bruder sich aber auch nach einer Weile nicht rührt, fragt er ruhig:

»Was hast Du heute noch vor?«

»Ich?« antwortet Christoph, »ist das von Interesse, was ich heute noch vorhabe? Was ich denke und vorhabe, scheint doch niemanden hier zu interessieren.«

»Ich bitte Dich«, sagt von Heuken, »übertreibe nicht so, Du weißt selbst, wie das ist, wenn man gerade ans Ende gekommen ist und dann noch einmal loslegen soll. Sie waren müde, sie wollten raus, sie hatten das Mittagessen und den Kaffee hinterher schon vor Augen.«

Der nächste Schritt wird sein, mit zweien oder dreien von ihnen in kleiner Runde das Programm noch einmal genau durchzugehen. Diepges hat noch gar nichts dazu gesagt, der sollte auf jeden Fall dabeisein, außerdem Wolle und die Rotgerber, Vertrieb also, Werbung und Presse, das wäre eine Runde zum Beispiel für einen Abend im *Früh*. Von Heuken hat so etwas noch nie gemacht, abendliche Besprechungen mit Mitarbeitern hat er immer zu vermeiden gesucht und auch nie ernsthaft in Erwägung gezogen. Jetzt aber wird er sie einmal darauf ansprechen, er wird seine Idee als einen spontanen Einfall präsentieren und gleich hinzufügen, daß er Verständnis dafür habe, wenn sie ihre Abende lieber anders verbringen wollen.

Vielleicht reizt es sie aber auch, vielleicht sind sie ja durchaus neugierig darauf, ihn spätabends einmal von einer anderen Seite kennenzulernen. Mit dem Sohn des Patriarchen im *Früh*, bei einer *Sauerkrautsuppe* oder einer *Portion Tatar mit Ei*, ist so etwas verlockend genug, um einen freien Abend dafür zu opfern? Hanna Rotgerber wird kommen, da ist er beinahe sicher, denn eine gescheite Frau wie sie läßt sich einen Abend mit so einem

Patriarchenableger wie ihm nicht entgehen, Wolle dagegen wird sich überwinden müssen, weil so ein Treffen für ihn langes Stillsitzen bedeutet, während Diepges wahrscheinlich ebenfalls kommen, vorher aber darüber nachdenken wird, wie man sich in einem solchen Fall bei Tisch zu verhalten hat. Nicht zuviele Kölsch bestellen und bestimmt nicht die geliebten *Jungen dicken Bohnen mit Speck und Salzkartoffeln*, eher *Speckpfannkuchen mit gemischtem Salat* oder am besten *Kölsches Bitok*, leicht angebratenes Tatar mit Sauerrahm und Bratkartoffeln dazu. In der Kindheit ist Vater mit ihm und den Geschwistern manchmal sonntags nach dem Dom-Gottesdienst zum Mittagessen ins *Früh* gegangen, in einem der hinteren Räume war dann meist ein Ecktisch reserviert. Anfangs ist seine Mutter noch mitgegangen, aber Vater hat immer Witze über all die Frauen gerissen, die im *Früh* an einem Glas Mineralwasser nippen und neben Männern sitzen, die ein Kölsch nach dem andern trinken. Der Dom und das *Früh*, in beiden ist er lange Zeit nicht mehr gewesen, seltsam, was er sich aus undurchsichtigen Gründen alles abgewöhnt hat, jetzt aber rückt es wieder näher, als ließe es ihm keine Ruhe.

»Du hast mir noch gar nicht gesagt, wo Du übernachtest«, sagt er zu seinem Bruder.

»Na, wo werde ich übernachten?« antwortet Christoph, »zu Hause natürlich, bei Liesel, sie freut sich schon darauf.«

»Und Ursula? Wann kommt sie an?«

»Sie kommt heute abend und übernachtet auch zu Haus. Bist du nun beruhigt?«

Von Heuken antwortet nicht, er nimmt die Unterlagen in die Hand und geht zur Tür, nein, er ist *nicht* beruhigt, denn es ist ihm nicht recht, wenn beide Geschwister die Nacht im Elternhaus verbringen. Er hätte Liesel Burger fragen sollen, ob es ein Testament gibt und wo es sich befindet, er hätte sich und auch sie vorbereiten müssen auf einen solchen Überfall, in all ihrer

Seligkeit, wieder lauter Familienmitglieder um sich zu haben, könnte sie leicht ins Plaudern geraten.

Als Christoph zu ihm aufschließt und sie nebeneinander über den Flur gehen, schüttelt es ihn unmerklich, schon in der Kindheit ist er nie gern an Christophs Seite gegangen, die beiden großen, einander recht ähnlichen Gestalten ergeben nicht nur in seinen Augen ein komisches Bild. Zwei Männer, die man für Zwillinge halten könnte, zwei schlanke, schlaksige Typen, von denen einer sofort losrennt, wenn der andere bloß mit einem Muskel zuckt. Sobald sie zusammen sind, beäugen sie sich ununterbrochen, keiner von ihnen macht eine Bewegung, die nicht auf eine Bewegung des anderen antworten oder ihr zuvorkommen würde. Ist Ursula aber dabei, ist es zum Glück anders, Ursulas Gegenwart löst diese stete Verkrampfung, so daß sie wieder zu zwei Einzelwesen werden, die nicht ununterbrochen auf den anderen reagieren. Deswegen erscheint Vaters Idee der Nachfolgeregelung einerseits modern und demokratisch, hat aber andererseits etwas Archaisches, Abgründiges. Man gebe drei verwandte Substanzen in ein chemisches Bad und beobachte, wie sie einander abstoßen, sich verbinden oder zersetzen. Plötzlich hat von Heuken eine hellblaue Flüssigkeit vor Augen, in der drei Farbpartikel laufend neue Kombinationen eingehen.

Als sie von Heukens Büro beinahe erreicht haben, macht sich sein Bruder wieder bemerkbar: »Sag mal, wer ist eigentlich diese Schönheit in Deinem Vorzimmer, ich habe sie noch nie hier gesehen, am liebsten hätte ich ihr sofort ein Angebot gemacht, bei mir in Stuttgart für das Doppelte von dem zu arbeiten, was Du Knauser ihr wahrscheinlich zahlst.«

Er tut so, als habe er das überhört, er will sich jetzt möglichst rasch von diesem Aufschneider an seiner Seite trennen.

»Wir sehen uns heute abend, im *Le Moineau*«, sagt er leise, »für wieviel Uhr hast Du den Tisch reserviert?«

»Für zwanzig Uhr«, bekommt er zur Antwort. Christoph hat dieses längliche Pferdegesicht, das junge Männer im Rheinland oft haben, denkt von Heuken, wenn solche Typen grinsen, möchte man ihnen sofort eins reinhauen, zwei, drei harte Treffer, mitten hinein in ihr schamloses Breitwandgebiß.

»Bis heute abend«, sagt er noch schnell, dann betritt er das Vorzimmer und zieht die Tür sofort hinter sich zu. Jana ist nicht da, nur der Computer summt leise, und der Bildschirmschoner, den ein Praktikant der Firma ihr zum Abschied geschenkt hat, spult diesen Endlosgang ab, den die Angestellten drei Stockwerke tiefer so *süß* finden. Traumwandlerisch schnell und körperlos gleitet man mit dem Blick eines unsichtbaren Kameraauges durch die labyrinthischen Gänge und Flure dieses Konzerngebäudes, manchmal ist kein Weiterkommen, dann erscheint eine rot-braune Ziegelsteinmauer, die aber sofort nach der Seite wegkippt oder sich kurz auf der Stelle dreht, ab und zu streunen winzige Mäuse und eine feiste, stark behaarte Ratte durchs Bild, oder ein kleiner Springbrunnen plätschert so feierlich vor sich hin, als wäre er der geheime Gral all dieser Räume und Fluchten. Von Heuken mag das alles nicht, jedes Mal, wenn er an diese traumatischen Bilder gerät, schaut er schnell wieder weg. Er geht hinüber in sein Büro und versucht sofort, Liesel Burger an das Telefon zu bekommen.

»Liesel? Hier ist Georg. Christoph ist jetzt im Konzern, war er am Vormittag schon bei Dir draußen?«

Er hört, wie sie kurz zögert, sicher überlegt sie, was genau er von ihr wissen will.

»Nein, er war noch nicht hier, er hat nur kurz mit mir telefoniert, und ich habe für Ursula und ihn die Zimmer gerichtet.«

»Schön, Liesel, in Ordnung, sie sollen sich wohl fühlen, die beiden. Bitte erschrick jetzt nicht, wenn ich Dich noch etwas anderes, Privates frage.«

»Was ist denn? Was willst Du wissen?«

»Weißt Du, ob es ein Testament gibt, und weißt Du vielleicht auch, wo es sich jetzt befindet?«

Sie zögert nicht mehr, sie antwortet so rasch und leise, als besprächen sich zwei Verschwörer, die ein gemeinsames Ziel verfolgen.

»Es gibt ein Testament, Georg, und in diesem Testament steht genau das, was ich Dir gestern gesagt habe, Du weißt.«

»Ich weiß, Liesel, ja danke, zum Glück weiß ich es«, antwortet von Heuken, »bitte sprich aber mit den beiden nicht darüber, ich möchte nicht, daß sie es bereits jetzt erfahren.«

»Ich hatte nicht vor, mit ihnen darüber zu sprechen«, sagt Liesel Burger, »ich wünsche mir, daß sich die Angelegenheit zu Deinen Gunsten entscheidet, auch das weißt Du.«

»Ja, Liesel, auch das weiß ich. Aber weißt Du auch, wo sich das Testament befindet, weißt Du das auch?«

»Nein, Georg, das weiß ich nicht. Irgendwo in diesem Haus muß es sein, aber den genauen Ort hat Dein Vater für sich behalten, wir haben nie darüber gesprochen.«

Ihre Stimme klingt glaubhaft, er hat nicht den geringsten Grund, ihr zu mißtrauen. Wenn sie das Versteck kennen würde, würde sie es zumindest *einer* anderen Person zeigen, sie könnte so ein Geheimnis niemals für sich behalten. Diese *eine* Person aber, wer sollte sie anderes sein als *er*, Liesel hat keine Freunde, denen sie sich anvertrauen würde, nur *er* käme für so etwas in Frage.

»Danke, Liesel, ich verlasse mich auf Dich. Wir essen heute abend zu dritt im *Le Moineau*, die beiden werden anschließend zu Dir rausfahren, ich werde jedoch nicht mehr mitkommen, ich werde mich zurückziehen, Du verstehst.«

»Ja, Georg, ich verstehe. Und mach Dir keine Sorgen, von mir erfahren sie kein einziges Wort.«

»Gut, ja, vielen Dank, Liesel. Und noch eins: Fährst Du heute nachmittag noch einmal in die Klinik?«

»Ja, das hatte ich vor.«

»Ich war heute morgen da, es ist ein erschreckender Anblick, das solltest Du wissen.«

»Ich werde trotzdem hinfahren, ich möchte ihn unbedingt sehen.«

Er verabschiedet sich, er legt das Telefon beiseite und schließt für einen Moment die Augen. Ob Liesel das alte Haus so gut kennt wie er? Seine Geschwister kennen es jedenfalls nicht so gut, er ist der Erstgeborene, er hat in seinem Leben etwas mehr Zeit gehabt, sich um jeden Winkel dieses Hauses zu kümmern. Die Bibliothek mit ihren zwei abschließbaren Schränken, in denen Pa manchmal mit nach Hause genommene Manuskripte deponiert. Der kleine, in die Wand eingelassene Schrank hinter der Tür von Vaters Schlafzimmer, in dem sich seine Uhren, die Manschettenknöpfe und ähnliche Schmuckstücke befinden. Drei, vier weitere Vermutungen in dieser Richtung hat er noch, in einem ungestörten Augenblick wird er sich Gewißheit verschaffen.

Als er die Augen wieder öffnet, erkennt er die CD, die Jana auf den Poststapel gelegt hat, sie heißt wahrhaftig *Lamento*, und Magdalena Kožená blickt ihn von der Vorderseite des Begleitheftes so intensiv an, als meine sie ihn und nur ihn. Genau wie er vermutet hat, ist sie eine große Frau mit blondem, langem Haar und einem bestimmt slawisch getönten Mezzo-Sopran, der sich ausgerechnet von *Musik auf Originalinstrumenten* begleiten läßt. Travers-Flöten, Oboen, ein Fagott, ein paar Streicher und dazu das unvermeidliche Cembalo, von Heuken nimmt sich vor, bis Samstag schon einmal reinzuhören, dann ist er vorbereitet, wenn er während des Konzerts nach den tiefen Eindrücken gefragt wird, die so etwas auf einen zu machen hat.

Er hat jetzt starken Hunger, ein *leicht angebratenes Tatar mit Sauerrahm und Bratkartoffeln* im *Früh* wäre genau richtig, er wird Peter Feil, der unten im Bistro sitzt und wahrscheinlich schon auf ihn wartet, fragen, ob er mit ihm in die Innenstadt fahren und dort etwas mit ihm essen will. Peter Feil wird sich freuen, Peter Feil wird von *etwas Kleinem, Schmackhaftem* reden und später nicht wissen, was genau er bestellen soll. So sind sie, die jungen Sprinter, denkt von Heuken, sie sind stilsicher und auch kompetent, aber richtig Ahnung haben sie ihr ganzes Leben lang nicht.

5

EINE HALBE STUNDE später stehen sie nebeneinander in der Schwemme des *Früh* direkt am Eingang, die Räume dahinter sind jetzt am Mittag so überfüllt, daß sie keinen einzigen freien Tisch finden. Bis irgendwo Platz ist, trinken sie schon einmal einige Kölsch, von Heuken genießt es, hier zwischen den vielen trinkenden Grüppchen zu stehen, zu denen laufend die Köbesse mit dem frisch gezapften Bier eilen, ohne ein einziges Mal anzuschreiben. Auch Peter Feil ist heute gut drauf, die sentimentale Schwere von gestern hat er abgeschüttelt, er badet geradezu hier in der Schwemme, als wäre er seit Ewigkeiten in diesem dunklen Schlauch mit seinen herben Bieraromen zu Haus. Um die Unterhaltung braucht von Heuken sich nicht zu kümmern, von der Wirkung des Kölsch angeregt, redet Peter Feil beinahe ununterbrochen, in seiner Zeit als Redakteur kam er jeden Mittag für eine Stunde hierher, um sich sehen zu lassen und die neuesten Nachrichten mit den Kollegen und ein paar anderen freundlichen Trinkern durchzugehen. Da das alles nicht lange her ist, ist er hier noch gut bekannt, laufend wird er begrüßt und angesprochen, beinahe könnte man meinen, er sei der Mittelpunkt all dieser unablässig aufeinander einredenden Menschen, die mit nichts anderem beschäftigt sind, als sich gegenseitig ihre glänzende Laune zu beweisen. Von Heuken dagegen macht es nichts aus, etwas im Abseits zu stehen, niemand hier kennt ihn, und selbst wenn man wüßte, wer er ist, würde es niemanden besonders interessieren. Auf Rang und Namen, das weiß er, kommt es nicht an, hier zählt vor allem die Fähigkeit, aus dem Stegreif ein paar Pointen zu produzieren, so etwas ist nicht gerade seine Stärke, deshalb hört er zu und läßt sich von Peter Feil erzählen, wie er als junger Mann Touristengruppen den Brauhauswanderweg von einem Brauhaus zum andern geführt hat.

Es ist laut, immer wieder eilen die Köbesse in ihren hellblauen Wolljacken und den etwas dunkleren Schürzen in die Nähe des großen Fasses, aus dem das Kölsch im Sekundentakt in die 0,2-Liter-Stangen gefüllt wird, weiter rechts landen die leeren Gläser und werden in dichten Rudeln an der Spüle zusammengerückt, während von der Holztheke im großen Saal nebenan das Essen serviert wird, deftige und meist fettreiche Kost, *Schlachtplatten* oder *Wellfleisch* oder schwere, an der Außenhaut im diffusen Licht schwitzende *Mettwürste* auf einer Lage Sauerkraut, das zum Tellerrand hin einen schmalen Ring Brühe ausscheidet. Vom Eingang her stoßen laufend Scharen von Besuchern herein und ziehen dann hintereinander im Gänsemarsch zwischen den Tischen entlang, immer wieder bleiben einige kurz bei Peter Feil stehen, all ihre Sätze und Satzfetzen, all die unablässigen Aufmunterungen und Foppereien scheinen wie das Kölsch durch ihn hindurchzufließen, er ist jetzt so in

Schwung, daß er nur noch allein redet und über die Unterschiede zwischen den verschiedenen Kölsch-Sorten spricht. *Gaffel-Kölsch*, *Mühlen-Kölsch*, *Reissdorf-Kölsch* – Feil verbreitet sich darüber, als handle es sich um ein Geheimwissen, das sich zudem noch jahrelangem Studium verdankt, einen Augenblick lang argwöhnt von Heuken, daß er damit imponieren oder sich ein wenig aufspielen will, dann aber verdrängt er solche Gedanken und hört nicht mehr richtig zu, bei der Lautstärke hier versteht er sowieso nicht mehr als ein paar Brocken. Statt sich darum zu bemühen, jedes Wort mitzubekommen, stellt er sich lieber Feil als Vaters Gesprächspartner vor, er begreift jetzt genau, warum Pa ihn schätzte, Feils Lebendigkeit und seine schlichte, nicht einmal versteckte Naivität wirken beruhigend, so einer sagt zu allem und jedem einfach nur *kein Problem*, das hat etwas Erleichterndes und Befreiendes, besonders wenn man es sonst meist nur mit Menschen zu tun hat, die ohne einen Haufen Probleme gar nicht leben können.

Nach kaum zehn Minuten erhält Feil dann ein Zeichen, im hinteren Bereich der Schwemme wird ein kleiner Zweier-Tisch frei, von Heuken folgt Feil in das schummrige Dunkel, beide halten sie ein frisch gezapftes Kölsch in der Hand, dessen Schaumkrone längst über den Rand des Glases gesackt ist und jetzt wie eine weiße Gardine langsam daran herabsinkt.

»Also«, sagt Peter Feil und zieht plötzlich ein Notebook aus dem unförmigen kleinen Sack, den er mit sich herumschleppt, »Sie wollen sicher wissen, wie weit ich bin.«

Von Heuken trinkt einen Schluck und reibt die vom Schaum klebrigen Finger gegeneinander, das Notebook liegt zwischen ihnen wie ein amüsantes, fremdes Spielzeug, dem sie nun bei seinen seltsamen Laufbewegungen zuschauen werden. Vor zehn Jahren hätte Feil noch einen Notizblock mit ein paar ungelenken Kritzeleien hervorgeholt, und das versehentlich mit ausgepackte deutsche Butterbrot, eingewickelt in dieses Wachspapier, das sich so schlecht falten ließ, hätte er schamhaft wieder in seinen Sack zurückgeschoben, jetzt aber sind all diese rührenden, selbergemachten Sachen nicht mehr gefragt, dieses kleine Ding hat das alles verdrängt und einfach geschluckt, sogar den Appetit hat es seinen Usern gleich mit geraubt, denkt von Heuken. Entwürfe für eine Biographie, Einkaufslisten, Briefe, Mails, Fotos und Filme – der gesamte Lebens- und Büro-Apparat des kleinen, unruhigen Menschen, mit dem er gerade ein Kölsch trinkt, rückt näher, unwillkürlich lehnt von Heuken sich etwas zurück, als entsteige dem Notebook vor seinen Augen ein unangenehm privater Mief, mit dem er auf keinen Fall in Berührung kommen möchte.

»Nein, Peter«, sagt er entschlossen, »Sie haben meinen Anruf falsch verstanden. Über Ihr Buch können wir gerne sprechen, es ist aber nicht der Grund, warum ich Sie nach unserer gestrigen kurzen Begegnung so schnell wiedersehen wollte.«

Was er sagt, scheint Peter Feil nicht zu beeindrucken, nun, wo er bereits begonnen hat, das wieselige, flinke Ding zu bedienen, macht er einfach weiter und tippt mit dem rechten Zeigefinger die Laufbefehle ein.

»Die Biographie ist *nicht* der Grund unseres Treffens?« sagt er wie in Trance und hämmert weiter, als müsse er jetzt das ganze Programm durchspielen und seinen Anweisungen bis zum Ende folgen.

Von Heuken schaut ihm einen Moment zu und erinnert sich daran, daß er den Einstieg in diese Manien verpaßt hat. Irgendwann Mitte der achtziger Jahre hat alles mit diesen klobigen Kästen, die wie Mikrowellenherde mit Bildschirm aussahen, begonnen, er ist nicht schnell genug dahinterher gewesen und hat die technischen Arbeiten immer anderen überlassen, jetzt ist es längst zu spät, dieser Zug ist für ihn abgefahren, inzwischen sind diese Dinger mit all ihrem Brimborium und ihren ewigen Macken die typischen Fetische der Angestellten-Kultur. Giga-Bytes von Gerümpel, Abfall und Dreck, gigantische Mülleimer mit lauter Scheiß, der eigens hergestellt wird, um diese Mülleimer immer wieder bis an den Rand vollzustopfen und zum Überquellen zu bringen.

Seit sich dieses Zeug so sehr vermehrt hat, daß man ihm überall begegnet, kann von Heuken den Ekel, den er ihm gegenüber schon immer empfand, nicht mehr unterdrücken, in jedem Raum des Konzerngebäudes stehen diese Monitore und Speicher wie launische, unreife Wesen, die halbe Abteilungen mit ihren Lockangeboten lahmlegen. Er weiß, daß es Mitarbeiter gibt, die jede eingehende Mail sofort abrufen und beantworten, ganz zu schweigen von denen, die wegen jedes Problems und jeder noch so dämlichen Frage gleich ins Netz gehen, um sich dort unterhalten und von den eigentlichen Fragestellungen ablenken zu lassen. Dem Netz gegenüber verhält sich von Heuken weiter wie ein Buchmensch, er benutzt es höchstens gelegentlich, und er hat nicht den geringsten Ehrgeiz, gerade auf diesem Gebiet den großen Souveränen zu spielen. Zehn, zwölf Jahre zu früh ist er für all das geboren, er gehört der letzten Generation an, die noch ohne Fernseher aufgewachsen ist, vor einigen Jahren betrachtete er das noch als Handicap, inzwischen aber sehnt er sich beinahe nach den in der Erinnerung so wohltuend still und konzentriert wirkenden fünfziger Jahren. Wenigstens das *Kasseler mit Sauerkraut und Püree* ist noch von damals geblieben, er sollte genau das bestellen, jetzt, da er nach seiner Bestellung gefragt wird.

»Was nehmen *Sie*, Peter?« fragt er, »worauf haben Sie Lust?«

»Ich esse mittags nicht viel«, antwortet Peter Feil, »ich vertrage es einfach nicht mehr, manchmal komme ich mir schon vor wie irgendein alter Knochen, der höchstens noch *warme Krüstchen* verzehrt.«

»Unken Sie nicht so«, sagt von Heuken, »*warme Krüstchen*

sind genau richtig, etwas Kleines, Schmackhaftes, kann ich Sie damit nicht locken?«

»Ich kann mich immer so schwer entscheiden«, antwortet Peter Feil, »bestellen doch einfach *Sie*, ich mache schon mit, und wenn's nicht genug ist, bestellen wir einfach nach.«

Er steht auf und zwängt sich aus dem engen Gestühl, diese nervenden, hart geschnittenen Notebook-Rhythmen, denkt von Heuken, haben selbst das Pinkel-Tempo beschleunigt, wahrscheinlich war das Pinkeln früher auch noch viel satter und praller als der ewige, dünne und gleich wieder verebbende Strahl, dessentwegen die jungen Sprinter heute alle paar Minuten zum Klo rennen.

Später, viel später wird er vielleicht auch einmal in den Keller steigen, selbst das Pinkeln ist in Köln etwas eigenes, Kölsches, die halbe Stadt schwimmt in Urin, und dieser schäumende, helle Urin ist nichts anderes als ein etwas müderes, aber noch erkennbares Abbild des schäumenden, goldhellen Kölsch. Als Kind durfte er ein Zehn-Pfennig-Stück in die weißen Porzellanschälchen auf dem runden Hocker am Eingang des Männerklos schmeißen, das ergab jedes Mal ein hohes, nach dem harten Aufprall aber sofort wieder absterbendes Klirren, man ging rasch davon und wartete doch auf das »Dankeschön« des meist älteren Mannes, der sich in irgendeinem Kabäuschen versteckte und dort an einem Kofferradio drehte. Kofferradios hat er zum ersten Mal in solchen Kabäuschen erlebt, Sonntag nachmittags gab es Fußball-Übertragungen oder Musik zum Tanz oder zum Tee, den Nachhall davon hat er heute noch im Ohr, wenn er sich auf der Treppe hinunter in die Toiletten-Regionen befindet.

»Ah, leckere *warme Krüstchen*«, sagt Peter Feil, als er zurück ist und kurz überfliegt, was der Köbes inzwischen gebracht hat. Eine kleine Portion *Wellfleisch* und eine *Mettwurst*, beides *mit*

Röggelchen – es sind die kräftigenden Elf-Uhr-Speisen aus den längst vergangenen Zeiten, als man noch richtig gearbeitet hat. Von Heuken läßt den kleinen Tontopf mit Senf und zwei weitere Kölsch kommen, dann legt er los: »Peter, ich hatte gestern ein längeres Gespräch mit Liesel Burger. Ich habe sie gefragt, wieso es meinen Vater immer wieder ins Dom-Hotel zog, und sie hat geantwortet, daß ich Peter Feil fragen solle, Peter Feil nämlich wisse am besten, was es mit diesen Nächten im Dom-Hotel auf sich hat.«

»Sie wollen doch nicht etwa behaupten, Sie hätten davon nichts gewußt?« fragt Peter Feil.

»Natürlich habe ich davon gewußt«, lügt von Heuken, »aber ich wußte nicht, daß mein Vater derart häufig im Hotel war, ich habe weder mit ihm noch mit anderen darüber gesprochen, es hat mich einfach nicht sehr interessiert.«

»Und was interessiert Sie *jetzt* daran?« fragt Peter Feil nach und macht auf von Heuken den Eindruck eines Mannes, der von einer Sekunde auf die andere die Rolle wechselt. Mit einem Mal nämlich wirkt er schärfer und wacher, als habe irgendein Warninstinkt eine andere Region seines Gehirns eingeschaltet, die von *warmen Krüstchen* nichts weiß. Von Heuken nimmt die Veränderung schnell zur Kenntnis, er ahnt, daß er jetzt behutsam vorgehen muß, mit seinem nächsten Satz muß er Peter Feils Vertrauen gewinnen, oder, wenn das nicht gelingt, eben hinnehmen müssen, daß er mit seinen Fragen nicht weiterkommt.

»Lebt Ihr Vater noch, Peter?« fragt er ruhig.

»Nein«, antwortet Peter Feil.

»Wie lange ist er bereits tot?«

»Seit drei Jahren.«

»Wenn Sie jetzt an ihn zurückdenken, würden Sie ihn manchmal gern noch einmal etwas fragen, etwas ganz Bestimmtes, das Sie unbedingt von ihm wissen wollen und das Sie ihn während seines Lebens nie gefragt haben?«

Peter Feil schaut ihm genau in die Augen, als suche er hinter dem Weichbild seiner Pupille nach einem verläßlichen Halt. Von Heukens Frage überschreitet ein wenig die Grenze, die beide bisher während ihrer wenigen Kontakte eingehalten haben. Wenn er sie beantwortet, steigt er in eine *Unterhaltung zwischen zwei Männern* ein, wie es sie in amerikanischen Filmen gibt, wenn es so richtig ernst wird.

»Wissen Sie, Herr von Heuken«, sagt er leise und legt sein Besteck auf dem Tellerrand ab, »ich habe in diesen drei letzten Jahren so manches in bezug auf meinen Vater gedacht.«

So kommt er also nicht weiter, Peter Feil braucht noch etwas Zeit, er versucht ein Lächeln, dann fragt er:

»Schmeckt Ihnen die Mettwurst, oder sollen wir lieber doch etwas anderes bestellen?«

Peter Feil antwortet nicht, er schaut ihm weiter genau in die Augen, dann senkt er wahrhaftig den Blick, als müsse er die Mettwurst zur Beantwortung der Frage eigens noch einmal begutachten. Woher diese jungen Sprinter bloß ihr ewiges Mißtrauen haben, denkt von Heuken, wahrscheinlich kommt auch das vom zu frühen Fernseh-Konsum. Von kleinauf vor dem Fernseher, immer diesen fiesen, unerwarteten Boshaftigkeiten und Schocks ausgesetzt, das macht wachsam, ängstlich und hellhörig, so daß sie sich selbst nicht mehr vertrauen. Deshalb stapeln sie ihr ganzes Gefühlsleben in Dateien und sichern es mit einem Kennwort, so etwas suggeriert ihnen, in Gestalt des Notebooks ihren gutgesicherten und verwahrten Herz-Tresor ausführen zu können, dessen Bildschirm man schnell herunterklappt, wenn man wieder ein kleines Geheimnis hineingepackt hat.

»Die Wurst ist in Ordnung«, sagt Peter Feil und gibt noch einen Klacks Senf auf den Tellerrand, »ehrlich gesagt, weiß ich nicht so recht, worauf Sie hinauswollen.«

»Es geht meinem Vater sehr schlecht, Peter, gegenwärtig

kann ich ihn nicht mit irgendwelchen Fragen behelligen. Ich möchte aber wissen, womit er sich im Hotel drüben beschäftigt hat, ich möchte mir ein Bild von seiner Lage machen, verstehen Sie?«

Peter Feil zieht ein kleines Mettwurststück durch den cremigen Senf, daran, wie er noch einen Augenblick damit herumspielt und etwas zögert, bevor er die Gabel in den Mund führt, erkennt von Heuken, daß er jetzt seine Zurückhaltung aufgibt.

»Ich weiß nicht, ob ich Ihnen wirklich weiterhelfen kann, Herr von Heuken«, beginnt er, »ich habe mir in den letzten Monaten zwar selbst ein paar Gedanken gemacht, direkt angesprochen aber habe ich Ihren Vater auf seine Hotel-Aufenthalte nicht. Ich kann höchstens sagen, daß er Spaß daran hatte und ich ihn dort drüben fast immer in großer Form erlebt habe, vor allem in der Hotel-Bar hielt er sich sehr gerne auf, das Restaurant dagegen mochte er gar nicht, er hat nie dort gegessen, der rote Teppich, das grottenhäßliche Mobiliar und all die jungen Bedienungen, denen man sofort ansieht, daß sie aus dem Sauerland kommen - das war nichts für ihn. Es hat keinen Charme, hat er oft gesagt, es sieht aus wie ein verlängerter Speisewagen, in dem man nur Platz nimmt, wenn es gerade nichts besseres gibt. Deshalb kam er auf die Idee, sich das Bessere aufs Zimmer bringen zu lassen, er bestellte es in dem neuen Laden, den das *Früh* hier nebenan aufgemacht hat, *Frühs Feinkostthеke*, so heißt er. Am liebsten war ihm, wenn *ich* ihm die Sachen brachte, lauter kleine, feine Salate und gutes Brot und all diese appetitlichen Saucen, Sie wissen schon. In den weißen Tüten mit dem roten *Früh*-Logo habe ich es auf sein Zimmer gebracht und dort in der eigens für ihn eingebauten, etwas größeren Mini-Bar verstaut, Wein und Champagner war natürlich auch dabei, obwohl er damit relativ zurückhaltend war. Wenn er etwas trinken wollte, ging er, wie gesagt, in die Bar, dort saß er oft bis tief in die Nacht, immer in Unterhaltung, nie allein.«

Von Heuken kann es sich jetzt besser vorstellen, Vaters kleine Mahlzeiten oben in der Suite, ein Glas Champagner, ein Glas Wein, dann der langsame Gang die bequemen Treppenstufen hinab in die Bar, wo er schon bald eine Runde um sich versammelt. Zwei, drei kubanische Zigarren, eine Magnum-Flasche *Veuve Cliquot*, später dann die härteren Sachen, Whisky natürlich, *The Singleton of Auchroisk*, fast dreißig Jahre gelagert. *Sir Peter Ustinov's Bar* war sein Salon, wahrscheinlich residierte er dort wie ein König, dem ganze Scharen von Menschen ihre Aufwartung machten, ohne vielleicht zu ahnen, wem sie begegneten.

»Sie sagen, Peter, er hat sich gern in der Bar unterhalten, wissen Sie aber auch, mit wem? Hat er Bekannte oder Freunde aus Köln eigens dorthin bestellt, oder waren es wildfremde Gäste, die zufällig dort vorbeikamen?«

»Das kann ich nicht genau sagen, Herr von Heuken, ich war schließlich nicht immer dabei. Soviel ich aber beobachten konnte, traf er sich weniger mit Bekannten als mit, wie Sie sagen, wildfremden Gästen, er war neugierig, er wollte hören, was sie dachten und was alles in ihnen vorging, ich glaube, er machte sich ein Bild von den Themen und Gefühlen, die seine Gesprächspartner bewegten, weil er immerzu auf der Suche nach neuen Buchideen war. In den letzten Jahren hatte er vermehrt Sorgen wegen der Zukunft seiner Verlage und der des ganzen Konzerns.«

»Hat er von diesen Sorgen gesprochen?«

»Ja, das hat er. Er sagte manchmal, daß man heutzutage keine Bücher mehr *macht*, sondern machen *läßt*. Die Verleger warten darauf, daß die Agenten mit neuen Titeln vorfahren, sie kaufen, was ihnen angetragen wird, und das hat zur Folge, daß sie kein eigenes Programm mehr machen und planen. Früher, hat

Ihr Vater gesagt, haben wir unsere Autoren selber entdeckt und großgezogen, und früher sind uns neue Titel und Reihen selbst eingefallen. Wir waren nicht abhängig von anderer Leute Geschmack, sondern hatten unseren eigenen, und wir haben die gesellschaftlichen Debatten und Diskussionen bestimmt und geprägt, anstatt sie nur noch in Sammelbänden zu dokumentieren, wenn sie längst vorbei sind.«

Von Heuken wundert sich, wie sehr Peter Feil sich in Schwung redet. Er hat also nicht nur an Vater gehangen, sondern auch jedes seiner Worte für eine tiefe Weisheit gehalten. Wahrscheinlich hat er sich ihm in den letzten zwei Jahren immer mehr unterworfen, so daß aus ihm ein Biograph geworden ist, der nicht nur eifrig Stoff sammelt, sondern diesen Stoff auch noch wie eine Heilsbotschaft aufnimmt. Ein Biograph, der alles verinnerlicht, was ihm sein Objekt mitteilt, ein Biograph, dem es mit der Zeit nicht mehr gelingt, die geringste Distanz zu seinem Gegenstand zu wahren – jetzt erst hat von Heuken begriffen, wen er gerade vor sich hat.

»Liesel Burger«, setzt er wieder an, »hat von all diesen Nächten in der Bar nichts erzählt, sie hat aber davon gesprochen, daß mein Vater an den Abenden gern unterwegs war.«

»Ja, natürlich, manchmal hat er auch etwas unternommen und ist zum Beispiel in die Philharmonie oder ins Theater oder in ein gutes Lokal gegangen.«

Vater allein in einem Konzert oder beim Essen – das kann er sich nicht vorstellen, kurz überlegt er, ob er in dieser Richtung nachbohren soll, er schnappt sich den letzten Bissen *Wellfleisch* und kostet noch ein wenig seine salzigen, durstmachenden Fasern, die sich zwischen den Zähnen verfangen.

»Jetzt werden Sie mich gleich nach dem fragen, was man *Frauengeschichten* nennt«, sagt Peter Feil.

»Tja«, antwortet von Heuken, »Sie sind ein Profi, Peter, Sie kennen Ihr Metier, gerade habe ich mir überlegt, wie ich es anstellen soll, Sie danach zu fragen.«

»Bringen wir es hinter uns«, sagt Peter Feil, »und bringen wir es auf eine knappe Formel: Ich weiß nichts von Frauengeschichten.«

»Was? Sie wissen nichts? Das kann nicht sein. Daß Sie *gar* nichts wissen, das ist einfach unmöglich.«

»Es ist aber so, Herr von Heuken. Im Grunde weiß ich gar nichts, Ihr Vater hatte eben auch seine Geheimnisse.«

»Aha, er hatte Geheimnisse, zumindest das wissen Sie. Bitte sagen Sie mir, was Sie wissen, Sie können sicher sein, daß es unter uns bleibt.«

Peter Feil hat seine Mettwurst gegessen, er ist jetzt der Geheimnisträger, der mit seinen kleinen Beobachtungen kokettiert.

»Manchmal, wenn ich die Leckereien von *Frühs Feinkosttheke* in die Suite Ihres Vaters brachte, hat sich noch eine andere Person im Bad aufgehalten, das weiß ich. Und zweimal habe ich Ihren Vater sehr aus der Ferne in Begleitung einer Frau fortgehen gesehen, die sich eng bei ihm eingehängt hatte.«

»War es beide Male dieselbe Frau?«

»Ja, ich glaube, es war immer dieselbe Frau.«

»Aber Sie wissen nicht, wer sie war?«

»Nein, Herr von Heuken, ich habe nicht die geringste Ahnung, ich habe sie nur aus großer Entfernung gesehen, und ich habe respektiert, daß Ihr Vater mich mit ihr nicht bekannt machen wollte.«

Das *Früh* leert sich jetzt langsam wieder, die ersten Gäste drängen in Schüben hinaus, während das Stimmengewirr in der Schwemme eher noch lauter geworden ist.

»Danke, Peter, das genügt mir vorläufig, Sie haben mir sehr geholfen«, sagt von Heuken. »Sie verstehen, daß ich meinen

Vater jetzt nicht auf all diese Dinge ansprechen kann. Ich hatte keine genauen Vorstellungen, wie seine Abende und Nächte im Dom-Hotel aussahen und was hinter diesen Heimlichkeiten steckt, jetzt aber sehe ich ein wenig klarer. Nur eine Kleinigkeit möchte ich noch von Ihnen wissen.«

»Und die wäre?«

»*Cip 730150* – sagt Ihnen das was?«

»*Cip?* Meinen Sie eine *Cip*-Nummer? Das sind doch diese Vermerke, die immer vorne auf der Impressumseite der Bücher stehen, all diese Angaben für die Kurztitelaufnahme in Bibliographien, habe ich recht?«

»Ja, das ist mir schon klar, darum wird es sich wahrscheinlich handeln. Mein Vater hat sich diese Nummer aber auf einem Zettel notiert, der so auffällig auf seinem Hotel-Schreibtisch lag, daß ich dahinter noch etwas anderes, Wichtigeres vermute.«

»Etwas Wichtiges? Vielleicht irgendein herausragender Titel oder eine Buchidee, etwas in der Richtung. Soll ich mich darum kümmern, soll ich versuchen, herauszubekommen, um welchen Titel oder welche Idee es sich handelt?«

»Wenn Sie es herausbekämen, das würde mir sehr helfen, dann wäre ich wieder einen kleinen Schritt weiter.«

»Wie war die Nummer?«

»Cip 730150.«

»Okay, ich hab's gespeichert, ich werde mich darum kümmern. Kann ich sonst noch etwas für Sie tun?«

»Nein, im Augenblick nicht, Peter. Ich melde mich einfach bei Ihnen, oder Sie melden sich, irgendwie kommen wir schon wieder zusammen.«

»Und was ist mit der Biographie, wollen Sie nicht wenigstens kurz einmal hineinschauen?«

Jetzt, nachdem er gegessen und sein Wissen preisgegeben hat, streifen Peter Feils Hände wieder das kleine Notebook.

Als fingerten sie an einem Tabernakel entlang, in dem das Allerheiligste auf seine Zurschaustellung wartet, denkt von Heuken. Das Gespräch und die vielen Kölsch haben ihn ermüdet, er hat nicht die geringste Lust, sich jetzt ausgerechnet in eine Biographie über seinen Vater zu vertiefen, aber es ist schon zu spät, Peter Feils flinke Finger lassen sich nicht mehr bremsen, das kleine häßliche Ding sperrt den Rachen auf und summt seine aufdringliche Begrüßungsmelodie, und rasch erscheinen auf dem Bildschirm die lächerlichen gelben Dateiordner der vielen Kapitel, *Kindheit und Jugend*, *Lehrzeiten*, *Angekommen im Nachkrieg*, ein ganzes Leben, manisch geordnet und abgepackt. Kurz sucht sich der Cursor etwas zu packen, dann taucht der Vorspann des Titelblatts in schwarzen Versalien aus dem Dunkel hervor, *Reinhard von Heuken – Biographie eines Verlegers*, von Heuken betrachtet das alles wie Zauberei, die ihm eine Geschichte vorgaukelt, mit der er nichts zu tun hat. Peter Feil überspringt das Vorwort und blendet über zum eigentlichen Anfang, zwei Seiten sind zu sehen, in die bereits Fotografien eingescannt sind, von Heuken glaubt sie sofort zu erkennen, offensichtlich handelt es um Fotografien August Sanders aus den dreißiger Jahren, die das alte, noch unzerstörte Köln zeigen, menschenleere Kölner Straßen und Plätze in scharfem Sonnenlicht, der Rhein und seine weiten Ebenen im frühen Nebel des Morgens. Von Heuken schluckt, das Fertige und Perfekte der Seiten provoziert ihn, am liebsten würde er sich gleich mit einem Korrekturstift an diese Zeilen machen, durchstreichen, kürzen, umstellen, verbessern, auf keinen Fall aber möchte er einfach hinnehmen, was da steht und sich so gebärdet, als wäre es unantastbar.

»Sehen Sie«, sagt Peter Feil, »das Buch ist schon beinahe fertig, neunzehn Kapitel, nur das letzte fehlt noch.«

»Zeigen Sie mal«, antwortet von Heuken, »gehen Sie mal rein in Ihr letztes Kapitel, wo genau stehen Sie denn jetzt?«

Peter Feil gehorcht sofort, aber der Cursor gebärdet sich eigensinnig und bleibt in der Mitte der Dateien wie eingefroren stehen, plötzlich taucht jene Fotografie des kaputten, zerbombten Köln aus dem Nichts auf, die von Heuken schon so oft gesehen hat, die Reste der großen Brücken stecken zerschlagen im Rhein, von den Häusern stehen beinahe nur noch die Fassaden, und zwischen ihnen breiten sich die vielen kleinen Hügel der Schuttfelder aus. Jedes Mal, wenn er das sieht, zuckt er zusammen, diese Fotografie, auf der nur die schwarzen, kaum beschädigt erscheinenden Massen des Doms noch an Leben erinnern, hat etwas Brutales, früher, als sie in Vaters Arbeitszimmer direkt hinter dem Schreibtisch hing, mußte er immer wegschauen, so sehr nahmen ihm diese Skelette und Todeszeichen die Luft.

»Das ist doch nicht das letzte Kapitel«, sagt er leicht verärgert zu Peter Feil, dann aber erscheinen die wahrhaftig ins Leere mündenden Seiten des Schluß-Kapitels, *Ausblick* ist es überschrieben und enthält Fotografien von den erwachsenen Kindern des großen Verlegers, von Heuken steht mit Ursula und Christoph unten am Rhein, die Dreiergruppe macht einen munteren, beinahe lebenslustigen Eindruck, als packe sie alles gemeinsam an und sorge sich nicht einen Deut um die Zukunft. Seltsamerweise trägt Ursula noch weiße Kniestrümpfe, dabei ist sie doch schon eine erwachsene Frau, die damals, als diese Aufnahme gemacht wurde, ihr Studium gerade hinter sich hat, Christoph hält eine auffallend dünne Zigarette in den Fingern der Rechten, während von Heuken zwischen diesen erheblich jünger aussehenden, noch verspielt wirkenden Wesen den ernsten, großen Bruder markiert.

»Es sieht so aus, als fehlten Ihnen zum Abschluß nur noch ein paar Details«, sagt er ruhig.

Peter Feil blickt kurz hoch und macht sich daran, das Programm zu beenden.

»Ich habe eine ausgedruckte Version von dem, was bisher vorliegt, dabei, wenn Sie wollen, können Sie die Seiten gleich mitnehmen.«

Natürlich hat er alles auch ausgedruckt bei der Hand, ausgedruckt und auf Diskette und wahrscheinlich längst auf CD, sicher denkt er bereits an die Verfilmung und weiter an die Videofassung und die DVD mit einem kurzen Geleitwort des Oberbürgermeisters, heutzutage präpariert man sein ganzes zusammengekleckertes Wissen ja gleich für alle nur denkbaren Medien, portionsweise oder *formatgerecht*, wie die besonders fitten Teufelchen aus den Programmierabteilungen es immer nennen. *Reinhard von Heuken – ein Leben in Bildern, Die Heuken-Saga, Teil 1: Zwei Brüder vom Rhein.*

»Ja gut, Peter, ich nehme es mit«, sagt von Heuken, »ich freue mich richtig darauf, es in Ruhe zu lesen.«

Peter Feil hat mit nichts anderem gerechnet, er greift rasch unter den Tisch und holt eine dunkelrote, aufgebläht schwere Mappe hervor, die er neben den leeren Tellern ablegt.

»Viel Spaß damit«, sagt er, als meine er es wahrhaftig ernst, dann steht er auf, wirft sich den kleinen, zerbeulten Sack über die Schulter und verabschiedet sich.

6

ER BLEIBT NOCH eine Weile hinter dem schmalen, blankgescheuerten Brauhaustisch sitzen, weil er nun doch die Versuchung spürt, die Mappe zu öffnen und in all diesen Seiten zu blättern, dann aber rückt er sie beiseite und starrt in das von draußen in die Schwemme einfallende Licht, in das er jetzt nicht hinaustreten möchte. Er wünscht sich einen guten, starken Kaffee oder eine ordentliche Dosis irgendeines anderen kräftigen Muntermachers, denn er spürt die Müdigkeitsschleier, die sich auf seine Augen gelegt haben und dort wie kleine Gewichte auf die Augäpfel drücken. Einen guten Kaffee wird er im *Früh* nicht bekommen und auch gegenüber im *Starbucks* servieren sie nichts Trinkbares, sondern eine auf den deutschen Geschmack heruntergedimmte Brühe mit sechzig verschiedenen Sahnehäubchen in diesen ekligen Pappbechern, *Coffee to go*. Er überlegt kurz, dann bestellt er einen *Sünner Wacholder*, manchmal klappt es, und man bewegt sich nach einem klaren Schnaps wieder so leicht und befreit, als habe man sich nie an einem Stück *Wellfleisch* vergriffen. Wenn er an den Abend denkt, wird ihm ganz flau, zwei bis drei Stunden wird er nichts anderes tun, als ein kapriziöses, alle Sinne exzessiv in Beschlag nehmendes Menu zu sich zu nehmen, viel lieber bliebe er den ganzen Nachmittag an diesem Tisch sitzen, um am Abend hier mit den Geschwistern zu essen.

Er denkt darüber nach, was Peter Feil gesagt hat, Pa hat sich also Sorgen gemacht. Manchmal hat von Heuken beobachtet, daß er über etwas nachdachte und in Grübeleien verfiel, aber konkret haben sie über das, was ihm durch den Kopf ging, niemals gesprochen. Daß er mit den neuen Buchprogrammen der letzten Jahre nicht zufrieden war, hat er natürlich bemerkt, Vater hatte eben nie Halbjahresprogramme, sondern immer größere, weitreichendere Projekte im Sinn. Insgeheim hat er alles mit den Aufbruchphasen der Nachkriegsjahre verglichen, mit den späten Vierzigern, als er seine ersten Taschenbuchreihen entwarf, oder mit den frühen Sechzigern, als eine junge, neue Generation mit ihren Titeln auf den Markt drängte. Etwas ähnliches hat er immer wieder erwartet, aber er hat leicht reden, die Gegenwart ist mit all diesen Zeiten nicht mehr zu vergleichen. Damals waren wirkliche Entdeckungen nicht schwer, viele ausländische Autoren waren in Deutschland noch gar nicht bekannt, und die unbekannten Werke der Emigranten kamen in den Nachkriegsjahren auch noch hinzu. All diese Autoren mußten sich ihre Themen nicht suchen, ihre Bücher waren voll von dem, was sie in den furchtbaren Kriegsjahren erlebt hatten, heutzutage ist das ganz anders, für die jungen Autoren ist ihr erstes *Nutella*-Brot ein Erlebnis und deshalb allen Ernstes ein Thema.

Er steht auf und bahnt sich einen Weg zur Treppe, er geht sie rasch und beinahe schwungvoll herunter, der *Wacholder* war gar nicht schlecht, er hat jetzt diese ganze Brauhausatmosphäre wie einen locker inszenierten Film aus der Werbung im Kopf. Unten, in der Toilette, stehen zwei Männer an den kleinen, immerzu nachspülenden Pissoirs und unterhalten sich noch, während sie pinkeln. Er sucht sich ein freies Eck und hört ihnen zu, selbst vor den Pissoirs ist man nie allein, immerzu rauscht das Wasser, und ein Wort gibt das andere, man kann jederzeit mitreden, als gehörte man ganz selbstverständlich zu der großen Runde, die sich täglich hier trifft. Er selbst aber gehörte niemals zu einer Szene, immer ist er seinen Weg alleine gegangen, allein, vorsichtig, zielstrebig, vielleicht war das ein Fehler, jetzt jedenfalls denkt er manchmal, daß er etwas Einseitiges hat, vielleicht hat Vater sich auch darüber Gedanken gemacht.

Im Konzern ist er der Mann für die Finanz- und Markt-Strategien, schon in der Kindheit hatte er eine Freude an Zahlen. Wenn man einen wie ihn mit fünfhundert Euro auf die Galopprennbahn von Weidenpesch schickt, kommt er ohne Verlust, aber auch ohne hohe Wett-Gewinne nach Haus. Er kalkuliert und bilanziert, er wüßte genau, wie man mit einem Startkapital für tausend Sack Erdnüsse ein florierendes Erdnußgeschäft betreibt. Unter seiner Leitung wird ein Konzern daher niemals Konkurs gehen, schließlich ist er ein Kaufmann ohne den geringsten Hang zu spekulativen Geschäften, die alles in Schieflage bringen könnten.

Manchmal hat er sogar den üblen Verdacht, daß Autoren ihm fremd sind, er hält sie für eine skurrile, sonderbare und wenig zuverlässige Spezies. Viele sind von grenzenloser Naivität und überschätzen ihre Bedeutung maßlos, er wird nie begreifen, warum einer in seine Arbeit soviel Kraft und Zeit investiert, ohne erwarten zu können, dafür jemals angemessen entlohnt zu werden. Weltfremdheit in Finanzdingen ist ihm zuwider, von seinen Autoren verlangt er, daß sie genau wissen, welchen ökonomischen Wert sie für einen Verlag haben. Auch unverkäufliche Meisterwerke sind ihm ein Graus, am liebsten hat er Autoren mit einer vernünftigen Selbsteinschätzung, die aber sind rar und werden wegen ihrer kühlen Vernunft beinahe verachtet.

Vor zehn, zwanzig Jahren hatten die Neulinge auch noch etwas Verlegenes, sie saßen vor einem, als müßten sie sich für ihre Manuskripte entschuldigen und als wären die Räume eines Verlages heilige Zonen, die eigentlich nicht betreten werden durften. Damals warf man oft nicht einmal einen genauen Blick auf Verträge, die meisten Autoren bekamen den üblichen Standardvertrag, zehn Prozent Honorar, »fertig ab!«, sagte Vater, dann gab man ihnen die Hand und hörte eine Weile nichts mehr von ihnen.

Mitte der neunziger Jahre aber tauchten plötzlich ganz andere Wesen auf, es waren großgewachsene Kerle in saloppen Anzügen, die sie sich eine Stunde vor Verlagsbesuch in einem Secondhand-Laden gekauft hatten. Sie warfen einem die Leichtgewichte ihrer Manuskripte hin, als hätten sie nicht viel Zeit und wären sowieso mehr mit anderen Dingen beschäftigt. Das Schreiben betrieben sie irgendwie nebenbei, sonst aber waren sie DJs, Künstler, Ausstellungsmacher, Alleinunterhalter, ein Manuskript war in ihren Augen eine kurze, flotte Nummer, die vor allem dazu diente, sich interessant in Szene zu setzen. »Jede Lesung eine kleine Performance«, hatte einer von ihnen gesagt, das war im Verlag ein geflügeltes Wort geworden, Pa hatte das anfänglich seltsamerweise gefallen, erst als sie auf einem Titelblatt des *Spiegel* als saubere, adrette Figuren auftauchten, die stolz darauf waren, die Enkel von Sonstwem zu sein, mochte auch Vater diese Autoren nicht mehr. »Ich will Kerle und keine Enkel«, hat er damals gesagt, und dann erteilte er Hausverbot für Agenten, »junge Autoren, die uns ihre Agenten ins Haus schicken, möchte ich hier nicht mehr sehen«. Das hörte sich damals endgültig und wie eine unverrückbare Entscheidung an, aber wie so oft ließ sich Vater durch den Anblick einer einzigen Frau dann doch umstimmen, Lina Eckl brachte ihn dazu, doch die Zusammenarbeit mit ihr zu suchen, eine Zeitlang war er geradezu in sie vernarrt.

Von Heuken wäscht sich die Hände, dieses Kölschtrinken startet in ihm lauter innere Filme, die sich dann nicht mehr aufhalten lassen, man möchte sie jemandem erzählen, so frisch und aktuell wirken sie plötzlich. Er kramt ein Zwei-Euro-Stück aus seinem Portemonnaie und wirft es auf den weißen Untersatzteller am Eingang, dann geht er, vor sich hin pfeifend, wieder hinauf zu seinem Platz, Peter Feils dickes Manuskript liegt noch immer neben den leeren Tellern, als wäre es genau der richtige Nachtisch. Er setzt sich und bestellt noch einen letzten *Wacholder*, er wiegt sich jetzt in Erinnerungen und will den Film zu Ende spulen, deshalb erlaubt er sich noch einen Schluck, vielleicht bestellt er aber auch aus Angst, daß seine gute Laune gleich wieder abstürzen könnte.

Lina Eckl. Als Galeristin und Übersetzerin kannte Vater Lina Eckl bereits, deshalb wurde er neugierig, als sie plötzlich auch als Agentin auftrat. Meist trafen sie sich am frühen Mittag und verschwanden in irgendeinem Lokal, zum Ritual ihrer Treffen gehörte, daß Lina Eckl Vater einlud. Immer neue Restaurants und Winkel dachte sie sich für die Verhandlungen aus, und nach jedem Essen war Vater einige Hunderttausend an Vorschüssen los, als wäre er unter die Räuber geraten. Lina Eckl hatte es ihm angetan, er mochte ihre Lakonie und ihr Tempo und die Dreistigkeit, mit der sie all die hohen Beträge einforderte, als stünden sie ihren Schutzbefohlenen ganz selbstverständlich zu. Noch mehr aber mochte er vielleicht ihre extravagante Kleidung, ihre langen Kleider mit seitlichem Schlitz, ihre Netzstrümpfe, die farbigen Brillen, das plakathafte Lippenstift-Flair, einfach alles.

Vaters *Frauenbekanntschaften* – merkwürdig ist, daß Lina Eckl für ihn nie in Betracht kam, aus undurchsichtigen Gründen schreckte er immer vor ihr zurück und beließ es bei einem Treffen pro Monat, dabei hätte jeder gewettet, daß er es gerade bei ihr versucht hätte, denn wenn ihm eine Frau gefiel, zögerte er nicht, sie zu gewinnen. Keine war vor ihm sicher, nicht die Mitarbeiterinnen im Verlag und vor allem nicht die Autorinnen, die er, wenn sie ihn denn interessierten, ein Weile hartnäckig umwarb, mit täglichen Blumen und Telefonaten. Viele überforderte dieses Drängen, und sie gaben schon aus Schwäche irgendwann nach, dann begleiteten sie ihn einige Wochen und Monate und gingen mit ihm, wie er es nannte, »ein Stück des Weges gemeinsam«. Manche erwarteten, dadurch schneller voranzukommen, aber da täuschten sie sich gewaltig, denn gerade Vaters Freundinnen verloren im Verlag sofort an Kredit. Ab und zu kam es auch zum »Kronprinzessinnen-Streit«, dann hatte Vater sich an eine neue Autorin herangemacht, während die alte noch glaubte, die Favoritin zu sein. Solche Konstellationen endeten meist mit Tränen-Exzessen in abgelegenen Kölner Lokalen und führten gar nicht selten dazu, daß die zuvor noch heftig Umworbene verstummte und man von ihr nie mehr ein weiteres Buch zu lesen bekam.

Und Mutter, wie hat Mutter das alles ertragen? Jahrzehntelang hat Mutter diese Geschichten ignoriert und dazu geschwiegen, wichtig war nur, daß Vater für seine Eskapaden immer ein Alibi hatte und niemand zu Hause etwas davon erwähnte.

Von Heuken zahlt und verläßt das *Früh*, es ist ihm gar nicht recht, jetzt hinaus in das helle Licht gehen zu müssen. Als er die Domplatte erreicht, packt ihn ein starker Wind, so daß er mit eingezogenem Kopf hinüber zur nächstbesten Häuserwand eilt, langsam und stockend geht er dann an den Auslagen der *Buchhandlung Kösel* vorbei und überprüft kurz, wie viele Bücher des Verlages dort in den Fenstern liegen. Ungelöste Probleme im Vertriebssystem spürt er schnell auf, darin, wie man *Erfolgssegmente* ausbaut, macht ihm niemand was vor. So bleibt er eine Weile unter den Arkaden der Buchhandlung stehen, links von ihr befindet sich der kleine *Köln-Ticket*-Laden und dahinter das Römisch-Germanische Museum, das er früher oft Sonntag morgens mit den Kindern besuchte. All die lateinischen Inschriften, die sie sich bemüht hatten, Wort für Wort zu lesen und zu übersetzen. Nichts ist hängengeblieben von damals, nur an die Stammtafel des Julisch-Claudischen Kaiserhauses kann er sich noch schwach erinnern. Mit Augustus und Kaiserin Livia begann diese Dynastie und endete Generationen später bei Nero, die männlichen Mitglieder waren fast allesamt Feldherren und Statthalter gewesen und anscheinend unablässig mit Kriegs- und Beutezügen beschäftigt. Julia, Agrippa und Agrippina – die flinken Gehirne der Kinder hatten sich solche Namen gemerkt, während er immer wieder hatte nachschlagen müssen. Selbst diese Details sind längst verblaßt, er erinnert sich nur noch an sonderbare und eher kuriose Einzelheiten, an die sauertöpfischen Mienen der marmornen Kaiser mit ihren filmreif gelockten Haaren oder an all die Scharen der ewig weinbechernden bunten Gestalten, die auf den Mosaiken und Wandgemälden auftauchten.

Wegen des starken Windes ist die Domplatte jetzt beinahe leer, nie hat er sich merken können, was all die grauen Linien, Quadrate und Rechtecke auf ihrer hellen Fläche bedeuten, vielleicht zeichnen sie die Grundrisse der alten römischen Straßen und Häuser nach. Auf dem großen Rechteck der Platte gibt es keinerlei Stühle oder Bänke, nirgendwo kann man hier Platz nehmen, um in Ruhe einen Blick auf den Dom zu werfen, über dessen Spitzen und Pfeiler das frühe Nachmittagslicht gerade hinwegflirrt.

Er schlendert weiter und erreicht den *Köln-Ticket*-Laden, aus einer Laune heraus geht er hinein. Gleich zwei junge Männer und eine Frau sitzen hinter ihren Computern und blicken hoch, als er eintritt. Er entscheidet sich für die junge Frau und spricht sie an, als bräuchte er wirklich Beratung und Hilfe: »Können Sie mir weiterhelfen? Ich möchte wissen, wer am kommenden Samstagabend in der Philharmonie konzertiert.«

Sie braucht gar nicht nachzuschauen, sie weiß es auswendig: »Oh, am Samstagabend gibt es etwas Besonderes, da ist Magdalena Kožená bei uns zu Gast.«

Von Heuken schätzt ihr Alter auf fünfundzwanzig, vielleicht finanziert sie ihr Musikstudium mit diesem Job und singt so lange hysterische, todtraurige Arien in heruntergekommenen Übezellen einer Musikhochschule, bis sie ein Plattenmogul durch Zufall entdeckt.

»Halten Sie mich für einen großen Banausen, wenn ich Ihnen sage, daß ich Magdalena Kožená leider nicht kenne?«

Er achtet genau auf ihre Reaktion, sie lächelt, sie macht das Spiel mit. Wenn er nicht in diesen trostlosen karierten Burberry-Saccos herumlaufen und nicht immerzu dem Bild eines gestandenen Bankers nacheifern würde, hätte er sogar noch bei dieser Fünfundzwanzigjährigen einige Chancen.

»Magdalena Kožená ist das neue Singwunder aus Prag«, sagt sie, »seit ihre CDs auf den Bestseller-Listen sind, sind all ihre Konzerte ausverkauft.«

»Sie wollen sagen, daß dieses Wahnsinns-Konzert ausverkauft ist, jetzt, wo ich gerade beginne, mich dafür zu begeistern?«

Sie blickt ihn wieder einen Moment zu lang an, dann tippt sie etwas in ihren Computer. »Es ist ausverkauft, ja, leider«, sagt sie nach einem kurzen Blick auf den Monitor.

»Kein einziger Platz ist mehr frei?« hakt er nach.

»Kein einziger mehr, Sie können es höchstens noch an der Abendkasse versuchen.«

»Ich bitte Sie«, sagt er leise, »schon das Anstehen würde mir den ganzen Abend vermiesen.«

»Tja, dann tut es mir wirklich leid.«

Sie schauen sich wieder an, zwei, drei Sekunden wartet er noch, ob ihr eine Lösung für das Problem einfällt, dann sagt er ruhig: »Ich komme ein andermal wieder, vielleicht habe ich dann mehr Glück. Sind Sie nachmittags häufiger hier, um mich Banausen gut zu beraten?«

»Ich bin jeden zweiten Nachmittag hier«, sagt sie und lächelt so, als habe sie verstanden, daß es ihm nicht nur um eine Konzertkarte geht.

Er läßt sich einen Prospekt geben, dann macht er sich davon, solche gutgelaunten Small-Talks hätte er früher nicht hinbekommen. Er geht jetzt quer über die Domplatte, manchmal blickt er schräg hoch zu seiner Suite, als warte hinter den hohen Fenstern im zweiten Stock jemand genau auf ihn. Dort oben von jemandem erwartet zu werden, ist eine schöne, beflügelnde Vorstellung, neben dem Telefon auf dem Schreibtisch stünde ein Strauß Blumen, und es liefe eine Musik, die einen mit einer gewissen Wärme empfängt. Vorher aber muß er noch hinunter ins Parkhaus, um den kleinen Koffer aus seinem Wagen zu holen. Den roten Mazda RX hat er heute stehen lassen, statt dessen benutzt er den Geländewagen, mit dem er oft unterwegs ist, wenn es etwas abzuwickeln oder zu erledigen gibt.

Auf dem Weg hinunter in die Tiefgarage unter der Domplatte kommt er an einem Stück der römischen Stadtmauer vorbei. Er bleibt stehen und liest leise den kurzen Kommentar von der Tafel ab, die gegenüber an der Wand angebracht ist. Daß es sich um Grauwackenquader handelt, hat er längst vergessen, auch der lateinische Begriff für den römischen Beton, *opus caementicium*, ist ihm nicht mehr geläufig. Warum interessiert ihn das alles nicht mehr, warum läuft er seit langem an all diesen Dingen nur noch vorbei? Irgend etwas ist mit ihm in dieser Mittagsstunde geschehen, vielleicht rührt die leichte Aufregung, die ihn befallen hat, von den ungewohnt vielen Kölsch und den beiden Wacholdern her. Jedenfalls hat er das Gefühl, einen spürbar engeren Kontakt mit den Dingen seiner Umgebung zu haben, als wären sie nichts Totes, Abgetanes, sondern etwas zauberhaft Sinnliches, das darauf wartet, von ihm angesprochen, berührt und in die Hand genommen zu werden. Am liebsten würde er diese Mauer jetzt fotografieren, um irgendwann wenigstens ein dürftiges Abbild dieses dichten Moments in Händen zu haben.

Sonderbar, wie wach und aufgeschlossen er sich jetzt fühlt und wie er sich allem hingibt, dem Licht des Nachmittags, den kleinen, scharfen Böen des Windes, dieser römischen Mauer mit ihrem alten Kellergeruch. Früher wäre er viel schneller über diese ungastliche Domplatte gegangen, die so aussieht, als wäre sie ein Einfall eines finsteren Kardinals, der mit seinen wirren Predigten die letzten Gläubigen aus dem Dom vertreibt.

Schnell, beinahe rasend schnell ist er immer gegangen, wie einer, der an nichts anderes denkt als an das Ziel. Er hat sich keine Zeit für seine Umgebung genommen, er hat mit niemandem und nichts Kontakt aufgenommen. Die richtigen Gesprächspartner fehlen ihm daher jetzt, außerhalb des Konzerns ist er nur zu den monatlichen Treffen der Kölner Verlegerrunde gegangen, aber worüber hat er da schon gesprochen, über Distributionswege, Lagerwerte und die neusten Buchhändlerrabatte.

Er löst sich vom Anblick der Mauer und geht langsam hinüber zu seinem Wagen, plötzlich kommt ihm ein Gedanke, der ihn davon abhält, den kleinen Koffer zu holen und hinauf in die Suite des Hotels zu tragen. Nichts hätte er bis vor einem Augenblick lieber getan als genau das, die Suite betreten, die Vorhänge zur Seite ziehen und die Sachen aus dem Koffer in den Schränken und Ablagen verstauen. Ankommen, endlich ankommen, der Herr dieser geheimnisvollen Räume mit dem majestätischen Ausblick zu werden. Aber nein, diese Ankunft wird er sich noch etwas aufheben müssen, jetzt möchte er einer anderen verlockenden Idee folgen, die sich ihm gerade in den Kopf gesetzt hat.

Er nimmt sein Handy aus der Tasche und versucht, Liesel Burger zu erreichen. Er versucht es zweimal und läßt es jedes Mal lange klingeln. Sie ist nicht da, sie wird nach ihrem Mittagsschlaf hinaus zur Klinik gefahren und erst am frühen Abend zurück sein, er hat zwei bis drei Stunden Zeit, nach dem Testament zu suchen.

Er öffnet die Beifahrertür und legt Peter Feils dicke Manuskriptmappe auf den Beifahrersitz. Er umrundet den Wagen und steigt ein, als er losfährt, wirft er noch einmal einen kurzen Blick auf die Mappe, als müsse er sich überzeugen, daß sein Beifahrer angeschnallt ist. Während er mit dem Wagen die

Tiefgarage verläßt, steigt gegen dieses Auto derselbe Widerwille wie gegen den roten Mazda in ihm hoch. Auch *dieser* Wagen paßt nicht mehr zu ihm, er tickt irgendwie anders als er, er ruft seine Befehle ab und meldet sich bei jeder kleinen Unregelmäßigkeit zurück, als suche er Streit. Lina Eckl dagegen fährt einen *Alfa Romeo*, ein jahrzehntealtes Modell, das in seinem überholten Snobismus genau zu ihr paßt, es ist voll beladen mit Akten- und Einkaufs-Taschen, die ein Zeugnis für all die Kontakte sind, die sie pflegt, jede halbe Stunde schließt sie ihre Vitalität mit einem anderen Kraftzentrum kurz.

Das ist es, ein alter *Alfa Romeo* voller Taschen, *Vitalität*, das Gefühl, sich in den Zentren des Lebens zu bewegen, kein Zuschauer zu sein, sondern einer dieser sich blitzschnell orientierenden Fische, die er einmal in den dunklen Aquarien des Kölner Zoos dabei beobachtet hat, wie sie sich mit ihren feinen Sensorien wollüstig in den kleinen künstlichen Dschungeln der Meerespflanzen bewegen.

Vater hätte der jungen Frau im *Köln-Ticket*-Laden seine Visitenkarte gegeben und sie für achtzehn Uhr zu einem Drink in der Hotelbar eingeladen. Was dabei herausgekommen wäre, hätte ihn zunächst nicht interessiert, er hätte sich einfach gefreut, den Wortwechsel fortsetzen zu können. So ist Pa, ein vitaler, lauernder Fisch, der hungrig nach allem schnappt, um es sich einzuverleiben, und der vor nichts und niemandem zurückschreckt. Er dagegen macht sich zu viele Gedanken und hat zu viele Skrupel, nicht einmal richtige Freunde hat er, und den Großteil der Welt hat er bisher kaum zur Kenntnis genommen, es ist, als habe sein Gehirn sich irgendwann langsam und unheimlich wie ein Tresor geschlossen, um alles für sich zu behalten.

7

WÄHREND er auf die Uferstraße einbiegt, schiebt er die CD mit den Arien des Prager Singwunders ein, was er jetzt hört, ist ihm völlig fremd, jahrzehntelang hat er sich auf so eine Musik nicht mehr eingelassen. Vom Text bekommt er nicht eben viel mit, die wenigen Brocken, die er versteht, hören sich aber sehr finster und verhärmt-protestantisch an. *Meine Sünden gehen über mein Haupt*, warum gibt sich eine junge, gutaussehende Frau diesem haltlosen Jammern und diesem dick aufgetragenen Lamento hin? Vielleicht hat sie eine Liaison mit einem masochistischen Barock-Fetischisten, der ihr schwarze Kleider und Buße für ihre *Rusalka*-Schönheit verordnet. Ein spindeldürrer Flötist, der sie mit geblähten Nasenflügeln während jedes Konzerts unablässig fixiert, um nur ja mitzubekommen, wenn sie einen Blick ins Publikum wirft. Von Heuken stellt die Musik lauter, richtig zudröhnen möchte er sich mit all dieser Bitternis, um zu erleben, wie seine gute Laune das alles mühelos verkraftet.

Vor zwanzig, dreißig Jahren gehörten auch Sängerinnen und Schauspielerinnen zu Vaters intimen Runden, damals gab es unten am Rhein noch die alten, schummrigen Weinlokale, die er so mochte und in denen sich jetzt Schnellimbisse für die Busladungen aus Westfalen befinden. Mit den Jahren ist das halbe Altstadt-Rheinufer ein finsterer Strich geworden, nicht einmal die amerikanischen Geschäftspartner kann man dahin noch ausführen. *Meines Seufzens ist viel, und mein Herz ist betrübet*, irgendwie freut er sich jetzt auf das Konzert am Samstag, um hinter das Rätsel dieser Selbstkasteiung zu kommen. Er sollte herausfinden lassen, in welchem Hotel Magdalena übernachtet, und ihr vor dem Konzert einen Blumenstrauß mit einem geheimnisvollen Kärtchen zuschicken: »In bitterer Schwermut – ein Verehrer.« Der spindeldürre Flötist würde die Blumen aus ihrem Zimmer verbannen, und sie würde schon vor dem Konzert einige Tränen vergießen, damit ihre barocken Seufzerarien hinterher authentischer wirken. *Darum weine ich so, und meine beiden Augen fließen mit Wasser.*

Er lacht etwas irr, als er den Wagen auf den Vorhof seines Elternhauses rollen läßt, Secondo ist gerade dabei, Vaters schwarzen Mercedes zu säubern. Mit hochgekrempelten Ärmeln und all seinen Lappen und Bürsten steht er da wie ein Schuhputzer, der eine Stunde nichts anderes machen wird als über immer dieselben Stellen zu wienern. Was tut er jetzt überhaupt, da er Vater nicht ins Büro fährt? Vormittags wird er sich mit den beiden schweren Wagen beschäftigen und sie einen nach dem andern wie alte, vergreiste Hunde ausführen und am Rhein entlangrollen lassen, und gegen Mittag wird er zu seinen Freunden gehen, um in dem kleinen, italienischen Lokal direkt an der Uferstraße einen Espresso zu trinken. Anderthalb Stunden bei einem Espresso, Secondo genügt das, er verkörpert den Typus des zähen und stolzen Italieners, der nie mit einem Regenschirm ausgehen würde. Sie begrüßen sich, es gibt nicht viel zu besprechen, Secondo hat weder eine Familie noch eine Frau, auch für solche Lebenszugaben ist er einfach zu stolz. Als er von Heuken anbietet, den Geländewagen zu säubern, schüttelt der nur den Kopf, es wäre ihm unangenehm, wenn man Secondo dabei beobachten würde, wie er sich nicht an dem Wagen des Chefs, sondern ersatzweise an dem seines Sohnes zu schaffen macht.

Er zieht den dicken Schlüsselbund aus seiner Hosentasche und schließt die große Eingangstür auf, er erkundigt sich bei Secondo, ob Liesel im Haus ist. Nein, sie ist nicht da, sie ist in der Klinik, genau wie er es erwartet hat. Secondo wollte sie hinfahren, aber sie hat sein Angebot ausgeschlagen, natürlich läßt Liesel sich nicht kutschieren, auch Secondo ist so etwas klar, er hat nur gefragt, um gefragt zu haben.

Von Heuken schließt die schwere Tür hinter sich und ist plötzlich allein. Er bleibt stehen, als müsse er sich erst orientieren, dabei ist er nur erstaunt, weil er sich nicht erinnern kann, in diesem Haus je allein gewesen zu sein. Zumindest die Hunde kamen einem früher entgegen, meist aber auch Liesel und in den ganz alten Tagen Mutter, die kurz vom oberen Stock hinab in die Halle schaute und fragte, wie es einem gehe. Die jetzige Leere und Stille sind schwer zu ertragen, von Heuken zieht sein Sacco aus und wirft es wie früher als Schuljunge über den dicken Holzstumpf des Treppengeländers. Sogar das Ticken der Standuhr ist zu hören, es hört sich so schleppend und lahm an, als ginge selbst der Uhr bald die Luft aus. Was ist hier nur los?, denkt von Heuken, niemand kümmert sich um das alles hier, nur ein paar letzte Gesten des Personals sind übriggeblieben von all der feudalen Lebenslust.

Und doch spürt er auch heute wieder, wie ihn diese Gegenstände und Räume anziehen. Solche Orte sind viel stärker als wir, sie saugen die Zeit auf und rufen uns, je älter wir werden, in die alten, mit ihnen erlebten Zeiten zurück. Es ist wie ein Bann, als wollten sie uns doch noch bekehren, die Zeit hier und nicht anderswo zu verbringen. Das schräg in die Halle einfallende Licht, dem man schon als Kind immer hinterherschaute, bis man traurig wurde. Die Lampen und Leuchter, die ohne Licht gar nicht vorhanden zu sein scheinen. Die große Messingschale auf dem Garderobentisch, in der früher die täglichen Poststapel abgelegt wurden. Manchmal wollte sie überhaupt niemand zur Kenntnis nehmen, dann lagen sie eine Zeitlang da wie lästiges Papier, das einzig für den Papierkorb bestimmt war.

Am stärksten aber nimmt einen der Geruch gefangen, denkt von Heuken, heute hat er sogar etwas betäubend Penetrantes, als werde gerade in der Küche ein schwerer Sud in voluminösen Kesseln gekocht, der einen zähen Dampf verbreitet. Ungläubig geht er in die Küche, und wahrhaftig kocht auf dem Herd ein großer Topf auf sehr kleiner Flamme. Daß Liesel ihn vergessen hat, hält er für ausgeschlossen. In diesem Topf simmert irgend etwas, das Stunden braucht, um fertig zu sein, wenn sie zurückkommt, er kennt es, als Kind hat er unzählige Male diesen Geruch wahrgenommen, es will ihm nur nicht einfallen, was da gekocht wird. Er holt einen Kochlappen und öffnet den Deckel, in der bis knapp unter den Topfrand stehenden Brühe treibt ein schweres, aufgedunsenes Suppenhuhn mit dem Rücken nach unten, die Brustnaht der Haut ist aufgeplatzt, und kleine Portionen gelblichen Fetts sind unter der Hautschicht hervorgetreten. Wieso hat sein Gehirn sich geweigert, den Geruch einer Hühnerbrühe zu identifizieren? Hühnerbrühe hat in diesem Haus nur eine Person sehr gerne gegessen, Hühnerbrühe war Ursulas Lieblingsgericht, denn genau diese Brühe war eine der wenigen Speisen, die Ursula in jedem Falle vertrug, auch wenn es ihr wieder einmal schlechtging und ihr Magen gegen jedes andere Essen rebellierte. Jetzt versteht er, warum diese Suppe hier kocht, Ursula wird heute erwartet, sie wird hier übernachten und vorher, im *Le Moineau*, vielleicht wieder nichts anrühren können. Daran aber hat Liesel gedacht, sie hat im voraus geplant, sie kocht diese Suppe für den Fall, daß Ursula tief in der Nacht hier ankommen wird, ohne zuvor gegessen zu haben.

Von Heuken schließt den Deckel des Kochtopfs wieder, er ist von Liesels Fürsorge so gerührt, daß er eine Weile unbeweglich aus dem Fenster in den Park schaut. Er erkennt die beiden serbischen Gärtner, die jetzt tagelang brauchen, um all das Laub auf den großen Freiflächen zusammenzuharken. Sie arbeiten an verschiedenen Stellen des Parks, begegnen sich aber regelmäßig, dann stehen sie eine Weile zusammen auf einem Fleck und unterhalten sich. Worüber sie bloß miteinander sprechen? Über Vater? Über den Kapitalismus? Darüber, daß ihre pfiffigen, fließend Deutsch sprechenden Söhne in den Autobetrieben mit ihnen verglichen das Mehrfache in der Stunde verdienen? Als sie vor einigen Jahren hier zu arbeiten begannen, vermutete man, sie unterhielten sich ununterbrochen über den Krieg auf dem Balkan, statt dessen aber tauschten sie, wie sich dann herausstellte, nur die neuesten Angebote von *Aldi* und anderen Billigmärkten aus. Vater sagt immer, er komme nicht dahinter, was in ihnen vorgeht. Einmal im Jahr lädt er sie mit ihren großen Familien zu einem Gartenfest ein, dann erscheinen sie mit ihren schwergewichtigen Frauen und einer Schar von Kindern und entfernten Verwandten, besetzen den gesamten Rasen und machen sich sofort daran, ganze Spanferkel und Lämmer zu grillen.

Er wendet sich von dem Anblick des Parks ab und geht hinüber in die Bibliothek, für Träumereien hat er jetzt keine Zeit. Die beiden Schränke, in denen Pa oft etwas deponiert, sind gar nicht verschlossen, und es ist auch nichts Nennenswertes darin zu finden. Zwei Kisten Zigarren, vier Cognacgläser, eine Flasche *Hennessy Paradis Extra* und mehrere Klarsichtfolien mit den Verkaufszahlen der letzten Monate. Er legt die Folien wieder zurück und geht die Treppe hinauf in den oberen Stock, wo sich früher die Kinderzimmer und die Schlafzimmer der Eltern befanden. Die Tür zu Vaters Zimmer steht offen, und drinnen ist auch die Tür zur Balkonbalustrade leicht gekippt, als werde er die kommende Nacht hier wieder verbringen. Der schmale Schreibtisch vor den großen, gardinenverhangenen Fenstern ist vollkommen leer, nur die alten Erinnerungsstücke stehen dicht zusammengedrängt am rechten oberen Rand. Die ägyptische Katze, die fingergroße Gipsabbildung einer römischen Matrone und die Figur eines kleinen, flügelschlagenden Engels, der nur mit einem Fuß aufsetzt, als wolle er gleich wieder davon.

Er öffnet die Schreibtischschubladen, aber auch sie sind seltsam leer, nur Briefpapier und Umschläge in allen denkbaren Größen liegen darin. Als er den kleinen, in die Wand eingelassenen Schrank hinter der Tür öffnet und das Gesuchte auch darin nicht findet, setzt er sich kurz auf das breite, mit einer schweren Tagesdecke zugeschlagene Bett. Die schöne Decke aus kostbaren venezianischen Stoffen haben die Eltern während einer Venedig-Reise erstanden, er erinnert sich noch daran, wie das Paket Wochen nach ihrer Rückkehr, als schon niemand mehr mit der Lieferung rechnete, doch noch zugestellt wurde.

Er hat die Lust verloren, weiterzusuchen, ein wenig kommt er sich vor wie ein Dieb, der heimlich in all diese Räume eindringt und damit bestraft wird, daß er nichts findet. Er schaut auf die Uhr, zwei, drei Stunden möchte er sich noch in die Suite zurückziehen, damit er beim Treffen mit den Geschwistern frisch genug ist. Er steht auf und tritt wieder hinaus auf den Flur, Mutters Zimmer liegen gleich nebenan, weder nach ihrem Umzug in das alte Remisen-Gebäude am Rande des Parks noch nach ihrem Tod sind sie aufgegeben oder verändert worden. Noch immer steht der schmale, dunkelrot überzogene Lesesessel schräg vor dem Fenster des Schlafzimmers neben der großen Vase, in der sogar jetzt noch ein Strauß frischer Blumen steckt. Auch das Ankleidezimmer sieht noch ganz so aus, wie er es in Erinnerung hat, Vater hat es in dem alten Zustand bewahrt und es pflegen lassen.

Um sich zu überzeugen, öffnet er zwei der hellen, bis zur Decke reichenden Schränke, sie sind voll mit Mutters Kleidern und Mänteln, selbst die großen Schals und Stolen, die sie bei fast jeder Gelegenheit über dem Mantel trug und sich bei Regen über den Kopf streifte, liegen geordnet in den oberen Hutfächern. Seltsam, daß sie Damenhüte nicht mochte und nie welche trug, während sie doch Vater oft Hüte und sogar Kappen schenkte.

Warum sich die beiden vor zehn Jahren getrennt haben, weiß er bis heute nicht genau. Zum einen heißt es, Mutter habe Vaters Erotomanien einfach satt gehabt und daher von ihrer Seite aus die Trennung vollzogen, zum anderen existiert aber auch die Version, daß niemand anderes als Vater nach einem schweren Streit die Trennung durchgesetzt habe. Was aber war bloß der Anlaß für diesen Streit, von dem immer wieder einmal die Rede ist, den aber niemand wirklich miterlebt hat?

Streit zwischen den Eltern hat er selbst beinahe nie erlebt, sie verstanden sich auf eine beinahe provozierend einfache Weise, wie ein in die Jahre gekommenes, immer noch gutaussehendes Filmehepaar. Die Frau an seiner Seite, der Mann fürs Leben – danach sah es aus, wenn sie zusammen irgendwo auftraten und mit ihren perfekten Auftritten alle für sich einnahmen. Natürlich wußte man, daß Vater sich noch anderweitig vergnügte, aber man nahm diese Vergnügungen nicht ernst, sie berührten Mutters herausragende Rolle nicht, ja sie kratzten nicht einmal am Ideal der klugen und gebildeten Frau, der gegenüber der panerotische Gatte manchmal wie ein kleiner Junge wirkte, dem man noch nicht abgewöhnt hatte, alles und jedes in die Finger zu nehmen.

Und wirklich hat in diesem Haus ja auch nie eine andere Frau gelebt, nicht eine einzige Nacht war hier eine Fremde zu Gast, da könnte er wetten, obwohl er es natürlich hundertprozentig nicht weiß. Eine fremde Frau hier, in diesen Räumen – das paßt einfach nicht, es würde Vaters kurzfristigen Bekanntschaften eine zu große Bedeutung einräumen, so als habe er irgendwann wahrhaftig mit einer dieser Bekanntschaften Ernst machen wollen. Das aber war nie der Fall, Vater nahm seine Freundinnen mit auf Geschäftsreisen, oder er bumste sie als

Amuse-Gueule vor dem Abendessen in irgendeinem kleinen Hotel oder in den Zwei-Zimmer-Wohnungen, die er manchmal für sie anmietete. Dieses Haus mit seinen Nebenhäusern und dem großen Garten hier aber blieb etwas beinahe Sakrales, es war das weitgespannte, sozial verankerte Terrain der Ehe, die von beiden Elternteilen keine Minute lang in Frage gestellt und erst recht nicht diskutiert wurde, bis der legendäre Streit diese alten, festen Bande anscheinend mit einem einzigen Schlag trennte.

Jetzt noch sieht alles so aus, als sei Mutter nie fortgewesen, nach ihrem Tod hat Vater anscheinend all ihre Habe wieder hierher schaffen und einordnen lassen, als kämen all die Dinge damit einfach wieder zurück an ihre alten, angestammten Plätze. Auch Mutter hatte ein geheimes Versteck, in dem sie ihr wichtige Dinge aufbewahrte, vielleicht ist er überhaupt der einzige, der dieses Versteck je zu sehen bekommen hat. Es befindet sich hinter der Rückenlehne ihres Bettes in einem kleinen Kaminloch, das von einer weiß überstrichenen Klappe verschlossen wird. Durch Zufall hat er Mutter einmal dabei beobachtet, wie sie sich an dieser Klappe zu schaffen machte, sie war ihm deswegen nicht böse, wann war sie das schon einmal, sie hatte ihn nur gebeten, mit niemand anderem darüber zu reden. Er hat sich daran gehalten, sie hätte es ihm nicht einzuschärfen brauchen, dieses Kaminloch war ihrer beider kleines Geheimnis, ein Versteck, in dem Mutter Teile ihres geerbten Schmucks und winzige Schwarzweiß-Fotografien von einer Locanda in der venezianischen Lagune aufbewahrte, wo sie mit Vater ihre Hochzeitsnacht und die Flitterwochen verbracht hat.

Wie genau er sich hier wieder an das alles erinnert, als bewirke die pure Nähe der alten Dinge schon eine Rückkehr in die Vergangenheit. Es reizt ihn, noch einmal nachzuschauen, bevor er

Mutters Räume verläßt, deshalb rückt er das Bett ein wenig zur Seite, um besser sehen zu können, ob das kleine Kaminloch noch immer etwas enthält. Er erkennt es sofort, er tastet sich hinter dem Bett mit den Fingern der Rechten bis zu ihm vor und öffnet die Klappe. Der Schmuck ist wahrhaftig noch da, die dunkelblauen Schatullen stehen neben- und übereinander wie ein geheimnisvoller Schatz, den viele Jahre lang niemand angerührt hat. Auch die winzigen Schwarz-Weiß-Fotografien liegen daneben, sie zumindest nimmt er heraus, sie sind so klein, daß er die Details ohne Lupe kaum richtig erkennen kann. Den Namen der alten Locanda hat er vergessen, es war ein bekannter venezianischer Name, der Name des Mannes, der *Harry's Bar* in Venedig eröffnet und später noch diese Locanda in dem uralten Lagunenort Torcello erworben hat. Hemingway hatte mit seiner vierten Frau nach dem Krieg einen Herbst und Winter in dieser Locanda verbracht, und aus Verehrung für Hemingway, dem er viele Male begegnet war und den er damals für den größten lebenden Schriftsteller hielt, hatte Vater Venedig und die alte Locanda von Torcello zum Ziel der Hochzeitsreise gemacht.

Von Heuken geht mit den Fotografien in der Hand hinüber zu dem kleinen Sekretär, an dem Mutter ihre Post zu erledigen pflegte. Er öffnet die große Hauptschublade, aber eine Lupe ist dort nicht zu finden, die Schublade ist vielmehr voll von anscheinend sorgfältig geordneten Briefen, die in Bündeln dicht nebeneinander liegen. Auf dem Boden der Lade aber befinden sich zwei dunkle Kuverts, wie alte Zwillinge, die kein Schicksalsschlag auseinanderbekommt. Sie sind nicht verschlossen, deshalb greift von Heuken kurz in eines hinein und zieht ein paar zusammengeheftete Seiten heraus, es ist Vaters Testament, er erkennt es auf den ersten Blick.

Er legt es zur Seite und greift in das zweite Kuvert, es enthält einen längeren handgeschriebenen Text mit der Überschrift *Testamentarische Vorschläge*, Mutter hat ihn anscheinend nach ihrer Trennung von Vater geschrieben und ihm noch kurz vor ihrem Tod zugeschickt.

Von Heuken ist jetzt so nervös, daß es ihm nicht gelingt, sich den Texten in Ruhe zu widmen. Er blättert darin herum, liest Partien auf der ersten Seite, springt zum Schluß und versucht, sich so rasch wie möglich einen Eindruck zu verschaffen. Aber es gelingt ihm nicht, denn die detailreichen, minutiösen Überlegungen und Konstruktionen, die auf diesen Seiten entworfen werden, sind zu kompliziert, als daß er sie in wenigen Minuten übersehen und richtig begreifen könnte.

Er steckt die Blätter zurück in die beiden Kuverts und schaut sich einige der Briefbündel genauer an. Anscheinend hat Mutter all diese Briefe erhalten, und anscheinend stammen sie von verschiedenen Briefschreibern, zumindest das läßt sich nach einer sehr flüchtigen Durchsicht wohl sagen.

Jetzt ist der Angstschweiß wieder da, von Heuken erinnert sich an den feuchten Fleck, als er sich zufällig mit der Rechten über den Nacken reibt. Angst also, Unruhe, wie gestern, beinahe noch stärker, und das aus einem anscheinend ganz harmlosen Anlaß. Doch von Heuken erscheint der Anlaß nicht harmlos, vielmehr glaubt er, sich mitten im Zentrum all der Geheimnisse und Verschwiegenheiten zu befinden, die dieses Haus seit langem bewahrt und nicht preisgibt. Die wahre Geschichte von Vater und Mutter. Ihre geheimen Testamente. Und als Zugabe diese winzigen Schwarz-Weiß-Fotografien, unschuldig wirkende Bilder eines jungen und schönen Paars vor der Locanda von Torcello, die, jetzt fällt es ihm wahrhaftig ein, Arrigo Cipriani gehörte. *Arrigo Cipriani*, richtig, das war der Name des Patrons, der Name eines kleinen Barkeepers, der auf dem Weg über *Harry's Bar* und mehrere Hotels und Locanden zum

Besitzer eines Imperiums geworden war, das heute Niederlassungen in aller Welt hat. Damals, vor über fünfzig Jahren, hatte er oft mit den Eltern in der alten Locanda von Torcello gegessen und auf Hemingway angestoßen, auf einer der Fotografien sitzen sie zu dritt unter einer Pergola und proben das breite Bärenhäutergrinsen des amerikanischen Schriftsteller-Models.

Von Heuken ist so erregt, daß er die Fotografien und die geöffneten Briefbündel schon durcheinanderbringt. Er braucht Zeit, um all diese Bilder und Seiten in Ruhe zu lesen, und er braucht einen Raum, in dem er allein und ungestört ist. Hier aber wird er beides nicht finden, deshalb wird er die Dokumente mitnehmen, nur den Schmuck, den wird er nicht anrühren, er wird ihn zurücklegen in das Versteck, von dem anscheinend außer ihm niemand sonst etwas weiß.

Er läßt die beiden blauen Kuverts, die Briefe und die Fotografien auf dem Sekretär liegen, dann eilt er die breite Treppe in die Halle hinunter. Zum Glück ist Liesel noch immer nicht da, er hätte all seine Funde nur schwer vor ihr verheimlichen können. Er verläßt das Haus, um eine Aktentasche aus seinem Wagen zu holen, draußen ist Secondo noch immer mit Vaters Wagen beschäftigt, er schaut so streng und konzentriert, als widme er sich einer beinahe unlösbaren Aufgabe.

»Secondo?« – von Heuken bringt diesen Namen plötzlich mit den Fotografien in Verbindung, die er gerade gesehen hat.

»Ja, Herr von Heuken?«

»Secondo, es gibt doch in dem alten Torcello nahe Venedig eine berühmte Locanda, in der schon der alte Hemingway abgestiegen ist, heißt sie nicht *Locanda Cipriani*?«

»*Locanda Cipriani*, ja, Herr von Heuken, so etwas weiß ich genau, ich bin ja kaum fünfzig Kilometer entfernt geboren. Sie meinen die *Locanda Cipriani*, die früher Arrigo Cipriani und jetzt seinem Sohn oder vielleicht auch schon seinem Enkel gehört. Sie liegt direkt neben den beiden alten Kirchen von Torcello und hat einen wunderschönen Rosengarten, in dem man bei gutem Wetter frühstücken kann, jetzt im Herbst, wenn die Touristen verschwunden sind, es aber noch immer recht warm ist, ist es dort vielleicht am schönsten. Wollen Sie in der Locanda übernachten, fragen Sie deshalb?«

Von Heuken zuckt leicht zusammen, er streicht sich wieder über den Nacken, als müsse er die Unruhe wegwischen, die sich jetzt wieder meldet. Daran, einmal nach Torcello zu fahren, hat er noch gar nicht gedacht, dabei liegt es doch nahe, gerade diesen anscheinend paradiesischen Ort selbst einmal aufzusuchen. Nach Venedig ist er in seinem Leben erst einmal gereist, als Sechzehnjähriger durfte er mit den Geschwistern die Eltern für eine Woche dorthin begleiten, in Torcello sind sie damals aber nicht zusammen gewesen, seltsam eigentlich, wo dieser Ort den Eltern doch soviel bedeutete. Vielleicht sind die beiden heimlich dorthin gefahren und haben über diesen Ausflug nicht gesprochen, möglich wäre es, damals waren die Geschwister und er sowieso in einem Alter, in dem man andere Wege als die Eltern ging.

»Ja, Secondo, nach der Buchmesse nehme ich mir oft eine kleine Auszeit, fünf, sechs Tage, eine Woche im Süden, irgendwo, wo es absolut ruhig und man ganz für sich ist. Ich denke, Torcello und die alte Locanda kämen vielleicht dafür in Frage.«

»Fahren Sie hin, Herr von Heuken, der frühe Oktober ist für Torcello und die Locanda ideal.«

Von Heuken entnimmt seinem Wagen die große Aktentasche, in der er sonst seine Ordner und Unterlagen verstaut. Er eilt noch einmal ins Haus, um die beiden Kuverts, die Briefe und die Fotografien darin unterzubringen, es kann ihm jetzt nicht schnell genug gehen. Als er alles erledigt hat und wieder unten, neben seinem Wagen, steht, steckt er auch Peter Feils Manuskript noch rasch in die Tasche.

Secondo macht mit der Hand zum Kopf eine kurze militärische Geste, als von Heuken den Wagen wendet und das Gelände wieder verläßt. Seine Tasche ist jetzt schwer gefüllt und liegt wie eine pralle, reife Frucht auf dem Beifahrersitz, lange Zeit ist er nicht mehr so gespannt auf eine Lektüre gewesen.

8

AM FRÜHEN ABEND läßt von Heuken den Wagen stehen und geht zu Fuß zum *Le Moineau.* Mehr als zehn oder höchstens zwanzig Minuten ist er seit langem nicht mehr zu Fuß gegangen, es ergab sich nicht, und er hat es sich auch nie vorgenommen. Jetzt aber ist ihm genau danach, er verläßt das Hotel mit einem leichten Mantel, den er über dem Arm trägt, er geht nicht zu schnell, er nimmt sich Zeit, den ruhigen Herbstabend zu genießen. Eben, als er die breite Flurtreppe des Hotels herunterging (selbst den Aufzug benutzt er an diesem Abend nicht), ist ihm der Gedanke gekommen, daß er vielleicht in die Suite eingezogen ist, um dem Leben noch eine ganz neue Seite abzugewinnen. Sich dieser leichten, gelösten Stimmung hinzugeben, einen Hotelgang entlangschlendern, in den warmen Mulch der Suite einfallen, von der aus sich die wichtigsten Lebensvollzüge mühelos steuern lassen. Telefonate, Bestellungen, jeden Wunsch erfüllen sie einem in kürzester Zeit, man lebt wie ein König, umgeben von einer unsichtbaren, aber jederzeit einsatzbereiten Dienerschaft, andererseits aber hat das Leben auch etwas von dem der Mönche, von Klausur und zurückgezogenem Leben. Schon zweimal hat er beim Betreten der Suite einen kurzen Glückskick erlebt, woher kommt das, dieser kurze Aufruhr des Herzens? Jedes Mal zieht er die Gardinen beiseite, und dann huschen die Scharen draußen vorbei oder driften, vom Wind geschoben, quer über die Domplatte, während von ihm alles abfällt, die Schwere, der Ernst, als schlüpfe er in den Räumen der Suite in eine andere Haut und sei der Welt plötzlich ganz nahe.

Er weiß genau, wo das *Le Moineau* liegt, vor einiger Zeit hat er Clara einmal spätabends dort abgeholt. Wenn ihre französischen Autoren nach Köln kommen, sind fast alle versessen darauf, dort zu speisen, seltsam eigentlich, wo sie ein solches Essen doch auch in Frankreich bekommen könnten. Im Grunde ist das *Le Moineau* kein Restaurant, sondern ein Bistro, jeder zweite sagt deshalb, es habe *Charme*, die Bezeichnung *Bistro* führt das Etikett *Charme* mit im Schlepptau, und ist man erst einmal soweit, gibt es vor lauter frankophiler Seligkeit kein Halten mehr. Auch das junge Paar, dem das Lokal gehört, trägt viel dazu bei, natürlich kommt es aus Frankreich, und natürlich sind die beiden eher klein, schmächtig und schlank, als putzten ihre gut trainierten Zellen all den phantastischen Wein, den sie selbst täglich kosten, mühelos weg. Wenn sie zusammen hinter dem kleinen Tresen stehen, sehen sie aus wie Geschwister, das schwarze Haar kurz geschnitten, ein paar feine Arbeitssträhnen im hellwachen Gesicht, die junge Frau schmucklos und so gesund, als bade sie dreimal täglich. Einer von den beiden kommt auf einen zu, wenn man durch die Glastür hindurch ist, Yves Montand singt etwas von Pariser Tagen, die meisten Gäste werden bereits im Stehen schwach und sinken dann auf das rote Leder der Bänke und Stühle, als wären sie Saint-Germain-des-Prés jetzt ganz nahe.

Als er das Restaurant betritt, erkennt er Christoph sofort am Kopf eines schmalen, länglichen Ecktischs und geht auf ihn zu. Seit dem Mittag hat er sich verändert, er macht jetzt einen etwas freundlicheren Eindruck, und außerdem hat er sich umgezogen. Das bedeutet, daß er bereits in Marienburg gewesen ist, oder sollte er sich im Verlag umgezogen haben? Wo aber dann? Etwa in Vaters Zimmer? Sollte Christoph sich wahrhaftig in Vaters Zimmer umgezogen haben?

Die Vorstellung bringt von Heuken für einen Moment durcheinander, so ergeht es ihm meist, wenn er glaubt, etwas übersehen zu haben. Eine Lücke im System, einen kleinen Riß, den er leicht hätte beheben können. Schon in der Schulzeit befiel ihn in solchen Momenten ein leichter Schwindel, so etwa beim Rekapitulieren einer Klassenarbeit und der dann oft von Minute zu Minute stärker werdenden Gewißheit, Fehler gemacht zu haben. Zunächst hat man nur einen entdeckt, dann den zweiten, stieß man auf den dritten, brach der für sicher gehaltene Bau langsam zusammen, und alles drohte ins Wanken zu geraten und endgültig in den Graben zu rutschen.

»Guten Abend, mein Lieber, ich sehe, Du hast Dich umgezogen«, sagt er, als wolle er einen lockeren Konversationston anschlagen.

»Ja«, antwortet Christoph und deutet auf den leeren Platz rechts neben sich, »ich habe mich den ganzen Nachmittag in Vaters Arbeitszimmer aufgehalten und mit Minna geplaudert.«

Also doch, denkt von Heuken, er war in Vaters Arbeitszimmer und hat dazu noch mit Minna Zech Gespräche geführt. An Minna Zech hat er nicht mehr gedacht, schon gestern ist ihm dieser Fehler unterlaufen. Wenn er mit Liesel Burger zu tun hat, vergißt er Minna Zech, und umgekehrt ergeht es ihm genauso, er kann sich beide zusammen schon deshalb nicht vorstellen, weil vor der einen immer geheim gehalten werden muß, was mit der anderen besprochen wurde. Niemand weiß, welcher von beiden Vater mehr vertraut und erzählt, bei festlichen Anlässen sitzen sie entweder an zwei verschiedenen Tischen oder so weit voneinander entfernt wie nur irgend möglich.

Von Heuken nimmt rechts neben seinem Bruder Platz, der ihm gleich ein Glas Wasser einschenkt. Sicher ist es eines dieser stillen Wässerchen, von denen er manchmal schwärmt, selbst aus dem Trinken von Wasser hat er eine kleine Philosophie gemacht. Die große Flasche, deren Etikett er nicht anschauen möchte, steht bereits auf dem Tisch wie das erste Gebot dieses Treffens. *Labe Dich, netze Deine Zunge mit Wasser.* Gleich wird sich der sympathische Besitzer dieser Lokalität mit seiner kleinen, gepunkteten Fliege zeigen und die weiteren Ordensregeln verkünden. *Halte Dich an das Wochen-Menü*, es wird in *kleineren* als den üblichen Portionen serviert, ist aber in seiner viergängigen Dosis stringenter und einfach besser als alles, was Du Dir in Deiner Ahnungslosigkeit vielleicht zusammenstellst.

Christoph hat ein Bein über das andere geschlagen, neben ihm, auf der roten Lederbank, die anscheinend für Ursula freigehalten wird, liegt ein aufgeschlagenes Buch. Natürlich hat er hier vor aller Augen den passionierten Leser gespielt. Jedes Seitenumblättern ein Genuß, leichthändig absolviert, mit dem dritten Finger der rechten Hand, dem der zweite nur dann folgt, wenn es unbedingt sein muß. Das Lesen, ein Fingerspiel, ein Streicheln des nackten, unschuldigen Buch-Leibs, der sich alles gefallen läßt. Ob er die Lesebrille wirklich braucht? Er benutzt ein schmales, feminines Modell in Dunkelbraun, das ganz vorn auf den Nasenflügeln sitzt wie ein zutraulicher Vogel, den man aber auch jederzeit wegscheuchen könnte. *Was hast Du Interessantes gelesen?* – Christophs Blick sagt ihm, daß er genau das jetzt fragen soll, aber er fragt es nicht, er geht auf das Angebot mit keinem Wort ein, sondern greift nach seinem Glas Wasser, während der Patron im blau-weiß gestreiften Hemd mit gepunkteter Fliege erscheint. Wahrhaftig empfiehlt er nach einer angenehm kurzen Begrüßung besonders *Unser Wochen-Menü*, eine Kreation in vier Gängen auf eigener, kleiner Karte ausführlich präsentiert und beschrieben, auf die drei vorgeschlagenen Gläser Wein à 0,1 läßt Christoph sich nicht ein, er möchte die Weinkarte mit über hundert Weinen und mindestens fünfzig offenen sehen.

»Ursula hat sich eben bei mir gemeldet«, sagt er wie nebenbei, »ihr Zug hat erheblich Verspätung, sie bittet uns, schon zu bestellen und auf sie keine Rücksicht zu nehmen.«

Die großformatige Weinkarte ist auf einen Wink des Patrons hin sofort zur Hand, wird jedoch ganz am Rande des Tischs abgelegt, als solle sie dort noch eine Weile ruhen. Christoph aber zieht sie mit einem weit ausholenden Griff zu sich heran, er will die Regie nicht aus der Hand geben, und außerdem bietet ihm die Lektüre der vielen Seiten in dem imponierenden Ledereinband eine weitere Gelegenheit, seine Kennerschaft zu beweisen. Es hat Mahlzeiten gegeben, bei denen er erst eine ganze Flasche Wasser trank, bevor er mit großer Gebärde zum Wein überging. *Ich liebe Wasser, seine Transparenz, seine fade Leere, damit eine Mahlzeit zu beginnen heißt, ein wenig zum Buddhisten zu werden* – mit solchen Sätzen, die er in irgendeinem Text eines befreundeten Autors gelesen hatte, wurde das zeremoniale Gehabe dann kommentiert.

Um keinen Preis möchte von Heuken jetzt gefragt werden, ob er sich zunächst lieber auf einen *Pouilly Fumé* oder doch eher auf einen *Chablis* einlassen will, deshalb ergreift er die Initiative und beginnt, von seinem Treffen mit Peter Feil zu erzählen. Er schmückt seine Erzählung etwas aus, und er spricht von der lange erwarteten Biographie, die kurz vor der Fertigstellung stehe, als liege ihm sehr viel daran, daß sie ein respektables

Buch und ein großer Erfolg wird. In Wahrheit aber hat er in den letzten Stunden keinen einzigen Satz dieser Biographie gelesen, er hat sich in seine Suite zurückgezogen, seinen Koffer ausgepackt und sich in dem großen und angenehm kühlen Hotel-Bett bei einem Glas Campari mit Eis dem Inhalt der beiden Kuverts gewidmet.

Am meisten haben ihn Mutters *Testamentarische Vorschläge* überrascht, denn in ihnen hat sie ohne Wenn und Aber dafür plädiert, ihm, Georg von Heuken, die Konzernleitung zu übertragen. *Aus meiner Sicht kommt an erster Stelle Georg für die Nachfolge in Frage.* Er hat den Satz so oft gelesen, daß er ihn jetzt schon auswendig kann, es hat in seinem bisherigen Leben keinen Satz gegeben, der ihn so wie dieser erstaunt hat. *Aus meiner Sicht … an erster Stelle* – so viel Eindeutigkeit hat er gar nicht erwartet, dabei entspricht diese wohltuende Klarheit doch genau Mutters ruhigem und geradlinigem Denken. Auch ihre kurzen, lakonischen Begründungen hat er immer wieder gelesen, die Hinweise auf seine *sympathische Art*, seine *Umsicht* oder sein *verantwortungsvolles Handeln*, vielleicht hatte sie in ihren späten Jahren von ihm eine bessere Meinung als er von sich selbst. Um die Nachfolgefrage zu erörtern, hat sie drei nüchterne Charakterbilder ihrer Kinder entworfen, dabei hat sie sich so präzise und emotionslos ausgedrückt, als erzähle sie nicht von den eigenen Kindern, sondern von drei entfernten Verwandten, über die sie sich trotz einer gewissen Distanz dennoch ein eindeutiges Urteil erlaube. So unbestechlich und klar schreibt man nur vor dem Abschied, hat von Heuken gedacht, vielleicht hat Mutter ihren baldigen Tod vorausgeahnt, jedenfalls erwecken ihre Seiten den Anschein einer Lebensbilanz und einer festen, durch keinerlei Einwände mehr zu erschütternden Meinung.

Während er weiter über Peter Feils Biographie spricht, hat ihn eine gewisse Euphorie gepackt, dabei gibt es für Euphorie eigentlich gar keinen Anlaß, denn schließlich hat Vater nicht auf Mutters Vorschläge gehört, sondern sich für jenen infamen Wahlmodus entschieden, von dem ihm Liesel erzählte. Die Geschwister sollen seinen Nachfolger unter sich ausmachen, der oder die Gewählte erhält außerdem die Marienburger Residenz und hat dort auch zu wohnen, die beiden bei der Wahl Unterlegenen sind mit einer Zahlung von jeweils 1,5 Millionen Euro für Residenz und Grundstück abzufinden.

Noch ist also gar nichts entschieden, von Heukens gute Laune hat nur damit zu tun, daß er sich den Geschwistern um einige Schritte voraus glaubt und sich außerdem durch Mutters Sätze gestärkt fühlt, es ist, als habe sie ihm aus dem Jenseits eine Ermutigung zukommen lassen, daß er sich auf dem richtigen Weg befindet und daß sie ihm mehr als den anderen zutraut.

Er bemerkt, es fällt Christoph schwer, ihm zuzuhören, Seite für Seite geht er die große Karte durch, als koste er all die Weine in Gedanken vor, er schaut nicht einmal auf, sondern brummt nur manchmal zustimmend in sich hinein, um kurz zu signalisieren, daß er zuhört. Natürlich hat er kein großes Interesse an Peter Feils Biographie, aber er gibt sich auch keine Mühe, sein Desinteresse zu kaschieren, sondern läßt von Heuken einfach eine Weile reden, als wäre er dafür zuständig, die Zeit solange mit Geplauder zu füllen, bis er sich zu einer Bestellung entschlossen hat.

»Ich denke, wir beginnen mit einem Chablis«, sagt er plötzlich, mitten hinein in von Heukens Erläuterungen.

Von Heuken spricht nicht mehr weiter, er schweigt wie ein Lehrer, der die Zwischenrufe seiner Schüler an diesem Schweigen abprallen läßt.

»Ein guter, ein *wirklich* guter Chablis bringt zum Fisch einfach mehr als ein Sancerre. Bei einem etwas älteren Macon-Villages allerdings wäre ich vielleicht schwach geworden.«

Christoph weiß genau, daß ihm dieses Gerede zuwider ist, jedes Mal beginnt er damit, als wäre es ein kostbares Spezialwissen, um sich dann daran zu weiden, daß Georg nicht mithalten kann. Mit den Jahren sind sie sich noch fremder geworden, als sie sich in der Kindheit bereits waren, damals sind sie sich schon aus dem Weg gegangen. Sein Bruder war ein ängstliches, wehleidiges und dauernd verschnupftes Kind gewesen, das sich in brenzligen Situationen sofort aus dem Staub gemacht hatte, er war das Kind gewesen, das bei den Familienfotos immer etwas im Abseits steht und das man wieder in die Runde zurückzerren muß, weil ihm etwas nicht paßt oder weil es sich nie richtig wohl fühlt. Schon mit seiner Kleidung zeigte er an, daß mit ihm etwas nicht stimmte, die Hosen waren meistens zu klein, enge und am Schritt packende Shorts, die bei jeder sich bietenden Gelegenheit rissen, so daß man ihn schließlich in zu weite Lederhosen steckte, die ihm dann um den dünnen Bauch schlodderten. Niemand wollte so richtig etwas mit ihm zu tun haben, so strolchte er viel in der Gegend herum und suchte Anschluß, doch den guten Freund, mit dem man es ein paar Jahre aushält, fand er nicht, er war nur der Mitläufer in lauter Cliquen, die eine Zeitlang so taten, als begeisterten sie sich für irgendein abseitiges Zeug. Nach dem Abitur wirkte er vollkommen verloren, eine schmächtige, noch immer nicht der Pubertät entschlüpfte Erscheinung, die durch das Haus geisterte, als fände sie in irgendeinem Abfall die rettende Botschaft. Mutter gab sich mit ihm alle Mühe, aber er ließ niemanden an sich heran, sondern führte noch mehr als zuvor ein Leben in dubiosen Verstecken. Als er zwanzig war, stellte ihn Vater vor die Alternative, nach England, in die USA oder nach Frankreich zu gehen, um dort eine Lehre zu absolvieren und gleichzeitig zu studieren, Vater konnte sein laxes Herumhängen nicht ertragen, vielleicht wollte er ihn auch einfach für einige Zeit loswerden oder seine schlechte Meinung über ihn dadurch bestätigt sehen, daß er im Ausland und auf sich gestellt unterging.

In Paris aber assimilierte er sich so gut, wie es niemand erwartet hätte, Frankreich und seine Kultur schienen ihm zu liegen. Plötzlich meldeten Vaters Verlegerfreunde, der *jeune allemand* sei der Liebling der Pariser Séancen, eine unvorhersehbare Veränderung ging mit ihm vor, man erkannte sie schon an seinem Äußeren, denn auf einen Schlag kleidete er sich elegant und tat, als könne er sich vor guten Freunden gar nicht mehr retten. Wegen seiner vielen Freundschaften mit Autoren vermutete Mutter damals, er wäre schwul, doch als er nach Köln zurückgekehrt war, überraschte er nun wiederum alle mit einer nicht mehr zu überschauenden Zahl kurzfristiger Beziehungen zu Frauen. Es war, als wolle er plötzlich in großem Stil loslegen, um allen zu beweisen, wieviel er inzwischen draufhatte, selbst Pa, den dieses Gockelgehabe beeindruckte, wurden seine Affären mit der Zeit zuviel.

Einen gewissen Charme hat er sich aus seinen französischen Lehr- und Studien-Jahren aber noch immer erhalten, denkt von Heuken, in sehr deutschen Umgebungen wirkt er fremd, von weitem hält man ihn in seinen Maßanzügen, die so perfekt sitzen, als hätte man sie ihm auf den Leib gescannt, für eine interessante, weitgereiste Figur, die mit Deutschland nicht allzuviel verbindet. Dem Verleger in ihm, der auf die Beziehungen zu seinen Autoren den größten Wert legt, kommt dieser Nimbus zugute, er verleiht ihm ein romanisches Flair, das er mit all seinem passionierten Gehabe noch unterstreicht.

»Beginnt das Menü wirklich mit Fisch?« Georg von Heuken kann es nicht lassen, seinen Bruder mit dieser Frage zu ärgern, er greift, um sie besonders unschuldig erscheinen zu lassen, sogar noch einmal nach der kleinen gelben Karte, auf der die einzelnen Gänge so detailliert beschrieben sind, daß es schon auf den ersten Blick etwas Ermüdendes hat. »Dorade royale sur une purée de pommes de terre à l'huile de ciboulette …«, liest er betont zögernd und schleppend vor, als übersetze er gleichzeitig im Kopf jedes Wort einzeln.

»Hör bitte auf damit«, unterbricht ihn Christoph, »Dein Französisch wird von Jahr zu Jahr schlimmer.«

»Es handelt sich also um eine Dorade auf Kartoffelpüree«, macht von Heuken weiter, »was an ihr *royale* ist, werden wir hoffentlich sehen.«

Als wolle er einem Streit zuvorkommen, ist der aufmerksame Patron wieder da, sein Erscheinen lenkt Christoph ab, endlich hat er Gelegenheit, darüber zu debattieren, ob der Chablis oder der Sancerre eine bessere Begleitung zur königlichen Dorade sei. Von Heuken tut so, als folge er ihrer Unterhaltung mit großem Interesse, in Wahrheit aber blickt er sich etwas um. Bis jetzt war er mit den Etablissements, die sein Bruder für gemeinsame Mahlzeiten ausgewählt hat, im nachhinein dann doch immer zufrieden, auch das *Le Moineau* gefällt ihm mit dem Altgelb seiner Wände und seinen Jugendstilornamenten, während die schwarz-weißen Bodenkacheln dem nur durch eine Mittelsäule unterteilten Raum etwas Sachliches geben. Die jungen Kellner mit den ebenfalls blau-weiß gestreiften Hemden sind immerzu von Tisch zu Tisch unterwegs, anscheinend haben sie kein festes Revier, sondern sind überall zuständig, eine Serviette zum Beispiel kommt hier erst gar nicht dazu, auf dem Boden zu landen, sondern wird noch im Flug aufgegriffen und gleich wieder zurückgelegt.

Angeblich ist der Sancerre zur Dorade nun doch die bessere Wahl, der Patron erörtert gerade zwei verschiedene Lagen, von denen der eine durch seine *jugendliche Frische*, der andere durch seinen *pointierten Nachgeschmack* überzeuge. Christoph ist nie so wie er durchs Leben gehetzt, jedenfalls demonstriert er unablässig, daß er Zeit hat, Zeit, sich den passenden Wein zu überlegen, Zeit, ein Menü bis in alle Details zu durchdenken, er an seiner Stelle würde die Sache abkürzen und dem Patron schon deshalb dic Wahl überlassen, weil man dann das Gespräch schneller fortsetzen könnte.

»Voilà«, sagt sein Bruder und wendet sich nun endlich wieder ihm zu, »wir sind soweit, ich plädiere nun doch für den Sancerre. Wenn es Dir recht ist, fangen wir damit an und nehmen auf Ursula, was die Bestellung betrifft, keine Rücksicht.«

Von Heuken nickt kurz und lächelt dem Patron zu, sofort erhält er ein Lächeln zurück, das auf sein eigenes abgestimmt ist, nach dem umständlichen und zeitaufwendigen Vorlauf macht ihn so eine Geste schon wegen ihrer Einfachheit beinahe glücklich.

»Peter Feil ...«, setzt Christoph an, »Du sprachst von Peter Feil, laß mich dazu noch etwas sagen. Ich habe Vaters Entscheidung, Peter Feil mit der großen Biographie zu beauftragen, nie voll und ganz unterstützt. Peter Feil ist ein Sammler und ein Mann für das Grobe, ich hätte ihn gebeten, einen kurzen biographischen Abriß zu schreiben, einhundertfünfzig, zweihundert Seiten, keineswegs mehr. Die große Biographie aber, die Vater verdient hat, wäre eine Arbeit für einen bereits anerkannten oder besser noch für einen *bekannten* literarischen Autor, der das Mehr-Dimensionale von Vaters Leben begreift.«

»Das Mehr-Dimensionale? Welches Mehr-Dimensionale?«

»Das fragst Du? Ein großes Leben ist nicht einfach irgendein Leben, man muß es in seinen Entwürfen studieren wie Philosophie, die ein paar wenige Lehrsätze aufstellt und sie dann kunstvoll weiterentwickelt.«

»Ach wirklich? Du würdest wirklich behaupten, Vaters Leben habe etwas Kunstvolles gehabt?«

»Absolut, ja. Vaters Verlegertum hatte immer einen Eroberer-Gestus, ihm ging es nicht um Autoren, sondern eher um Kontinente oder sagen wir einfacher *Terrains.*«

»Und an welche Terrains denkst Du da, bitte schön?«

»Nach dem Krieg stürzte er sich auf die Vereinigten Staaten, amerikanische Autoren und die große Story bedeuteten Vater damals alles. Anfang der sechziger Jahre kamen die jungen deutschen Autoren hinzu, natürlich hielten sie nicht das Niveau, wurden aber selbst in der letzten deutschen Provinz und vor allem in Schulen gelesen. Mit dem Gerede vom *Tod der Literatur* Ende der sechziger Jahre konnte Vater natürlich nichts anfangen, noch in den siebziger und frühen achtziger Jahren hatte er mit den verheerenden Folgen dieses antiästhetischen Schwachsinns zu kämpfen. Das waren die Jahre, die ich die Jahre von Vaters *Ortlosigkeit* nennen würde, Jahre seines irritierten Suchens nach den verlorenen weiten Terrains. Doch er gab nicht auf, und er wurde immer wieder fündig.«

Von Heuken schaut seinem Bruder jetzt zu, wie er sich beinahe regungslos seinen Theorien hingibt, solche *Theorien* gebiert er wie aus dem Stegreif und widmet sich ihren schönen Gebäuden mit einem rhetorischen Schwung, als fände er sie selbst unwiderstehlich. Anfänglich genügen ihm drei, vier Begriffe, meist strapaziert er sie dann jedoch so lange und bürdet ihnen derart viel auf, daß sie unter diesen Lasten langsam zusammenbrechen. Vielleicht legt er sich seine Suaden vorher zurecht und tut dann so, als improvisiere er aus dem Nichts lauter fertige, kluge Gedanken, noch wahrscheinlicher aber ist, daß seine Theorien eine Art Mix aus lauter Gelesenem sind, das er in Windeseile mit ein paar raschen Assoziationssprüngen verkittet. Als wäre das alles noch nicht genug, bemüht er sich nebenbei auch um Spannung, jetzt zum Beispiel hält er gerade inne, als das erste Glas Wein und der *Gruß aus der Küche* serviert werden. Von Heuken erkennt nicht genau, was es ist, es sieht aus wie eine Bonsai-Ausgabe von drei Canneloni, aus deren winzigen, mit einem hauchdünnen Sud übergossenen Röhren eine Verheißung in Grün schimmert.

Christophs Theorien, ein Amuse-Gueule, das sich in Andeutungen ergeht, und dazu ein Sancerre, dessen Nuancen er jetzt auf die zu erwartende Dorade abstimmen soll – das alles ist etwas zuviel für von Heuken. Am liebsten würde er jetzt einfach ein Kölsch bestellen, von seinem Sohn und seiner Verehrung für Lukas Podolski erzählen, doch er kommt nicht dazu, etwas zu sagen, denn aus dem Hintergrund ertönt jetzt *Je suis comme je suis*, er erkennt es bereits nach den ersten paar Takten. Er horcht und muß jetzt den Wein kosten, er nickt und segnet ihn ab, doch das *Je suis comme je suis* hält den ganzen Raum jetzt so massiv besetzt, daß er beinahe erstarrt. Pa wünschte sich dieses Chanson manchmal auf Reisen, Secondo hatte die alte Kassette immer dabei, es war das Lapidare und Stolze des Textes, das Pa so gefiel, und außerdem natürlich die Stimme von Juliette Gréco, dieser trockene Ton einer unnahbaren Frau, die gerade allein unterwegs ist, in Pariser Straßen natürlich. Wenn Vater so etwas hört, summt er noch immer mit, es ist die einzige Musik, die ihn wirklich erreicht, im Grunde ist er unmusikalisch, oder er sperrt sich gegen Musik, wenigstens hat Mutter das behauptet.

»Unser Gruß aus der Küche«, sagt der Patron leise und betrachtet den kleinen Teller so liebevoll, als handle es sich um ein hilfloses Baby in seinem Wagen, »heute sind es Canneloni, gefüllt mit einer Avocado-Creme und aromatisiert mit der Sirup-Essenz einer Passionsfrucht.«

Die beiden Brüder schauen nun auf und bedanken sich beinahe gleichzeitig, von Heuken stört die Gemeinsamkeit dieser

Geste aber so sehr, daß er seinen Bruder sofort auffordert, in seinen Überlegungen fortzufahren.

»Vater wurde also fündig«, sagt er, »was meinst Du damit, wo wurde er fündig?«

»Ja richtig«, sagt Christoph, »ich sprach über das Mehr-Dimensionale von Vaters Biographie, über seine Strategien der Terrain-Erkundung, über sein großes Genie, nicht in Segmenten, sondern in Komplexen zu denken.«

Von Heuken versucht, ein leichtes Grinsen zu unterdrücken, aber es gelingt nicht, seine Mundwinkel gehorchen ihm nicht.

»Was ist denn?« fragt Christoph, »was ist an dem, was ich sagte, so komisch?«

»Es hat nichts mit Dir zu tun«, antwortet von Heuken, »die Canneloni belustigen mich. Ich begreife nicht, wie eine derart winzige Kreation so konzentriert schmecken kann, daß man sich beinahe gesättigt fühlt.«

»Es ist erstaunlich, ja, Du hast recht.«

»Der Sirup hat genau die richtige Süße, um der herben Creme einen feineren Charakter zu verleihen. Sie schmeckt immer noch herb, nur besser, das penetrant Herbe ist gebrochen, so daß man selbst eine Avocado genießen kann.«

Christoph mustert ihn kurz, anscheinend wundert er sich, daß er so lange bei diesen Canneloni verweilt, vielleicht ist ihm auch sein Vokabular unheimlich, jedenfalls ist er verärgert, daß er mit seinen Überlegungen schon wieder ins Stocken geriet.

»Vater wurde fündig«, sagt von Heuken und bemüht sich, jetzt ernst zu wirken, während er sich innerlich weiter auf die eher sprechende denn singende Stimme von Juliette Gréco einschwingt, die einen nur mit Melodie-Andeutungen ködert, als solle man sich damit bescheiden. Ob Magdalenas Barock-Arien früher einmal ähnlich wahrgenommen wurden? Als kleine Chansons, stoisch und spröde?

»Lateinamerika ...«, sagt Christoph etwas zu laut, als nerve es ihn nun doch, weiterzumachen, »nach den trostlosen Dürreperioden der siebziger und frühen achtziger Jahre stürzte Pa sich auf Lateinamerika, es war die Wiederentdeckung des Dorf- und Familien-Romans, keine großen Stories, sondern übersichtliche, gut abgehangene Geschichten mit sehr viel Dekor und meist etwas zuviel an Emotion.«

»Richtig«, sagt von Heuken, »ich erinnere mich noch gut an die Buch-Präsentationen, es gab Zigarren aus Kuba und Rum aus Jamaika, und die Buchumschläge waren plötzlich so bunt, voller Blumen und Vögel und verzauberter Wesen, Tiere mit Menschengesichtern, und alles war irgendwie *magisch*, sehr *magisch.*«

Wieder mustert ihn Christoph und stockt einen Moment, von Heuken aber springt sofort in die Lücke:

»Das ist der pointierte Sancerre, habe ich recht?«

»Was? Was meinst Du?«

»Wir trinken den pointierten Sancerre, nicht den frischen, oder irre ich mich?«

»Ach so, nein, Du irrst Dich nicht.«

»Dann mach bitte weiter, Dein mehr-dimensionales Gemälde beginnt, mir zu gefallen.«

»Die Wiedervereinigung ...«, setzt Christoph noch einmal an, »die Wiedervereinigung war Vaters größte Enttäuschung. Was hatte er sich nicht alles von der Literatur aus dem Osten versprochen. Lauter große, verkannte Autoren, denen man all ihre unveröffentlichten Manuskripte bloß noch aus den Händen reißen muß. Einer nach dem andern kam dann nach Köln, und Vater begrüßte ihn schon auf dem Bahnhof, neugierig und hoffnungsvoll, wie er Anfang der Neunziger nun einmal war. Er ging mit ihnen essen, er setzte ganz auf diese Autoren, er machte sogar den Fehler, in Leipzig ein großes Büro zu eröffnen, um all den neuen Kometen am Literaturhimmel nahe zu sein. Zu zwei, drei Anfangs-Erfolgen junger Autoren hat es gereicht, dann aber kam nichts mehr, und jetzt sitzen noch ganze vier Gestalten in unserer feinen Ost-Dependance auf einer Büro-Etage mit acht Räumen und arbeiten an Büchern über *Goethes Leipziger Jahre.*«

»Stimmt«, sagt von Heuken, »noch vor einer Woche habe ich die Zahlen gesehen, in spätestens zwei Jahren werden wir den Laden dort dichtmachen müssen, wenn es so weitergeht.«

»Um die Strukturen des Ganzen hat Vater sich am Ende nicht mehr gekümmert«, antwortet Christoph.

»Brauchte er ja auch nicht«, sagt von Heuken, »schließlich habe *ich* mich darum gekümmert, das war mein Geschäft.«

Er spricht etwas zu heftig, er ist es jetzt leid, noch weitere *Terrains* vorgesetzt zu bekommen. Dabei fehlt ein Höhepunkt oder wenigstens ein markantes Signal, mit dem Scheitern von Vaters Plänen in den neunziger Jahren kann man so ein aufgeblasenes *Mehr-Dimensionales* doch nicht beenden. Aber es ist etwas dran, an den großen Akzenten und auch daran, daß Vater am Ende nichts mehr gelang, nicht einmal den Schwung, den er bei früheren Projekten besaß, konnte er mehr aufbringen. Dieses Versanden und Pas nervöse Suche nach etwas grundlegend Neuem, das hat Vater in den letzten Jahren ausgemacht, und das fällt jetzt auch auf ihn zurück, denn um neue Programme und Strategien, sie durchzusetzen, hat er sich in den letzten Jahren zu wenig gekümmert.

Die Dorade wird serviert, es handelt sich um eine Scheibe gegrillten Fisch, die auf einem Bett eines sehr hellen Pürees liegt, das mit dünnen Schnittlauch-Fäden abgedeckt ist. Er kann sich nicht beherrschen, er greift sofort nach der Gabel und nimmt von dem Püree, wie früher, als er von Liesel Burgers Kartoffelpüree nicht genug bekommen konnte. Ob so ein Püree etwas Rheinisches ist? Dieses hier ist jedenfalls keineswegs rheinisch, es schmeckt nicht so flockig und pampig wie sonst, sondern eher wie eine sahnige Creme, der man allerhand Geschmacksverstärker beigefügt hat. Öl, Wein, Muskat, vielleicht sogar Senf.

»Hast Du eigentlich von Vaters letzter, großer Sache gewußt?« fragt ihn da Christoph.

Von Heuken möchte jetzt weiter kosten, er möchte den Schnittlauch durch das Püree ziehen und dazu ein kleines Stück Fisch auf die Gabel bekommen, sein Verlangen nach diesem Bissen ist so stark, daß er Christophs Frage fast überhört.

»Meinst Du den neuen Hanggartner-Roman?« antwortet er und schiebt sich den Bissen schnell in den Mund.

»Hanggartner? Hanggartner ist eine auslaufende Ware, ihr könnt froh sein, wenn sein letzter Roman noch einmal so zieht wie die früheren.«

»Er wird besser ziehen, das sage ich Dir, Du wärst froh, wenn Du unter Deinen Autoren einen mit ihm vergleichbaren hättest.«

»Ja ja, schon gut, Minna hat mir erzählt, daß Du den Hanggartner-Roman zu Deiner Sache gemacht hast.«

»Noch habe ich gar nichts gemacht, noch haben wir nicht einmal ein Manuskript, hoffentlich hat Minna Dir auch das nicht verschwiegen.«

»Nein, hat sie nicht, ich bin bestens im Bilde, in manchen Dingen sogar anscheinend besser als Du. Jedenfalls weiß ich seit heute, daß Vater noch einen letzten, großen Anlauf geplant hatte, Minna hat mir die Projektpläne gezeigt.«

»Projektpläne? Welche Projektpläne?«

»Ich sagte ja, Du hast keine Ahnung. Vater wollte sein Lebenswerk mit einer letzten Eroberung krönen.«

»Ein letztes *Terrain*, wie Du es nennst? Meinst Du Alaska oder vielleicht doch eher Grönland? Oder denkst Du noch an einen anderen weißen Fleck dieser Erde? Auf den bin ich gespannt, dieses paradiesische, noch nicht erschlossene Eiland erstürme ich sofort mit.«

»Dann halte Dich gut fest, mein Lieber, denn Pa dachte an nichts Geringeres als an Europa.«

Von Heuken hat die Dorade mit ihrem unvergleichlichen Kartoffelpüree schon verspeist, er greift gerade nach dem Sancerre, um herauszubekommen, was er sich unter einem *pointierten Nachgeschmack* vorstellen könnte. Juliette Gréco ist längst in der Ferne der grauen Pariser Straßen verschwunden, und Yves Montand schleicht ihr mit seinem *A Paris* hinterher. Alles stimmt, das *Le Moineau* könnte ein Restaurant werden, das er liebt, wenn nicht sein Bruder es immer wieder darauf anlegen würde, ihn dumm aussehen zu lassen.

»*Europa?!* Was soll das heißen – *Europa*?«

»Tja, mein Lieber, das neue Projekt ist so einfach, daß es schon wieder genial ist. Vater nennt es *Die Bibliothek des 21. Jahrhunderts*, es handelt sich um eine gebundene Reihe mit vierundzwanzig Bänden pro Jahr oder besser gesagt mit zwei Bänden pro Monat. Jeweils ein europäischer Autor und jeweils ein deutscher, alle Genres, vom Roman über die Lyrik bis hin zum Essay oder zur literarischen Reportage. Der Clou aber wäre: Kein Autor und keine Autorin wäre älter als sechzig! Was sagst Du jetzt?«

Von Heuken nimmt noch einen zweiten Schluck, *pointierter Nachgeschmack* meint, daß der Sancerre sich gegen das Essen durchsetzt, dieser Wein gibt einfach nicht nach, er meldet sich mit jedem Schluck mehr, bis er den Nachgeschmack des Essens stufenweise ausgelöscht hat. Nicht schlecht. Besser als diese frischen Weine, die das Essen unauffällig begleiten. *Unauffällig* ist sowieso immer schlecht, *unauffällig* ist das Wort, das er gegenwärtig am meisten haßt. Außer *Europa*, *Europa* ist in diesem Augenblick sein zweites Haßwort geworden.

»Du glaubst mir nicht«, triumphiert Christoph, »Du denkst wahrhaftig, ich denke mir das alles nur aus.«

»Es hört sich gut an«, sagt von Heuken, »aber es ist nicht von Vater. Der erste Teil, der könnte noch von ihm sein, aber der zweite, der Autoren über Sechzig rigoros ausschließt, der ist niemals von ihm. Wie sollte denn gerade er, der erheblich älter ist, Autoren in seinem Alter begegnen? Was sollte er denn sagen, wenn ein Autor mit Fünfundsechzig ihm ein Manuskript vorlegt und ihn fragt, ob es in sein Europa-Projekt paßt? Tut mir leid, Sie sind leider zu alt? Nein, so etwas *kann* nicht von ihm sein.«

»Nun gut, nehmen wir diese Idee einmal aus, wie findest Du denn den Rest?«

»Ich müßte mehr und Genaueres wissen, aber nur mal als Idee betrachtet, ist es zweifellos überzeugend. Einprägsam, also einfach, gut konturiert, also klar, vor allem aber hat es einen literarischen Zug, der mit aller Kraft in die Zukunft verweist.«

»Ja, das denke ich auch. Pa, mein Lieber, hat uns geschlagen, er hat uns abgehängt, so ein Projekt wäre weder Dir noch mir eingefallen, wir hätten viel zögerlicher und ängstlicher in die Zukunft geschaut, und vor allem denken wir nicht so einfach wie er. An *Europa*. An die einzig mögliche literarische Zukunft. An *Politik*. An das *Soziale*. *Europa* ist das zentrale Stichwort für dieses Jahrhundert, doch wir beide, wir wären niemals darauf gekommen. Trotz all unserer Bildung, trotz, oder besser, *wegen* unserer Bildung wären wir auf das Einfachste niemals gekommen. Ich sage Dir, es hat mich umgehauen heute morgen, als Minna mir Vaters Pläne zeigte, er hat sie mit der Hand auf vier Bögen gekritzelt, nur Stichworte, nicht einmal abtippen hat er sie lassen, so sehr hat er sie als seinen geheimen, gut gehüteten Sprengstoff betrachtet. Und das Tollste ist: Auch das, was Du ihm nicht zutraust, stammt von ihm, dieser Clou ist sogar das Genialste von allem. Denn das neue Europa ist nichts mehr für die alten Knochen, das müssen Leute entwickeln und auch beschreiben, die nicht laufend von de Gaulle, Adenauer und der Montan-Union sprechen, verstehst Du? Deshalb hat Vater eine Altersgrenze gezogen, damit zwingt er die Jungen, endlich aus ihren Verstecken zu kommen.«

Auch der zweite Teil der Idee hört sich jetzt glaubhafter an als zuvor. Wenn Christoph noch weiter so enthusiastisch spricht, kauft ihm bald jeder diesen Plan ab. Warum aber hat Minna ihm nie diese Notizen gezeigt? Wieso hat sie davon gewußt und sie gerade in diesem Augenblick ausgerechnet an Christoph weitergereicht? Weil sie ihn bei der Nachfolge favorisiert. Weil sie im Gegensatz zu Liesel Burger, die zu *ihm* hält, seinen Bruder bevorzugt. Christoph also, Christoph ist Minna Zechs Favorit, er hätte es längst wissen müssen. Jetzt ist nur die Frage, ob sie auch von Vaters Testament weiß. Wenn, dann wird sie Christoph auch davon erzählt haben. Oder hat Pa mit Liesel über sein Testament und mit Minna über seinen großen, letzten Verlagsplan gesprochen? Aber wie hängen beide Projekte zusammen?

»Die Sache hat, so durchdacht sie auch sein mag, dennoch einen Haken«, sagt von Heuken.

»Und welcher sollte das sein?«

»Vater ist selbst zu alt für dieses Projekt, genau mit diesem Vorwurf würde man ihn in der Branche konfrontieren.«

»Richtig, er ist zu alt für dieses Projekt.«

»Wollte er konsequent sein, müßte er es einem Jüngeren übertragen.«

»Wieder richtig, aber wer sagt Dir, daß er nicht konsequent sein wollte?«

»Er wollte?«

»Ja, einer von uns beiden müßte es machen.«

»Du oder ich?«

»Pas Nachfolger, *Du* oder *ich*.«

»Das hat er notiert, schwarz auf weiß?«

»Das hat er notiert.«

»Und was ist mit Ursula?«

»Auch sie käme durchaus in Betracht. Er hat geschrieben: *Mein Nachfolger soll dieses Projekt in den Details planen und nach meinen Vorschlägen durchführen, das Weitere regelt mein Testament.*«

»Sein Testament? Hat Minna Zech Dir auch davon erzählt, weiß sie etwas über das Testament?«

»Nein, weiß sie nicht.«

»Weißt Du etwas davon?«

»Nein, ich weiß nichts.«

9

VON HEUKEN dreht sich zu dem Patron und bestellt noch eine weitere Flasche Wasser. Jetzt versteht er, Verlagsprojekt und Testament ergänzen einander. Der Nachfolger soll das Projekt übernehmen, und ein Kriterium für die Nachfolge könnte sein, wer die ideale Besetzung für das große Projekt ist. Christoph hat da vielleicht einen Vorsprung, denn Frankreich spielt in *Europa* natürlich eine größere Rolle als all seine Erfahrungen, die er im amerikanischen Management gesammelt hat. Andererseits bedürfen zwei neue Bücher hervorragender Autoren pro Monat einer sorgfältigen Planung, wie auch das gesamte Projekt eines bewährten Strategen bedarf, um es auf dem Markt durchzusetzen. Das nun wiederum kann *er* zweifellos besser als Christoph, während Christoph wiederum vielleicht die besseren Autoren anwerben würde.

Als er die Unterhaltung fortsetzen will, steht Christoph auf, er blickt hinüber zur Tür, und als auch von Heuken dorthin schaut, erkennt er Ursula, die in einem langen Cape langsam den Raum betritt. Er mag nicht, wenn sie so langsam daherkommt, sie geht irgendwie schleppend, und die Haare hängen ihr von beiden Seiten so dicht ins Gesicht, daß man es kaum zu sehen bekommt. Schon als Kind kam sie meist so zur Tür herein, vorsichtig, verhalten, als drohe Gefahr, nie hat er erlebt, daß sie einen Raum zügig betritt oder sich umstandslos einfindet. Dieses zögerliche Heranschleichen hat aber zur Folge, daß die Blicke der anderen an ihr hängenbleiben und ihr Gehen begleiten, es ist, als schaue man einer gefährdeten Person dabei zu, endlich in den rettenden sicheren Hafen zu finden. Als sie noch klein war, hat man ihr oft gesagt, sie solle schneller gehen und sich *bewegen*, aber sie tut es einfach nicht, sie *bewegt* sich nicht, es ist, als müsse man sie eigens bitten, die enorme Anstrengung einiger Schritte auf sich zu nehmen.

Auch er steht jetzt auf und gibt dem Mitleid nach, das dieser Anblick auslöst. Er sollte nicht auf sie zugehen, er sollte nicht hereinfallen auf ihre Mitleids-Tour, dann aber tut er es doch, er geht auf sie zu und packt sie mit beiden Händen, um sie zur Begrüßung auf die Wangen zu küssen. Sie sagt nichts, sie läßt es sich gefallen, dann folgt sie ihm an den Tisch. Auch Christoph begrüßt sie mit einem Kuß und nimmt ihr das schwarze Cape ab, er geht damit zur Garderobe und nutzt die Gelegenheit, um die Toilette aufzusuchen.

Jetzt ist er mit ihr allein, er bietet ihr den Platz auf der Bank links von Christoph an, sie nehmen gleichzeitig Platz. Geschickt von Christoph, sich aus dem Staub zu machen, er weiß genau, wie mühsam es ist, sie zu Beginn eines Treffens zum Reden zu bringen. Auch diesmal sitzt sie da und sagt keinen Ton, sie streicht sich die Haare aus dem Gesicht und blickt sich schüchtern um, als brauche sie jetzt einige Zeit, um richtig anzukommen. Manchmal verwandelt sie sich dabei in ein junges Mädchen, das an die Hand genommen werden möchte, aber sie kann auch die in sich verschlossene Frau mittleren Alters geben, die nicht einmal auf Nachfragen antwortet. Sondern einfach still dasitzt. Schaut, guckt, sich die Haare aus dem Gesicht streicht. Es ist zum Wahnsinnigwerden, seltsam, daß Vater sich an diesen Eigenheiten nicht stört. Er redet einfach drauflos, und irgendwann taut sie auf und steigt ein in die Unterhaltung. So muß man es machen, er weiß es, aber manchmal ist auch *er* bockig, und dann sitzen sie sich gegenüber und schweigen minutenlang. Es soll Autoren geben, die daran verzweifeln und es ablehnen, sich jemals wieder mit ihr zu treffen. Woher sollen sie wissen, daß man Vaters Rolle übernehmen muß, um sie zu erreichen? Sprechen, lachen, auf den Tisch hauen, etwas bestellen, so tun, als habe man es mit einem normalen Menschen zu tun. Zu ihrem vierzigsten Geburtstag hat Vater ihr einen Verlag geschenkt, nicht irgendeinen, sondern einen der bedeutendsten dieses Landes, den *F. Schimmer-Verlag*. Seither thront sie im obersten Stock eines Frankfurter Hochhauses in einem Büro, aus dem sie manchmal tagelang nicht herauskommt. Tür zu, keine Kontakte, und all die Stockwerke darunter laufen die Mitarbeiter treppauf und treppab und benötigen Entscheidungen von ihr. Mit älteren Autoren, die bereits über einen gewissen Klassiker-Nimbus verfügen, kommt sie jedoch blendend aus, wahrscheinlich wäre es ihr am liebsten, die gesamte neue Literatur wäre bei ihrem Erscheinen gleich klassisch, dann könnte man sie in Leder gebunden auf den Markt bringen und hätte es nur noch mit einem edlen und vor allem übersichtlichen Sortiment zu tun. Da so etwas mit jungen Autoren nicht geht, lehnt sie es ab, die Werke junger Autoren zu drucken, all die forschen und draufgängerischen Typen des letzten Jahrzehnts haben es nicht einmal bis in ihr Büro geschafft. Sie liest viel, und sie schweigt lange, dann aber setzt sie ihre einsam getroffenen Entscheidungen durch. Keine Diskussion, keine Nachfragen, es wird so gemacht, wie sie es sich überlegt hat.

»Schön, Euch zu sehen«, sagt sie leise und schaut ihn nun immerhin an.

»Schön, *Dich* zu sehen«, antwortet von Heuken und würde sich am liebsten mit der Hand gegen die Stirn schlagen, um die Sperre dort oben in seinem Kopf endlich zu lösen. Diese Lähmung überfällt ihn oft in den ersten Minuten einer Begegnung mit ihr, es ist, als färbe ihre Art auf ihn ab und blockiere lauter wichtige Zellen. Solche, die ein Interesse an der Welt melden, solche, die für so etwas wie *Fühlungnahme* sorgen. *Fühlungnahme*, seltsames Wort, klingt wie der Titel eines Gedichtbandes, den er um keinen Preis lesen möchte. *Junge deutsche Lyrik*, damit kann man ihn jagen.

Zum Glück erscheint jetzt der Patron, er begrüßt sie und fragt, womit er aufwarten darf. Einen Aperitif, etwas Wein? Und was möchte sie essen?

»Bringen Sie mir bitte vorerst nur eine Karaffe lauwarmes Wasser«, sagt sie und schaut plötzlich wahrhaftig so streng, als befolge sie mit dieser Bestellung die Regeln eines unbarmherzigen Ordens. In bestimmten Situationen kann sie streng schauen, streng und mitleidslos, als solle die Welt sich einfach nur schämen, ihr zu nahe zu treten. Bei einer Bootsfahrt auf dem Bodensee ist sie, als ihre Strenge die Mitfahrenden nicht sofort zum Verschwinden brachte, einfach mit allen Kleidern ins Wasser gesprungen und weggetaucht. Sie schwimmt sehr gut, wahrscheinlich hat sie den einzigen Sport, den sie ernsthaft betreibt, vor allem gelernt, um wegtauchen zu können.

»Wünschen Sie Wasser mit Gas oder ohne?« fragt der Patron.

»Ich wünsche lauwarmes Wasser direkt aus der Leitung«, antwortet sie. So etwas hat wahrscheinlich noch nie jemand hier als erstes bestellt, für sie aber ist es typisch, denn nun behält der Patron sie im Auge. Dort drüben sitzt eine sonderbare Person, die anders tickt, man muß sich um sie bemühen. Daß man sich um sie bemüht, ist eine Voraussetzung dafür, daß sie sich überhaupt mit ihrem Gegenüber beschäftigt.

Sie holt jetzt ihre Lesebrille heraus und greift nach der Karte, von Heuken fühlt sich verpflichtet, nun in Vaters Rolle zu schlüpfen.

»Christoph hat heute abend die Regie übernommen«, legt er los, »*ich* hätte unser Treffen eine Spur weniger aufwendig geplant. Doch jetzt, wo wir endlich wieder einmal zu dritt irgendwo speisen, finde ich auch das *Le Moineau* ganz in Ordnung, es beginnt sogar gerade, mir zu gefallen. Wir trinken einen Sancerre, angeblich hat er etwas sehr Pointiertes, und wir kosten winzige Canneloni und eine königliche Dorade auf einem Püree, wie ich noch keines gegessen habe. Du solltest unbedingt ebenfalls einsteigen, es handelt sich um das *Wochen-Menü*, als nächstes, Moment, als nächstes serviert man uns *Tartare tiède de veau sur un gratin de blettes avec gribiche pimentée*, was auch immer das sein mag.«

Er hält ihr die Karte hin, aber ihr Blick ist noch so hart, daß er nicht daran glaubt, sie für irgend etwas auf diesem Gelb begeistern zu können. Sie antwortet auch nicht, sie streicht sich weiter durchs Haar.

»Schau mal«, gibt er sich Mühe, »Sie schreiben *Tartare*, im Französischen schreibt man es anscheinend so, während man im Deutschen doch wohl *Ta-tar* schreiben würde. *Tartare* und *Tatar*, das sind seltsame Wörter.«

»Sie leiten sich von den Tataren her«, sagt sie beinahe flüsternd, »die sind dafür bekannt, rohes Fleisch zu verschlingen.«

»Ach, natürlich, so ist das zu erklären, ich glaube, ich habe es früher auch mal gewußt.«

Es geht nicht voran, sie schweigt erneut, ihre kurze Auskunft hatte nicht zu bedeuten, daß sie in ein Gespräch einsteigen will. Ist es normal, sich zu überlegen, wie man seine Schwester in ein Gespräch verwickelt? denkt von Heuken. Christoph ist jetzt wieder zur Stelle, soll der doch sein Glück mit ihr versuchen.

»Wie geht es Vater?« sagt sie da plötzlich, als Christoph kaum wieder Platz genommen hat, »wer von Euch hat ihn heute gesehen?«

Das war es also, sie will mit diesem Thema beginnen, für sie gibt es kein Vorgeplänkel und keine Umwege, das Schlimmste und Heftigste kommt immer zuerst.

»Ich war heute morgen gleich nach meiner Ankunft bei ihm«, sagt Christoph, »mit Loeb habe ich allerdings nicht mehr gesprochen, das hatte Georg wohl bereits vor mir getan. Sie lassen einen nicht an Vater heran, sie schotten ihn ab, jedes Wort von unserer Seite könnte angeblich Gift für ihn sein, weil es ihn an den Verlag und seine Projekte erinnert.«

»Der Umgang mit Loeb ist nicht einfach«, macht von Heuken weiter, »gestern verschanzte er sich hinter seinem fachmedizinischen Vokabular, und heute spielte er den jovialen Onkel, der so tut, als habe Vater nur unter ein paar Wehwehchen zu leiden.«

»Ich möchte nichts über Loeb, sondern etwas über Vaters Zustand erfahren«, sagt Ursula.

»Wenn Du mich *so* fragst, dann sage ich Dir, daß ich einen denkbar schlechten Eindruck hatte. Ich habe ihn jedenfalls in seiner gläsernen Zelle kaum wiedererkannt, er lag regungslos da, mit geschlossenen Augen, und er kam mir geschrumpft vor, als habe dieser zweite Infarkt all seine Vitalität nun endgültig bezwungen.«

»*Mein* Eindruck war beinahe noch schlimmer, ich glaube nicht mehr, daß Vater sich von diesem zweiten Infarkt wieder erholt«, sagt Christoph.

Sie setzt jetzt die Brille ab und trinkt sehr langsam von dem lauwarmen Wasser, das ihr der Patron persönlich wie eine exquisite Kostbarkeit serviert hat.

»So ist das also«, sagt sie, den Flüsterton beibehaltend, »wenn das wirklich *so* ist, dann kommt allerhand auf uns zu.«

Sie geht die Sache ganz direkt und unsentimental an, dabei weiß jeder, wie sehr sie an Vater hängt. An Mutter hing sie natürlich auch, aber es gab mit ihr mehr Reibereien, aus sehr undurchsichtigen Gründen. Dabei sieht sie jetzt, in ihren mittleren Jahren, Mutter sehr ähnlich, nur daß sie ihre Haare sehr ungeschickt trägt, sie kann sich nicht entschließen, sie kurz zu tragen, trägt sie andererseits aber auch nicht mehr lang, diese Unentschlossenheit vermurkst den guten Eindruck, den ihr Gesicht durchaus machen könnte. Sie hat ein gutes Gesicht, aber es wird von Jahr zu Jahr weicher, bei Mutter war es genau anders herum, ihr Gesicht wurde strenger und immer klarer in den Konturen, kurz vor ihrem Tod erschien sie vielen sogar schöner denn je.

Der Patron ist wieder zur Stelle und erkundigt sich, was sie essen möchte.

»Ich werde nichts essen«, sagt sie, endlich etwas lauter, »bringen Sie mir später aber noch eine zweite Karaffe.«

Christoph preßt die Lippen dicht aufeinander, man sieht ihm an, wie er sich jetzt beherrschen muß. *Lauwarmes Wasser* statt eines Sancerre und eines legendären *Wochen-Menüs*, so etwas reizt ihn normalerweise so sehr, daß er nicht mit Spitzen zurückhalten kann.

»Ich muß wissen, wie gut Ihr informiert seid«, sagt sie, als übernehme sie jetzt wahrhaftig die Leitung der Sitzung. Einer der früheren Geschäftsführer des *F. Schimmer-Verlages* hat einmal berichtet, was passiert, wenn sie sich zu so etwas entschließt. Sie zückt einen Trumpf nach dem andern, sie hört nicht auf, bis sie alle am Tisch besiegt hat. Danach zieht sie sich in ihr Reich zurück und entzündet dort wahrscheinlich ein Freudenfeuer, ganz allein, wie eine böse Hexe, die alle dummen Lausbuben zur Strecke gebracht hat.

»Worüber sollen wir informiert sein?« fragt Christoph.

»Über Vaters Nachfolgeregelungen«, sagt sie.

»Wir haben eben davon gesprochen«, sagt Christoph, »das Problem ist wohl, daß es kein Testament gibt, das seine Nachfolge regeln würde.«

»Das ist Unsinn«, sagt sie, »es *gibt* ein Testament, und ich bin über seine Bestimmungen bis ins Detail informiert. Außerdem gibt es aber noch eine Projekt-Konzeption, die mit den Bestimmungen des Testamentes auf gewisse Weise verknüpft ist.«

»Wenn Du mit dieser Projekt-Konzeption Vaters Pläne für eine *Bibliothek des 21. Jahrhunderts* meinst, dann weiß ich darüber zumindest seit heute mittag Bescheid.«

»Ach, und von wem hast Du davon erfahren?«

»Von Minna Zech«, sagt Christoph und schweigt.

Sie hat Christoph zum Schweigen gebracht, der frühere Geschäftsführer des *F. Schimmer-Verlages* hatte also wohl recht. Von Heuken entschließt sich, auf keinen Fall zu gestehen, daß er von dem Testament weiß. Er weiß gar nichts, er ist nicht der dumme, er ist der saudumme Bube, dem man immer alles eintrichtern muß.

»Und *Du*, was weißt *Du*?« fragt sie ihn jetzt.

»Ursula, ich frage jetzt mal zurück: Wieso weißt *Du* denn Bescheid? Und wieso hat man *Dich* informiert und uns beide anscheinend nicht? Ich jedenfalls sitze hier wie ein Trottel und weiß gar nichts.«

»Das kann ich Dir sagen«, sagt sie und schaut jetzt nur ihn ganz direkt an, »Vater hat mit mir über alles gesprochen, über jedes Detail, wir haben uns über die Nachfolge zusammen die Köpfe zerbrochen. Denn es ist uns allen doch klar: *Einer* von Euch soll sein Nachfolger werden, ich selbst jedenfalls habe Vater unmißverständlich erklärt, daß ich für die Leitung des Konzerns nicht zur Verfügung stehe. Ich würde es mir zutrauen, aber *ich will nicht.* Noch zehn Jahre den *Schimmer-Verlag* leiten, das genügt mir, danach kann Vaters Nachfolger auch den übernehmen.«

Sie traut sich zu, den ganzen Konzern zu leiten, hat sie das gerade gesagt? Von Heuken entwirft in Gedanken eine Blitz-Skizze, so wie er es in seinen Katastrophen-Kursen gelernt hat. Ursula als Brunhilde über dem Kölner Konzernpalast schwebend, in dem sich die Geschäftsführer so lange brutale Schlachten liefern und massakrieren, bis das ganze Gebäude wie eine Twin-Tower-Reprise in sich zusammenbricht. Am Ende stößt sie gellende Schreie aus und stürzt sich in den Rhein, um für immer abzutauchen. Er fühlt sich jetzt fies, er hat lauter fiese Gedanken, das kommt davon, wenn er sich derart zusammennehmen muß.

»Bitte mal eins nach dem andern«, sagt Christoph, »die Idee mit der *Bibliothek* ist phantastisch, und ich denke, Georg und ich haben zumindest in Umrissen verstanden, was Vater von ihr erwartet. Was ich aber noch immer nicht richtig verstehe, ist, wie er sich die Nachfolge vorstellt. Wenn Du es nicht machen willst, Ursula, soll dann *Georg* es als Ältester machen oder *Ich* als ein Verleger, dem ein Projekt wie das von *Europa* vielleicht nicht ganz fremd ist? Eine dritte Möglichkeit wäre natürlich noch, daß wir losen.«

Christoph lacht, der Arme denkt, er habe gerade einen halbwegs lockeren Scherz gemacht, er ahnt nicht, was jetzt kommt, denn jetzt zieht sie den stärksten Trumpf und knallt ihn auf den Tisch, daß der kleine Franzose in Christoph weder ein *Tartare* noch ein *Tatar* anrühren wird.

»Wir Drei werden über den Nachfolger entscheiden«, sagt Ursula, »wir Drei werden ihn wählen. Da jeder von Euch beiden es wohl werden will, wird letztlich meine Stimme den Ausschlag geben.«

»Das ist nicht Dein Ernst«, sagt Christoph.

»Aber ja, das ist mein Ernst«, sagt Ursula, »und so steht es auch in Vaters Testament, hier, lest es Euch durch!«

Sie zieht es aus ihrer Tasche und legt es auf den Tisch, anscheinend hat Pa ihr eine Kopie überlassen. Von Heuken gibt sich Mühe, eine interessierte Miene zu machen und blättert die Seiten rasch durch, um sich wenigstens flüchtig zu überzeugen, daß er den Inhalt bereits genau kennt. Christoph aber sitzt da, als begreife er nicht.

»Moment mal«, sagt er, von Heuken hat ihn nur in seiner Kindheit derart hilflos gesehen, »Moment ..., diese ganze Konstruktion bedeutet ja wohl, daß Georg und ich in den nächsten Wochen nichts anderes tun werden, als Dir die Füße zu küssen. Soll es darauf hinauslaufen, verlangt Vater von uns, daß wir uns zu solchen Deppen machen?«

Christophs alte Weinerlichkeit ist wieder da, von Heuken erkennt den Rückfall am raschen und flatterhaften Zucken der Lider, die fortwährend damit beschäftigt sind, anscheinend unschöne Bilder sofort zu verdrängen. Er nimmt das Testament nicht genau zur Kenntnis, er ist ausschließlich damit beschäftigt, gegen seinen Frust anzukämpfen.

»Christoph, was redest Du denn?« sagt Ursula ruhig, »niemand macht Euch zu Deppen. Für jeden von Euch spricht eine Menge, das weißt Du selbst. Und Du weißt auch, daß ihr nicht verschiedener sein könntet. Es gäbe sehr gute Gründe, Georg die Nachfolge zu übertragen, und ebenso gute sprächen für Dich. Vater wollte sich nicht für einen von Euch entscheiden, er wollte es dem anderen einfach nicht antun. Deshalb suchte er nach einer zweiten Instanz mit einer Spur mehr Neutralität, nach Mutters Tod konnte das aber nur ich sein.«

»Und aufgrund welcher Kriterien willst Du entscheiden, dürfen wir das zumindest erfahren?« fragt Christoph. »Wir sind sehr verschieden, nun gut, gerade deshalb dürfte es schwerfallen, eine Entscheidung zu treffen, wenn man nicht einfach nach Laune oder Geschmack gehen will.«

»Das ist ganz einfach«, sagt Ursula, »Ihr legt mir beide eine detaillierte Ausarbeitung von Vaters *Europa-Projekt* vor: Themen, Autoren, Kalkulation, Werbung, einfach alles. *Die* Ausarbeitung, die ich für die überzeugendste halte, bekommt meine Stimme, und damit wäre der Nachfolger gefunden.«

»Zweimal *Tartare tiède de veau sur un gratin de blettes*«, sagt der Patron mit seiner singenden französelnden Stimme, »möchten die Herren noch etwas Wein trinken, der Sancerre geht jetzt zur Neige.«

»Nein danke«, sagt Christoph, »ich trinke keinen Wein mehr, ich nehme etwas von dem köstlichen Wasser, das meine Schwester bevorzugt.«

»Aber ich werde noch ein Glas trinken«, sagt von Heuken, »was empfehlen Sie denn?«

»Ich bringe Ihnen sofort die Karte, Monsieur, dann sehen wir weiter.«

Christoph trinkt keinen Wein mehr, das hat er noch nie erlebt. Sonst tut er es nicht unter zwei Flaschen. Auch das Tatar scheint er nicht anrühren zu wollen, am liebsten würde er sich jetzt wohl verdrücken, wie früher, als er sich in solchen Situationen in die Büsche schlug und am Abend mit zerschundenen Knien wieder auftauchte. Mutter bepinselte dann alles mit Jod, man hörte ihn im Badezimmer wimmern, als müsse er wahre Qualen ertragen.

»Läßt Du das Tatar etwa stehen?« fragt er ihn.

»Mir ist der Appetit so ziemlich vergangen«, antwortet Christoph.

»Dann gib es mir«, sagt Ursula da, »zum Glück habe ich ja nichts bestellt.«

»Du bekommst es nur, wenn Du Wein mit mir trinkst«, sagt

von Heuken, »es wäre eine Schande, das gute Essen mit diesem gräßlichen Wasser zu ruinieren.«

Sie schaut ihn an, und sie lächelt, sie lächelt zum ersten Mal, seit sie in diesem Raum ist. Die harten Themen sind jetzt anscheinend durchgesprochen, nun darf man sie aufs Parkett führen. Wenn sie mitmacht, wenn er sie nun wahrhaftig dazu bekommt, Rotwein zu trinken, könnte der Abend vielleicht doch noch gelingen. Nur mit Christoph, mit dem werden sie es schwer haben, so wie er jetzt dasitzt, brütend und dumpf.

Er nimmt die Weinkarte gelassen entgegen, er schlägt sie auf und beginnt, die Rotweinseiten zu überfliegen. »Ich empfehle Ihnen einen *Charmes-Chambertin* aus dem Burgund«, sagt der Patron, der plötzlich wieder neben ihm steht.

»Gut, dann machen wir das, dann nehmen wir den«, sagt von Heuken, »bringen Sie also bitte drei Gläser und räumen Sie das furchtbare Wasser jetzt endlich ab.«

Ursula lächelt, sie schweigt, noch selten war von Heuken damit, daß sie schweigt, derart einverstanden.

10

KURZ VOR MITTERNACHT trennen sie sich draußen vor dem *Le Moineau*, Ursula trägt wieder ihr schwarzes Cape und steigt mit Christoph ins Taxi, während er sich zu Fuß auf den Weg zum Hotel macht. Morgen werden sie abreisen, Ursula, nachdem sie Vater in der Klinik besucht hat, und Christoph morgens früh gegen sechs, damit er gegen neun schon wieder in seinem Stuttgarter Verlag aufkreuzen kann. Sie haben die Flasche *Chambertin* schließlich doch noch zu dritt geleert, er spürt all den Wein jetzt so, als werde er von einem über dem Boden schwebenden Luftkissen getragen. Angenehmes Gefühl, diese Leichtigkeit, als ziehe eine hilfreiche Hand die Außenwelt in kurzen Schnappschüssen an einem vorbei.

Am Ende war Ursula richtiggehend gesprächig, da hatte sie ihren Charme wiedergefunden, von dem die älteren Autoren immer so gerührt sprechen. *Sie kann ja so verständnisvoll sein*, ja, das kann sie. Wenn sie will, entkorkt sie die Gefühle ihrer alten Autoren, als wären es edle, lang gereifte Tropfen, denen man einen allerletzten Gedichtband immer noch abgewinnt. *Im Beisein der Fremde*, das sind dann die Titel, und anders als die Lyrik der Jungen reißen sich ganze Gemeinden darum und setzen sich dafür ein, daß irgendein komponierender Hornochse sie auch noch vertont. *Text und Musik*, so etwas ist ganz groß im Kommen, je grüblerischer und penetranter, desto besser. Man versteht kein Wort, und die Musik klingt so, als wolle sie am liebsten gleich wieder verschwinden. Warum bloß so viele behaupten, damit etwas anfangen zu können, im Verlag gibt es bereits eine eigene Hörbuch-Abteilung, die jeden Monat mindestens eine CD mit diesem lyrischen Eiswein herausbringt. Wahrscheinlich hat es mit dem Erfolg des *Rilke-Projektes* zu tun. Seit die vielen Alten laufend darüber stöhnen, wie jung sie sich trotz ihrer Siebzig noch fühlen, ist Rilke ihr Hausgott. Ewig jugendlich und vor allem lyrisch-emotional, er hat Rilke noch nie ausstehen können, all diese Typen, die mit Zwanzig schon Briefe schreiben, die ein Sechzigjähriger hätte schreiben können, sind ihm verdächtig. Da hält er es lieber mit den Expressionisten. Fünf Jahre Gedichte, dann ab in die Schlacht, und damit hat sich's. Keine Reprisen und vor allem keine Lyrik von oberitalienischen Seen oder aus Schweizer Gebirgstälern. Nietzsche im Engadin, man hätte ihn von dort fortzerren und zwingen müssen, auf Dauer in Norditalien zu bleiben. Genua, das ist eine tüchtige Stadt für einen wie Nietzsche, Genua oder

Turin, alles passable Städte, sobald aber einer von diesen Lyrikern Richtung Capri aufbricht, sollte man ihm die Notizbücher entziehen.

Er geht jetzt durch die Nordstadt und ist erstaunt, wie voll die Straßen so spät noch sind. Das Leben, auf das es vielen ankommt, hat sich in die Nächte verlagert, auch im Verlag gibt es viele, die bis zwei, drei Uhr unterwegs sind und dann am Morgen gegen neun mit dieser wächsernen Blässe erscheinen, die sie bis zum Mittag mit Kaffee aufzuweichen versuchen. Die Türen der türkischen Imbisse stehen weit offen, und an all dem gegrillten Zeug zerrt jetzt ein scharfes Neonlicht, als wolle es ihnen noch einen letzten Schuß Hitze verpassen. Die älteren türkischen Männer stehen drinnen und unterhalten sich, manche essen auch noch etwas aus der Hand, hätte er nicht zum Schluß die *warme Schokoladenganache mit Tahiti-Vanille* gegessen, würde er sich eine türkische Kleinigkeit gönnen. Das Essen im *Le Moineau* war sehr gut, aber ganz anders als in normalen Lokalen, laufend hatte er das Gefühl, nur zu kosten, wie bei einem Kindergeburtstag, wenn man den Kleinen die Augen verbindet, um sie raten zu lassen, was sie gerade so essen. *Mmm, schmeckt gut, aber ich weiß nicht, was es ist ..., ich probier's gleich noch einmal ...*, so in der Art. Die Portionen waren so klein, daß sie gerade taugten, einmal über die Zunge zu gleiten, *happs, happs und mmm*, schon waren sie weg. Und dann das verblüffte Schauen. Was hab ich da gerade gegessen, was war es denn bloß? *Haute Cuisine* ist also etwas durch und durch Regressives, ist ja nicht schlimm, aber man muß es wissen, um sich drauf einstellen zu können. Man sitzt da wie ein Säugling, und der Patron füttert einen nur löffelweise, *noch ein Häppchen, mein Guter, bis Du endlich kapierst, daß der exquisit leichte Fäulnis-Geschmack von einem köstlichen Schweinsfuß herrührt.* Wie? Vom Schweinsfuß? Wie haben Sie den denn in diese *gefüllten Tacos* verpackt, sagen Sie bloß. Tja, das ist das Geheimnis, ein Schweinsfuß als Taco, da schwindelt es dem wahren Gourmet. Ist ja auch interessant, und irgendwie lehrreich ist es wohl auch, *lehrreich*, genau, jetzt hat er das richtige Wort endlich gefunden, *die Haute Cuisine hat etwas Lehrreiches, nichts Belehrendes, nein, sondern etwas Lehrreiches, in Deutschland muß man da sehr genau trennen.* Er sollte sich solche Einsichten notieren, um sie in bestimmten Gesprächen wieder abrufen zu können, Christoph hat er im Verdacht, genauso vorzugehen mit seinen Theorien und all den pointierten Statements, die sich anhören wie bildungssatte Aphorismen des jungen Canetti. Auch so einer, der sich mit Zwanzig schon nach dem Nobelpreis verzehrte und ihn dann später auch noch wirklich bekam, bis heute hat er nicht begriffen, wofür eigentlich. Drei Bände Lebenserinnerungen, so etwas schreibt man doch nur, wenn einem gar nichts mehr einfällt. Und davor? Was war schon davor?

Diese Eigelstein-Gegend mit ihren türkischen Kiosken, Imbissen und Nobel-Lokalen ist eigentlich auch ein Terrain, wie Christoph das nennen würde. Vielleicht wäre es gar keine schlechte Idee, darüber ein kleines, handliches Büchlein herauszubringen, ein Bändchen im *Pocket-Format,* mit Restaurant-Tips und den exakten Öffnungszeiten jedes einzelnen Kiosks, und dazu dann Gespräche mit den Bewohnern, ihre Geschichten, ihr Leben, *wie ich als türkischer Papa meine große Familie durchbringe*, etwas dergleichen, das wäre nicht schlecht. Bestimmt haben sie viel zu erzählen, wunderbare, verdrehte Geschichten, die Großmutter arbeitete noch an Flechtkörben im hintersten Anatolien, der Papa zog mit all den Seinen nach Köln und verdiente nicht übel bei *Ford*, von den drei Söhnen haben zwei eigene Lokale, der dritte aber ist ein Immobilien-Genie und kauft die halbe Gegend hier auf. Zehn Enkel, einer kandidiert schon bei den *Grünen*, kein einziger glaubt mehr an Allah, während der Papa eisern nur türkischen Tee trinkt und noch nie ein richtiges Kölsch angerührt hat.

Gute Idee, das mit dem *Terrain*, im Grunde verdankt er sie Christoph, man könnte die Sache ausweiten und eine ganze Reihe draus machen, eine *Pocket-Reihe* über die Kölner Stadtviertel, von denen jedes einzelne ja etwas Eigenes, Stolzes hat, *eine Kultur*, wie der türkische Enkel sagen würde. *Ehrenfeld*, *Nippes und Sülz*, ihm läuft schon das Wasser im Mund zusammen, wenn er an all die Lokale, Geschichten und Kulturen denkt und vor allem an die Bändchen, die man solchen Gegenden widmen könnte. Es müßte aber ein guter Herausgeber her, ein fixer, wacher und zupackender Mann, der seine Recherchier-Trupps im Griff hat, Peter Feil wäre dafür genau richtig, also gut, Peter Feil, er wird versuchen, es ihm schmackhaft zu machen.

Die beiden Domtürme hat er beinahe die ganze Zeit über im Blick, sie ragen über die Dächer der Häuser hinaus und tauchen manchmal im Hintergrund der geraden Straßenfluchten auf wie zwei mächtige dunkle Finger, die nichts anderes anzeigen als *Hier bin ich!*. Heinrich Böll hat einmal gesagt, daß ihn die Dom-Türme stören, es ist nicht zu fassen, in welchen Unsinn er sich manchmal verrannt hat, seine schöne, melodische Stimme geriet dann beinahe in Trance und waberte sich den reinsten Kölschen Kokolores zusammen, während er selbst wahrscheinlich dachte, lauter Markiges und vor allem Treffendes zu produzieren. Die Dom-Türme sind jedenfalls nichts anderes als ein Signal, pure Orientierung, von jeder Ecke Kölns aus zu fixieren, die Vorläufer der Fernsehtürme, wenn man so will. Sie haben weder etwas Sakrales noch etwas Sonstwie-Geweihtes, sie sind sachlich, angenehm sachlich, über so etwas hätte er mit Böll gerne einmal gestritten.

Jetzt ist er vor den drei Hauptportalen des Doms angekommen, dieser ganze untere Skulpturenbereich ist in ein leuchtendes Gold von Scheinwerfern und Strahlern getaucht, von dem sich die Fialen und Maßwerke darüber silbergrau abheben. Er geht noch etwas näher heran und bleibt vor dem Petersportal stehen, im Grunde sind all die vielen kleinen Figuren, die tagsüber im Dunkel verdämmern, erst jetzt richtig zu sehen. Man müßte sie einzeln fotografieren, ganz aus der Nähe, man müßte einen Band machen mit diesen Hunderten von Gestalten, auf denen kein Auge je ruht, einen Figuren-Corso, eine große Prozession, die sich in dichten Scharen über diese Spitzbögen ergießt, und dazu müßte man die Geschichte jeder dieser ernsten und ausdrucksvollen Gestalten erzählen, die ja nur darauf zu warten scheinen, ihre Verschlossenheit aufzugeben. Hervor mit Euch aus Euren Verstecken, heraus aus Euren Kammern und Grüften! Auch so ein Portal ist ein *Terrain*, warum ist er darauf noch nicht früher gekommen? Um diesen harten, maroden Stein zum Leben zu erwecken, bedarf es eines guten Erzählers und nicht eines Kunsthistorikers, wie er früher noch dachte. Der ganze Dom als eigenes Stadtviertel, als kleine, zeremoniale Gesellschaft mit ihren frommen oder bösen Geschichten, das ist es.

Er ist von seinen Ideen so begeistert, daß sein Herz klopft, mitten in der Nacht hat ihn eine Erregung befallen, die ihn hellwach und froh macht. Er geht weiter, hinüber zum Hotel, das Licht der Stehlampe in seiner Suite verbreitet einen milchig-warmen Ton der Geborgenheit, er hat es brennen lassen, um in der Nacht zu ihm hinaufschauen zu können. Endlich ankommen, er betritt das Hotel und hört sofort, daß in *Sir Ustinov's Bar* noch etwas los ist. Er überlegt kurz, ob er sie aufsuchen soll, dann sagt er sich, daß ein kurzer Besuch gar nicht schlecht wäre, um seine Aufregung zu dämpfen. Die Bar ist sehr voll, nur an der runden Theke sind noch Plätze frei, er setzt sich und bestellt einen *Bourbon.* Lauter Paare sitzen vor der großen Glasfront zur Domplatte hin an kleinen Tischen, jetzt werden die sexuellen Exzesse der Nacht vorbereitet, ein Glas Wein und ein zweites, und schon greift eine Hand nach der andern. Sich festhalten, einander berühren, bloß nicht allein in diesen erstorbenen Hotel-Zimmern verschwinden, in denen man einsam vor sich hin murmelt und aus Not den Fernseher anwirft. Eine gute Hotel-Bar ist tiefnachts die reinste Verkupplungsinsel, im Hintergrund bläst lauer Jazz wie ein vor sich hin summender Herzens-Fön, und die Getränke bekommen mit jeder Stunde eine zupackendere Note. Erst der Wein, dann die harten, die Körper willenlos machenden Sachen, Whisky, Gin, all diese brutalen Ins-Bett-Strecker, nach deren nächtlichem Genuß man den kommenden Vormittag abschreiben kann. Aber was will er? Er sitzt hier allein, und die anderen sind in Begleitung, in einer Bar lange allein zu sitzen, ist eine Schande, er hat gar nichts übrig für all die Typen, die so etwas cool finden und sich, wenn sie angesprochen werden, mit einigen Satzbrocken bescheiden, diese modische Umwertung des Autismus ins angeblich Positive ist gräßlich. *Modische Umwertung des Autismus* ist nicht übel, so etwas kann er morgen mittag beim Treffen mit Hanggartner fallen lassen. *Wilhelm, wie bewältigst denn Du all diese einsamen Nächte nach Deinen Lesungen?* – das wäre eine gar nicht so schlechte Frage, Hanggartner wird loslegen und über die Unterschiede der menschlichen Verhaltensformen in Hotel-Bars räsonieren, *wäre das nicht ein wunderbares Thema für einen Essay?* wird er ihn am Ende scheinheilig fragen, und Wilhelm Hanggartner wird das Thema *Hotel-Bar* in eines seiner speckigen Notiz-Bücher aufnehmen.

So allein hält er es nicht länger in der Bar aus, mit jeder Minute wächst seine Sehnsucht nach einem Kontakt, den die anderen längst auf Stufe zehn exerzieren. Menschen bei ihren

Paarungsvorbereitungen zuzuschauen, ist so ziemlich das Letzte, das ihm Vergnügen bereitet, es ist wie beim Karneval, wenn Du nicht mitmachst und mitziehst, ist es nur schaurig. Als er sein Glas ein letztes Mal ansetzt, ertappt er sich dabei, an Jana zu denken. Mit ihr hier zu sitzen, wäre nicht schlecht, er kann sich vorstellen, daß es ihr gefällt, wie er überhaupt vermutet, daß man ihr nur in den richtigen Umgebungen begegnen muß, um die *Kundera*-Gestalt in ihr zu wecken. Samstag nach dem Konzert wäre ein guter Zeitpunkt, von der Philharmonie hierher sind es nur ein paar Schritte, er könnte mit ihr über die Domplatte schlendern und sie ganz harmlos fragen *Wollen wir noch etwas trinken?* Samstag abend wird es hier noch voller sein, er müßte sich um einen kleinen, unschuldigen Tisch direkt vorn an der Glasfront bemühen, an dem man allein sitzt. Soll er? Soll er so etwas riskieren? Wenn er mit ihr hier säße, könnte etwas beginnen, von dem er sich so schnell nicht wieder befreit. Aber wieso denkt er denn so? Wieso überlegt er gleich wieder, wie er sich einen Rest von Reserve behält? Er wird es darauf ankommen lassen und seiner Stimmung ganz einfach folgen, er wird *keinen* Tisch reservieren, nein, er wird es *nicht tun.*

Er trinkt sein Glas leer und bezahlt, dann geht er hinauf zu seiner Suite. Als er ihre weiße Tür öffnet, stört ihn die Stille im Innern, diese plötzliche Stille ist gar nicht gut, sie bringt all die feinen Ideen, die ihn jetzt noch durchströmen wie eine flüssige Nahrung, nur zum Erliegen. Die Stille läßt einen erstarren, sie lenkt den Blick auf jedes kleine Detail, auf die Blumenvase dort auf dem Schreibtisch, in der eine mickrige Rose verhungert, und auf die zum Spalier gestaffelten Gläser drüben auf dem Barschrank. Morgen früh wird er Max um einen CD-Player bitten, und dann wird er hier seinen eigenen nächtlichen Jazz installieren, Wayne Shorters *Night Dreamer* zum Beispiel. Er greift nach der Fernbedienung des Fernsehers und tastet sich durch ein paar Programme, die Billardkünstler beugen sich über den satten Grünfilz der Tische, und irgendein altkluger, sehr deutscher Studienrat widmet sich an einer Tafel mit Kreide den fernsten Planeten. *Space night* in *Bayern 3*, da hat er früher manchmal hineingeschaut, wenn er tiefnachts nicht schlafen konnte. Die durchs All trudelnde Erde, eine mit zu vielen Farben aufgepeppte Kugel, die irgendwer einmal aus dem Verkehr ziehen wird. Dazu Musik von Stockhausen, plötzlich ist so etwas sogar hörbar. Müßte man Stockhausen einmal erklären, daß er Filmmusik komponiert hat. Wenn man es ihm sagt, zeigt er einen gleich an oder droht damit, seinen eigenen Film zu seiner Musik zu drehen.

Er läßt die Bilder verschwinden, er kann mit Fernsehen nun einmal nichts anfangen, er zieht sich langsam aus und überlegt, ob er die Gardinen zuziehen soll. Kann jemand von außen in diese Suite schauen? Vielleicht der Mann im Dom, wenn es den gibt, des Nachts befreit er die Kirche von allen Sünden des Tages und räumt tüchtig auf. Raus mit dem Vielvölkergestank der Touristen, zwölf Stunden bleibt der Dom mal für sich. Er wird in den nächsten Tagen unbedingt einmal hineingehen, er muß nur einen Zeitpunkt finden, an dem nicht viel los ist dort drinnen. Hörst Du mich, Mann im Dom? Der große Gott krümmt seinen Buckel und wird zu einer ganz kleinen Gestalt, die die nächtliche Dom-Stille genießt und darin auf und ab geht. Unruhig, weil ihm die Gesänge des Domchors nicht passen, schlechter Laune, weil er sich nicht bei sich selbst beklagen kann. Bei wem sollte Gott sich beklagen? Wieder so eine Frage, die er Hanggartner stellen könnte, manchmal bekommt der einen theologischen Furor und predigt sich in einer seiner Sonntagsreden unversehens ins Jenseits. *Trans-zen-denz* ..., wie Hanggartner so etwas sagt, langsam, mit langem A, so daß es mit

Latein nichts mehr zu tun hat. Eher mit einem Apothekenmittel, das er selbst angerührt hat.

Er läßt die Gardinen offen, in seinem Elternhaus gab es Gardinen sowieso nur als Schmuck, und Übergardinen gab es nur als Dekoration im Speisezimmer. Er geht hinüber ins Bad, er duscht, dann legt er sich schlafen. Wenn er die Augen fest schließt, ist das Dombild noch da, diese einsame schwarze Insel mit den erleuchteten Küsten aus Silber und Gold. Und der Jazz, er hat den Jazz aus *Sir Ustinov's Bar* noch im Ohr wie ein feines Gebläse, das sich nicht abstellen läßt. Er greift mit der Rechten nach dem Schalter der Lampe auf dem Nachttisch, er löscht das Licht ..., aber nach einem nur kurzen und leichten Traum, in dem es ihn durch nächtliche Straßen treibt, wacht er gegen drei Uhr wieder auf, er zieht sich den Morgenmantel über und geht durch die Suite, sehr müde ist er und kann doch nicht schlafen, etwas tief drinnen in ihm kommt nicht zur Ruhe, es sind die Gespräche im *Le Moineau*, es sind all die Zukunfts-Projekte und Pläne, die ihn nur belasten. Bestimmt kann sich Christoph ebenso wenig wie er vorstellen, was Ursula vorhat. Vielleicht schafft sie es wirklich, die beiden Projekt-Pläne ganz nüchtern zu prüfen, möglich ist aber auch, daß sie längst einen heimlichen Favoriten hat. Christoph erinnert sie stärker an Vater, während *er* ihr vielleicht imponiert, weil er die finanziellen Probleme zu lösen beherrscht. Wahrscheinlich kann sie sich nicht vorstellen, wie er lebt und was in ihm vorgeht, sie sieht in ihm den perfekten Chef, dem noch kein grober Schnitzer passiert ist. Wie sie am Ende entscheidet, kann niemand vorhersehen, sie kann sich zusammenreißen und all ihre Energien der Vernunft unterordnen, das käme ihm dann zugute, sie kann aber auch genau das Gegenteil tun und ihren Launen nachgeben, dann wäre Christoph im Vorteil.

Er versucht, noch etwas zu lesen. Auch Lektüren fehlen ihm in dieser Suite, sie fehlen ihm wie der Jazz, allerhand fehlt, er wird diese Suite nach und nach neu möblieren. Das einzige, was er außer Peter Feils Biographie jetzt lesen könnte, sind die vielen Briefe, die einige Autoren an Mutter geschrieben haben. Heute nachmittag hat er bereits in ihnen geblättert und erst nicht recht verstanden, was genau all diese schreibenden und daher fast immer verzweifelten Männer von Mutter wollten. Da ihre eigenen Briefe natürlich nicht beilagen, waren die Briefwechsel nur schwer zu rekonstruieren, nach einer Weile hat er dann aber doch etwas genauer erkannt, um was es ging. Schlicht gesagt, ging es um Freundschaft, all diese in ihren Briefen so müde und verzagt wirkenden Männer suchten vor allem Mutters Zuneigung und Freundschaft, als bedürften sie dringend einer Person, die ihnen Tag und Nacht zuhört. Bei manchen waren zwei, drei Briefe pro Woche keine Seltenheit, fast immer beginnen sie mit einem herzlichen Dank, Dank für Mutters Zuspruch, für ein Buch, für irgendeine kleine Aufmerksamkeit, einer bedankt sich sogar *für die köstlichen Birnen aus dem paradiesischen Marienburger Garten*, als wäre sie eine Fee, die heilende Äpfel an Dichter verteilt, die ihrer Phantasie schmerzhaft beraubt sind. In den meisten Briefen herrscht der Briefton früherer Zeit, es ist ein sehr alter, verschwommen bleibender Ton, etwas Nebulöses haftet ihm an, als wären all diese briefeschreibenden Männer bei Rilke in die Schule gegangen und als hätten sie sich bemüht, ein wenig wie Rilke zu leben, unstet, sich selbst idealisierende Gestalten voller Melancholie in einem fernen Hotel, mit einem leichten Lächeln über einen Bogen Papier gebeugt, unaufhörlich schreibend, um aus all dem geschriebenem Wust irgendwann eine winzige Perle zu ziehen. Mutter hat sie versorgt wie Patienten, für einige dieser Männer war sie anscheinend der wichtigste Halt und die einzige Stimme, der sie gehorchten. Männer, die ihrer Gefühle nicht sicher sind und jedes Wort auf die Goldwaage legen, um dieses unsichere Zittern auch noch zu benennen – gibt es Schlimmeres? Jazz ist da einfach königlicher und souveräner, beim Jazz werden solche Einsamkeiten zu einem Ton, und zwar so, daß man sich ihrer nicht schämt. *Liebe gnädige Frau, Ihre teuren Zeichen haben mir einmal wieder bedeutet* ..., so geht es jedenfalls nicht, *so nicht.* All die Geduld, die Mutter aufgebracht hat, um auf solche Episteln zu antworten, ist bewundernswert. Wo sie Rührseligkeit doch nie ertragen konnte, wo es ihr doch um Klarheit ging. Und um Schönheit. Sie hat ihre *Rilke-Schule* zusammengehalten, und wahrscheinlich hat keiner dieser immerzu *nach Aussprache* verlangenden Männer vom andern gewußt. Statt dessen haben sie alle einsam weitergeschrieben, von Mutter gelenkt und angefeuert, mag sein, daß sie dadurch die ganze ältere Autoren-Riege an den Verlag gebunden hat. Wenn Vater ihnen zu laut wurde, flüchteten sie sich zu Mutter und weinten sich bei ihr aus. Bestimmt hätte Vater viele Autoren verloren, wenn Mutter sie nicht immer wieder zu ihm zurückgeführt hätte. So daß man sagen könnte, daß Mutter den Verlag nicht unwesentlich mit geleitet hat, aus der Ferne, heimlich, vielleicht sogar ohne Vaters Wissen. Ob er wirklich davon nichts wußte? Vielleicht ist dem großen Patriarchen gar nicht klar gewesen, wie sehr er und all sein redseliges Wirken von seiner Frau abhängig waren.

Von Heuken setzt sich in einen der bequemen Sessel neben der Stehlampe und liest Brief für Brief. Irgendwann galoppiert die Müdigkeit fort, dann, plötzlich, rüttelt das erste Licht an den Domkonturen ihm gegenüber und schwemmt von der Rheinseite heran wie eine noch blasse Woge von den Hügeln irgendwo in der Ferne. Von Heuken steht auf und tastet sich hinüber ins Bett. Gegen fünf Uhr schläft er ein.

III

OUTING

I

HANGGARTNERS Zug aus dem Norden hat etwa zwanzig Minuten Verspätung, von Heuken hat keine Lust, noch einmal auf der Rolltreppe nach unten, in den Dunst der stickigen *Colonaden*-Meile mit all ihren Imbiß-Shops, zu fahren, deshalb geht er langsam den Bahnsteig entlang, es stört ihn nicht, daß er warten muß, so hat er Zeit, sich die wichtige Begegnung mit seinem Starautor noch einmal durch den Kopf gehen zu lassen. Minna Zech hat das Treffen bis ins letzte Detail geplant und ihn gut vorbereitet, nach außen hin soll alles so verlaufen, wie die Treffen mit Vater auch verlaufen sind, das soll Hanggartner Kontinuität signalisieren, damit er ihn schließlich dazu bewegen kann, das Manuskript zu übergeben. Sie werden also *Bei Claudio* in der Marzellenstraße essen, und zwar am kleinen Ecktisch rechts vom Eingang, sie werden Hanggartners Lieblingswein, einen schweren *Barbera*, bestellen, und Claudio Marini, der beinahe schon siebzigjährige Besitzer des seit über dreißig Jahren etablierten Lokals, wird seine freundliche Nummer abziehen, die große Tafel mit den besonderen *Angeboten des Tages* ächzend heranschleppen und Witze über sein Alter machen.

Als der weiße ICE endlich einläuft, postiert sich von Heuken in der Nähe der ersten Klasse, Hanggartner reist nicht nur mit allem Komfort, sondern besetzt auch gleich zwei reservierte Plätze nebeneinander, den Nebenplatz braucht er für seine Aktentasche oder für was auch immer, er hat es einfach nicht gern, wenn jemand neben ihm sitzt. Der lange Zug fährt sehr langsam ein und kommt dann beinahe ohne alle Bremsgeräusche zu stehen, der Fahrer muß ein Ästhet sein, denkt von Heuken, jedenfalls hat er einen Sinn dafür, wie eine herrschaftliche Ankunft beginnen muß. Auch die Türen springen wohltuend leise auf, der ersten Klasse entsteigen nur wenige verlorene Gestalten, Hanggartner erscheint als letzter, von Heuken erkennt ihn sofort an seinem Hut und dem elegant um den Hals drapierten Schal. Er ist genauso gekleidet wie auf dem Foto für die Werbekampagne, ein leicht melancholisch, aber noch lebenslustig wirkender Mann auf Reisen, deutlich von den Spuren letzter Vergnügungen gezeichnet. So wie er jetzt mit seinem Rollkoffer daherkommt, hat er noch etwas Vitales, es ist gar nicht gesagt, daß er vor dem endgültigen Count-Down nicht auch noch einen allerletzten Roman hinbekommt. Man muß ihn nur animieren, man muß Autoren Ziele setzen und Aufgaben stellen, von allein wissen sie nicht, was gut für sie ist, Vater hat das immer wieder gesagt.

Als sie aufeinandertreffen, weiß von Heuken für einen Moment nicht, was er tun soll, Hanggartner zu umarmen, erscheint ihm nicht angemessen, ihm nur die Hand zu schütteln, ist dagegen als Geste zu schwach, Hanggartner aber sind solche Skrupel ganz fremd, er läßt seinen Koffer einfach stehen und drückt von Heuken so entschlossen an sich, als wären sie miteinander verwandt und hätten sich lange Zeit nicht gesehen, von Heuken kommt seinem Gesicht sogar derart nahe, daß er den herben, leicht einlullenden Duft seines After-Shave riecht. Minna Zech hat behauptet, daß Hanggartner sich intensiv mit seiner Erscheinung beschäftigt, angeblich hat sie früher mit ihm mehrmals über die richtige Hautcreme gegen Augenfalten telefoniert, von Heuken hat solche Informationen leicht angewidert zur Kenntnis genommen, so genau wollte er es nun auch wieder nicht wissen. Immerhin aber hat dieser Klatsch dann dafür gesorgt, daß er sich auch selbst Gedanken über seine Kleidung gemacht hat, er trägt ein blaues Sakko und eine weiße

Hose, er will entschlossen und jugendlich aussehen, Clara würde bestimmt lästern, wenn sie ihn in dieser Aufmachung neben Hanggartner hergehen sähe.

Den Rollkoffer hat er sich rasch geschnappt und zieht ihn gegen Hanggartners anfängliche Proteste hinter sich her, er mag keine Rollkoffer, Rollkoffer waren ursprünglich etwas für ältere Frauen, jetzt ist der halbe Bahnsteig voll von diesen lärmenden, sich herrisch Platz verschaffenden Vehikeln. Worüber soll er reden und in welchem Ton? Er spricht nicht allzu laut, er dankt Hanggartner für sein Kommen und erwähnt die Geschwisterrunde vom gestrigen Abend, was er so daherredet, soll sich entschlossen nach Krisenbewältigung anhören, ernst und doch gefaßt soll es klingen, als würde die Konzernmaschinerie auch in Notfällen bestens weiterarbeiten. Höchstens drei bis vier Minuten darf er sprechen, dann aber muß er an Hanggartner abgeben, im Beisein von Autoren darf man nie weit ausholen, sondern sollte ihnen die richtigen Stichworte liefern. Als er kurz hustet, springt Hanggartner sofort ein und sagt, daß er es nicht mehr zu Hause ausgehalten habe, der Infarkt seines alten Freundes habe ihn getroffen wie ein Stich mitten ins eigene Herz. Schlechtes Bild, denkt von Heuken, wer sticht heutzutage schon jemanden ins Herz, selbst Tierherzen päppelt man bis zuletzt, damit sie noch eine gute Mahlzeit abgeben, und auch wenn sie nicht mehr intakt sind, sticht oder zerschneidet man sie keineswegs.

»Ich habe mir später Vorwürfe gemacht, Wilhelm, daß ich Dich angerufen habe«, sagt er.

»Vorwürfe? Ich bitte Dich, Du hast reagiert wie der Sohn Deines Vaters, er hätte genauso gehandelt«, antwortet Hanggartner und fährt mit der Rechten durch die Luft, als dirigiere er sein kleines Emotionen-Orchester. Auch bei seinen Lesungen rudert und schaufelt er unablässig mit seiner Rechten, manchmal sieht es so aus, als wolle er seine eigenen Texte entsorgen oder wegkippen wie Schrott, um den sich gefälligst die anderen bemühen sollen. Dennoch, man hört ihm zu, das muß man ihm lassen, er ist nicht einer von jenen Autoren, die ihre Arbeiten so matt vortragen, als hätten sie die Lust an ihnen selbst schon verloren. Professionelles Lesen, erstaunlicherweise können viele ältere Autoren das gut, die meisten haben sich Thomas Mann zum Vorbild genommen und ihre Texte im Familienkreis vorgelesen.

»Ich hätte warten sollen«, sagt von Heuken, »ich hätte Dir Zeit lassen sollen, die schlimme Nachricht zu verarbeiten.«

Hanggartner geht mit kurzen, festen Schritten neben ihm her, bis zum Restaurant sind es nur ein paar hundert Meter, es lohnt sich nicht, ein Taxi zu benutzen. Er wirkt angespannt, irgendwie explosiv, denkt von Heuken. *In Hanggartner schreibt es*, hat Pa manchmal gesagt und damit gemeint, daß Hanggartner sich nicht vom Schreiben lösen kann, er ist ein Romancier und schreibt daher unaufhörlich, prinzipiell kann alles, was ihm begegnet, Eingang in seine Romane finden, was bedeutet, daß er nicht selektiert und keine Erholung kennt wie ein Lyriker, der jede Beobachtung erst siebenmal wendet, bevor er sie für eine Gedichtzeile freigibt. Das unablässige innere Schreiben macht aber unruhig und gereizt, vor allem dann, wenn es nicht zu Geschichten führt, die Nachricht von Vaters Infarkt hat noch etwas Ungeformtes, Hanggartner kaut an ihr und weiß nicht, in welchem Fach seiner vielen Schreibkommoden er sie ablegen soll.

Jetzt bleibt er stehen, von Heuken erwartet nichts Gutes, wenn Hanggartner stehenbleibt, setzt er Akzente, mit denen man meistens nicht rechnet.

»Ich will etwas wissen, Georg, und zwar ganz genau«, sagt er entschieden, es ist viel zu früh für schwergewichtige Sätze, denkt von Heuken, besser wäre es, ihn erst einmal einen tüchtigen Schluck *Barbera* nehmen zu lassen, dann würde sich das Schwergewichtige von allein auflösen in den Koketterien seiner Alkoholseligkeit.

»Laß uns warten, bis wir bei Claudio sind«, antwortet er, obwohl er längst bemerkt hat, daß er Hanggartner nicht hinhalten kann. Wenn er es dennoch versucht, könnte er bockig werden, auch das Bockige beherrscht er grandios, vor lauter Bockigkeit kann er Tische umschmeißen und Speisekarten zerreißen, es ist also besser, ihm jetzt nicht noch etwas entgegenzusetzen.

Sie stehen nun direkt vor dem *Hilton*, es sieht beinahe so aus, als habe Hanggartner vor, sich dort einzuquartieren. Ist es das? Zögert er deshalb, rasch weiterzugehen? Minna Zech hat berichtet, daß er bei seiner Schwester in Düsseldorf übernachtet, natürlich hat er auch aus ihrem Leben einen Roman gemacht, *Spiel mit zwei Unbekannten* heißt das auflagenschwache Werk über die komplizierten Modalitäten ihrer Scheidung, inzwischen hat sie sich längst einen zweiten Mann geangelt, angeblich ist es ein Brasilianer, der irgend etwas mit Bankfonds zu tun hat.

»Sag mir nur eins«, sagt Hanggartner und tut jetzt so feierlich, als erwarte er eine zentrale Botschaft, »sag mir, wie es Dir geht, Dir ganz persönlich, sag mir, wie Du Dich fühlst, das möchte ich wissen.«

Von Heuken begreift nicht sofort, was die Frage soll, Hanggartner stellt sie so bedeutend, als sei sie viel mehr als eine Frage nach seinem Befinden. Er kann jetzt nicht ausweichen, er muß etwas sagen, das Hanggartner beeindruckt oder sich ihm vielleicht sogar einprägt, diese Frage, nun begreift er, stellt der alte Routinier vor allem, um mit etwas Starkem, Zitierbarem nach Hause zu fahren.

»Ehrlich gesagt, Wilhelm«, antwortet von Heuken, »ehrlich

gesagt und wirklich nur unter uns: Ich habe mich noch nie so kräftig gefühlt.«

»*Das* wollte ich hören«, sagt Hanggartner und lächelt zum ersten Mal, »jetzt bin ich beruhigt.«

Von Heuken hat nicht einmal lange nachdenken müssen, am besten ist sowieso, er gibt sich keine allzu große Mühe, etwas besonders Gescheites oder Brillantes zu sagen. Auch Pa redete schließlich weder gescheit noch brillant, und außerdem mögen gute Schriftsteller niemanden neben sich, der so redet. Also hat er versucht, etwas Starkes zu sagen, er gibt sich als Anwärter auf den Thron zu erkennen und deutet an, daß Vaters Zustand schlimm ist, ihn aber nicht umwerfen wird. Solche Stärke und Entschlossenheit muß er zeigen, er muß Hanggartner vermitteln, daß er sich bereits Gedanken über die drei nächsten Programme macht, ganz allein, selbständig, mit der Energie eines Sohnes, der alle Bevormundung ablegt. Das macht Eindruck und zeigt Hanggartner an, worauf er sich in Zukunft einstellen muß, die schönen Zeiten mit Vater sind vorbei, jetzt kommen die schönen Zeiten mit seinem Sohn.

Er bleibt nicht mehr stehen, sondern geht weiter, ohne auf Hanggartner Rücksicht zu nehmen, im Grunde ist sein starker Satz nicht einmal gelogen, er entdeckt in diesen Tagen in sich wahrhaftig Kräfte, von denen er bisher nichts geahnt hat. Als habe es dieses Infarkts bedurft, um ihn aufzuwecken und endgültig mit einem autarken Leben zu beginnen. Aber was wird, wenn es mit Hanggartner nicht weitergeht? Was, wenn Christoph ihm zuvorkommt?

»Komm, Wilhelm«, sagt er beinahe ungehalten nach hinten über die Schulter, »laß uns alles Weitere bei Claudio besprechen, ich habe ordentlich Appetit.«

Als sie das Restaurant betreten, kommt ihnen der alte Marini sofort entgegen, die Ärmel seines blauen Hemdes sind hochgekrempelt, er trägt eine breite Krawatte und eine schwarze Hose mit weißer, fast bis zum Boden reichender Schürze, die sich über einem pompösen Fett-Fötus wölbt. Bevor seine Kunden erscheinen, verdrückt er die besten Happen erst selbst, er nascht sich durch seine eigene Küche, diese Wollust hat ihn seine Frau gekostet, die sich vor einiger Zeit von ihm getrennt hat.

»Dottore, wie schön, Sie zu sehen«, ruft er laut und schlägt mit den Armen wie ein Huhn mit den Flügeln, von Heuken ist nicht gekränkt, daß er ihn kaum beachtet, sondern auf Hanggartner losgeht, sollen die beiden doch ihre Altersbalz aufführen, es ist ihm ganz recht. Seit Jahrzehnten hat Vater Marinis Lokal für die Treffen mit den älteren Autoren bestimmt, es handelt sich um einen langgestreckten, nicht einmal besonders noblen Raum, der wie ein Wohnzimmer aus den frühen siebziger Jahren aussieht, an den kleinen, meist quadratischen Tischen genießen gut verdienende Männer, die für ein Geschäftsgespräch zwei, drei Stunden nicht gestört werden wollen, den Mittag. Die hohen Preise für die sehr traditionellen Speisen abseits von jedem Experiment halten die Laufkundschaft draußen, seit ewigen Zeiten hat Marini ein Stammpublikum, das ihm von Generation zu Generation wieder verfällt, als habe er Einzigartiges zu bieten. Das Einzigartige aber ist nicht, wie er annimmt, er selbst, sondern die ewig gleiche Atmosphäre in seinem Lokal, das mit seinen schlichten Speisen und schweren Holzmöbeln jeden Zeitgeist hinter sich läßt. Der Rollkoffer wird neben dem Ecktisch rechts vom Eingang geparkt, Hanggartner nimmt endlich Platz, er sitzt jetzt so, daß er das gesamte Lokal übersieht, während von Heuken mit dem Rücken zu den anderen Gästen sitzt. Marini umkreist sie, er fragt und gackert ununterbrochen, schließlich macht er sich wie erwartet daran, die schwere Holztafel herbeizuschleppen, auf der die Tagesgerichte notiert sind. Bei dem kurzen Geplauder mit ihm ist Hanggartner freundlich, ja beinahe herzlich, während er sonst in Gesprächen auch leicht fies werden kann. Ermüdet er stark oder wird er nicht richtig gefordert, kann er sogar unausstehlich werden und taucht dann stundenlang ab. Vater hat immer darüber geklagt, wie eigensinnig und schwierig viele Autoren doch im Gespräch sind, nur mit den älteren amerikanischen Schriftstellern ging es oft besser, denn die meisten von ihnen beherrschten wenigstens irgendein Hobby wie Golf, Schach oder Segeln, über das er mit ihnen fachsimpeln konnte. Hanggartner aber hat keinerlei Hobbys, er hat eine ihm ergebene Frau, mehrere Kinder, einen Hund und zu allem eine Meinung, wenn es ganz schlimm kommt, präsentiert er einem davon so viel, daß man nach dem Gespräch am liebsten stundenlang Skat spielen würde, um den Kopf wieder leer zu bekommen.

Minna Zech hat erwähnt, daß er *Flußkrebse auf Feldsalat* jedes Mal als Vorspeise bestellt, von Heuken hat fest damit gerechnet, daß er dies auch bei ihrem Treffen tun würde, jetzt läßt sich Hanggartner alle Vorspeisen noch einmal aufzählen, fragt nach, geht sie Punkt für Punkt durch, natürlich sind schon all die klingenden Namen für einen erklärten Wortfetischisten wie ihn etwas geradezu Delikates. *Ein Carpaccio vom Fisch* ..., sagt er und lehnt sich zurück, als müsse er nachdenken und im Kopf ein Bild dieses *Carpaccio* entwerfen, von Heuken versteht jetzt, warum ein Essen mit ihm stundenlang dauert, Hanggartner stürzt sich einfach geschmäcklerisch auf jedes Detail und versucht, ihm eine literarische Note abzugewinnen. Einen Romancier wie ihn muß man sich vorstellen wie eine wandelnde Enzyklopädie mit lauter exotischen Worteinträgen und kleinen Bildchen, die jedes Wort illustrieren, denkt von Heuken. Von Jahr zu Jahr erweitert sich dieser Wortspeicher oder wird wieder neu angefüllt, jeder Roman ruft dann die mühsam erworbenen Stichworte und Einträge ab, so technisch könnte man es ja auch mal beschreiben, aber wahrscheinlich würde Hanggartner gegen eine so nüchterne Darstellung sofort protestieren.

»Ach mein Gott«, sagt er schließlich und wirft beide Hände nach oben, als wolle er Wehrlosigkeit andeuten, »es treibt mich ja doch immer wieder zurück zu den alten Genüssen, ich kann es nicht ändern. Als junger Mensch hatte ich noch Lust auf beinahe alles, jetzt aber ist mein Geschmack derart eingeschränkt, daß ich doch wieder die Flußkrebse auf Feldsalat nehme.«

»Flußkrebse auf Feldsalat ...«, sagt von Heuken, als hörte er zum ersten Mal von dieser Vorspeise, »das ist nicht schlecht, ich denke, ich schließe mich an.«

Sich anschließen, dasselbe wie der Autor bestellen – auch das ist eine eiserne Regel, die ihm Vater eingeprägt hat. Die eigenen Gedanken, Interessen und Wünsche soll man bei einem solchen Treffen hintanstellen, Anpassung ist die Devise, so produziert man für die Dauer des Gesprächs jenen Gleichklang, der jedem Autor schmeichelt.

Von Heuken überlegt, ob er Vaters Befinden noch einmal ins Spiel bringen soll, läßt es dann aber bleiben, er hat das Gefühl, daß er Hanggartner damit jetzt nicht behelligen und vorerst vor allem als Zuhörer herhalten sollte. Der große Mann breitet sich aus und nimmt ein Restaurant in Beschlag, so direkt und aus der Nähe hat von Heuken das noch nie mitbekommen, er paßt genau auf, warum sollte er sich von einem gewieften Schauspieler wie Hanggartner nicht einige Kniffe abschauen?

Er räumt die kleine Tischvase beiseite und stellt sie auf den leeren Nachbartisch, er läßt einen Aschenbecher herbeibringen und postiert ihn in der Mitte, er legt Löffel, Messer und Gabel eng nebeneinander auf die steife Serviette, dann entnimmt er seiner Jackentasche eine Schachtel Zigarren und steckt sich noch vor dem Essen eine an. *Willem II*, eine holländische Marke, die raucht er schon seit ein paar Jahren. *Zigarren begleiten mein Leben* ..., ist der Satz einer seiner Romanfiguren, den eine pfiffige Tabak-Kampagne zu Werbung gemacht hat. Im Grunde könnte man mit allem werben, womit er sich schmückt, mit seinem Hut, seinem Schal, seiner Brille, mit seinem Augenaufschlag, seinem Gang, ja selbst mit Flußkrebsen auf Feldsalat, er hat es einfach raus, allem um ihn herum sein Gepräge zu geben. Wie das wohl eine Familie erträgt? Wie wehrt man sich Tag für Tag gegen eine Person, die sich alles Fremde sofort aneignet?

Er erzählt jetzt von zu Hause, aber er tut es beinahe abwesend, er bringt nur in Erinnerung, von wo er am Morgen aufbrach, das Bild seines Hofs nahe der Küste wird jetzt wie eine große Projektion an eine der Restaurantwände geworfen, um den passenden Hintergrund abzugeben und für eine Hanggartner-Atmosphäre zu sorgen. Das Gras hat er gemäht, ein letztes Mal noch in diesem Jahr, Birnen und Äpfel hat er geerntet, *ich habe dem glühenden Herbst den Garaus gemacht* ..., sagt er mit einem dunkel raunenden Gestus und hüllt die nächste Umgebung in die auf- und absteigenden Schwaden des Rauchs seiner Zigarre. Alles, was er jetzt zu hören bekommt, interessiert von Heuken nicht im geringsten, Hanggartners Hof, Birnen und Äpfel sind ihm vollkommen schnurz, er sitzt aber so aufmerksam und gerade da, als sage ihm jeder Satz etwas Neues und als lohne es, sich mit allem zu beschäftigen, was Hanggartner vorträgt.

Irritierend ist nur, daß er auch die drei Kellner, die sich um sie bemühen, genau im Auge behält, jedes Mal, wenn sich einer von ihnen mit einem Brotkorb, dem Aperitif oder sonst einer Kleinigkeit nähert, hat er eine Frage auf Lager, er verwickelt sie kurz in ein Gespräch, er erkundigt sich, wie sie heißen, wo sie herkommen oder ob sie Familie haben, dann redet er sie mit Vornamen an und gibt ihnen so das Gefühl, wichtig zu sein. *Das Leben ernst nehmen, die Schöpfung beschämen durch Aufmerksamkeit*... – heißt es nicht so im Vorwort seiner gesammelten Essays *Über das Reisen und andere Unmöglichkeiten*? Vor allem *die Schöpfung beschämen durch Aufmerksamkeit* ist typisch Hanggartner, als möchte er auch Gott eins auswischen und ihm höchstpersönlich erklären, wie die Welt beschaffen sein müßte.

Sie stoßen jetzt zum ersten Mal an, die beiden gut mit Prosecco gefüllten Schalen klirren kurz gegeneinander, »das ist doch immer ein schöner Moment«, sagt Hanggartner, als dürfe er nichts unkommentiert lassen. Als kurz darauf auch die Flußkrebse auf Feldsalat serviert werden und er sich mit einem großen *Ah* sofort darüber hermacht, wird von Heuken die Sache zu dumm. Am Ende sitzen sie hier stundenlang, Hanggartner doziert über alles und nichts, und die kostbare Zeit vergeht, ohne daß man auch nur einen einzigen Schritt weitergekommen wäre. Es hilft nichts, er muß jetzt andere Seiten aufziehen, Schritt für Schritt muß er das Gespräch auf das Roman-Manuskript lenken.

Mit der gestrigen Verlagskonferenz fängt er an und nähert sich so dem Thema *Frühjahrsprogramm*, er erwähnt einige andere Titel und sorgt dann dafür, daß das Wort *Spitzentitel* gleich zweimal und kurz hintereinander fällt. »Der Spitzentitel ist natürlich nichts anderes als Dein neuer Roman, Wilhelm«, sagt er abschließend, »alle im Verlag sind sehr auf Dein neues Manuskript gespannt, jeder wüßte gern, mit welchen Themen Du Dich diesmal beschäftigt hast.«

Hanggartner greift nach einer Zitronenhälfte und preßt sie derart hoch über den orangerot schimmernden Flußkrebsen aus, daß der Saft über den ganzen Tisch spritzt. Ginge von Heuken jetzt darauf ein, würde Hanggartner vermutlich *Über den*

Gebrauch des Weihwassers in katholischen Kirchen dozieren, auch diesem Thema hat er längst einen in Kirchenkreisen geschätzten Essay gewidmet. Er angelt sich dann mit der Gabel einige Stücke Krebsfleisch, schiebt sie sich ruppig in seinen Mund und läßt seine buschigen Augenbrauen dabei tanzen.

»Nun gut«, sagt er, »nun gut, unser Freund Bayermann wird Euch doch wohl angedeutet haben, in welche Richtung sich mein Roman diesmal bewegt.«

»Nein«, sagt von Heuken sehr rasch, »Bayermann hat *nichts* angedeutet, er behauptet, nicht eine einzige Seite Deines neuen Buches zu kennen.«

»Gott ja, da hat er recht, aber er ist doch zumindest im Bilde, im Bilde ist er doch schon. Weißt Du, Georg, manchmal denke ich, Bayermann ist zu verschwiegen, zu sehr bei sich selbst. Ich habe ja schon viele Romane mit ihm gemacht, wenn ich aber überlege, was er zu jedem einzelnen nun genau gesagt hat, fällt mir beinahe nichts ein. Nichts, rein gar nichts, kein Lob, keine Ablehnung, wie ist so etwas möglich? Manchmal sehe ich ihn schon selbst als Figur eines Romans, wie er mir gegenübersitzt und in seinem Salat stochert und wie er mir jedes Mal ausweicht, wenn ich ihn eindringlich darum bitte, mich einmal mit in den Zoo zu nehmen. Was soll ich sagen? Er tut es einfach nicht, er entzieht sich, er findet immer genau das geheime Türchen, durch das er im letzten Moment dann doch noch verschwindet. Ja, so ist er, Bayermann ist ein *Verschwinder*, einer, der einem entgleitet und geheimnistuerisch ist. Das aber macht mich nervös, es *ver-un-sichert* mich, wie meine jüngste Tochter es nennen würde.«

Bayermann mag seine Romane nicht, denkt von Heuken, das ist das ganze Geheimnis, aber selbst wenn er sie mögen würde, würde er Hanggartner nie mit in einen Zoo nehmen. Es ist ihm auch nicht zu verdenken, *Hanggartner im Zoo* ist eine schreckliche Vorstellung, wahrscheinlich würde er noch den Elephanten einreden, sie hätten etwas mit seinen Romanen zu tun. *Elephanten lassen uns doch immer wieder staunen, wozu wir als Menschen alles* nicht *fähig sind* …, so in der Art würde Hanggartners Zoo-Kapitel beginnen, und dann würde er von den Flamingos über die Flußpferde bis hin zu den Giraffen und Nashörnern ein lückenloses Panorama seiner poetischen Tierkunde ausbreiten. *Der Flamingo als meditative Erscheinung* …, *Der Pinguin als Modell unserer Erwartung von perfekter Kleidung* …, von Heuken bemerkt gerade noch rechtzeitig, daß er nun bereits selbst vom Virus der Abschweifung infiziert ist.

»Bayermann hat seine Meriten, das weißt Du genau, Wilhelm«, sagt er bestimmt, »er ist ein vorzüglicher Lektor und ein genauer Beobachter, und er breitet die Hand schützend über seine Autoren, wann immer es geht.«

»Das hast Du schön gesagt, wirklich schön, *er breitet die Hand* …, Bayermann hat in der Tat etwas Priesterliches, Segnendes, ein stiller, in sich gekehrter Monsignore ist an ihm verlorengegangen, ein Spaziergänger in den vatikanischen Gärten, so stelle ich ihn mir gerade vor, wie er sein Fernglas ansetzt und den schweren, dunklen Zypressen ihre Herbstschauder absieht.«

Man kommt nicht weiter mit ihm, wie hat Vater es bloß geschafft, diesen mäandernden Duktus in ein zielstrebiges Gespräch umzuleiten? Vielleicht dadurch, daß er selbst etwas annahm von diesem Drang, ewig uneindeutig zu bleiben und sich von der Sprache und den Wortassoziationen hin und her wiegen zu lassen. Soll er es einmal versuchen? *Einen* Versuch möchte er zumindest riskieren.

»Du sprichst vom Herbst, Wilhelm, unter uns gesagt, habe ich mir vorgenommen, diesen Herbst zu genießen. Das Schwere nämlich macht einsam, und Einsamkeit entzieht jedweden Genuß, aber wem sage ich das? Unsereins ist mit Einsamkeit nicht sehr vertraut, das lassen die Geschäfte nicht zu, wenn sie sich dann aber doch einstellt, nagt sie an einem und läßt einen nicht los. Vielleicht sind Schriftsteller Künstler im Ertragen von Einsamkeit, vielleicht gehen sie in ihrem einsiedlerischen Leben produktiv mit ihr um, unsereins jedenfalls kennt sich damit nicht aus, unsereins erwartet von außen die Rettung. Von Dir, von Deinen Romanen, davon, daß man Dir zuschaut, wie Du mit der Einsamkeit umgehst.«

Von Heuken kann sich nicht erinnern, je so gesprochen zu haben. Als stehe er unter Hanggartner-Drogen, als löse er sich auf *in Winden der Sprache.* Immerhin hat er Hanggartner aber so eine Brücke gebaut, der einsame Autor an seinem Schreibtisch, das genau ist doch wohl der Ausgangspunkt seines Romans, *Herr, laß ihn diese Brücke begehen*, betet von Heuken still. Zum Glück ist Hanggartner nun auch mit den Flußkrebsen fertig, er läßt den Feldsalat liegen und leert das Glas mit Prosecco, da plötzlich fällt von Heuken ein, was fehlt, es fehlt der *Barbera*, das Manuskript gibt es erst zum *Barbera*, Minna Zech hatte es ihm doch eigens gesagt.

»Das ist schön gesagt, Georg, ich wiederhole mich, aber auch die Wiederholung hat in der Sprache ihr Recht. Ich hatte ganz vergessen, daß Du in Frankreich studiert hast, jetzt aber höre ich es deutlich heraus, Deine Sätze haben einen fast romanischen Duktus, ich liebe das sehr, manchmal denke ich, mein eigentliches Innere ist mit Proust so verwandt, daß mich die Scham überfällt, ihn nicht im Deutschen fortsetzen zu können. Ein deutscher Proust – das ist, leider, unmöglich, das einzige, wozu ich mich vielleicht je berufen fühlte, ist ein fernes Ziel, das immer fern bleiben wird.«

Jetzt richtigzustellen, daß er *nie* in Frankreich studiert hat und daß Hanggartner sich irrt und ihn mit seinem Bruder verwechselt, hält von Heuken für falsch, lügen aber möchte er auch nicht, das einzige, was ihm als Notlösung einfällt, ist, sich kurz zu entschuldigen und das Weite zu suchen. *Einsame Män-*

ner in dunklen Toiletten ..., die Sprache generiert in ihm jetzt lauter Hanggartnersches, bevor er aber wirklich in die Toilette entschlüpft, gelingt es ihm noch, den *Barbera* zu ordern. Ein deutscher Proust, ein friesischer Kafka, im Grunde ist es ein schlechtes Zeichen, wenn Autoren wie Hanggartner noch an Vorbildern hängen. Mit Zwanzig, nun gut, mit Vierzig, vielleicht gerade noch, aber wenn man auf Achtzig zugeht, hat ein gestandener Autor mit Proust oder Kafka nicht mehr das Geringste zu tun. Dann nämlich muß das eigene Haus stehen, mit hellen Fenstern, die eigene Kathedrale des Geistes, in der Proust oder Kafka Fremdwörter sind.

Als er von der Toilette zurückkommt, entkorkt Claudio Marini gerade den Wein, Hanggartner kostet, der breite Altherrenkopf fällt etwas nach hinten, als solle der dunkle Wein noch in die letzten Gehirnkammern strömen. Von Heuken setzt sich und macht sich auf alles gefaßt, da bemerkt er in der Tischmitte den Stapel der Blätter, auf dem wie eine opulente Beigabe noch zwei dicke Kladden liegen. Der Wein, eine zweite Zigarre, das Geschirr muß vollständig abgeräumt werden, endlich ist es soweit.

»Einsamkeit«, Hanggartner greift das schwere Wort auf und setzt es an den Beginn, »Einsamkeit ist ein gutes Stichwort, um auf meinen neuen Roman zu sprechen zu kommen, denn Einsamkeit ist nicht nur ein Gewürg, sondern mehr noch eine Sprachnot. Zu niemandem sprechen zu können, zu dürfen, zu wollen – was wäre das anderes als eine Not? Die Hauptfigur meines neuen Romans *ist* derart einsam, traumwandlerisch hast Du das Thema erfühlt und ausgesprochen, mein Lieber.«

Von Heuken spürt, wie eine Welle von Müdigkeit ihn jetzt durchströmt, mittags schweren Rotwein zu trinken, hat er noch nie gut vertragen, dazu aber noch Hanggartners Stimme zu hören, gibt ihm den Rest. Er klammert sich mit der Rechten an der Tischplatte fest und gerät ein wenig ins Träumen, Hanggartner erzählt gerade von dem einsamen Schriftsteller *schon in den Jahren*, der sich in einem Mail-Kontakt mit einer erheblich jüngeren Buchhändlerin *auf dramatische Weise verfange*, er schmückt diese erste Andeutung aber sofort aus und räsoniert über die Besonderheiten von E-Mails, die durch ihr hohes Tempo angeblich einen *Sprachdruck* ausüben und den Empfänger verführen, sofort zu antworten, sofortige Antwort sei aber in diesem Fall sofortige Preisgabe, der Schriftsteller, *schon in den Jahren*, lege sich als Opfer auf den Altar der elektronischen Post, während die junge, ihm nicht weiter bekannte Buchhändlerin das Seziermesser führe und ihn mit ihren kurzen, flinken Mails genau da verwunde, wo er am empfindlichsten sei: In der verödeten *Liebesgegend* des Herzens …

Von Heuken schweigt, eine leichte Trance hat ihn befallen, schon viele Buchhändlerinnen, erinnert er sich, haben erzählt, daß sie während Hanggartners ausschweifenden Einführungen in eine Lesung in solche Trancezustände geraten. Von Heuken ahnt plötzlich genau, wie so etwas sich anfühlt, man starrt ihn an, man öffnet den Mund einen Spalt, man tritt in Tuchfühlung mit der physischen Erscheinung dieser Wortzelebration.

»Soweit der erste Teil«, sagt Hanggartner und nimmt einen kräftigen Schluck, »im zweiten begegnen die beiden einander zum ersten Mal, ein *amour fou* ungeheuren Ausmaßes beginnt, er geht bis zur Erschöpfung, unaufhörlich reißen sich die beiden voneinander los und müssen sich doch wiedersehen, sie reisen einander nach, sie geraten in den leidenschaftlichen Furor der Liebe, die uns alle entblößt und reduziert auf unser kümmerliches Existieren. Schmerzhaft ist das und bitter, denn natürlich wissen sie beide, daß sie vergeblich anrennen gegen die Gesetze des Lebens, der Zeit, mein Schriftsteller ist, ich sagte es schon, ein Mann hoch in den Jahren, noch einmal, erinnere Dich an den späten Goethe, überfällt ihn der Traum eines

Daseins zu zweit, noch einmal diese Stunden und Tage, noch einmal …«

Er stockt, von Heuken bemerkt, daß es ihn mitnimmt, mit diesem Roman hat er seine eigenen, späten Träume beschrieben.

»Ich habe mich schwergetan, Georg, diesen Roman zu beenden, das Ende war eine Zumutung, für meine Figuren, für mich, ich habe hin und her überlegt, ob ich meinen Figuren das Äußerste antun kann, die Trennung, den Verlust. Es war mir aber zuwider, zutiefst zuwider war es mir, meinen Figuren den Laufpaß zu geben, ihnen schnöde ihr Glück zu entziehen. Als Autor spielt man ja Gott, alle Gesetze des Lebens hat man selbst in der Hand, man kann bestrafen, belohnen, den Rücken kehren, ach, am Ende habe ich meinen Figuren den Rücken gekehrt. Sich abwenden, beiseite gehen, der alte Autoren-Gott trollt sich davon und überläßt das Leben sich selbst, wie findest Du das?«

Marktstrategisch betrachtet, ist ein solches Ende perfekt, denkt von Heuken, es sichert Hanggartners Roman doppelt so viele Leserinnen, als wenn alles katastrophal enden würde.

»Es hört sich großartig an, Wilhelm«, sagt er und spürt, daß seine Stimme beschlagen ist von der nicht aufhörenden Trance, »großartig und weitherzig hört es sich an. Es krönt Dein Romanwerk auf eine Weise, wie sie *nobler* nicht sein könnte.«

Nobler und *nobel*, *Nobel* und der *Preis*, von Heuken ist beinahe stolz auf seine Entgleisung. Im Inland hat sich Hanggartner schon alle nur erdenklichen Preise geangelt, doch mit den großen Auszeichnungen aus dem Ausland hapert es noch, seit vielen Jahren geht er am Tag der Nobelpreis-Verkündigung nicht ans Telefon, so sehr glaubt er noch an das große Happy-End seines Lebens.

»Mehr, Georg, mehr will ich nicht sagen, mehr kommt mir jetzt nicht über die Lippen, das wirst Du verstehen. Ich sage nur: *Es sei*, hier hast Du's, ich übergebe es Dir, nimm es, der Roman gehört mir nicht mehr, ich übergebe dem Verlag *Caspar & Cuypers* meinen Roman mit dem Titel *Eine Sache des Herzens*.«

Von Heuken ist beinahe erschrocken, als er den feierlichen Satz hört, mit einem Mal ist seine Trance verflogen, *Eine Sache des Herzens* ist als Titel gar nicht einmal so schlecht, verderben jedenfalls kann ein solcher Titel nicht viel, er macht neugierig und nennt das Thema beim Namen. Von Heuken steht auf, solche Szenen waren ihm bisher nur aus seinen kindlichen Kirchgängerzeiten geläufig, als man sich in der Messe auf bestimmte Sätze hin erhob, um dem großen Gott Reverenz zu erweisen. *Gloria in excelsis* ..., wehe dem Kind, das da sitzen blieb!

»Was tust Du?« sagt Hanggartner, »was ist denn mit Dir? Ich bitte Dich, das ist doch nicht nötig. Bleib doch sitzen, wir können doch auch im Sitzen anstoßen.«

Von Heuken aber bleibt stehen, unbarmherzig und stur, Vater ist gewiß nicht aufgestanden bei Hanggartners starken Worten, er aber steht auf, das wirkt wie eine neue Note oder sogar wie ein Stil, der sich ab jetzt einbürgern könnte. Und wahrhaftig, Hanggartner versteht, worum es ihm geht, langsam zieht er sich nun auch am Tisch in die Höhe und steht neben ihm, der alte Autoren-Gott gibt seinem neuen, jungen Verleger die Hand.

»Ich werde alles tun, was in meiner Macht steht, um diesen Roman zu einem großen Erfolg zu machen«, sagt von Heuken ohne Furcht vor den Blicken, die beide nun von den anderen Tischen ereilen. Längst haben einige Gäste das Paar erkannt, sie schauen herüber, um jede Geste mitzubekommen, eine kleine Notiz in der morgigen Zeitung auf der Seite *Gesellschaft & Leben*, das könnte dabei herauskommen, denkt von Heuken.

Er hebt sein Glas, und auch Hanggartner greift nach seinem *Barbera*, von Heuken bemerkt, daß Hanggartner versucht, sein hoch gefülltes Glas auf einen einzigen Zug zu leeren, er darf jetzt nicht kneifen, er muß das schwere Getränk ebenfalls wegtrinken bis auf den Grund. Als er sich wieder setzt, spürt er den Alkohol wie eine warme Woge, die dabei ist, alle Widerstände in ihm wegzuspülen. In einem solchen Zustand möchte man nichts als verreisen.

2

ALS CLAUDIO MARINI den Hauptgang serviert, bestellt er noch eine Flasche. Diesen Tag kann er vergessen, er kann froh sein, wenn er es, ohne auffällig zu werden, bis zum Hotel schafft, um sich in die kühlen Bettlaken zu flüchten. Auf keinen Fall wird er Hanggartner an Vaters Krankenbett begleiten, diese Idee wird er ihm ausreden müssen, Vaters Anblick könnte all die gekonnt hergestellte Eintracht nur zerstören.

Lammrücken gegrillt, mit grünen Bohnen, ein gewaltiges Stück Fleisch mit dem herben Duft von Knoblauch und vielen Gewürzen, liegt vor ihm auf seinem Teller, Marini bringt den beiden noch ein scharfes Messer, damit können sie das prall schimmernde Fleisch gut von den Knochen schälen. Bevor es losgeht, übergibt Hanggartner ihm das Manuskript, von Heuken schaut, um noch einmal Interesse zu zeigen, kurz auf den ersten Satz und liest ihn laut vor: *Norbert Stetig war ein Schriftsteller hoch in den Jahren* …, ja, so beginnt eine Geschichte, die im Verlag bald Kompanien beschäftigt und in einem halben Jahr immerhin ein paar Millionen erbringt. Hanggartner hat die beiden Kladden ganz an den Rand des Tisches gelegt, er darf sie nicht aus den Augen lassen, irgend etwas hat der große Mann damit noch vor.

Während sie beginnen, den Lammrücken zu bearbeiten und die innen noch blutrosa aussehenden Fleischlappen in mundgerechte Stücke zu schneiden, überlegt sich von Heuken ein Intermezzo. Soll auch er von zu Hause erzählen? Von etwas Unschuldigem, Harmlosem? Soll er das Gespräch ein wenig liften, indem er einen heiteren Ton anschlägt? Hanggartner könnte gekränkt sein, daß er das Roman-Thema so schnell fallen läßt, besser ist, er versucht, die Hochspannung noch ein wenig zu halten und sie langsam ins Kaufmännische zu überführen.

»Wir werden in allen großen Zeitungen werben«, sagt von Heuken, »mehrspaltig, mit Deinem Foto. Einige Rezensenten werde ich persönlich anschreiben und ihnen das Buch ans Herz legen. Zur Präsentation lassen wir uns etwas Besonderes einfallen, da laß mich nur machen. Wir starten mit einer Auflage von *Einhunderttausend*, aber die Druckerei ist jederzeit zum Nachdrucken bereit.«

»Mit wieviel rechnest Du denn?« fragt Hanggartner.

»Mit einer Viertelmillion«, sagt von Heuken.

Hanggartner schaut ihn an, jetzt wandern kleine Zahlenkolonnen durch seinen Kopf und bleiben im *Barbera* stecken, Zahlenkolonnen, knietief im Wein, Hanggartner ist dabei, sie ans Ufer zu ziehen und eindrucksvoll aufmarschieren zu lassen, aber es geht nicht, er hat jetzt nicht mehr die Kraft dazu.

»Das wäre …«, versucht er es dennoch.

»Wir kalkulieren mit einem Ladenpreis von neunzehn Euro neunzig«, sagt von Heuken, »Du bekommst fünfzehn Prozent Honorar, keiner unserer Autoren bekommt soviel, und keiner wird auf lange Zeit soviel bekommen. Ohne das Taschenbuch und alle weiteren Rechte könntest Du, wenn alles glatt geht, eine Dreiviertel Million Euro damit verdienen.«

»Das ist nicht Dein Ernst«, sagt Hanggartner.

»Laß mich nur machen«, sagt von Heuken zum zweiten Mal, um sich als Verkaufsgenie in Erinnerung zu bringen.

»Du hast es raus, das Verkaufen«, sagt Hanggartner.

»Ja, Wilhelm, ich habe es raus, wenn ich etwas raushabe, dann das Verkaufen.«

»Sie könnten sich keinen Besseren wünschen als Dich«, sagt Hanggartner, beinahe stolz wie ein Vater.

»Ich hoffe, daß es alle im Konzern so sehen wie Du«, antwortet von Heuken.

»Wer um Himmels willen sieht es denn anders? Das sind Narren, Narren müssen das sein, die das anders sehen! Wer ist es, sag mir doch bitte, wer es ist! Ich werde ihnen die Meinung sagen! Niemand anders als Du wird meine Bücher verlegen, jetzt, wo Dein Vater uns fehlt.«

Von Heuken geht über diese Gefühlsaufwallung einfach hinweg, eine Erklärung Hanggartners könnte ihm schließlich nur schaden. Er nutzt die Gelegenheit, die Schleusen zu öffnen und dieses Treffen zu einer runden Sache zu machen.

»Ich danke Dir, Wilhelm. Aber da Du gerade von Vater sprichst, bestehst Du darauf, ihn gleich noch zu sehen?«

»So hatten wir es doch vereinbart.«

»Das hatten wir, aber ich überlege, ob es nicht besser wäre, wenn ich die frohe Botschaft Vater dann überbringe, wenn es ihm bessergeht. Es steht mit ihm nicht zum Besten, wir sollten ihm, wenn irgend möglich, jede Aufregung ersparen. Dein Anblick, all die starken Erinnerungen – das könnte zuviel für ihn sein.«

Hanggartner ißt viel schneller als er, er schneidet die Fleischstücke nicht klein, sondern schnappt sich breite Streifen und steckt sie sofort in den Mund. Jeden Bissen begießt er mit einem Schluck Wein, die Bohnen hat er zur Seite geschoben, statt dessen nimmt er sich schon zum zweiten Mal Brot. Brot, Wein und Fleisch, auch Hanggartner hatte eine katholische Kindheit.

»Ich verstehe«, hört er Hanggartner sagen und beginnt, nun

vollends zu triumphieren. Für seine Verhältnisse hat er jetzt soviel Wein getrunken, daß er, ohne sich merkwürdig vorzukommen, sofort losjubeln könnte. Auf dem Höhepunkt des Genusses hat dieser *Barbera* etwas Anfeuerndes, wie eine Flamme, die langsam ins Lodern gerät und dann immer höher und strahlender flackert. Sein Herz hat sie jedenfalls nun schon erreicht, man könnte ihn jetzt zu allem verführen.

Auch die zweite Flasche ist leer, er bemerkt es mit einem Blick, der ihn jetzt geradezu schmerzt. Noch ein klein wenig sollte es weitergehen, bis auch die beiden Kladden verspeist sind.

»Ich schlage vor, wir feiern weiter bei einer dritten Flasche, laß uns auf Vater anstoßen, das ist jetzt wohl richtiger als ein Besuch.«

Hanggartner scheint auch erleichtert zu sein, er putzt sich mit der Serviette die Mundwinkel und schaut ihn wieder mit dem ergebenen Blick an, den er immer dann aufsetzt, wenn er sich unter die Konzerndecke kuschelt.

»Einverstanden, Georg, so schwer es mir fällt. Heute aber bin ich, Du siehst es, Du hörst es, mit allem einverstanden, was Du mir rätst. Dein Rat bedeutet mir viel, bevor ich hierherkam, habe ich, ehrlich und direkt gesagt, gar nicht geahnt, *wie viel* er mir bedeutet.«

Eine dreiviertel Million, denkt von Heuken, auf den Punkt gebracht, bedeutet mein Rat eine dreiviertel Million. Er bestellt die dritte Flasche und läßt jetzt nicht mehr locker.

»Ich nehme an, Wilhelm, Du hast diese beiden Kladden nicht ohne Grund dorthin gelegt. Was verbirgt sich dahinter, läßt Du es mich wissen?«

Sie sind jetzt mit dem Lammrücken fertig, das pure Skelett liegt noch da wie der Teil eines Stillebens, die Bohnen haben sie beide verschmäht. Claudio Marini läßt abservieren, Hanggartner spricht erneut mit den Kellnern, das Lieblingsobjekt seiner Fragen kommt aus Sizilien und hat bereits drei Kinder. *Sicilia*, summt Hanggartner, zumindest an Italien hat er sich bisher noch nicht vergriffen, Italien ist nichts für ihn, denkt von Heuken, Italien ist für einen wie ihn zu barock und zu fremd, er ist klug genug, daß er sich nicht an den Süden herantraut und sich lieber an Fuhlsbüttel hält. Er aber würde sich jetzt gerne in Italien verlieren, die Lieder von Paolo Conte sind nun wieder da, *l'amore è un stregone*, er gäbe etwas darum, das hören zu können, aber in Claudio Marinis Restaurant gab es noch nie Musik. So etwas vertragen all die älteren Herrschaften nicht, und es ist im Grunde ja auch in Ordnung, nur jetzt, in diesem Moment, möchte er weiter verführt werden, *auf und davon*, in eine Lagunenstimmung oder in den umbrischen Herbst.

Hanggartner greift nach den Kladden und schiebt sie auf von Heukens Platz. »Bitte«, sagt er, »schau selbst hinein.«

Es sind Blindbände, dicke, vom häufigen Gebrauch an den Rändern speckig gewordene Blindbände, sie enthalten Hanggartners handschriftliche Notizen, in einer lesbaren, aber unschönen Schrift. Er notiert mit einem Kugelschreiber, das sieht ihm ähnlich, denkt von Heuken, mit einem Kugelschreiber notieren sonst nur Dilettanten, die kaum etwas schreiben, Handwerker oder Schriftgestörte an der Grenze zum Analphabetismus. Dieses Gerät muß ihn doch stören, er muß doch sehen, was für ein unsauberes Schriftbild dadurch entsteht, auf manchen Seiten sind die Buchstaben verschmiert, die blaue Mine hat hier und da etwas gesabbert und kleine, fettig glänzende Blauaugen hinterlassen. *Ich und das Glück – zwischen diesen beiden Worten ist mehr als ein Spalt*, liest von Heuken still und blättert weiter. Die Eintragungen sind kurz und durch Trennstriche voneinander geschieden, warum zeigt er ihm diese Sprachsuppe, was will er damit? Von Heuken spürt, daß Hanggartner ihn jetzt genau anschaut, er sieht ihm dabei zu, wie sich in ihm das verlegerische Kalkul allmählich entwickelt, wie es sich orientiert und etwas wittert.

»Meine Tagebücher«, sagt Hanggartner leise, »die Chronik meines Lebens.«

Tagebücher sind das keineswegs, möchte von Heuken sofort antworten, verkneift sich aber zum Glück diese Replik, *es sind keine Tage-, sondern Notizbücher*, es sind all die Sprachbrocken, die er irgendwo aufschnappt, notiert und später in seinen Romanen verwurstet, er will, daß sie als *Tagebücher* durchgehen, Tagebücher verkaufen sich, Notizbücher fast gar nicht. Wer hat eigentlich angefangen mit all diesen Tagebüchern schon zu Lebzeiten? fragt sich von Heuken, welcher Sprachzauberer, *hoch in den Jahren*, hat als erster seinen Keller durchkramt, weil die frische Ware zur Neige ging?

Claudio Marini schleppt jetzt beflissen die dritte Flasche heran, da kommt von Heuken ein besserer Gedanke.

»Claudio, ich denke, wir disponieren um. *Drei* Flaschen Barbera, das muß nicht sein. Vater bestellte doch manchmal Champagner, es war eine bestimmte Sorte …«

»Eine sehr ungewöhnliche war es, Herr von Heuken, und Ihr Herr Vater trank sie nur in sehr seltenen Fällen. Es handelt sich um einen *Rosé Veuve Cliquot*«, sagt Marini.

»Wenn er mit seinen Weibern hier war, hat er wahrscheinlich so etwas bestellt«, sagt Hanggartner und lacht, »*ich* jedenfalls habe mit ihm noch nie so etwas getrunken.«

»Sie haben recht«, antwortet Marini, »*Veuve Cliquot Rosé* gab es nur, wenn sehr schöne Frauen anwesend waren.«

»Bring uns eine Flasche«, sagt von Heuken, »wir stoßen auf Vater an, und außerdem gibt es noch etwas Weiteres, auf das wir anstoßen müssen.«

»Was meinst Du? Worauf möchtest Du denn *noch* anstoßen?« fragt Hanggartner.

Wie harmlos er tun kann, denkt von Heuken, er weiß doch längst, daß ich an nichts anderes denke als an die Publikation all dieser Notizen. Im Grunde interessieren solche Fundgruben nur Fachleute, die Wissenschaftler werden sich darauf stürzen, Dissertationen über die Vorstufen von Hanggartners Romanen werden entstehen, man sollte sich aber auch Gedanken darüber machen, wie man mit alldem ein noch größeres Publikum erreicht. Sich solche Strategien auszudenken, liegt ihm, er weiß, wie man aus Seifenblasen Luftballons macht, mit denen am Ende die Scharen umherziehen.

»Wir stoßen auf Deine *Tagebücher* an, Wilhelm, wir nehmen sie uns Stück für Stück vor und bringen sie in regelmäßigen Abständen heraus. Alle zwei Jahre oder vielleicht in einem noch schnelleren Rhythmus, damit Deine Leser Dich durch Deine Jahre begleiten können. Was denkst Du, wie viele Bände könnten es werden? Zehn? Oder fünfzehn? Wann hast Du angefangen mit diesen Notizen?«

»Als Du zur Welt kamst«, sagt Hanggartner, »vor etwas mehr als fünfzig Jahren.«

»Wunderbar«, sagt von Heuken, »wir beginnen damit im kommenden Herbst, direkt nach Deinem Roman. Bayermann ist Dir bei der Zusammenstellung der Texte natürlich behilflich, ich denke, wir versuchen zunächst einmal, alle zwei Jahre einen Band erscheinen zu lassen, aber über all diese Details können wir noch später sprechen. Laß diese Kladden hier, damit Bayermann sie einmal durchgehen kann, wir werden dieses Projekt genau kalkulieren. Am liebsten würde ich sofort einen Vertrag mit Dir machen, aber bei der Größe dieses Vorhabens ist so etwas nicht möglich, das mußt Du verstehen. Woran hast Du denn gedacht, hast Du schon eine Idee?«

»Fünfzigtausend Vorschuß pro Band«, sagt Hanggartner, »und die üblichen fünfzehn Prozent Honorar.«

»Darauf gebe ich Dir sofort mein Wort«, antwortet von Heuken, erleichtert, daß er es so schnell nicht mit Hanggartners *Gesammelten Essays* zu tun bekommt. Die Tagebücher bringen längst nicht soviel ein wie ein Roman, werden sich aber, wenn man sie geschickt ankündigt und mit dem entsprechenden Werbe-Aufwand begleitet, nicht schlecht verkaufen, besser jedenfalls als seine Essays.

»Bevor wir anstoßen, Wilhelm, noch eins. Ich weiß, daß Dir, was die Titel betrifft, niemand dreinreden darf. Diesmal jedoch hätte ich einen Vorschlag, und ich sage Dir, Du wärst nicht schlecht beraten, wenn Du Dich mit ihm anfreunden könntest. Hast Du selbst denn schon überhaupt an einen Titel gedacht?«

»An einen Titel? Nein, für Tagebücher braucht man doch keinen Titel, wir nennen die Bände schlicht *Tagebücher* und numerieren sie durch.«

»Wir nennen sie *Intime Passionen* und geben ihnen den Untertitel *Roman eines Lebens*«, sagt von Heuken und ist mit sich so zufrieden wie seit langem nicht mehr.

»Das ist genial«, sagt Hanggartner langsam, »mein Gott, ist das genial. *Intime Passionen* trifft genau den Kern all dieser Manien, meine Schreibunruhe ist ja eine Passion, etwas Verzehrendes, das mich hinwegrafft mit der Zeit und alle Kräfte verbraucht. Man könnte diese Notizen als einen Roman lesen, das könnte man, der Gedanke ist mir noch gar nicht gekommen, man könnte behaupten, diese Notizen seien so etwas wie meine Autobiographie, stoßen wir an, Georg, trinken wir auf diesen genialen Einfall von Dir ...«

Sie sitzen beinahe bis vier, alle anderen Gäste haben das Restaurant längst verlassen. Zwei Flaschen *Barbera*, einen *Veuve*

Cliquot Rosé und vier Grappe *Tre Soli Tre* – von Heuken hat mitgehalten, so gut es ging. Am Ende schlich sich etwas Nostalgisches in das Gespräch, Hanggartner sprach von den fünfziger Jahren, den Jahren seines Beginns, und plötzlich hatte von Heuken das alte Bild noch einmal vor Augen, Hanggartners Brille mit Goldrand, sein Jünglingsgesicht, all die Maskeraden, die er sich ein Leben lang abnötigte. Während er ihn ausholen und sprechen läßt, so viel und so lange er will, kommt ihm der Gedanke, ihn für das *Europa*-Projekt einzuspannen, Hanggartner hat viele Kontakte, er könnte ihm gute Autoren aus dem Ausland an Land ziehen. Heute aber will er ihn damit nicht mehr verwirren, der Roman und die Tagebücher – als Programm für die nächsten Jahre ist das wahrhaftig genug.

Als sie aufstehen, kommt Claudio Marini noch ein letztes Mal zu ihnen. Auch er hat begriffen, wer hier in Zukunft den Champagner spendiert. »Bitte, Claudio, halte die seltene Marke weiter für uns bereit, wir werden sie in den kommenden Monaten noch häufiger bei Dir trinken«, sagt von Heuken, und Claudio Marini nickt wie ein Kind, dem man gerade etwas verspricht, worauf es sich freut.

3

IN DEN NÄCHSTEN TAGEN verziehen sich plötzlich die vielen Wolken und der heftige Wind, es wird wieder heller und sogar sonnig, und eine wohltuende Nachsommer-Ruhe breitet sich allmählich aus. Die Bäume der langen Alleen am Rhein erstarren in all ihren bunt auftrumpfenden Farben, und von jenseits des Flusses treibt der feine, fließende Rauch der ersten großen Feuer herüber und verliert sich in der Mitte des Wassers.

Von Heuken liebt diese Zeit, es ist die beste des Jahres, die schwüle Hitze des Sommers ist jetzt endgültig vorbei, aber seine letzten sonnendurchfluteten Bilder sind noch im Kopf und überdauern ein wenig, das trockene Laub legt sich den Bäumen zu Füßen, und manchmal ist da am Morgen auch schon die erste Kälte, ein kühler Hauch von den Höhen oder vom Fluß, über den sich das Sonnenlicht legt wie ein wärmender Mantel.

Im Konzern hat man die Buchmesse im Auge, alle Abteilungen arbeiten jetzt auf diesen Jahreshöhepunkt hin, das Herbstprogramm ist längst auf dem Markt und wird von den Rezensenten besprochen, nun muß der Verkauf der Bücher angeheizt werden und bis mindestens Weihnachten schnurren, das Kunststück besteht darin, ihn so anzukurbeln, daß er über das Fest hinaus anhält, möglichst noch bis in das Frühjahr. Dann spätestens ist es vorbei, das neue Programm kommt in die Regale, und die alten Titel verschwinden für immer.

Von Heuken hat jetzt sehr viel zu tun, diese Tage sind voller Termine und Aktivitäten, es gibt Gesprächsrunden mit dem Vertrieb und den Vertretern, mit der Werbeabteilung und den Marketing-Leuten, er mag auch das eigentlich sehr, es lenkt ihn ab und zwingt ihn, bei der Sache zu bleiben, nebenbei arbeitet er am Projekt der *Bibliothek*, er trifft sich mit Peter Feil, um ihm die Reihe über die Kölner Stadtviertel zu erläutern, und telefoniert mehrmals mit Lina Eckl, die ihm in Kürze ein Sortiment neuer vielversprechender Titel für sein Projekt anbieten wird. Mit Ursula und Christoph hat er keinen Kontakt, sie haben in ihren eigenen Verlagen jetzt selbst Arbeit genug, Ursula hat außerdem darum gebeten, nicht von den Brüdern angerufen zu werden, sie telefoniert nur mit Liesel Burger oder direkt mit der Klinik.

Clara hat sich abgemeldet und ist nach Paris zu einer Autorin gefahren, deren Werke sie übersetzt, die beiden werden die schönen Herbsttage im Süden, in einem Landhaus bei Arles, verbringen, um dort eine Übersetzung fertigzustellen. Da sie fort ist, hat er keine Lust, nach Hause zu fahren, in solchen Fällen nämlich kocht Becky am Abend für alle ihr schwerverdauliches Zeug, in Claras Abwesenheit kümmert sie sich meist um den ganzen Haushalt.

Als er dann doch einmal unangemeldet vorbeifährt, um sich frische Hemden und Wäsche zu holen, erdröhnt das Haus von lauter Musik, *italienische Schnulzen*, denkt von Heuken verwundert, wie kommt Becky an italienische Schnulzen? Als er ins Wohnzimmer kommt, erkennt er aber Marie, die dort mit einem schwarzgelockten Boy tanzt, harmlos und locker sieht es aus, beruhigt er sich, noch hat dieses Tanzen nichts von schwüler Anmache und fiebrigem Körperkontakt, die beiden lachen ihn aus, wie er in der Tür steht und erstaunt schaut. »Was ist das?« schreit er hinein in die breiten Orchesterfiguren, eine Woge von Streichern und Chören trägt eine einzelne, sich aufbäumende Stimme, Marie kommt kurz zu ihm und zeigt ihm eine CD, *Renato Zero* liest er, aber natürlich sagt ihm das nichts. »Nimm sie mit«, schreit Marie, »es wird Dir bestimmt gefallen, bestimmt«, und da sie so bettelt, wartet er, bis sie die Scheibe in die Hülle gesteckt und an ihn weitergegeben hat.

Dann aber hat er es eilig, sich wieder davonzumachen. Wenn Clara nicht da ist, gefällt ihm das moderne Haus mit seinen großen Glasfronten hin zum Rhein nicht, schon seit einiger Zeit fühlt er sich dort insgeheim nicht mehr wohl, der Bau setzt einfach keine Patina an, er altert nicht richtig, sondern scheint stehengeblieben zu sein in den Jahren seiner Erbauung. Natürlich nehmen die Kinder das alles nicht wahr, sie mögen das Haus, und sie mögen selbst den sterilen Garten mit dem kurzgeschnittenen Rasen und den pflegeleichten, längst viel zu hoch geschossenen Sträuchern, der sich nach hinten hin anschließt. Wenn einer von ihnen oder wenn sie beide verreist sind, laden die Kinder ihre Freunde ein und veranstalten dann ihre Feste auf der grünen, ihm immer zu leblos vorkommenden Fläche. Er kann sich gut vorstellen, daß eines von ihnen später einmal hier wohnt, so sehr lieben sie diese Umgebung, den nahen Rhein mit seinen sandigen Ufern und die unberührten Waldstreifen weiter südlich, schon auf Bonn zu. Sie fahren Rad, sie zelten auf den stillen Wiesen in Nähe der Leinpfade, die sich seit seinen eigenen Jugendjahren kaum verändert haben, manchmal hat er das Gefühl, sie haben sich von ihrer ungetrübten, durch nichts gestörten Kindheit noch nicht gelöst, vielleicht haben sie deshalb noch keine festen Partner. Marie ist die einzige, die sich nach Pas Befinden erkundigt, Johannes dagegen spricht ihn nicht einmal darauf an, wahrscheinlich fürchten sie sich davor, den Großvater zu verlieren, vor den Themen Krankheit und Tod scheuen sie noch zurück.

Und er? Wie steht es mit ihm? Jeden Morgen fährt er zur Klinik und spricht kurz mit Loeb, der Vaters Krankengeschichte immer wieder rekapituliert und ihr kaum etwas Neues hinzufügt. Statt dessen möchte er mit ihm über ganz andere Themen reden, *Kunst und Fotografie* sind Loebs Steckenpferde, aber von Heuken mag keine Ärzte, die sich in ihrer Freizeit mit Künstlerischem beschäftigen und sich insgeheim nach dem Wahren, Schönen und Guten verzehren. Deshalb weicht er aus, obwohl er bemerkt, daß er es sich dadurch mit Loeb verdirbt, Loeb sortiert seine Patienten nach ihren Berufen, ganz oben stehen die, die ihm interessantes Wissen zuführen und in seinem tristen Ärzte-Alltag für kulturelle Abwechslung sorgen. Vater hat ihn damit verwöhnt, er hat ihm Bücher geschenkt und ihn mit anderen Extras bei Laune gehalten, von Heuken aber kann so etwas nicht, Menschen mit diesem deutlich erkennbaren Erlebnishunger sind ihm zuwider, deshalb hat es ihn ja auch nie zu all dem gedrängt, was ein Mann wie Loeb *das gesellschaftliche Parkett* nennt.

Da er sich gegenüber seinen Annäherungsversuchen zurückhält, geht aber auch Loeb nicht auf ihn zu, von Heuken hat das Gefühl, abgespeist und nicht gründlich genug informiert zu werden. So ist er auch nicht der erste, der an Vaters Krankenbett darf, dieses Vorrecht räumt Loeb nur Liesel Burger ein, angeblich hat ihre Gegenwart einen positiven Einfluß auf Vaters Genesung. Erst als von Heuken entschiedener auftritt und energisch darum bittet, mit Vater sprechen zu dürfen, erteilt Loeb die Erlaubnis. Zwanzig, höchstens dreißig Minuten darf von Heuken nun jeden Morgen Pa sehen, auf den ersten Blick sind das nur sehr kurze Zeiträume, sie erscheinen von Heuken hinterher aber immer so lang, daß er sich beinahe den ganzen Tag an diese Séancen erinnert.

Jede dieser Begegnungen nämlich ist schlimm. Wenn von Heuken ans Bett tritt, reicht er Vater kurz die Hand, der aber ergreift sie sehr fest und hält sie minutenlang, als wolle er sie am liebsten gar nicht mehr freigeben. Vaters Gesicht wirkt verspannt und viel angestrengter als früher, die Backenknochen treten schärfer hervor, und auch das Gebiß zeichnet sich unter der straffen Haut klarer ab, als ziehe der gesamte Körper sich allmählich zurück auf die harten, minimalen Konturen eines Skeletts. Pas massige Erscheinung ist daher längst nicht mehr zu erkennen, durch den Infarkt wirkt sie jetzt steif und beinahe erfroren, seine Bewegungen sind so verzögert und langsam, daß es von Heuken immer wieder verstört.

Wenn Vater spricht, spricht er über das Haus, er möchte in seinem großen Schlafzimmer liegen, bei geöffnetem Fenster, mehr sagt er dazu aber nicht. Es hört sich an, als spreche er von seinem Ende, als habe er abgeschlossen mit allem und mit allen seinen Frieden gemacht, die Krankenhausumgebung ist ihm fremd, und über Loeb macht er ein paar Bemerkungen, die nichts Freundliches oder Anerkennendes haben.

Vom Konzern ist nicht die Rede, von Heuken kommt es so vor, als tauche er in Vaters Gedanken überhaupt nicht mehr auf. Als er den Namen *Hanggartner* fallen läßt und kurz andeutet, daß man sich mit ihm über das Erscheinen seines neuen Romans einigen konnte, lächelt Vater kurz und flüstert Hanggartners Namen, als wäre es eine Gestalt, die er vor Jahrzehnten zum letzten Mal sah und an die er sich nicht mehr gut erinnert. Statt dessen erkundigt er sich nach den serbischen Gärtnern, er will wissen, was sie machen und in welchem Teil des Gartens sie gerade zu tun haben, auch nach Secondo erkundigt er sich, als wären ihm seine Gärtner und sein Chauffeur jetzt näher als all die vielen Mitarbeiter seines Konzerns.

Manchmal hat von Heuken sogar den Verdacht, daß Vater dabei ist, sich in eine Traumwelt zurückzuziehen. Immer häufiger nämlich machen seine Andeutungen ihn ratlos, von Heuken nickt, versucht, sie zu begreifen, aber hinter vieles, was sich in Pas Schädel tut, kommt er einfach nicht. Es ist, als verheddere er sich immer wieder in verschiedenen Kapiteln einer Erzählung, deren Anfang er einfach verpaßt hat, so daß er sie als unverständlich und teilweise sogar abstrus empfindet. In solchen Momenten schaut er seinen Vater an und schweigt. Er starrt auf dessen Pupillen, die ihn fest fixieren, und es überfällt ihn ein leichter Schwindel, wenn sie sich dann plötzlich bewegen und irgendeinen anderen festen Punkt im Raum anvisieren.

Der einzige Mensch, mit dem er darüber spricht, ist Liesel Burger. Wenn er in der Frühe erscheint, sitzt sie schon an Vaters Bett und unterhält sich mit ihm, er hört, daß sie es hinbekommt, sich unaufhörlich leise mit ihm zu unterhalten, die beiden murmeln sich etwas zu, fast immer ist ausschließlich von den Räumen des Hauses und all den kleinen Dingen die Rede, die sie beide auf irgendeine Weise miteinander verbinden. »Ich habe die Vorhänge im Speisezimmer gewaschen«, sagt Liesel Burger, und Vater schaut sie an, als spreche sie von etwas, das ihn wahrhaftig sehr interessiert. Er hält den Kopf schräg, manchmal sinkt er nach einer Weile auch müde nach unten, so daß das Kinn beinahe die Brust berührt, von Heuken kann nicht hinschauen, es tut ihm weh, aber Liesel Burger steht auf und schiebt den Kopf mit beiden Händen zurück auf das Kissen, als stelle sie eine schwere Vase vorsichtig wieder an ihren alten Platz zurück.

»Liesel«, sagt von Heuken, als sie beide für ein paar Momente allein sind, »Liesel, was ist nur mit ihm? Er redet von Dingen, zu denen mir gar nichts einfällt, oder er starrt mich an und schweigt, als warte er darauf, daß ich etwas Erlösendes sage. Was aber könnte das sein? Worauf wartet er, was geht in ihm vor?«

»Er sehnt sich danach, in seinen alten schwarzen Schuhen ohne Strümpfe durch den Garten zu gehen«, antwortet Liesel, »er möchte im Lehnstuhl am Fenster seines Schlafzimmers sitzen und ein Chanson von Juliette Gréco hören, er möchte sich zu mir in die Küche setzen und zusammen mit mir ein Kreuzworträtsel lösen, er erinnert sich an unseren Hund und fragt mich, ob wir uns nicht wieder einen anschaffen sollten, er träumt davon, daß Secondo ihn zur Rheinfähre nach Königswinter fährt und er im Wagen sitzen bleiben darf, einmal hin und zurück.«

Von Heuken schweigt und läßt sich diese Sätze durch den Kopf gehen. Er versteht immer noch nicht, sie fügen sich nicht zu einer Geschichte.

»Das alles sind Dinge, die er sein ganzes Leben lang nicht getan hat«, sagt Liesel. »Sein ganzes Leben hat er an den Konzern und dessen Zukunft gedacht. Jetzt, wo er kaum noch Kraft hat, werden andere Dinge für ihn wichtig.«

»Du willst sagen, in alten Schuhen ohne Strümpfe durch den Garten zu gehen, sei wichtig?«

»Ja, das ist wichtig, jetzt, wo er auf sein Leben zurückschaut, ist es das Wichtigste überhaupt. Nur diese wenigen, intensiven Wünsche haben für ihn noch eine Bedeutung, selbst seine frühere Lust auf gutes Essen und Trinken hat er verloren. Du mußt Dir vorstellen, daß er jetzt alles hinter sich läßt und nicht mehr das geringste Interesse für Dinge aufbringt, die ihm nicht wirklich etwas bedeuten.«

»Seine Verlage, seine Autoren – willst Du behaupten, daß sie ihm nichts mehr bedeuten?«

»Ja, sie bedeuten ihm nichts mehr. Er hat nur noch den einen Wunsch, nach Hause zu kommen und sich den wenigen Dingen zu widmen, die ihm noch durch den Kopf gehen. Er möchte Marie sehen und Johannes, er möchte mit ihnen Boule spielen und ihnen beim Federball zuschauen. Er möchte, daß sie den jungen, neuen Hund ausführen, und er möchte im Schlafzimmer sitzen und darauf lauschen, daß sie von einem Spaziergang zurückkommen. Er will, daß es regnet, immer wieder sagt er, er möchte vom Küchenfenster aus dem Regen zuschauen, wie er den Garten bewässert und unseren Teich zum Überschwemmen bringt.«

»Und warum starrt er mich an? Warum spricht er mit mir nicht darüber?«

»Weil Du den Konzern im Kopf hast, weil Du ihn nicht verstehst. Und weil er nicht wagt, Dich darum zu bitten, ihn ins Auto zu setzen und nach Hause zu fahren.«

»Er wagt es nicht? Aber *warum* wagt er es nicht?«

»Er sagt, Du willst, daß er wieder gesund wird. Er sagt, Du

möchtest ihn am liebsten nicht nach Hause, sondern in den Konzern zurückfahren. Vielleicht hat er auch Angst, er sagt manchmal, er habe Angst vor all denen, die ihn nicht verstehen. Loeb macht ihm auch angst, ich glaube, daß auch Du ihm jetzt angst machst.«

»Aber ich bitte Dich, ich tue ihm nichts, ich hüte mich, den Konzern zu erwähnen, ich belaste ihn mit keinem Wort, ich bemühe mich, von allem zu schweigen, was ihn an die Arbeit erinnern könnte.«

»Ja, das ist richtig, aber er sieht, daß es Dir schwerfällt. Er hat etwas sehr Merkwürdiges gesagt, er sagt sehr viel Merkwürdiges, ich will nicht behaupten, daß ich alles von dem verstehe, was er zu mir sagt.«

»Was war das Merkwürdige, das er gesagt hat?«

»Er hat gesagt, er hätte es begrüßt, wenn Du ein guter Studienrat geworden wärest.«

»Wie bitte?«

»Ein guter Studienrat, ein richtig guter, kein Verleger, überhaupt kein Verlagsmensch.«

»Liesel, das verstehe ich nicht. Aus mir hätte niemals ein guter Studienrat werden können.«

»Ja, ich weiß, Du hast recht. Ich glaube, er sehnt sich nach einem nahen Verwandten, der mit dem Konzern nichts zu tun hat und etwas ganz anderes macht. Etwas Harmloses, Stilles, etwas jenseits jeder Öffentlichkeit. Ich glaube, das ist es, was hinter dem Studienrat steckt.«

»Aber der Konzern ist sein Lebenswerk, ich verstehe nicht, wie ihm sein Lebenswerk so gleichgültig werden kann, daß er sich einen Sohn wünscht, der nichts damit zu tun hat. Glaubt er, daß alles falsch war, was er getan hat?«

»Aber nein, warum sollte er denn so etwas glauben? Es ist anders, ganz anders, er hat nur noch einfachste Dinge im Kopf, er möchte nicht mehr, daß ihn irgend etwas belastet. Der Regen, der Garten, das Spiel Deiner Kinder, er möchte dem allen nur noch zuschauen und sich nicht belasten. Du mußt das verstehen: Er ist unendlich müde, Georg, er hat nicht mehr lange zu leben.«

»Liesel …«

»Machen wir uns nichts vor, Georg, es ist so. Weil ich so lange bei Euch arbeiten durfte, weiß ich genau, was in ihm vorgeht. Wir beide unterhalten uns gut. Ich singe ihm alte Lieder vor, und er überlegt, wie all die Stars hießen, die sie früher gesungen haben. Er möchte keine Zeitungen sehen und keine Bücher, Dein alter, unmusikalischer Vater möchte, daß ich ihm ein paar Lieder vorsinge. Musik ist doch das Schönste, sagt er manchmal, dabei hatte ich von Musik nie eine Ahnung.«

»Liesel, was kann ich dabei tun?«

»Es gibt nur eins, was Du tun kannst, Georg, Du kannst ihn herausholen aus diesem Gefängnis. Siehst Du nicht, was man hier mit ihm anstellt, all die Infusionen und Messungen täglich, und über seinem Kopf dieser gräßliche Bettmonitor mit den Herzstromkurven oder wie Professor Loeb so etwas nennt. All diese Dinge haben mit ihm nichts mehr zu tun, er hat sich ihnen entzogen, ich glaube, sein Körper reagiert nicht mehr auf diese kalte Fürsorge.«

»Ich soll zu Loeb gehen und ihn auffordern, Pa nach Hause gehen zu lassen?«

»Ja, diese Verantwortung solltest Du übernehmen, nur Du kannst das tun. Würde es in meiner Macht liegen, hätte ich es schon längst getan.«

»Liesel?«

»Ja, Georg?«

»Liesel, Du mußt mir helfen, allein ringe ich mich zu etwas nicht durch. Vorerst möchte ich noch etwas warten, es soll nichts unversucht bleiben, damit Vater wieder gesund wird.«

»Ja, ich verstehe Dich, Georg, aber ich sage Dir, das ist

falsch. Jeder Tag, den er hier verbringt, ist für ihn ein verlorener Tag.«

»Laß mir noch etwas Zeit, Liesel. Und beantworte mir noch eine wichtige Frage: Hat Vater mit Dir über seine Nachfolge gesprochen? Hat er dieses Thema Dir gegenüber mit irgendeinem Wort erwähnt?«

»Nein, Georg, mit keinem Wort. Er hat mich nur etwas sehr Merkwürdiges gefragt, er hat gefragt, ob Du mich zu Hause besucht hast und ob Du bei dieser Gelegenheit im Zimmer Deiner Mutter gewesen bist.«

»Das hat er gefragt?«

»Ja, und merkwürdig war, daß er gesagt hat, ich solle Dich zum Essen einladen und Dich bitten, ins Zimmer Deiner Mutter zu gehen, damit Du Dich dort umsiehst.«

»Warum sollte ich mich denn umsehen?«

»Ich weiß es nicht, Georg, ich habe das Zimmer Deiner Mutter immer gemieden. Ich habe es nie selbst gesäubert und aufgeräumt, ich habe es säubern und aufräumen lassen. Das Zimmer Deiner Mutter war nach meinem Gefühl für mich immer tabu, ich hatte dort nichts zu suchen, ich empfand es als einen fast heiligen Raum, in dem man nicht herumstöbert und sich umsieht.«

»Und Pa? War Pa eigentlich manchmal in ihrem Zimmer? Hat er es noch benutzt?«

»Nein, niemals, er hat das Zimmer Deiner Mutter nicht betreten, ich kann mich jedenfalls nicht daran erinnern.«

»Ich glaube, ich weiß, was er meint.«

»Du weißt es?«

»Ja, ich war vor einigen Tagen zu Haus, ich habe Secondo getroffen, der auf dem Vorplatz den Wagen putzte. Du warst nicht da, Secondo sagte, daß Du im Krankenhaus seist. Ich habe das Testament gesucht, schließlich kenne ich im Haus noch immer einige Verstecke, die sonst niemand kennt. In Mutters Zimmer habe ich das Testament gefunden, es lag in ihrem Schreibtisch, und in ihrem Schreibtisch lag auch ein großer Stapel Briefe, von denen ich bisher nichts wußte. Hast *Du* von diesen Briefen gewußt?«

»Von welchen Briefen?«

»Von Briefen, die Autoren an Mutter geschrieben haben, es sind sehr viele Briefe, meist sind es Dankesbriefe dafür, daß sie ihnen geholfen hat, sie hat vielen von ihnen geholfen.«

»Nein, diese Briefe kenne ich nicht, wohl aber weiß ich, wo sich noch andere Briefe befinden.«

»Welche anderen Briefe?«

»Briefe, die Deine Eltern sich nach ihrer Trennung geschrieben haben. Dein Vater hat sie mir einmal übergeben, er hat gesagt, ich solle sie aufheben.«

»Und wo hast Du sie aufgehoben?«

»Das kann ich Dir leider nicht sagen. Ich hebe sie auf, bis Dein Vater gestorben ist, dann werde ich sie Euch Dreien übergeben, Dein Vater hat mich darum gebeten, bitte verlange nicht, daß ich noch mehr dazu sage.«

»Du weißt, was in diesen Briefen steht?«

»Natürlich nicht, ich habe sie nie gelesen.«

»Ahnst Du, warum wir sie erst nach seinem Tod lesen sollen?«

»Ja, ich habe eine Vermutung, ich werde aber nicht darüber sprechen, das mußt Du verstehen.«

Als er Vater wiedersieht, hat er das alles im Kopf, den Garten, die Kreuzworträtsel, den Regen, die Gärtner. Es fällt ihm schwer, nicht davon zu sprechen, plötzlich aber sieht er, wie recht Liesel hat. Sein Vater hat sich zurückgezogen, er ist dabei, sich zu verabschieden, aber er möchte diese Welt nicht verlassen, ohne daß seine letzten Wünsche noch in Erfüllung gehen. Ihm gegenüber hält er sie noch zurück, er schweigt und hält seinen müden Körper nur noch hin, damit Loeb seine Medizinkunststücke an ihm erprobt, die alle nicht mehr greifen. Immer wenn er Vaters Zimmer verläßt, schaut er sich nach ihm um. Kurz wartet er auf ein Lächeln oder ein anderes Zeichen, aber Vater fixiert ihn nur stumm, mit leicht geöffnetem Mund.

Wenn es irgend geht, fährt er auch abends noch einmal im Krankenhaus vorbei. Abends darf er Pa nicht mehr sprechen, er darf nur aus der Ferne einen Blick auf ihn werfen, ohne daß Vater ihn sieht. Er beobachtet ihn, immer wieder geht ihm durch den Kopf, was Liesel gesagt hat. *Pa möchte durch den Garten gehen, in seinen alten schwarzen Schuhen, ohne Strümpfe.*

Nach solchen Besuchen fährt er meist noch eine Weile umher, er fährt über die Südbrücke und dann weiter nordwärts und über die Zoobrücke wieder zurück. In seiner Suite gibt es jetzt einen CD-Player und ruhigen Jazz, den er laufen läßt bis weit nach Mitternacht. Er legt sich aufs Bett und träumt an gegen das milchige Licht der südlichen Domfront, er geht nicht mehr aus, er läßt sich wie Vater etwas vom Service aufs Zimmer bringen, eine Kleinigkeit nur, manchmal wünscht er, er habe wie der dumme Knabe im Märchen drei Wünsche frei.

4

SEIT JAHREN war von Heuken nicht mehr in der Philharmonie, und in einem Konzert mit Barock-Musik war er noch nie. Eine halbe Stunde vor Beginn steht er unten am Rhein wie ein zu gutgekleideter Spaziergänger, der sich ein wenig Luft um die Nase wehen läßt. Er hat kurz überlegt, was er anziehen soll, was trägt man, wenn ein Cembalo mit ein paar Streichern aufspielt und eine blonde Diva ihr *Lamento* anstimmt? Er hat sich für einen dunkelblauen Anzug ohne Krawatte entschieden, das offene Hemd empfindet er als Ausdruck einer gewissen Distanz zur Feierlichkeit dieses Spektakels, außerdem möchte er ungezwungen und frei wirken, freier jedenfalls als in seinem Büro, in dem er nie ohne Krawatte erscheint. Gleich geht es los, er schaut schon zum dritten Mal auf die Uhr, eine leichte Nervosität hat ihn befallen, das letzte Mal hat er so etwas in seiner Schulzeit erlebt, als es diese ewigen *Dates* mit immer einem anderen Mädchen gab, als Junge stand man immer irgendwo eine Weile herum, weil sich die Hübschen verspäteten, und wenn sie dann in ihren blumigen Kleidern auftauchten, wäre man am liebsten sofort wieder verschwunden.

Worüber soll er sich überhaupt mit Jana unterhalten? Wie Vater versteht er nicht viel von Musik, und Small talk, der einen irgendwie über die Runden bringt, zu betreiben, fiel ihm schon immer sehr schwer. In Fällen wie diesen hat er überhaupt keine Routine, er hat sich auf etwas eingelassen, das ihn überfordert, er bemerkt es schon daran, daß er sich nicht ganz wohl fühlt. Dieses flaue Gefühl im Magen hatte er zum letzten Mal vor Prüfungen in der Schule, er versteht nicht, warum es ihn ausgerechnet jetzt wieder befällt, nach all den Jahren, in denen er ganz andere Herausforderungen gemeistert hat. Insgeheim aber ahnt er durchaus, wovor er sich ein wenig fürchtet, wie als Schüler fürchtet er sich vor dem ersten Anblick, Jana wird kaum noch zu erkennen sein, da ist er sicher, sie wird etwas Strahlendes haben, als habe sie sich eigens für ihn so gekleidet. Diesem Ansturm möchte er sich am liebsten entziehen, er möchte nicht etwas Besonderes verursacht haben, er möchte an diesem lauen und schönen Abend einfach nur ein Konzert genießen, zu dem ihn eine Laune verführt hat.

Mist, jetzt ist es Zeit, er kann nicht länger am Rhein stehen oder so tun, als habe er das alles gar nicht gewollt. *Vergnügte*

Ruh, beliebte Seelenlust ..., diese Arie hat ihm am meisten gefallen, immerhin hat er die CD inzwischen schon mehrere Male und sogar einmal nachts in voller Länge gehört. Zum Glück hat Magdalena Kožená keinen Sopran, denn einen hellen, vielleicht sogar schneidend-hellen Sopran etwa in der Art von Maria Callas ertrüge er nicht. Ihre Stimme klingt angenehm unambitiös, irgendwie *bei sich*, als sänge sie für einen Kreis guter Freunde und könnte sich auch schon einmal einen Ausrutscher leisten. Außerdem hat diese Stimme eine gewisse Wärme, die dafür sorgt, daß man den Worten folgt, auch das mag er, er möchte die Worte verstehen, sonst hört er gar nicht erst hin. Was regt er sich also auf? Er ist vorbereitet, er hat seine Aufgaben gemacht, jetzt aber los, hinein in den Tempel, er wird diese zwei Stunden schon gut überstehen.

Von Heuken erkennt Jana gleich, als er im Foyer ankommt. Bis zum Konzertbeginn sind es noch etwa zwanzig Minuten, entsprechend voll ist es bereits, lauter ältere Paare schlendern herum und haben diesen vielsagenden Blick, der ihrer Umgebung signalisieren soll, daß sie Erhabenes erwarten. Mitten in diesem Geschlender aber steht Jana still in der Nähe der Garderobe, sie schaut sich nicht um, sondern blättert anscheinend im Programmheft, als wäre sie allein hierhergekommen. Aber nein, so sieht sie nun wahrhaftig nicht aus, ganz im Gegenteil, keiner von all den Besuchern, die einen heimlich bewundernden Blick auf sie werfen, wird annehmen, daß sie allein ist, diese große, schöne Frau in dem dunkelblauen seidenen Trägerkleid *kann* nicht allein hierhergekommen sein. Sein Anzug ist nur um eine winzige Nuance heller, wenn er sie jetzt begrüßt, sieht es so aus, als hätten sie sich abgesprochen und ihre Kleidung aufeinander abgestimmt. Am liebsten würde er rasch zurücklaufen in seine Suite, um sich etwas anderes anzuziehen, so peinlich ist ihm das alles. Er schluckt und verlangsamt den Schritt, dort steht gar nicht seine Sekretärin, sondern eine junge Frau, die auf ihren Liebhaber wartet.

Er geht ihr entgegen, und sie blickt plötzlich auf und erkennt ihn direkt, als habe sie sein Näherkommen gespürt. Sie bewegt sich aber nicht auf ihn zu, sie bleibt stehen und läßt ihn herankommen, während ihr Lächeln ihn noch unruhiger macht. Er gibt ihr die Hand, *von Heuken mein Name* ..., geht es ihm durch den Kopf, denn er kommt sich vor wie auf einer Party, auf der er sich einer Unbekannten erst vorstellen muß. »Guten Abend«, hört er sie sagen, sie sagt es ganz gelöst und ohne jede Spur von Verlegenheit, statt dessen deutet sie auf das Programm und beginnt, etwas zu erklären, er bekommt es nicht mit, er ist einfach zu sehr mit ihrer Erscheinung beschäftigt. Das ärmellose, körpernah sitzende Kleid läßt den Rücken anscheinend frei, wenn sie gleich in den Konzertsaal gehen, wird er hinter ihr herschleichen, geblendet von diesem Anblick. Dabei sieht sie gar nicht so aus, als habe sie es darauf angelegt, sich in Szene zu setzen, dieses Kleid ist nicht übermäßig festlich, nein, *overdressed*, wie Peter Feil sagen würde, ist sie keineswegs.

Er sollte jetzt einfach versuchen, seine Aufregung zu dämpfen und die Sache so natürlich wie möglich zu anzugehen, ein Glas Sekt oder Champagner vor Beginn wäre vielleicht gar nicht schlecht, dann stünden sie nicht so hilflos herum und müßten nicht über so pausbäckige Themen wie Barock-Musik plaudern. Während sie weiterspricht, schaut er sich vorsichtig um, an den kleinen Getränke-Theken steht kein einziger Mensch, typisch deutsch, denkt von Heuken, alle warten mit dem Trinken noch bis zur Pause, weil es sich eingebürgert hat, daß in der Pause etwas getrunken wird und keinesfalls vorher. Soll er sie weiter siezen, oder wäre es nicht mutiger, einfach wieder zu dem schon einmal gewagten Du überzugehen? Er denkt nicht lange nach, er versucht es mit dem Du, »laß uns vorher doch noch etwas trinken«, sagt er in einem Ton, der ihm beinahe ein wenig unheimlich ist. *Strategien der Verführung* hieß einmal ein Bildband mit Schwarz-Weiß-Fotografien von Star-Fotografen, die sich jeweils ein Model vorgeknöpft hatten. Lauter offene, weite Gesichter, die einen ohne jedes Lächeln anschauen. Man erfriert, man schaut zurück, als habe man Frauen vor sich, die sich auf geheimnisvolle Weise vom sonstigen Leben fernhalten konnten. Er berührt sie am Ellbogen, er führt sie jetzt hinüber zu einem der kleinen Stände, an denen einem hypergepflegt aussehende Mädchen, die dauernd *bitteschön* sagen, mit zitternden Händen ein winziges Gläschen Champagner einschütten. Als er bestellt, sieht er sich plötzlich neben ihr in einem der großen Spiegel, vor denen die älteren Damen ihre Stolen zurechtzupfen. Nicht länger hinschauen, dieses Bild ist zu irritierend, schon von ihrer Körpergröße her sehen sie beide aus wie ein Paar, ein Paar, das sich bereits lange kennt und sich heute abend, ganz gegen seine sonstigen Gewohnheiten, ein Barock-Konzert anhört. Und sonst? Was unternehmen sie sonst? Sie stoßen an, er spricht davon, daß er die CD bereits mehrmals gehört hat, aber er gibt nicht damit an, sondern erzählt es so, als habe er wie ein Schüler seine Lektionen gelernt. »*Vergnügte Ruh* ...«, sagt er lächelnd, »das hat was, wenn man es hört, glaubt man wieder an Menschen, die nichts umwerfen kann.« Sie lacht, sie findet seine holprigen Kommentare anscheinend komisch, er macht immer weiter damit, ihr gegenüber braucht er sich nicht zu verstellen und so zu tun, als bedeute ihm Barock-Musik alles im Leben. »Gehen wir?« sagt sie dann plötzlich, und sofort hört er auf, weiter zu lästern, die Scharen drängen sich schon in Nähe der Eingänge, sie machen sich nun auch auf den Weg, sie hat die Karten, ganz gegen die üblichen Regeln hat *sie* hier die Karten.

Als sie den Konzertsaal betreten, ist seine Aufregung plötzlich verschwunden. Es geht doch ganz einfach, viel einfacher als er gedacht hatte. Sie wirkt unkompliziert, und sie hält sich überhaupt nicht zurück, außerdem scheint sie sich so auf das Konzert zu freuen, daß ihre Freude nun auch auf ihn abfärbt. Wie lässig man die flachen Stufen zwischen den steil aufsteigenden Stuhlreihen herunterschlendert, man braucht kaum die Füße zu heben, unten angekommen, befindet man sich in der heiligen Zone direkt vor dem Podium, und hoch über einem schwebt das Gestänge des zeltartigen Daches wie eine luftige Zirkus-Konstruktion. Als sie nebeneinander Platz nehmen, starrt er nach oben, er sieht ein dunkel getöntes Blau, auch das noch, selbst die Philharmonie taucht sich zur einen Hälfte in Dunkelblau, während die Sitze in einem angenehmen Rot gehalten sind, das sich nicht weiter aufspielt. Der ganze Konzertsaal liegt unter der Erde, jetzt spürt er die Wirkung dieser besonderen Lage, die Außenwelt dringt hier nicht herein, man hat das Gefühl, in einer weiträumigen eleganten Kapsel abzutauchen in eine vollkommen stille, andere Welt. Phantastisch im Grunde, dieses Wegtauchen in die Musik. Keine Ablenkung mehr, keine Fenster, die Türen versteckt, das Publikum rieselt in großen Gruppen herein und verteilt sich sehr rasch, ohne sich im Wege zu stehen. Barock-Konzerte sind keineswegs, wie er vermutet hat, nur Treffpunkte älterer Paare, die jede Kantate von Johann Sebastian Bach schon mindestens zweimal gehört haben. *Vergnügte Ruh* ..., ob sie das auch heute abend hier spielen, von Heuken beugt sich etwas zu Jana hinüber, um mit ihr in das Programm zu schauen, das sie wieder hervorgeholt hat. Seine kurze Bewegung führt dazu, daß sie sich an den Schultern berühren, mein Gott, es ist wahrhaftig wie in den alten Pennälerzeiten, als jede Berührung einen fast wahnsinnig machte. In diesen frühen Jahren sehnte man sich nach Berührung, Hautkontakte waren das Größte, seit den Zeiten der Kindheit hatte einen niemand mehr angerührt, die Haut war wie ausgetrocknet, überreizt von Entbehrung, schon ein leichtes Touchieren brachte einen beinahe um den Verstand. Und dann ein Kuß, der erste Kuß, man hat gar nicht geahnt, daß Lippen etwas so Empfindliches waren.

Jetzt aber Schluß, er muß sich nun konzentrieren, obwohl er gerade darüber nachdenkt, warum Männer so selten von diesen frühen Szenen erzählen, er kann sich nicht erinnern, daß ein Mann schon einmal davon erzählte oder offen darüber sprach, so etwas fragt man immer nur Frauen, als wäre das Mädchendasein reicher an solchen Erfahrungen. Frühe Erotik, darüber würde er gern einmal etwas Genaueres lesen, aber jetzt Schluß, die Musiker treffen nun hintereinander auf dem Podium ein, und ein höflicher Beifall brandet auf, als wollte das Publikum sich vorsorglich schon einmal melden.

Sie berühren sich aber weiter, er kann es doch nicht ignorieren, sie zieht ihre Schulter nicht zurück, als sie längst nicht mehr in das Programm schauen, die gesamte Länge seines rechten Arms hält jetzt mit ihrem linken Kontakt, sie *schmiegen* sich beinahe aneinander wie ein Paar, das alle schönen Erlebnisse miteinander teilt und hier nur sitzt, um die Zusammengehörigkeit noch zu vertiefen.

Jetzt erscheint sie, Magdalena Kožcná kommt herein, auch sie trägt ein ärmelloses, langes Kleid, es ist Dunkelrot, die langen, blonden Haare hat sie hinten zusammengebunden. Eine schöne Erscheinung, angenehm groß, eine sicher wirkende Frau. *Vergnügte Ruh* ..., das Konzert beginnt ausgerechnet mit diesem Stück, er lehnt sich etwas zurück, als sitze er in seinem roten Mazda RX und lasse den Wagen jetzt machen, er spürt die Wirkung des winzigen Gläschens Champagner, am liebsten griffe er jetzt wie in der Schulzeit nach der Hand der neben ihm sitzenden Frau, das Konzert würde zu einem kleinen kribbligen Rausch.

Zu Beginn der Pause bleiben sie noch etwas sitzen, es ist, als wollten sie ihren Kontakt nicht mehr lösen, sie erzählt von Konzerten in Prag und in Wien, mehrmals im Monat geht sie in Konzerte, *mit wem unternimmst Du das alles*?, würde er sie jetzt gerne fragen, aber für solche Fragen ist es noch zu früh. »Ich mag keine Pausen«, sagt sie auf einmal, und er zuckt kurz zusammen, weil er gerade sagen wollte, daß er Pausen nicht mag. All diese Toilettengänge und dann die Menschenansammlungen vor den Getränke-Theken, wenn alle eifersüchtig darüber wachen, daß niemand sich vordrängelt, um eher an den lauwarmen Sprudel zu kommen. »Bleiben wir doch einfach sitzen«, sagt sie leise, als sage sie es nur zu sich selbst, er antwortet nicht, sie bleiben sitzen, sie sitzen ganz allein in der zweiten Reihe, von der aus man selbst das Transpirieren des Cembalisten noch mitbekommt. Dieser beflissene Eifer von Musikern, die sich einem Stück mit Haut und Haar hingeben, dieser glatte Gehorsam, als verstünde es sich ganz von selbst, daß man Johann Sebastian Bach Leib und Seele opfert. Hier unten, in der Tiefe der Philharmonie, kann man wahrhaftig denken, Musik wäre das Zentrum der Welt oder ihre eigentliche Sprache, eine geheime Sekte ist zusammengekommen, um diesem seltsamem Wahn zu frönen, für eine befristete Zeit zusammenzusein und Andacht zu halten.

Auch im zweiten Teil des Konzerts wirkt Magdalena sehr ernst, sie singt beinahe regungslos, zum Glück verfällt sie nicht in all die merkwürdigen Posen, die einem sonst oft das Hinsehen vergällen. Beide Hände ineinander dicht vor der Brust, die Arme weit auseinandergebreitet wie ein Priester beim Segen – Magdalena verzichtet auf so etwas und hält statt dessen einfach die Noten, sie schaut nicht viel hinein, sie hat sie nur mitgenommen, um etwas in Händen zu halten. Was sie wohl hinterher macht? Mit den Musikern sitzt sie bestimmt nicht mehr zusammen, eine wie sie schnappt sich höchstens den Dirigenten und verschwindet mit ihm in die Nacht. Hat er nicht etwas in dieser Richtung gelesen? Daß sie sich irgendeinen Dirigenten geschnappt hat und für ein paar Tage einfach mit ihm auf und davon war? War es so? Oder bildet er sich das alles nur ein, weil auch er jetzt darüber nachdenkt, was nach dem Konzert kommen könnte? Er kann jetzt nicht mehr gut zuhören, nur seine Augen sind noch hellwach und halten jede kleine Veränderung fest, wahrscheinlich ist der halbe Saal längst nicht mehr ganz bei der Sache, bei einer solchen Musik gerät man ins Nachdenken und Phantasieren, endlich hat man dafür einmal Zeit und braucht sich nicht dafür zu rechtfertigen, daß man tatenlos dasitzt. Barock-Musik dient dem Wort, soviel hat er inzwischen begriffen, all die Gelassenheit, die sie ausstrahlt und feiert, gefällt ihm, oben im Himmel sitzt der Herrgott, und hier unten geht alles daneben, die Konsequenz ist, daß man sich im Geist schon davonmacht. Das richtige Leben spielt sich anderswo ab, in Gedanken an das ewige Leben und die Zeit nach diesem unwürdigen Erden-Spektakel, das nicht weiter wichtig genommen wird, es ist einfach eklig und wirr, und Schönheit existiert sowieso nur in jenseitigen, fernen Bereichen. *Wer sollte sich demnach / Wohl hier zu leben wünschen* … – Magdalena singt so etwas, als spräche ihr das alles ganz aus der Seele, sie wirkt wie eine weise, beinahe fromme Erscheinung, die abgeschlossen hat mit den Malaisen des Daseins.

Als es nach zwei kurzen Zugaben vorbei ist, erheben sie sich beinahe zugleich, er nimmt sich vor, jetzt häufiger in Konzerte zu gehen, Barock-Musik muß es ja nicht unbedingt immer sein. Interessiert wäre er aber an jungen Pianisten, er würde gerne einmal aus der Nähe beobachten, wie so ein versponnener Knabe sich einen *Steinway* zwei Stunden hernimmt. Jana schaut ihn an, »na, wie war's?«, sagt sie, und er antwortet »wohltuend, ich habe nicht erwartet, daß Barock-Musik einen derart beruhigt.« Sie drückt ihm das Programm in die Hand, und er steckt es in seine Tasche, fast hätte er nach ihrer Hand gegriffen, um mit ihr die Stufen langsam hinaufzugehen. »Ich würde gern noch etwas trinken«, sagt sie, »was meinst Du?«, er hört das *Du* sofort heraus, wieder spricht sie mit ihm so, als gingen sie alle paar Tage zusammen irgendwohin.

Oben auf der Domplatte übernimmt *er* dann die Initiative. Er schaut kurz hinauf zu seiner Suite, in der die Stehlampe wie immer am Abend brennt, er überlegt, ob er sagen soll, daß er seit einigen Tagen jede Nacht dort oben verbringt, er wagt es aber nicht, davon zu sprechen, auch das erscheint ihm noch zu früh. *Sir Ustinov's Bar* dagegen, das ist genau die richtige Anlaufstation, er deutet auf ihre hell erleuchtete Glasfront, hinter der sich jetzt, an diesem warmen Samstagabend, die Gäste drängen, »was meinst Du, wie wäre es dort, wollen wir in der Hotelbar noch etwas trinken?« fragt er und deutet mit der Rechten in die Richtung der Bar, sie ist sofort dabei, »aber gern«, sagt sie, als habe sie durchaus Lust, noch einige Stunden mit ihm zu verbringen.

5

DIE BAR ist überfüllt, kein einziger Sitzplatz oder Tisch ist noch frei, die Gäste stehen in kleinen Gruppen wie auf einer Party herum, im Hintergrund läuft der die Gespräche untermalende Jazz, den von Heuken schon kennt, ein wenig kommt es ihm jetzt schon so vor, als sei diese Bar ein Teil seiner Suite. Er schiebt sich zwischen den Gruppen hindurch an die Theke, er wechselt ein paar Worte mit dem Barkeeper, »noch einen kleinen Moment, dann werden hier zwei Plätze frei«, bekommt er zu hören und fragt Jana nach ihren Wünschen. Sie möchte einen *Gin Tonic*, und er bestellt, um die Sache abzukürzen, auch einen für sich, kaum fünf Minuten müssen sie stehen und die Zeit mit Geplauder verbringen, dann ist es soweit, und sie bekommen zwei Plätze direkt am Thekenrund, mitten im Trubel. Sie setzen sich auf die hohen Hocker dicht nebeneinander, von Heuken beugt seinen Kopf zu ihr hinüber, die Gespräche sind so laut, daß man den anderen nur versteht, wenn man enger zusammenrückt.

Sie stoßen an und sie trinken, er hat das Gefühl, daß sie beobachtet werden, es ist klar, daß ein solches Paar, wie sie beide eins sind, schon wegen der Kleidung beobachtet wird, er darf sich daraus nichts machen. Als sie sich nach Vaters Befinden erkundigt, beginnt er sofort, darüber zu sprechen, er erzählt von seinen Aufenthalten im Krankenhaus und von Liesel Burger, er wundert sich, wieso er so rasch dazu bereit ist, ihre Frage genau zu beantworten, sie hat etwas in ihm geöffnet, vielleicht hat er seit Tagen darauf gewartet, daß auch *ihm* mal jemand zuhört, jemand, der ihm nahe ist, sich aber nicht in alles einmischt. Er spürt, wie gut es ihm tut, ruhig zu erzählen, sie fragt manchmal nach, aber sie macht nie den Eindruck einer neugierigen Frau, der es bloß darauf ankommt, Informationen zu sammeln. Vielleicht hat sie den idealen Abstand zu den Vorgängen in der Familie und im Konzern, denkt von Heuken, sie ist nicht direkt darin verwickelt, sie kennt aber alle Mitspieler und kann deshalb gut nachvollziehen, was alles passiert ist. Und was ist nicht schon alles passiert! Wenn von Heuken an die letzten Tage zurückdenkt, verliert er das Zeitgefühl, alle Ereignisse sind gleichzeitig da, er sieht sie nicht mehr in ihrer Folge, es ist, als habe sich die Zeit ungeheuer beschleunigt und als habe diese Beschleunigung ihn längst hinausgeworfen aus all seinen früheren Geborgenheitsnestern. Pausenlos war er unterwegs, ununterbrochen hat er versucht, all die herumflatternden losen Fäden eines großen Gebildes zusammenzuhalten und wieder miteinander zu verknüpfen, er weiß nicht, ob er es schafft, er weiß nur, daß es nicht gut ist, allzu häufig nach hinten oder nach vorne zu schauen, einen Schritt nach dem andern tun, nur das ist richtig, so hat er es sich vorgenommen, und genau das wird er jetzt tun.

Am liebsten aber würde er ganz offen reden und Jana die kompletten Geschichten in allen Einzelheiten erzählen, er spürt genau diese Versuchung, und er empfindet es als ein gutes Zeichen, daß er dazu bereit ist. Dann aber sagt er sich, daß es auch ihr gegenüber darauf ankommt, nicht zu schnell vorzugehen, er muß sich das richtige Tempo immer wieder einreden, *aus dem Augenblick leben*, das ist die kleine Regel, zu deren Einhaltung er sich zwingt. Aber es ist gut, so zusammenzusitzen und miteinander zu sprechen, endlich ist er in diesen Nachtstunden einmal nicht allein. Als sie sich angeregt unterhalten, tritt auch der ganze Lärm in dieser Bar allmählich zurück, zu zweit bilden sie in diesem Gedränge so etwas wie eine geschützte Zone, in der sie für sich sind und in der doch für alles gesorgt ist, was sie jetzt brauchen. Ein Getränk, im Hintergrund etwas Musik, die nicht stört und nicht abreißt, sondern die kurzen Pausen mit vagen Andeutungen kittet. »Wie gefällt Dir eigentlich Deine Arbeit?« fragt er, und sie spricht davon, daß ihr das Erledigen der vielen Post und der anderen täglich anfallenden Dinge zwar gefalle, aber nicht mehr genüge. In ihren vorigen Anstellungen hatte sie vor allem mit Kunst und Künstlern zu tun, sie kennt diese Szene genau, sie hat Erfahrungen mit der Arbeit in Galerien und durch ihre Stelle an der Hochschule auch Kontakt zu den Theoretikern und Ausstellungsmachern, die das große Sagen haben und alle paar Monate neue Trend-Markierungen setzen. Sie braucht ein *Projekt*, an dem sie kontinuierlich arbeiten kann, denkt von Heuken, sie braucht eine Arbeit auf ein bestimmtes Ziel hin, eigentlich wäre sie genau die Richtige, um die Gespräche und Vorbereitungen für die Eröffnung von Vaters Kunsthalle zu koordinieren, er versteht nicht, warum er diesen Einfall nicht schon längst hatte. Er erzählt ihr davon, er entwickelt die ganze Geschichte, Vaters Sammlung, seine Akquisitionen, die wichtigsten Galeristen und Händler, auf die er sich verläßt, aus ihren Fragen kann er leicht schließen, wie rasch sie ihm folgt, hätte er sich nicht mit ihr getroffen, wäre er nie darauf gekommen, daß die Person, nach der er schon einige Zeit in Sachen Kunsthalle gesucht hat, in seinem Vorzimmer sitzt. Zu trinken braucht er nichts mehr zu bestellen, der alte Barkeeper hat alles im Auge, und wenn ein Glas leer ist, nimmt er sofort Blickkontakt auf. Ja, *noch* zwei Gläser, für von Heuken treten die vielen Probleme der letzten Tage langsam zurück, das Widerständige an ihnen fällt ab, mit einem Mal hat er sogar das wohltuend leichte Gefühl, sie alle lösen zu können.

Als ihm das Sitzen zuviel wird und seine langen Beine sich immer wieder im Untergestell des Barhockers verfangen, bietet er seinen Platz jemand anderem an und stellt sich dicht hinter Jana, sie dreht sich zu ihm herum, er stützt seine Hand auf die Theke, und plötzlich bemerkt er, daß sie ihren Rücken gegen seinen ausgestreckten Arm schmiegt, sie lehnt sich an ihn, sie bewegt sich auf ihn zu, es ist, als suche sie an seiner langen Statur Stellen und Plätze, an denen sie sich ausruhen kann. Der kurze Moment, in dem er ihr Gewicht spürt, ist für ihn wie ein Signal, *jetzt beginnt es tatsächlich*, denkt er, sie hat die Schwelle überschritten und zieht ihn mit, einen Halt wird es jetzt nicht mehr geben, es ist unmöglich, diesem Sog etwas entgegenzusetzen. Er zieht seine Hand langsam zurück und legt sie auf ihre Taille, seine Geste sieht beinahe so aus, als schütze er sie, das ist es aber nicht, es ist ganz anders, mit seiner Hand streicht er an ihrer Taille entlang, es ist eine geheime, versteckte Geste, endlich holen sie den schönen Augenblick in seinem Büro ein, der von diesem Abend aus betrachtet wie eine Ankündigung wirkt. Sie spricht nicht mehr weiter, sie sitzt starr da und genießt seine Berührung, er sieht, wie sich ihre Schultern zusammenziehen und nach vorne wölben, auch den Kopf zieht sie etwas ein, ihr ganzer Körper zieht sich auf eine katzenhafte Erwartung und das Auskosten seiner Nähe zusammen. Der Unterschied zu früheren Zeiten, denkt er, besteht darin, daß er das alles sehr wach registriert und die Steigerung des sexuellen Verlangens viel bewußter erlebt, früher haben solche Momente den Verstand ausgeblendet und den Körper in eine willenlose, nachgiebige und weiche Substanz verwandelt, über die man rasch alle Kontrolle verlor. Auch das Zeitgefühl in einem solchen Moment ist jetzt anders als früher, früher ließ man die Zeit einfach verstreichen, der schöne Moment sollte nicht aufhören, man fürchtete sich beinahe davor, voneinander abzulassen und das Ganze zu intensivieren, jetzt aber geht so etwas nicht mehr, sie können nicht mehr lange so sitzen und sich diese kleinen Foltern zumuten, ihre Körper sehnen sich bereits zu stark danach, daß dieses Spiel ein anderes Stadium erreicht.

Er rückt so nahe wie möglich an sie heran und beginnt, von der Suite zu erzählen, er erzählt, daß er seit Tagen hier schläft und wie es dazu kam, die ganze Geschichte muß nun heraus, sie fragt nicht weiter nach, sie fragt nur, wo sich die Suite befindet, und er antwortet, daß es die Ecksuite im zweiten Stock sei, mit Blick auf die Südseite des Doms. »Direkt über uns also? Du bist zwei Stock über uns beinah wie zu Haus?« fragt sie und schaut ihn nicht an, »ja«, sagt er, »wenn Du magst, gehen wir jetzt hinauf«. Noch reagiert sie nicht, sie bleibt sitzen und schaut weiter stumm vor sich hin, sie bilden jetzt eine Skulptur, man könnte sie gut fotografieren, er ist sicher, das ergäbe ein hinreißendes Bild. Eine leichte Aufregung hat ihn jetzt befallen, die Einladung ist verschickt, die Post unterwegs, er kann nichts mehr sagen, gar nichts, er spürt seinen Atem, der die Sekunden zählt und die vergehende Zeit mißt, wie lange braucht sie noch, sich die Sache durch den Kopf gehen zu lassen? Früher entschieden sich solche Momente blitzartig und schnell, man hatte nichts zu verlieren und nichts zu bedenken, entweder *ja* oder *nein*, so etwas wußte man immer sofort, jetzt aber ist das hier keine leichte Entscheidung, das halbe Leben schnurrt in einem solchen Moment zu einer Gewissensprüfung zusammen, man könnte Stunden damit verbringen, das Für und Wider abzuwägen und wäre am Ende doch keinen Schritt weiter. Sie greift nun nach ihrem Glas und leert es auf einen Schluck, plötzlich weiß er genau, daß sie jetzt soweit ist, sie wird mit ihm hinaufgehen, mein Gott, sie geht wahrhaftig auf sein Angebot ein. All die Jahre hat er sich geschworen, daß so etwas nie passiert, er hatte sich einen ordentlichen Panzer zurechtgelegt, der ihm jetzt beinahe lächerlich vorkommt. Er läßt die Bestellungen auf das Zimmer anschreiben und gibt dem Barkeeper ein Trinkgeld, dann steht sie auf, und sie gehen Hand in Hand durch einen schmalen, dunklen Seitengang hinüber zum Aufzug. Als sie ihn betreten, zieht sie ihn an sich, sie schmiegt ihren Kopf an seine Schulter, dann verlassen sie den Aufzug und gehen in enger Umarmung auf seine Suite zu.

Er schließt die Tür auf und geht voraus, als müsse er nach dem Rechten sehen, es kommt ihm ein wenig so vor, als ziehe sie jetzt bei ihm ein und als wäre er zuständig dafür, daß sie sich wohl fühlt und auch alles zur Hand ist, was sie nun braucht. Er zieht sein Jackett aus und wirft es auf die Couch, er spielt wirklich ein wenig den Gastgeber und Hausherrn, der sich gleich um alles kümmert, was eben so ansteht, in Wahrheit ist er nervös, er lenkt sich ab, er versucht, sich ein kleines Programm vorzunehmen, um nicht an den nächsten Moment denken zu müssen. Jetzt kommt es natürlich heraus, daß er solche Szenen längst hinter sich hat, er weiß nicht, was sie erwartet und worauf sie achtet, vielleicht hat sie mit einem ganzen Haufen all der Künstler geschlafen, von denen sie ihm eben in der Bar unten erzählt hat, ein paar scharfe Jungs waren bestimmt auch darunter, die keine Sekunde zögern würden, sofort mit ihr ins Bett zu gehen. Ist es das, was sie erwartet, sofort ins Bett, dieser heimtückischen, kaum noch zu unterdrückenden Gier zu Befehl? Oder rechnet sie damit, daß jetzt eine kunstvolle Verführung beginnt, eine Nummernfolge von Überraschungen, die wie ein subtiles Räderwerk ineinandergreifen und ihre beiden Körper allmählich dem Höhepunkt zuführen? Er darf so nicht denken, er sollte genau das tun, was *ihm* jetzt gefällt, *ihm* würde es jetzt gefallen, besseren Jazz zu hören als in der Bar unten und dazu noch etwas Champagner zu trinken, er hält sich daran, was seine Stimme ihm sagt, deshalb geht er zu dem CD-Player und drückt die Play-Taste, er weiß nicht, welche CD er zuletzt gehört hat, hoffentlich hat sich jetzt nicht irgendein übler Swing in seine Sammlung verirrt, aber nein, er hat Glück, *Miles Davis*, das ist schon sehr gut, er mag anderes lieber, aber für den Augenblick geht es. Gleich weiter, er achtet gar nicht auf sie, nur aus den Augenwinkeln bekommt er mit, daß sie vor die große Fensterfront tritt und nun hinaus schaut, »gefällt es Dir?« hätte er beinahe gefragt, aber das wäre als Begleitsatz zu all seinen Aktionen wirklich grausam, er glaubt sogar, sich zu erinnern, so etwas in einem älteren amerikanischen Film gesehen zu haben, das junge Paar geht auf das Zimmer des Knaben, er legt eine Platte auf, und dann treten die beiden ans Fenster, und er fragt »gefällt es Dir, Sweet?«. Er macht immer weiter, er öffnet die Tür des kleinen Barschranks und entnimmt ihr eine Flasche *Rosé Veuve Cliquot*, er hat sich inzwischen an diese Marke gewöhnt und jeden Abend einige Gläser davon getrunken, man schläft danach sehr rasch ein und erwacht kurze Zeit später, es ist, als streckte einen dieses schmeichlerische Getränk hin und weckte einen dann wieder heimtückisch, damit man sich tief in der Nacht ein weiteres Glas holt, das einem erst die volle Ruhe gewährt. Selbst die Gläser vergißt er nicht, er stellt sie dicht nebeneinander auf den kreisrunden Tisch und entkorkt die Flasche, der kurze Knall des herausspringenden Korkens kündigt sonst meist etwas an, Silvester, einen Geburtstag oder eine andere festliche Sache, er sollte etwas tun, um solche Anspielungen gar nicht erst aufkommen zu lassen. Es fällt ihm aber nichts Passendes ein, so daß er die Gläser füllt und die Flasche dann abstellt, jetzt steht auf seinem Tisch ein kleines Festtagsensemble, das nur noch darauf wartet, zum Einsatz zu kommen. Daß Musik spielt, ist gut, er kann sich gar nicht vorstellen, wie er es ohne diese Musik aushalten würde, wahrscheinlich hätte er in einem solchen Fall wirklich versucht, sie rasch ins Bett zu bekommen, es wäre zuviel von ihm verlangt, anzureden gegen die Stille, so aber ist es anders, man vertraut einfach dem Jazz, der Jazz weiß Bescheid, man kann sich ihm ganz überlassen, man könnte sogar zu diesem Blues tanzen, ruhig, ineinander versunken. Vor vielen Jahren hat er oft so getanzt, in Amerika sogar viele Nächte, dieses Tanzen zum Jazz ist das, was er mag, um alles andere hat er sich immer gedrückt, es ist nichts für ihn, absolut nicht, es gehört in die Sparte von Loebs *gesellschaftlichem Parkett.* Richtiges Tanzen ist für ihn etwas Intimes und daher etwas, das sich außerhalb jeder Öffentlichkeit abspielt, alles öffentliche Tanzen hat mit einem Sich-Präsentieren zu tun, aufgedrehte Paare zelebrieren ihre eingeübten Schritte, deshalb entbehren Tanzturniere ja auch aller Erotik, am schlimmsten ist der angeblich erotischste Tanz überhaupt, Tango ist in seinen Augen nur eine Auflaufform von Erotik, ein Erotik-Gratin, wie man sich das im Bilderbuch vorstellt, viel zu offensichtlich und letztlich fürchterlich plump. Was denn nun? In den Gläsern des Festtagsensembles perlt es, nur die Hauptakteure haben ihre Plätze noch nicht eingenommen, sie steht noch immer dicht vor den hohen Fenstern, als könnte sie sich vom Anblick des weiten Platzes mit seinen herumflanierenden Scharen nicht lösen, er kennt das, beim ersten Mal war auch er beeindruckt, der Blick hinunter hat etwas von Macht und souveräner Entrückung, ein wenig kommt man sich vor wie ein Regisseur, der die kleinen Szenen dort unten in der Hand hat und sie jederzeit neu ordnen könnte. Es ist, als nähme sie vor lauter Verblüffung über die Bilder da draußen gar nicht mehr wahr, was hier drinnen geschieht, ihr rechter Träger ist heruntergerutscht, wie in leichter Trance steht sie da, dann aber dreht sie sich um und schaut ihn an, es ist der Blick eines kurzen Moments, der ihn erreicht und irgendwo in all seiner inneren Unruhe ankommt, plötzlich, mit einem Mal, weiß er, was gerade geschieht, dieser Blick hat ihn durchdrungen, er spürt es, irgend etwas in ihm löst sich jetzt auf, noch nie war er so genau Zeuge des verrückten Moments, in dem man sich in einen anderen Menschen verliebt. Er bewegt sich nicht, er schaut sie an, als gäbe es noch etwas zu entdecken, und es ist wirklich so, er entdeckt jetzt auf der anderen Seite der Suite, dort vor dem Fenster, einen ganz anderen Menschen, es ist der Mensch, der jetzt zu ihm gehört, von diesen Moment an wird er alles tun, um so oft wie möglich mit ihm zusammenzusein. Es ist, als wären die letzten Spuren der Fremdheit getilgt und als wäre man sich plötzlich ganz nah, die nachgiebige Trennwand hin zur intimen, distanzlosen Empfindung ist durchstoßen, er fragt sich nicht mehr, was er als nächstes tun soll, er geht auf sie zu und nimmt sie in die Arme, und als ihr Körper sich an ihn anpaßt und ihre Arme seinen Rücken umklammern, redet er sich ein, ihr sei es gerade ähnlich ergangen. Sie beginnen wahrhaftig zu tanzen, langsam wiegen sie sich auf der

Stelle, er faßt diese Verwandlung noch nicht, sein Kopf spult das vergangene Leben noch einmal zurück, kurz blitzt das Bild seines Büros auf, er ist der Chef, und sie sitzt in seinem Vorzimmer und widmet sich ihrer Arbeit, aber es geht nicht, diese Bilder haben mit diesem Tanzen gar nichts zu tun, eher sollte er sich erinnern an das dunkle Grundgefühl in den letzten Tagen, in denen er sich nach ihr gesehnt hat, *ja*, nach niemandem und nichts hat er sich in den vergangenen Tagen so sehr gesehnt wie nach ihr und danach, mit ihr in dieser Suite eine Nacht zu verbringen. Er hat diese Suite hergerichtet für sie, tief in seinem Inneren ist der Wunsch, ihr nahe zu sein, immer stärker geworden, vielleicht war er sogar das Zentrum der Kraft, die er auf eine ihn selber erstaunende Weise in den letzten Tagen mobilisiert hat, im Kampf um Vaters Nachfolge und erst recht im Ankämpfen gegen eine bittere Melancholie und eine manchmal hart in ihm aufsteigende Trauer, gegen die er sich wehrt, das ist klar. Vom Moment ihrer kurzen Berührung in seinem Büro an hatte er Janas Bild immer wieder vor Augen, die Verbindungen zu seinem Zuhause haben sich längst gelockert, die Kinder brauchen ihn nicht mehr so wie früher, und auch mit Clara verbinden ihn nicht mehr die Elternpflichten oder andere gemeinsame Anstrengungen, große Teile des Jahres verbringt sie auf Reisen im Ausland, das früher noch engmaschige Familiennetz hat sich allmählich geweitet und ist dann zerrissen, er hat es schon lange gespürt, es ist nun einmal der Gang der Dinge, hat er sich manchmal gesagt und es so lange nicht weiter zur Kenntnis genommen, bis Vaters zweiter Infarkt ihn ereilte und er einen Halt brauchte, aber nirgends den *richtigen* Halt fand. Becky oder Betsy bereitet das Frühstück, und er packt seinen Koffer, das war der Moment, in dem er auszog von zu Hause, natürlich wußte er damals nicht genau, was er tat, er tat, was ihm in den Sinn kam, er zog um in diese Suite und brachte von Tag zu Tag mehr von seiner Habe hierher, jetzt ist er angekommen, die Vorbereitungen waren doch nicht umsonst, er weiß nicht, was er getan hätte, wenn er hier allein geblieben wäre, auf Dauer. Vielleicht hätte er aufgegeben und sein Erbe an seinen Bruder verkauft, vielleicht hätte er sich damit abgefunden, sein weiteres Leben in den nächsten Jahren in dieser Suite zu verbringen, bis man sich nicht mehr daran erinnern würde, wer er eigentlich ist. Ein Gast, der mit niemandem spricht, so schlimm hätte es enden können, er schließt so etwas nicht aus ...

Stunden später liegt er noch immer wach, der *Veuve Cliquot* wirkt wie auch an den vergangenen Tagen, während Jana schon seit einiger Zeit schläft, er steht auf, nimmt noch einen Schluck und schleicht zum Fenster, *Sex*, der Sex dieser Nacht hat ihn überrascht, dreißig Jahre lang hatte er immer mit derselben Frau Sex, er war monogam, seit er mit Clara zusammen ist, war er monogam, die große Sex-Welle, die seit einigen Jahren läuft und längst jeden Angestellten erreicht hat, hat er ignoriert, er hielt es immer für eine Sache der Moderatoren und Fatzkes, die heutzutage an allen Ecken auftauchen und einem ihre hilflosen Strategien zur Lebensaufhellung anzudrehen versuchen, *Kochen*, *Essen*, *Trinken*, *Sport* oder *Sex*, für all das gibt es ja diese Moderatoren, er weiß genau, daß der halbe Konzern sich damit beschäftigt, man angelt sich irgendeinen Partner und trifft sich dann in einem dieser vielen Clubs in den Stadtperipherien oder irgendwo auf dem Land, *Sex im Sauerland*, so muß man sich das vorstellen, dunkle Animierecken in ausgebauten, ehemaligen Scheunen und Ställen, in denen vor einem Jahrzehnt noch die Rindviecher herumstanden, jetzt aber die Post abgeht, zu dritt, zu viert oder zu zehnt, je mehr, desto besser und je häufiger, um so sportiver. Ein paar seiner Mitarbeiter hat er schon bei der Auslese erwischt, gleich am Montag in der Früh sortieren sie den Markt schon im Internet, Paris ist das Mekka, alle reden immerzu von Paris und den phantastischen Clubs, die es dort gibt, *mitten im Zentrum, ich sag es dir doch, mitten im Zentrum, direkt gegenüber von Notre Dame, am linken Ufer der Seine, dritter Stock, hier ist die Adresse,* die französische Literatur ist mit kaum etwas anderem als der Schilderung solcher Treffen und all der Details beschäftigt, die den Sauerländern noch die Sprache verschlagen, Christoph hat in seinem Verlag mit großem Erfolg zwei Übersetzungen dieses Genres herausgebracht und sich wahrscheinlich schon an den Originalschauplätzen kundig gemacht, sein Bruder hat genau die miese Süffisanz, die man für solche Expeditionen unbedingt braucht, ein Wochenendausflug nach Paris, Montag früh sitzt er kreidebleich wieder auf seinem Chef-Sessel und geht seine Ekstasen noch einmal pedantisch in der Erinnerung durch. *Pariser Salons,* unter diesem Stichwort hat sich das alles auch längst in Köln etabliert, seit einigen Jahren beobachtet er aus der Ferne, wie es sich überall ausbreitet, selbst in Nippes und Ehrenfeld gibt es diese Treffs jetzt schon an jeder zweiten Ecke, spätestens ab dem frühen Mittag sind sie geöffnet, so daß viele für ein oder zwei Stunden mitten am Tag ihre Sex-Auszeit nehmen, *so etwas brauch ich jetzt einfach, da komm ich nicht mehr von weg, verstehst du, Elfriede?* Und er? Manchmal ist er sich schon lächerlich vorgekommen mit all seiner Zurückhaltung und Abneigung, dreißig Jahre Sex mit ein und derselben Frau, Christoph faßt sich an den Kopf, wenn er mit ihm darüber spricht, aber er spricht mit seinem Bruder nicht gern über all diese Dinge, Christoph betreibt diese raschen Partnerwechsel schon seit ewigen Zeiten, er hat ihn im Verdacht, daß er Buch führt, irgendwann oder vielleicht auch erst nach seinem Tod werden seine Notizen erscheinen, nichts anderes hat er wohl je notiert, Notizen darüber, wie man sich auf luxuriöse Weise vergnügt, er kann sich gut vorstellen, bis zu welch hoher Stilkunst sich sein Bruder weiterentwickelt hat, schon wenn er nur kurz davon spricht, spricht er von seiner

Vita sexualis, als Buch wird sie untergehen, diese Vita, wen wird so etwas schon noch interessieren, wenn man in Frankreich mit dieser Welle endlich mal durch ist? *Seine* Vita sexualis war *ehelicher Sex*, auch das ist ein eigenes Genre, darin kennt er sich immerhin aus, über *ehelichen Sex* könnte *er* ein ganzes Buch schreiben, die Idee findet er jetzt sogar originell. Mit den Jahren sind die Körper so miteinander vertraut, daß sich der Sex so ergibt wie Essen und Trinken, schon nach minimalen Signalen machen eheliche Körper gemeinsame Sache, *gemeinsame Sache* ist gut, das wäre der richtige Titel für seinen Bestseller. Und gerade dieses Gemeinsame ist ja das Schöne, es erleichtert, es nimmt dem Sex den Nimbus seiner Verstiegenheit, so daß er etwas Beruhigendes und Besänftigendes hat, wie eine kleine Droge, die man sich alle paar Abende eben mal reinwirft, um einen guten Tag ausklingen zu lassen oder einen schlechten wenigstens halbwegs wieder auf die Reihe zu bringen. Janas Sex, es kam ihm nicht so vor, als habe sie Erfahrung im Übermaß, so etwas würde er gerade noch spüren, vielleicht war er auch zu sehr mit sich selbst beschäftigt, immer wieder war er etwas erstaunt, wie *anders* als alles, was er bisher kennengelernt hat, doch der Sex mit Jana war, vorsichtig, würde er ihn nennen, behutsam, sie haben sich Zeit genommen, das Schöne war überhaupt all die viele Zeit, die sie sich nahmen, bald wird es hell, hat er immer wieder gedacht, dabei ist es jetzt gerade mal fünf in der Früh und noch immer keine Spur von Helligkeit da. Er nimmt einen letzten Schluck, die Flasche ist leer, Champagner ist die einzig richtige Begleitung zu diesem Rausch, er erhält das Schwebende, Leichte, als bewegte man sich auf einem Seil …

Er stellt das Glas ab und schmiegt sich wieder ins Bett, sein Handrücken touchiert kurz ihre Hüfte, so daß sich ihr Körper regt wie der einer Schnecke, die alle Fühler rasch einzieht und nach kurzem Verweilen wieder entrollt, Janas Augen sind noch geschlossen, aber er spürt nun auch *ihre* Hand, die nach ihm tastet, so daß er sich langsam von der Seite unter sie schiebt, ihre Lippen finden sich wieder sofort, als hätten sie sich gar nicht getrennt, dieser Lippenkontakt ist ein starker Moment, beinahe schon wie die halbe Erfüllung, ein warmes, befriedigendes Strömen, das den ganzen Körper dann aktiviert wie ein Signal, das all die sonst verborgenen Zentren jetzt wachruft, so daß der Körper etwas Amphibisches, Weiches bekommt, als bewegte er sich in einem brutwarmen Meer, schwerelos.

6

VON NUN AN sehen sie sich beinahe täglich, keiner von ihnen hat davon gesprochen oder gar darauf gedrängt, von Heuken wundert sich selbst, daß es so selbstverständlich geschieht. Sie verabreden sich nicht einmal zu einer bestimmten Uhrzeit, denn auch Jana hat für die Suite einen Schlüssel, und so trifft jeder von ihnen irgendwann am frühen Abend dort ein, um mit dem anderen den weiteren Abend und die Nacht zu verbringen. Das Licht der Stehlampe wird zu ihrem Zeichen, wenn es leuchtet, ist bereits einer von ihnen im Raum, als am schönsten empfindet er den Moment, wenn er die Suite betritt und sie lesend in ihrem Morgenmantel auf dem Bett liegt, ihr rechtes Bein liegt meist ausgestreckt auf dem glatten Weiß des Bettuchs, während sich der Fuß des angewinkelten linken darauf stützt. Sie wirkt älter, wenn sie so daliegt, ja sie wirkt sogar manchmal wie eine erfahrene Frau, die einen viel jüngeren Liebhaber erwartet, etwas in ihm erstarrt jedes Mal, wenn er dieses Bild sieht, ihr Liegen erscheint aufreizend lässig, als hätte sie den ganzen Tag in diesem Bett verbracht und als bewegte sie sich nur, wenn es unbedingt nötig ist, kurz hinaus. Hinzu kommen der sanfte Ausdruck der Haut, ihre Blässe und das wie erstorben wirkende Lippenstiftrot ihres Mundes – wenn er sich über sie beugt, taucht er ein in ihren weiblichen Duft, der korrespondiert mit dem Duft all der Blumen, mit denen sie die vielen Vasen geschmückt hat. Mit seinem Geruch, seiner Musik und seinen Farben wird das Zimmer so immer mehr zu einem abgeschiedenen Raum, es wirkt wie eine erotisierende Zelle oder eine geheime Kammer, eingerichtet und geschaffen nur für die verlangsamten Bewegungen ihrer Körper und ihre trancehafte Annäherung.

Morgens verschwindet sie immer als erste und macht sich auf den Weg ins Büro, wo sie sich schon kurze Zeit später wiedersehen, von Heuken nimmt sie auch dort jetzt ganz anders wahr, er überträgt ihr einen Teil seiner Arbeit, er spannt sie ein in die Planung seines *Projekts*, auch alle Vorgänge, die mit der Eröffnung der Kunsthalle zu tun haben, gehören jetzt zu ihrem Ressort, insgeheim denkt er sogar daran, ihr später einmal die Stelle von Minna Zech anzuvertrauen. Im Konzern erwähnen sie mit keinem Wort, was geschehen ist, sie sprechen nur häufiger miteinander als früher, und er läßt die Tür seines Büros jetzt immer geöffnet, so daß es den Anschein hat, sie arbeiteten wie ein Team in einem einzigen Raum.

Wenn er dann wieder in seinem Wagen sitzt, gönnt er sich nach dem täglichen Besuch in der Klinik jetzt langsame Fahrten durch die Innenstadt Kölns, dazu hört er die Musik der CD, die ihm Marie gab, *Renato Zero*, das paßt genau zu den herbstlichen Atmosphären ringsum, zu diesem Fluten der Farben und der gleitenden Bewegung des Autos, manchmal blendet er auch *Vergnügte Ruh* ein, er hätte nie gedacht, daß eine Arie von Bach für ihn einmal zu einem Ohrwurm werden würde. Natürlich liegt das nicht nur an der Musik, sondern mehr noch an seinem Empfinden, die neue Verbindung trägt ihn und verleiht ihm einen Schwung, mit dem seine Gedanken kaum Schritt halten können, manchmal singt oder summt er einfach nur Bruchstücke mit und verläßt dann später den Wagen, als tauchte er gerade auf aus der dunkelblau überdachten Tiefe der Philharmonie. Teile seines Bewußtseins sind ausgeschaltet, andere umgepolt, er hat das alles nicht in der Hand, aber es stört ihn nicht im geringsten, solange wenigstens im Konzern alles so vorangeht, wie er es sich vorgenommen hat. Die Buchmesse im Blick behalten, das ist seine Devise, die Buchmesse ist das erste große Ziel, auf das hin sich seine Anstrengungen jetzt konzentrieren, er kümmert sich um alle Details, denn zum Zeitpunkt der Messe soll das Programm des darauffolgenden Frühjahrs stehen und die *Bibliothek des 21. Jahrhunderts* in ersten Umrissen bereits auch. Er telefoniert ununterbrochen, holt sich Rat von Autoren, zum ersten Mal entwirft er allein ein ganzes Programm, Jana ist die einzige, die er beteiligt, denn Bayermann hat mit den Korrekturen von Hanggartners Roman-Manuskript und der Durchsicht der beiden Kladden zu tun. Als er damit fertig ist, meldet er sich und bittet um ein Gespräch, bei dieser Gelegenheit erinnert ihn von Heuken an sein Versprechen, mit ihm einen Zoo-Rundgang zu unternehmen, Bayermann stimmt zu, und so treffen sie sich an einem Morgen gegen neun, um den Rundgang mit einem Gespräch über die anstehenden geschäftlichen Themen zu verbinden.

Als von Heuken am Eingang eintrifft, wartet Bayermann dort bereits, er trägt eine grüne Joppe mit großen Taschen und einen alten, zerschlissenen Rucksack, als stünde eine weite Wanderung oder eine Expedition in noch unerforschtes Gelände bevor. Das letzte Mal ist von Heuken vor langer Zeit mit den Kindern durch den Zoo gegangen, er erinnert sich plötzlich wieder genau an diese Gänge, an den Bollerwagen, den er hinter sich herzog und an das rasche Tempo, das ihm damals nicht recht war. Immerzu hat er versucht, die Kinder ans Stehenbleiben vor den Gehegen zu gewöhnen, aber es gelang nie, drei, vier Minuten hielten sie aus, dann enteilten sie wieder. Mit Bayermann ist das anders, von Heuken bemerkt gleich, wie langsam er geht, kaum hundert Meter sind sie unterwegs, schon bleibt er stehen und holt sein Fernglas hervor. Die Flamingos, was sagen uns die Flamingos? Die Flamingos ziehen in kleinen Rudeln am Wasser entlang, sie bewegen sich so preziös, als müßte man sie erst einladen, ein paar Schritte zu machen. Bayermann schaut und flüstert ihm dabei etwas zu, die Rudelbewegungen verlaufen anscheinend so, daß ein einziger Vogel das Terrain vorsondiert und eine kleine Gruppe dann folgt, der sich allmählich alle anderen Tiere anschließen, Bayermann macht einen Scherz und nennt die Vortruppe *Avantgarde*, am Rand des Geheges macht sie kehrt und bewegt sich hinüber zur anderen Seite, wie ein Pilgerzug, der betend und krächzend seine Runden dreht.

Nach den Flamingos sind die Erdmännchen dran, auch hier benutzt Bayermann wieder sein Fernglas, obwohl sich die Tiere doch nur wenige Meter von ihnen entfernt in einem sandigen, von vielen Höhlen durchtunnelten Gelände befinden. Von Heuken versucht, ihren Bewegungen etwas zu entnehmen, aber es fällt ihm höchstens auf, daß ein paar von ihnen dicht nebeneinander auf einem Höhenkamm des Geländes stehen und Ausschau halten, so, wie sie mit ihren herabhängenden Armen dastehen, ähneln sie Fußballern, die kurz vor einem Freistoß noch rasch eine Mauer bilden. Bayermann erklärt ihm, wie gekonnt sie sich die Arbeiten teilen, eine Gruppe wacht und beobachtet beinahe regungslos das Terrain, während die anderen hin und her huschen und Nahrung in die Höhlen schleppen. Einige stehen frierend unter dem gleißenden Licht einer wärmenden Lampe, von Heuken läßt sich das Fernglas geben und schaut sie sich genauer an, immerhin erkennt er so besser, wie sie sich auf ihren Schwanz stützen, um derart gerade und aufrecht zu stehen. Hier im Zoo spulen sie alles so ab, als bewegten sie sich in freiem Gelände irgendwo im afrikanischen Süden, sie kapieren nicht, daß sie gar keine Wächter mehr brauchen und die Nahrungsbeschaffung ganz einfach ist, ihre kribblige Unruhe verläuft einfach ins Leere. Sie könnten es sich ganz einfach machen, denkt von Heuken, aber die Instinkte lassen sich wohl nicht belehren, deshalb wuseln sie weiter herum, als kreisten über ihnen noch immer die Raubvögel.

Irgendwann sollte die Aufmerksamkeit nun auf das Geschäftliche gelenkt werden, von Heuken überlegt, wie er solche Themen ins Spiel bringen könnte, Bayermann aber ist noch viel zu beschäftigt und derart passioniert bei der Sache, daß es noch nicht angebracht zu sein scheint, ihm jetzt mit ganz anderen Dingen zu kommen. Er nimmt sich die Tiere so genau vor, als seien es Manuskripte, denkt von Heuken, sein Blick saugt sich mit den Details voll und scheint gar nicht zu ermüden, *einzelne Tiere beobachten* ist vielleicht für ihn eine Art Training, um sich später besser in seine kapriziösen Autoren mit all ihren Macken hineinversetzen zu können. Hanggartner zum Beispiel – welches Tier würde dem wohl entsprechen? Irgendeine unbeholfene, umtriebige Art, die sich für den Mittelpunkt des Zoos hält, Bayermann würde sicher sofort eine einfallen.

Als er vorschlägt, ins Affenhaus zu gehen, macht von Heuken geduldig mit, der kleine Bau hat ein Glasdach, durch das die Sonne die tropischen Pflanzen in seiner Mitte bebrütet, ein paar Spatzen haben sich hineinverirrt, ihr helles, aus dem Grün schallendes, kurzes Zirpen bildet den Hintergrund zum Schreien der Brüllaffen, die in niedrigen Laufkäfigen über den Köpfen der Besucher von einem Gehege zum anderen ziehen. Es ist schwülwarm und stickig, die Luft riecht nach dem dichten Teppich von Rindenmulch, der den Boden bedeckt und dafür sorgt, daß man weich geht und die Tiere nicht stört. Sie beachten die Besucher denn auch nicht weiter, es ist *ihr* Haus, sie toben herum und brüllen sich heiser und widmen sich ihren kleinen, täglichen Eifersüchteleien, ab und zu entleert sich einer von ihnen demonstrativ aus einem Laufkäfig auf den Kopf eines Besuchers, als hielte er diese glotzenden Scharen mit ihren hilflosen Kommentaren für dummes Pack.

Als von Heuken nach einer Viertelstunde auf einer Bank Platz nimmt, weil er es leid ist, den Tieren von einem Gehege zum anderen zu folgen, setzt Bayermann sich neben ihn und kommt von sich aus auf die anstehenden Themen zu sprechen.

»Ich habe mir Hanggartners Kladden genau angeschaut, es wird nicht einfach sein, daraus ein lesbares Buch zu machen.«

»Aber wieso denn? Es sind Hunderte von Seiten, Du solltest sie gnadenlos auf einen Band von höchstens dreihundert zusammenstreichen.«

»Das meiste sind Notizen, die er beinahe wörtlich in seine Romane verpflanzt hat, daneben gibt es unzählige Aphorismen oder knappe, hingeworfene Bemerkungen, die einfach fad und langweilig sind. *Im Wunsch zu überleben eifert jeder Schriftsteller den Märtyrern nach* ... – so etwas ist weder originell noch interessant, es ist einfach furchtbar. Ich hatte längst geglaubt, diese Wichtigtuerei sei endgültig vorbei, wer schreibt schon heutzutage noch Aphorismen? Dabei hätte ich ahnen können, daß diese Pseudo-Brillanz genau zu Hanggartner paßt.«

»Willst Du damit sagen, daß Du kein Buch zusammenbekommst?«

»Nein, das will ich nicht sagen, wir bekommen ein Buch zusammen, es fragt sich nur, welches. Wenn wir Hanggartners Notizen vorsichtig kürzen, sie aber in genau der Reihenfolge belassen, in denen sie in seinen Kladden auftauchen, kommen wir leicht auf einen ersten Band von vierhundert, fünfhundert Seiten. Verkaufen könnten wir so etwas als *Werkstatt*, der große Autor öffnet das Schatzkästlein seiner Einfälle und läßt uns teilhaben an seinem Schaffensprozeß. In den Feuilletons wird ein solches Buch glänzend besprochen, Leser findet es nicht, da sind wir uns wohl beide einig. Die Alternative wäre, die Notizen ganz neu zu ordnen, und zwar so, daß man sie lesen könnte wie kleine Erzählungen. Die ersten Begegnungen mit Deinem Vater zum Beispiel sind eine solche Erzählung, Hanggartner hat in ihm den ersten Verleger seines Lebens vor Augen, er tastet sich an ihn heran, er beobachtet ihn und verbindet seine Eindrücke langsam zu einem Porträt. So etwas fiele in weitestem Sinn in die Kategorie *Erlebte Geschichte*, wenn wir es geschickt anstellen, machen wir solche Notizfolgen zu kleinen Kapiteln mit poetischen Überschriften und das Ganze zu einem Erinnerungsband.«

»Du willst Hanggartners Gehäcksel als Memoiren verkaufen?«

»Ja genau, das ist meine Idee. Wenn wir sie als Memoiren unter die Leute bringen, werden sie die höchstmögliche Auflage erreichen, ich wage gar nicht daran zu denken, wie viele Bücher wir von Hanggartners Memoiren absetzen.«

»Aber *wie* soll das gehen? Hast Du schon einmal Memoiren gelesen, die aus kurzen Notizen von höchstens einer halben oder dreiviertel Seite bestehen? So etwas nimmt uns kein Buchhändler ab, mit so einer dreisten Fälschung fallen wir durch.«

»Moment, ich bin noch nicht fertig. Wir versehen die Notizen mit Zwischentexten von heute, diese Zwischentexte stellen Verbindungen her, erklären bestimmte Dinge, führen in die jeweilige Zeit ein und umranken so die Notizen.«

»Zwischentexte?! Du glaubst wirklich, Hanggartner wird sich gefallen lassen, daß wir seine Notizen mit Zwischentexten garnieren?«

»Ja, das wird er, und zwar aus einem ganz einfachen Grund.«

»Den möchte ich hören, mein Lieber.«

»Er wird es sich gefallen lassen, weil er die Zwischentexte selbst schreiben wird.«

»Er selbst?!«

»Ja doch, er selbst. Du wirst ihm die Sache in aller Ruhe erklären, es hat sich doch herausgestellt, daß Du gut mit ihm kannst. Du wirst ihm klarmachen, daß er wählen muß zwischen zwei Alternativen: Entweder wir bringen das Ganze als Steinbruch seiner großen Gedanken, oder wir modeln es um, und er macht etwas Lesbares daraus. Fassung eins bringt ihm pro Band fünfzigtausend an Vorschuß, für Fassung zwei bietest Du ihm pro Band eine Viertel-Million.«

»Eine Viertel-Million? Weißt Du, was Du da sagst?«

»Aber ja, ich weiß es sehr gut, Du selbst hast mich übrigens auf den genialen Gedanken gebracht, Dein Titelvorschlag *Intime Passionen* war schuld, denn dieser Titel ist das beste am ganzen Buch, das war mir bei der Lektüre bald klar. Da Hanggartners Notizen ihm leider so gar nicht entsprechen, müssen wir sie so umbauen und ausschmücken, daß sie zum Titel passen. Und vielleicht, vielleicht wird Hanggartner sogar Feuer fangen und uns noch mehr präsentieren als Zwischentexte.«

»Du meinst, die Zwischentexte werden ihm bald nicht mehr genügen?«

»Exakt, ein so redseliger Autor wie Hanggartner beginnt mit Zwischentexten und beschenkt uns am Ende mit *richtigen* Memoiren. Er wird das Gestückel der Notizen bald selber leid sein, er wird nicht einsehen, warum er auf halbem Wege stehenbleiben soll, seine Redseligkeit wird alle Dämme einreißen, da bin ich mir beinahe sicher.«

Von Heuken steht auf und deutet auf den Ausgang, er erträgt das Geschrei der Tiere und die warme, mulchige Luft nicht mehr länger, außerdem gefällt Bayermanns glänzender Vorschlag ihm jetzt so sehr, daß er sich bewegen muß, draußen, im Freien. Aus Hanggartners Kladden Memoiren zu zaubern, das wäre ihm nicht eingefallen, in Momenten wie diesen beweist sich, was Vater an Günter Bayermann hatte, sicher hat er ihm in den letzten Jahrzehnten mit vielen solcher Einfälle in schlimmen Notlagen geholfen.

»Laß uns noch in das Regenwald-Haus gehen«, sagt von Heuken, weil er weiß, daß das Regenwald-Haus ganz am Rande der Zoofläche liegt und sie bis dahin Zeit genug haben, sich in Ruhe zu unterhalten.

Bayermann bleibt kurz stehen und schaut ihn an: »Ist was? Leuchtet Dir mein Vorschlag nicht ein?«

»Dein Vorschlag ist fabelhaft«, sagt von Heuken und geht zügig weiter, damit Bayermann jetzt begreift, daß er nicht wieder vor dem nächsten Gehege verweilen möchte, »er bestärkt mich darin, Dir jetzt schon ein Angebot zu machen, über das ich eigentlich erst in ein paar Wochen mit Dir reden wollte.«

»Ich weiß genau, was Du mir anbieten willst«, sagt Bayermann und schließt zu ihm auf.

»Dann sag es, sag, was ich Dir anbieten will, ich wette, Du liegst daneben.«

»Du bietest mir an, Hanggartners Memoirenwerk zu betreuen und beteiligst mich am Gewinn, um mich für die unangenehme Arbeit zu entschädigen.«

»Nicht schlecht, und wenn Du es so haben willst, bin ich damit sofort einverstanden, aber das Angebot, das ich Dir machen wollte, ist das nicht.«

»Ist es nicht? Moment mal, laß mich nachdenken, ich möchte selber drauf kommen. Es hat doch mit Hanggartner zu tun?«

»Nein, hat es nicht.«

»Es hat gar nichts mit ihm zu tun? Also dann ..., nein, dann weiß ich nicht weiter.«

Er denkt nur an das Nächstbeste, als Lektor traut er sich nicht, über das Nächstbeste hinauszudenken, von Heuken überlegt, wie er Bayermann auf die richtige Spur bringen könnte.

»Es hat weder etwas mit Hanggartner noch mit einem anderen Deiner Autoren zu tun, mein Vorschlag ist umfassender, es ist ein Angebot, wie man es nur einmal im Leben bekommt.«

Bayermann bleibt wieder stehen, er begreift nicht, er sieht nun sogar so unruhig aus, als befürchte er etwas Schlimmes.

»Du willst mich mit dem Hanggartner-Projekt königlich abfinden, das ist es! Ich soll diese schwierige, elende Arbeit noch tun, und dann schickst Du mich in die Wüste.«

Wie kommt er auf so was? Jahrelang hat Bayermann darum gezittert, irgendwann einmal entlassen zu werden, dabei wäre es eine große Dummheit, einen Mann wie Bayermann zu entlassen. Bayermann und seine Arbeit sind eins, wenn man ihn entließe, würde er in seiner kleinen Wohnung verkümmern und sein ganzes Leben der Beobachtung von Nilgänsen am Rheinufer widmen. Er muß es ihm sagen, er sollte ihn nicht länger hinhalten.

»Du liegst so daneben, daß ich zu dem Unsinn, den Du Dir ausdenkst, nichts weiter sage. Ich sage nur, daß Dich kein Mensch entläßt oder abfindet oder sonstwie hinauskomplimentiert, solange *ich* im Konzern bin, wegen mir kannst Du sogar bis an Dein Lebensende Deine Autoren betreuen, allerdings nicht als Lektor.«

»Wie bitte? Was soll das heißen?«

»Ich will, daß Du den Verlag leitest, Du Esel«, sagt von Heuken. »Wenn es mir gelingen sollte, meinen Vater an der Konzernspitze zu beerben, sollst Du den Verlag übernehmen.«

Bayermann schüttelt den Kopf, er steht jetzt so hilflos vor ihm, als bitte er ihn darum, seine Worte zurückzunehmen.

»Das ist nicht Dein Ernst, Georg.«

»Aber ja, es *ist* mein Ernst, und warum sollte es um Himmels willen *nicht* mein Ernst sein? Wenn ich den Konzern leite, braucht *Caspar & Cuypers* einen Verleger, der sich mit dem Verlag auskennt. Von außen werde ich niemanden holen, das sage ich Dir, gleichgültig, wer auch immer sich um diese Stelle bewirbt. Du weißt Bescheid, niemand kennt den Verlag besser als Du, Du bist genau der richtige Mann, und außerdem werden wir gut zusammenarbeiten, so wie bisher.«

Von Heuken geht weiter, obwohl er sieht, daß Bayermann noch immer so dasteht, als begreife er nicht, was von Heuken mit ihm vorhat. An so einen Vorschlag hat er natürlich niemals gedacht, als eingefleischter Lektor hat er den Verlegerposten nie ins Auge gefaßt, genau deshalb fühlen Verleger sich ja auch von ihren Lektoren niemals bedroht, zwischen richtigen Verlegern und richtigen Lektoren entsteht keine Konkurrenz, im schlimmsten Fall tauchen Lektorennamen einfach nirgendwo auf, in keinem Buch, in keiner Festschrift, selbst wenn ein Verlag sich selbst in einer Ausstellung feiert, erscheinen auf den Fotografien und den anderen Ausstellungsstücken keine Lektoren, nicht einmal an der *Seite* von Verlegern haben Lektoren etwas zu suchen.

»Ich bin zu alt, Georg«, sagt Bayermann leise.

»Zu alt? Was für ein Unsinn! Mein Vater leitet den Konzern noch mit fast achtzig Jahren!«

»Es geht nicht, Georg, ich mag ein guter Mann für das Programm sein, aber ich verstehe nicht genug von den Finanzen.«

»Na und? Dann geben wir Dir eben jemanden zur Hand, der etwas von Finanzen versteht. Finanzen – das kann man lernen, wie man aus Notizbüchern Memoiren macht, aber nicht.«

Er zieht Bayermann nun beinahe hinter sich her, längst hat er aufgehört, einen Blick auf die Gehege zu werfen. Die Löwen, die Tiger, Bayermann scheint sich für nichts mehr zu interessieren, selbst als sie das Regenwald-Haus betreten, läuft er einfach weiter die schmalen, gewundenen Pfade zwischen all den tropischen Pflanzen entlang wie ein aufgezogenes Spielzeug, das sich nicht mehr anhalten läßt. Ob er sich freut? Ob er jetzt wenigstens einen Tick glücklicher ist? Von Heuken beobachtet ihn von der Seite, er hat den Kopf etwas eingezogen, er wirkt nicht wie einer, dem man gerade das Angebot seines Lebens gemacht hat. Am liebsten würde er ihn durchrütteln und ihn einmal tüchtig anschnauzen, so verwirrt wie er jetzt neben ihm herläuft, gefällt er ihm gar nicht. Vielleicht ist das Angebot eine Spur zu groß, vielleicht bedrückt es ihn so, daß er sich nicht einmal freuen kann. Von Heuken jedenfalls *kann* sich in letzter Zeit freuen, noch nie in seinem Leben ist es ihm derart leichtgefallen. Er braucht bloß an den Abend und das Licht in seinem Zimmer zu denken, schon ist so etwas wie Vorfreude da, es ist ein leichtes Schweben, als habe er auf nüchternen Magen einen ersten, winzigen Schluck *Rosé Veuve Cliquot* getrunken. Eine so mühelos abrufbare Vorfreude macht den ganzen Tag schwerelos, alles erledigt sich rascher, schon allein dadurch, weil er es von vornherein leichtnimmt und die anstehenden Dinge nicht immer nur als Probleme betrachtet.

»Mein Gott«, sagt er schließlich, »Du könnest Dich ruhig mal freuen.«

Sie bleiben vor einem Wasserfall stehen, ein Schild weist darauf hin, daß es sich bei den merkwürdigen Vögeln mit dem dünnen, wie ein Haarnetz am Hinterkopf klebenden Gefieder um eine seltene Taubenart handelt. Zu dritt sitzen sie nebeneinander auf einer Stange, unnahbar und arrogant, als wüßten sie von ihrer Bedeutung. Von Heuken geht weiter, das gleichmäßige Rauschen des Wasserfalls, in den die meisten Kinder unbedingt mit einer Hand eintauchen wollen, macht ihn nervös, im Grunde stört ihn nun all dieses Zirpen, Quäken und Grummeln, das aus den vielen Verstecken dieses Hochfeuchtigkeitstrakts schallt, Tiere, die sich verstecken und sich doch laufend bemerkbar machen, kann er nicht ausstehen.

»Es ist anders als Du vermutest«, sagt da Bayermann plötzlich, »ich freue mich ja, aber ich muß Dir noch etwas Wichtiges sagen, von dem Du nichts ahnst.«

»Was ahne ich nicht?« fragt von Heuken, »was könnte denn das Wichtige sein, das ich nicht ahne?«

»Komm mit nach draußen«, sagt Bayermann, »das sieht ja ein Blinder, daß Du Dich hier drinnen nicht wohl fühlst. Dabei hätte ich Dir so gern mal einen Doppelhornkopf gezeigt, jemand hat nämlich einmal behauptet, ich esse genauso wie ein Doppelhornkopf ...«

»Ich danke Dir für Dein Verständnis«, sagt von Heuken und geht wirklich nach draußen, »den Doppelhornkopf heben wir uns für das nächste Mal auf.«

Vielleicht hat jemand herausbekommen, daß er mit Jana zusammen ist, vielleicht hat jemand sie beide gesehen, sie benehmen sich nicht vorsichtig genug, Liebenden kann man nicht zumuten, sich vorsichtig zu benehmen, denkt von Heuken. Er will es sofort wissen, endlich draußen angekommen, geht er keinen Schritt weiter. Und *wenn* sie es wissen, was folgt schon daraus? Er wird es zugeben, er wird nichts leugnen, es wird nicht leicht werden, aber leugnen wird er es nicht.

»Also bitte«, sagt er gereizt, »was ahne ich nicht?«

Bayermann sieht, daß er unruhig geworden ist, er packt ihn am Arm und zieht ihn weiter, von Heuken macht eine kleine Drehung und läßt sich wirklich dazu bewegen, weiterzugehen.

»Ich war in letzter Zeit häufiger bis in den späten Abend im Verlag«, sagt Bayermann, »ich hatte mit Hanggartners Roman und seinen verflixten Kladden zu tun. An zweien dieser Abende habe ich Deinen Bruder gesehen, er war im Konzern unterwegs.«

»Mein Bruder?! Christoph war im Verlag?!«

»Er kam meist recht spät, wohl deshalb, weil er nicht gesehen werden wollte, er hat sich mit jemandem getroffen, anscheinend hat er sich gewisse Unterlagen besorgt.«

»Jetzt tu nicht so geheimnisvoll! Mit wem hat er sich getroffen? Und um welche Unterlagen handelt es sich?«

»Beim ersten Mal habe ich es nicht herausbekommen, ich habe ihn nur kurz auf einem Flur entlangschleichen sehen, beim zweiten Mal bin ich ihm hinterhergegangen, um Gewißheit zu erhalten. Dein Bruder hat sich mit Minna Zech getroffen.«

»Mit Minna? Bist Du ganz sicher?«

»Er ist in ihr Büro gegangen und dort mehrere Stunden geblieben. Einen Tag später habe ich Minna darauf angesprochen, Du weißt, daß wir uns sehr lange kennen und daß sie mich nicht belügt. Sie hat mir erklärt, daß sie Deinem Bruder hilft, sie hat ihm Listen mit geheimen Projektplanungen Deines Vaters gegeben und vieles andere mehr. Sie will, daß *er* Deinen Vater beerbt, *er* und nicht *Du*!«

»Hat sie das so ausdrücklich gesagt?«

»Ja, das hat sie gesagt.«

»Und warum? Warum ergreift sie so eindeutig Partei?«

»Sie sagt, Du wirst sie entlassen, sie ist fest davon überzeugt, daß Du sie sofort entläßt, wenn Du die Nachfolge Deines Vaters antreten solltest. Deshalb ist sie für Christoph, er würde sie niemals entlassen, er würde sich mit der *guten Seele des Verlages* sogar eher noch schmücken.«

»Aha, das ist es also, das steckt dahinter, vielleicht hält sie ihn in Wahrheit gar nicht für den besseren Verleger.«

»Sie behauptet, daß sie ihn dafür hält, aber ich vermute, sie macht sich damit selbst etwas vor, insgeheim weiß sie längst, daß man Christoph und Dich nicht vergleichen kann.«

»Kann man das nicht? Günter, jetzt sag mal ganz ehrlich, wer sollte es nach *Deiner* Meinung denn machen, *Christoph* oder *ich*?«

Von Heukens Stimme hat plötzlich etwas Rabiates, er weiß nicht, was er mit Bayermanns Informationen anfangen soll. Heimlich nach Köln zu kommen, um sich diese Unterlagen zu beschaffen, das sieht Christoph ähnlich, schon in der Kindheit hat er sich genauso verhalten, heimlichtuerisch, hintenherum, wie eine Ratte, die sich im Keller des Hauses dreist über die besten Vorräte hermacht und alle Leckerbissen wegfrißt.

Er läßt seinen Blick auf Bayermann ruhen, an seinen zusammengekniffenen Augen erkennt er, daß er ihm zuviel zumutet. Warum geht er ihn jetzt so unwirsch und direkt an? Er macht sich nur lächerlich mit seinen groben, alles auf den Punkt bringenden Fragen.

»Entschuldige, mein Lieber, ich nehme die Frage zurück, was sollst Du auf so etwas schon antworten? Sag mir aber wenigstens, daß Du es machst, laß mich mit meinem wunderbaren Angebot jetzt nicht allein.«

Sie gehen ein paar Schritte stumm nebeneinander her, als warte jeder auf ein weiteres, erlösendes Wort des anderen.

»Also …«, sagt Bayermann endlich, »bringen wir die Sache zum Abschluß. Dein Angebot ehrt mich, ich nehme es an, bist Du nun zufrieden? Und zweitens: Du bist der richtige Mann an der Spitze, das weißt Du selbst, stell mir bitte in Zukunft nie mehr so saublöde Fragen, sonst schmeiße ich alles hin.«

Sie bleiben vor dem großen Becken mit den Seehunden stehen, Seehunden bei ihren Schwimmbewegungen zuzuschauen, hat von Heuken früher immer am meisten gefallen. Wie sie das ganze Terrain nutzen, wie elegant sie wenden und mühelos auf dem Rücken zurückschnellen!

»Wußtest Du, daß sie einen phantastischen Geschmackssinn haben?« fragt Bayermann.

»Nein«, antwortet von Heuken, »und was machen sie mit ihrem Geschmackssinn?«

»Er ist so fein, daß sie damit den Salzgehalt des Meeres feststellen können, so wissen sie immer, wo sich der nächste größere Fischschwarm befindet.«

Das ist wirklich phantastisch, denkt von Heuken, beinahe wie bei uns im Betrieb, auch da gibt es schließlich Spezialisten, die gute Beute schon auf Meilen hin wittern. Den besten Geschmackssinn für Autorenschwärme hat Lina Eckl, er sollte sich sobald wie möglich mit ihr treffen, nicht viele Tage sollte er noch verstreichen lassen, ohne Beute für sein *Projekt* zu machen.

7

VON HEUKEN sitzt vor einem der Altstadtlokale am Rheinufer und blickt auf den Fluß. Seltsam unentschieden ist dieser Herbst, er begann wie ein halber Winter mit viel Regen und Frost und kippte dann um in sehr warme Tage, noch wärmer als manche im Sommer. Das letzte Laub will nicht herunter, im Marienburger Garten werden die serbischen Gärtner herumstehen und drauf warten, es endlich zusammenrechen zu können.

Jetzt am Mittag sitzen erst ein paar Touristen auf diesen klapprigen Stühlen, am frühen Nachmittag aber werden hier ganze Scharen herumziehen und sich dann am Abend mit

Kölsch vollaufen lassen. Er wollte nicht in diese Gegend, Lina Eckl aber ließ sich nicht davon abbringen, sie braucht Leute um sich, sie genießt es, inmitten dieser müden Spaziergänger zu sitzen und ein kleiner, bunter Punkt ihres Interesses zu sein. Einige Kilometer weiter südlich werden die Kinder im Garten grillen, da könnte er wetten, aus dem Innern des Hauses werden die Songs von Renato Zero tönen, und seine Tochter wird vielleicht die erste Liebe ihres Lebens erleben. Miterleben möchte er das nicht, auf keinen Fall, zum Glück ist Clara noch immer in Arles, das erlaubt ihm, diesen pubertären Szenen fernbleiben zu können.

Jetzt kommt Lina endlich, er erkennt sie schon von weitem an ihrem trippelnden Schritt, der von dem engen, kurzen Rock herrührt, mit dem sie alle Blicke auf sich zieht. Ein kurzer Rock, dazu Netzstrümpfe und Schuhe mit extrem hohen Absätzen, in dieser Arbeitskleidung rückt sie ihren Verhandlungspartnern zu Leibe. Die jungen Autoren, die sie betreut, bekommen Stielaugen und werden ganz weich, und die netten jungen Frauen, die immer diese traurigen Erzählungen über ihre ersten Enttäuschungen schreiben, nehmen sich vor, auch einmal so sicher und *tough* zu werden wie sie. In den achtziger Jahren, als man mit den Werken junger Künstler noch viel Geld machen konnte, war sie eine erfolgreiche Galeristin, als der Markt zusammenbrach, stürzte sie sich auf die Literatur. Sie übersetzte, sie verschaffte sich großes Ansehen als Pressechefin eines Theaters, dann wurde sie eine der ersten Literaturagentinnen. Um gleich aufs Ganze zu gehen, verwandelte sie die weißen Räume ihrer Galerie in Büroräume, dort, wo früher noch die peinlichen Kunstversuche gehangen hatten, entstanden ein Empfangszimmer und Räume für drei Mitarbeiterinnen, eine für Finanzen, eine für Nebenrechte und eine für Übersetzungen. Ein reiner Frauenclub, straff durchorganisiert, jeden Morgen gegen zehn taucht sie auf, und dann frühstücken sie erst mal zusammen. Mittags gibt es nur einen Kaffee und etwas Gebäck, alle müssen durchhalten bis zum Abend, »so bleiben die Mädels hübsch schlank«, sagt Lina und spendiert ihnen kistenweise Mineralwasser, denn das ist angeblich gut für die Haut und hält außerdem munter. Vor langer Zeit war sie einmal verheiratet, niemand aber hat ihren Mann je gesehen, vielleicht ist das alles auch eine Erfindung gewesen. Man kann sie sich nicht gut verheiratet vorstellen, sie ist zu autark und zu freiheitsbewußt, Insider behaupten sogar, sie sei so autark, daß sie sich von Männern generell fernhält. Mag sein, daß es so ist, von Heuken jedenfalls hält sie für eine verkappte Romantikerin, die verkappte Romantik ist ihr Geheimnis, deshalb gibt sie sich nach außen so zynisch und cool. Vielleicht schwärmt sie insgeheim für einen samtweichen Lyriker aus dem Mittelmeerraum und trifft sich heimlich mit ihm auf Sizilien oder auf Zypern, so etwas hält er durchaus für möglich, als Frau würde auch er sich schließlich mit *deutschen* Autoren auf keinen Fall einlassen.

»He«, sagt sie mit ihrer tiefen Stimme, »Du wartest ja wahrhaftig auf mich! Was für eine Ehre, daß so ein Großerbe ausgerechnet auf mich wartet!«

Sie kommt immer zu spät, sie braucht den kleinen Auftritt, um sich in Szene zu setzen, erst einmal verlangt sie Unterwerfung, nur so hat man bei ihr eine Chance. Heute trägt sie zu ihrem kurzen, schwarzen Rock eine weite Jacke mit bunten Karos, wenn er sie darauf anspricht, wird sie ihm erzählen, daß man solche Jacken nur in Damaskus bekommt. Zu Beginn einer Unterhaltung spielt sie nämlich gerne *die Weltreisende*, viele beeindruckt sie damit so sehr, daß sie ganz klein werden und nur noch in Hunderttausendern rechnen. *New York* ist ihre stärkste Nummer, mehrmals im Jahr ist sie dort, um sich immer das Neuste und Beste vom literarischen Markt zu sichern,

»schade, daß Hemingway mich nicht kannte«, hat sie einmal gesagt, »ich hätte ihm eine bessere deutsche Übersetzung beschafft«.

Von Heuken steht auf, sie begrüßen sich mit einem Kuß auf beide Wangen, er kann sich nicht erinnern, daß er sie schon einmal auf diese Weise begrüßt hat.

»He«, sagt sie wieder, »was ist denn das, was ist das für ein schwerer Großerbenduft? Ich tippe auf Lilien, ja, ein paar Dutzend Lilien könnten es sein. Wo treibst Du Dich herum, hast Du Dich in ein Blumenmädchen verliebt?«

Von Heuken versucht zu lachen, erstaunlich, was sie so alles wittert, in der Hotelsuite stehen in der Tat zwei große Vasen mit Lilien, am liebsten würde er einfach davon erzählen. Lina Eckl würde die Geschichte verstehen, Lina findet solche *stories* ganz normal und sogar vernünftig, leider behält sie aber so etwas niemals für sich, schon am nächsten Tag wüßte die halbe Branche davon.

»Ich war eben noch kurz in der Klinik«, sagt von Heuken und ist beinahe stolz darauf, daß das sogar stimmt, »wahrscheinlich steckt der Geruch der vielen Blumen von Vaters Zimmer mir noch in den Kleidern.«

Sie schaut ihn fest an, sie hat verstanden, von einem Moment auf den andern schaltet sie um auf einen mitleidenden Ausdruck.

»Mensch, ja, entschuldige, ich rede blöd daher, und Du hast ganz andere Dinge im Kopf. Sag, wie geht es denn Deinem Vater? Wann werde ich ihn mal wieder einladen dürfen?«

Von Heuken holt Luft, es fällt ihm schwer, über Vaters Zustand zu sprechen. Seit Tagen bedrängt er Loeb, seinen Vater nach Hause zu lassen, aber Loeb willigt nicht ein. Er will ihn in eine Reha-Klinik im Bergischen Land überweisen, aber damit ist von Heuken nicht einverstanden, Pa soll nach Marienburg zurückgebracht werden und nirgendwohin sonst, das hat er seinem Vater in einer ruhigen Minute versprochen.

»Wenn ich ehrlich bin, Lina«, sagt er langsam, »dann glaube ich nicht mehr, daß Vater es noch einmal schafft. Er will nicht mehr, still und abwartend liegt er in seinem Bett, nach dem Konzern erkundigt er sich nur selten, er möchte nach Hause, manchmal erzählt er Liesel und mir seltsame Geschichten, die selbst wir nicht mehr verstehen.«

Sie antwortet sonst immer sehr rasch, in Gesprächen mit ihr gibt es keine Pausen, sie dreht und wendet die Dinge und legt sie sich zurecht, diesmal aber starrt sie kurz vor sich hin.

»Er war der beste Gesprächspartner, den ich hatte«, sagt sie nach einer Weile, »ich habe mit ihm über alles gesprochen, nicht nur über die gottverdammten Verträge. Er war großzügig, in seiner Gegenwart hielt ich das Leben immer für einen großen Roman mit lauter Abenteuern und gut endenden Katastrophen, aber auch mit wunderschönen Momenten, für die der ganze Quatsch sich dann letztlich doch lohnt. Ich habe ihm immer vertraut, wir waren nicht nur ein Team, wir waren etwas viel Besseres, etwas Einzigartiges, das kann ich Dir sagen.«

Von Heuken glaubt ihr, sie hat es nicht nötig, ihm etwas vorzumachen. Beinahe zehn Jahre hat sie sich regelmäßig mit Vater getroffen, neben ihm wirkte sie manchmal wie eine freche und muntere Tochter, von der sich der viel ältere Mann alles sagen ließ. Vater mochte sie sehr, vielleicht haben die beiden sich Dinge erzählt, die sie niemand anderem sonst erzählen konnten.

»Ich werde ihn aus der Klinik herausholen«, sagt von Heuken, »Vater ist kein Objekt für diese Renommier-Ärzte, die sich mit seinem Namen schmücken und nur den nächsten Kunsteingriff im Kopf haben. Wenn er erst mal zu Hause ist, wird er sich wohler fühlen, und das ist in seinem jetzigen Zustand wichtiger als all die Kontrolluntersuchungen und Feindosierungen von zehn Medikamenten.«

»Ich verstehe das nicht«, antwortet Lina Eckl, »in den letzten Wochen war er so gut in Form wie lange nicht mehr. Er hatte etwas Großes vor, immer wieder sprach er von einem großen Projekt, ich hatte sogar den Verdacht, daß er mit einer Frau zusammen war, die ihm mehr bedeutete als all seine vielen Abenteuer zuvor.«

»Hast Du ihn darauf angesprochen?«

»Natürlich habe ich das, meinst Du, ich hätte in dieser Hinsicht auf irgend etwas Rücksicht genommen? Du machst mir nichts vor, habe ich zu ihm gesagt, ich sehe den Männern an, wenn sie verliebt sind.«

»Und? Was hat er gesagt?«

»Er hat nur gelacht und mich gebeten, bis nach der Buchmesse zu warten. Nach der Buchmesse erfährst Du das Geheimnis, hat er gesagt, bis dahin halte ich dicht.«

»Also war etwas dran an Deiner Vermutung.«

»Aber ja, es war etwas dran. Ich vermute, daß er vorhatte, noch einmal zu heiraten, er hatte wohl eine Frau gefunden, von der er glaubte, daß sie gut zu ihm paßt. Sonst ist es nie vorgekommen, daß er vor mir etwas geheimhielt, diese Sache aber war ihm anscheinend so wichtig, daß nicht einmal ich davon wissen durfte.«

»Peter Feil hat erzählt, daß er ihn von weitem in Begleitung einer Frau gesehen habe, er konnte sie aber nicht genau erkennen, jemand Bekanntes war sie jedenfalls nicht.«

»Verdammt, ich gäbe etwas darum, zu wissen, wer es war. Ist sie denn niemals in der Klinik gewesen, sie muß ihn doch dort besucht haben, wenn die Sache schon über das erste Kennenlernen hinaus war.«

»Woher weißt Du denn, daß es schon darüber hinaus war?«

»Er hatte eine Reise mit ihr geplant, von einer Reise hat er nämlich einmal erzählt, er hat sich verplappert, und ich habe es ihm ins Gesicht gesagt, Du verreist mit Deiner Liebe, gib es doch zu.«

»Und? Hat er es zugegeben?«

»Ja, das hat er, aber dann hat er gesagt, Lina, das geht mir zu weit, wir reden jetzt nicht darüber, sonst ist das vorerst unser letztes Treffen gewesen.«

»So wichtig hat er die Sache genommen? Dann muß etwas dran gewesen sein, ja, ganz bestimmt. Keiner von uns Kindern weiß etwas, uns gegenüber hat er nicht einmal eine Andeutung gemacht.«

»Natürlich hat er mit Euch nicht darüber gesprochen, wie hätte er mit Euch auch darüber diskutieren sollen, ob er noch einmal heiraten soll? Ihr hättet um Euer Erbe gebangt, Ihr hättet ihm zugesetzt und ihn beschworen, solche Dummheiten in seinem Alter zu lassen.«

Von Heuken ist irritiert, die ganze Geschichte mit Vater hat noch einmal eine Wende genommen, die er nicht für möglich gehalten hätte. Vater und eine zweite Heirat, kann er sich das überhaupt vorstellen? Vielleicht hat diese Verbindung ihm Kraft für das neue Projekt gegeben, vielleicht war diese Liebe der Hintergrund für all seine Treffen und die vielen Aktivitäten rund um seine Suite? Wieso aber taucht diese Frau jetzt nirgends auf? Wieso sieht man sie nicht in der Klinik? Hält sie selbst auch etwas geheim und will nicht erkannt werden? *Warum* aber will sie das nicht? Schließlich ist es doch nicht verboten, die Geliebte eines Reinhard von Heuken zu sein.

»Ich verstehe nicht, warum diese Frau im Hintergrund bleibt«, sagt er leise, »was hat sie denn zu verbergen? Wenn sie ihn heiraten wollte, muß sie doch beunruhigt sein und sich zeigen, sie müßte längst an seinem Krankenbett aufgetaucht sein oder sich mit einem von uns in Verbindung gesetzt haben.«

»Vielleicht war sie im Krankenhaus, und Du weißt es nicht.«

»Nein, das ist unmöglich, Liesel Burger ist den ganzen Tag über bei meinem Vater, sie hätte mir erzählt, wenn sonst noch jemand gekommen wäre.«

Im Grunde hat Vater alle zum Narren gehalten, denkt von Heuken, weder von seinem Buch-Projekt noch von seiner Liaison hat er erzählt. Jeden Tag ist er ihm im Konzern begegnet, aber er hat so getan, als gebe es außer den üblichen Geschäften nichts zu bereden.

»Was wußtest denn *Du* von diesem Buch-Projekt, Lina?« fragt er nach.

»Ich wußte, daß er etwas Größeres plante, denn manchmal hatte er ein paar Notizen dabei, aus denen hervorging, daß es eine ganz besondere Buchreihe werden sollte, etwas, das mit Europa zu tun hat. Ich habe ihm abgeraten davon, ich habe ihm gesagt, daß er sich mit *Europa* täuscht, kein Mensch will davon etwas wissen, *Europa* ist ein Thema für Zeiten, in denen einem nichts Packendes einfällt.«

»Na immerhin«, sagt von Heuken, »immerhin hat er mit Dir darüber gesprochen, mit mir hat er es jedenfalls nicht. Inzwischen wissen Christoph und ich, daß die Reihe *Bibliothek des 21. Jahrhunderts* heißen sollte, jeden Monat sollte ein Band eines deutschen und eines europäischen Autors gleichzeitig erscheinen.«

»Ja genau, das war seine Idee. Wie ist er nur auf so etwas gekommen? Er hatte sonst doch einen beinahe perfekten Instinkt für Themen und Trends. Ist *Europa* ein Thema? Nein, das ist es nicht, *Europa* ist etwas sehr Diffuses zwischen Norwegen und Malta. Es hat keine Kriege verloren und wird nie welche gewinnen, es hat überhaupt kein Gesicht, wieso konnte Dein Vater bloß annehmen, es gebe in der Literatur etwas her?«

»Hast Du seine Listen mit den ersten Titeln gesehen? Hast Du irgendeine Ahnung, womit er beginnen wollte?«

»Nein, genau weiß ich das nicht. Ich weiß nur, daß es mit

Kundera losgehen sollte, er wollte unbedingt etwas von Kundera haben, Kundera sollte ihm einen Essay über Europa schreiben, aber Kundera wollte nicht. Über Tschechien schon, über Frankreich vielleicht, über Tschechien *und* Frankreich am liebsten, aber *das* wollte nun wiederum Dein Vater nicht haben, er wollte nur etwas über Europa.«

Von Heukens Irritation läßt nicht nach, er kann einfach nicht damit umgehen, daß so vieles im Dunkeln bleibt. Am liebsten würde er sofort einen Detektiv engagieren, um die Sache mit der geheimnisvollen Frau aufklären zu lassen. Und was soll dieser Unsinn mit Kundera? Kundera war nie ein Autor des Konzerns, warum wünschte Pa sich ausgerechnet von ihm, den er persönlich gar nicht kannte, den Eröffnungsband für seine neue Reihe?

»Warum dachte er bloß an Kundera? Ich kann mich nicht erinnern, daß er dessen Bücher sonst je erwähnt hat.«

»Doch, das hat er, er hat sie in letzter Zeit immer wieder erwähnt, manchmal dachte ich sogar, er hat einen Narren an Kundera gefressen, ausgerechnet jetzt, wo dieser Autor nicht mehr so gefragt ist. Kundera war für Deinen Vater eben sowohl Osten wie Westen, Prag und Paris, hinzu kamen die Musik, der Humor und eine Intelligenz, die ihre männlichen Züge nicht unterdrückt, sondern elegant mit ihnen spielt. Nur *ein* Argument half, um ihm Kundera madig zu machen, Kundera ist älter als Sechzig. Du kannst eine Buchreihe für Autoren unter Sechzig nicht mit dem Buch eines über Siebzigjährigen eröffnen, habe ich ihm gesagt. Er hat noch ein wenig opponiert und von einer Ausnahme gesprochen, dann aber war von Kundera zum Glück nicht mehr die Rede ... Doch laß uns jetzt nicht mehr von der Vergangenheit, sondern endlich von der Gegenwart sprechen. Am Telefon hast Du angedeutet, daß Du das Konzept Deines Vaters aufgreifen willst, laß mal hören, wie Du Dir das vorstellst.«

Von Heuken schiebt die wenigen Seiten, auf denen er alles

vermerkt hat, über den Tisch und schaut zu, wie sie die einzelnen Punkte mit einem Stift in der Hand durchgeht. Neben dem Kaffee und dem Glas Mineralwasser, das die Kellnerin gerade gebracht hat, liegt ihr dickes Notizbuch, in das sie mit winziger Schrift meist nur ein paar Kürzel notiert. Das Wichtige behält sie im Kopf, sie hat ein fabelhaftes Gedächtnis und weiß noch nach Jahren, wie hoch die Auflage eines Buches war und wieviel es ihr gebracht hat. Vom Honorar des Autors bekommt sie fünfzehn Prozent, das ist sehr viel, doch sie erledigt ihren Autoren dafür auch die Finanzen.

»Na, was sagst Du dazu?« fragt er und nimmt nun auch selbst einen Schluck Wasser.

»Ich sage, daß dieses Konzept besser ist als das Deines Vaters. Die Idee, einen ausländischen und einen deutschen Autor jeweils über dasselbe Thema schreiben zu lassen, ist originell. Der Akzent liegt dann nicht mehr auf *Europa*, sondern auf dem Vergleich zwischen den Autoren. Auch die einzelnen Themen gefallen mir gut, *Mein Land …*, *Die Musik, die ich höre …*, *Was wir zu Hause essen und trinken …* – wenn Du für solche Titel Autoren findest, die sich auf brillante Essays verstehen, wird das Ganze eine hervorragende Sache.«

Ja, so hat von Heuken sich das gedacht, als Gerüst der Reihe brillante Essays zu jeweils *einem* Thema, daneben Romane, Erzählungen und Lyrik, klug aufeinander bezogen. Er hat das Konzept seines Vaters zwar nur variiert, durch die Variation ist es aber um entscheidende Nuancen besser geworden. Daß Lina Eckl diese Unterschiede auffallen, macht ihn ein wenig stolz, ihr Urteil ist wichtig.

»Na, da bin ich erleichtert«, antwortet er, »nun laß mal sehen, an welche Autoren *Du* denn gedacht hast.«

Sie läßt sich nicht lange bitten, sie holt ihre Listen hervor und reicht sie ihm über den Tisch. Während er liest, nennt sie ein paar Namen und taxiert deren Marktwert.

»*Brunstetter*, der wird auch schon bald fünfzig, sein letzter Roman war ein Flop, aber ich habe ihn dazu gebracht, wieder über Themen zu schreiben, von denen er etwas versteht und für die er bekannt ist. Korruption, Wirtschaftskriminalität, da kennt er sich aus, er erzählt unbeholfen und flach, aber bei solchen Themen ist Eleganz ja eher im Weg. Nächstes Jahr im Herbst ist sein Roman fertig, das hat er versprochen, und er ist einer, der hält, was er verspricht. Zwanzigtausend Vorschuß, früher lagen die Auflagen seiner Romane durchgängig bei etwa zehntausend, Du riskierst also nichts. *Fabrizio Nerva* ist nicht einmal fünfunddreißig und doch schon ein Star der jungen italienischen Szene. Kommt aus Rom, in Deutschland ist er noch nicht sehr bekannt. Sein erster Roman ist ganz wunderbar, die Schiffsreise eines blinden Jungen, der sich auf einem Frachtschiff versteckt hat. Du bekommst die Rechte für Hunderttausend, in Italien liegt die Auflage jetzt bei einer halben Million. In seinem Fall muß der Werbeabteilung viel einfallen, schick Nerva durchs Land und laß ihn in Großstädten lesen, seine schwarzen Locken und seine perfekt sitzenden Anzüge füllen allein schon den Saal. *Sonja Wenne* ist eine achtundzwanzigjährige Debütantin, sie hat ein Verhältnis mit diesem dünnen Specht, der jetzt die Literaturredaktion des SWR leitet, das erste Fernseh-Porträt ist schon in Arbeit, sie ist sehr telegen, weißt Du, genau der Typ, für den man beim Fernsehen schwärmt, der halbe Film besteht aus Großaufnahmen ihres Gesichts. Ihr Buch ist nicht besonders, zwölf Erzählungen über dies und das, über die Mutter, den Bruder, den Hund und was sonst noch so rumlief in ihrer Kindheit. Egal, zehntausend Vorschuß, Du wirst sehen, sie setzt sich durch ...«

Genau dieser Ton hat Vater so gefallen, denkt von Heuken, und natürlich, daß sie sich nur selten irrt. Ihre Arbeit besteht zur Hälfte aus Psychologie, außerdem aber weiß sie über einfach alles Bescheid, er könnte wetten, daß sie manchen jungen

Autorinnen sogar Ratschläge gibt, welche Klamotten sie bei ihren Lesungen anziehen sollen. Für die Mädels ist sie so etwas wie eine strenge Mutter, für die Jungs aber eher eine Art Domina, die niemanden an sich heranläßt und die Peitsche rausholt, wenn das Manuskript noch immer nicht fertig ist. »Ich liebe *professionelle* Autoren«, sagt sie gereizt, wenn ihr wieder mal so ein Früchtchen begegnet, das über das berüchtigte weiße Blatt klagt und über den Schrecken, den es angeblich verbreitet. »Schreib doch mal was über Marilyn Monroe«, hat sie einem Autor geraten, der seit Jahrzehnten in Bad Liebenzell wohnt und nur über Schreibschwierigkeiten schreiben kann. Manche Autoren halten ihren Spott nicht lange aus und wechseln zur Konkurrenz, »sollen sie doch«, sagt Lina Eckl, »ich vertrete nur Autoren, die ihr Geld wert sind und nebenbei noch ein paar schöne Preise mit Urkunden für die Vitrine bekommen«.

»Wie läuft denn das Geschäft so?« fragt von Heuken, als sie die Listen durchgearbeitet haben.

»Es geht«, antwortet Lina, »das meiste Geld mache ich im Augenblick mit Biographien, historischen Schinken und Sachbüchern, die gut recherchiert sind. Früher hat kein Mensch sich für so ein Zeug interessiert, jetzt aber ist anscheinend jeder Dritte, der ein Buch halten kann, scharf darauf, etwas über die Vandalen oder die geheimnisvollen Paarungsrituale der Neandertaler zu erfahren. Ich finde das *infantil*, aber solange ich Geld damit verdiene, soll es mir recht sein.«

Er würde gern mal erleben, wie sie ihre Reserve aufgibt und von etwas anderem spricht als von ihren Geschäften. Diesen Gefallen wird sie ihm aber nicht tun, denn sie kennen sich noch nicht gut genug. Wo treibt sich eine wie sie am Abend herum, wo in der Nacht? Vielleicht addiert sie dann noch immer die Tagesumsätze, dividiert sie durch die Zahl ihrer Mitarbeiter und rechnet gleich die zu erwartenden Dividenden all ihrer Aktien hinzu, deren Börsenstand sie sich alle paar Stunden von den drei wichtigsten Börsen der Welt mailen läßt. Sie ißt nicht einmal mit ihm, so sehr hält sie noch auf Distanz, nur einen Kaffee und ein Wasser läßt sie sich spendieren. Daß sie Vater immer zum Essen eingeladen hat, zeigt, was für ein besonderes Verhältnis die beiden hatten. Zehn Jahre hat sie mit Vater verhandelt, doch ihn läßt sie wieder ganz von unten anfangen, mit Sonja Wenne und Fabrizio Nerva, die dicken Brocken überläßt sie ihm erst, wenn sie sich lange genug kennen.

»Ich denke mal, wir sind durch«, sagt sie entschieden und räumt ihre Sachen zusammen.

»Trinken wir noch ein Glas auf unsere ersten Verträge?« fragt er vorsichtig.

Sie schaut ihn kurz an, die Gesamtsumme der Vorschüsse, die sie ihm abgeluchst hat, hat sie bestimmt längst im Kopf.

»Mittags trinke ich nie«, antwortet sie und verstaut alles in ihre Tasche.

»Na, dann trinke ich eben allein einen Schluck auf all mein Glück«, sagt er und gibt der Kellnerin ein knappes Zeichen.

Sie verlangsamt ihre Bewegungen, sie schaut ihn jetzt etwas länger an, er sieht, wie die Gesamtsumme kurz in ihrem Kopf aufblinkt wie die Leuchtziffern eines Gewinnspiels bei den Geldautomaten von früher.

»Ein Glas Champagner«, sagt sie, »aber nur ein einziges Glas.«

»Zwei Glas Champagner«, sagt von Heuken, als die Kellnerin an ihrem Tisch ist.

»Außer Deinem Vater bist Du der Einzige, von dem ich mich zu so etwas hinreißen lasse«, sagt sie.

»Ich weiß es zu schätzen«, antwortet er. »Wieviel schulde ich Dir denn nach diesem Gespräch?«

»Fast vierhunderttausend«, sagt sie und grinst.

»Aha, ich verstehe«, sagt er, »ein Glas Champagner trinkst Du nur in Notfällen, bei Abschlüssen über fünfhunderttausend, habe ich recht?«

»Du bist ein Ekel«, sagt sie und lacht endlich ein wenig.

»Auf unsere Freundschaft«, antwortet er und wechselt das Thema. Diese sonnigen Herbsttage, die Buchmesse, die freie Woche danach, in der er in den Süden verschwinden wird, irgendwohin. Von Venedig erzählt er ihr nicht, er überlegt selbst noch, ob Venedig und die alte *Locanda Cipriani* das Richtige sind. Bei gutem Wetter bestimmt, bei Dauerregen aber sitzt man wahrscheinlich als einziger Gast in den wunderschönen Räumen und verbringt die Zeit am Kamin, stilvoll gelangweilt.

Als die beiden Gläser Champagner serviert sind, stoßen sie an. Sie leert ihr Glas auf einen Zug, als entledigte sie sich einer Pflicht, kurz darauf steht sie auf und verabschiedet sich. Von Heuken schaut ihr hinterher, wie sie mit ihren kurzen, raschen Schritten in der herumspazierenden Menge verschwindet. Einen Moment denkt er darüber nach, ob sie ihm etwas vorgemacht haben könnte. Lina Eckl und Vater waren sehr oft zusammen, sollte mehr daran gewesen sein als eine Beziehung zwischen Vater und Tochter? Nein, er glaubt es nicht, er schließt es sogar aus, sie kann es sich einfach nicht leisten, ihn zu belügen. Sie ist gerissen, aber sie versteht etwas von ihrem Geschäft, und dazu gehört, eine gewisse Unabhängigkeit zu wahren. Die große Linie seines *Projekts* steht jetzt fest, die Themen, die Autoren – alles ist nun konkreter, in wenigen Tagen wird er die Planungen abschließen können und seiner Schwester ein Konzept schicken, das sie beeindrucken wird.

8

WENN JANA am Morgen auf und davon ist, bestellt sich von Heuken noch einen zweiten Kaffee und liest die Zeitungen, die der Zimmerservice gleich mitbringt. Meist hat er die Bilder des nächtlichen Zusammenseins noch deutlich im Kopf und wird sie einfach nicht los, so daß er einige Zeit braucht, um sich in den Tag einzuklinken. Draußen, auf der Domplatte, schwimmt das helle, schneidende Herbstlicht, das die dunklen Dommassen umhüllt und mit einem fahlen Glanz abdeckt. Das Aroma des starken Kaffees und der weiche, schwere Duft der vielen Lilien verbinden sich miteinander zu einem dichten, den Raum beinahe erstickenden Amalgam, am liebsten ließe er sich gleich wieder fallen, in diesen Duft, in die Kissen, er kann gar nicht genug davon bekommen. Seit sie einander so nah sind, erzählt Jana von Tag zu Tag mehr, ihr Traum war einmal eine eigene Galerie, sie war kurz davor, eine zu eröffnen, als sie das Angebot der Sekretariatsstelle erhielt. Ihre Vorliebe für alte Musik war ihm am Anfang sehr fremd, jetzt aber glaubt er zu begreifen, daß diese Musik der Gegenpol ist zu ihrem Interesse für neue Kunst, die Musik ist Stille und Ruhe, während die Kunst Bewegung und Dynamik verheißt. Auf ihm noch unbegreifliche Weise bringt Jana die beiden Welten zusammen, etwas in ihr sehnt sich nach dem beruhigenden Gleichmut der Stimme von Magdalena Kožená, und etwas ganz anderes macht jedes Tempo mit und hält sich ans Allerneueste.

Von Heuken trinkt seinen Kaffee aus, es ist Zeit, in das Büro zu fahren, vorher aber ruft er noch rasch in seinem Marienburger Elternhaus an, in das sein Vater gestern abend heimgekehrt ist. Loeb hat sich bis zuletzt gewehrt und jede Verantwortung abgelehnt, das hat von Heuken aber nicht weiter beeindruckt, denn Pa hat von kaum noch etwas anderem gesprochen als davon, endlich aus der Klinik entlassen zu werden.

Liesel Burger ist am Telefon, jetzt, wo er weiß, daß Pa wieder zu Hause ist, scheint ihre Stimme wieder wie früher zu klingen, ruhig, beseelt, als könne niemandem etwas passieren, der sich in ihrer Nähe befindet. Als er sie während seiner Studienzeiten in den USA manchmal am Apparat hatte, brauchte er einen halben Tag, um das Heimweh loszuwerden, das allein schon der Klang ihrer Stimme auslöste. Ein Heimweh nach ihrer Küche, nach dem Garten, nach der Stille in der großen Diele, in der man nichts anderes hört als das müde Ticken der Standuhr.

»Liesel, hier ist Georg. Wie geht es Vater? Was macht er? Wie hat er die Nacht verbracht?«

»Gut, Georg, für seine Verhältnisse sogar sehr gut. Er hat den ganzen Abend bei mir in der Küche gesessen und mit mir geplaudert, ich finde, er sieht schon viel besser aus als in der Klinik. Sogar die Treppe hinauf zu seinem Schlafzimmer hat er ohne Hilfe geschafft, er sitzt jetzt in seinem Morgenmantel oben am Fenster, ich habe ihm die Zeitung gebracht, und Du wirst es nicht glauben, er liest sie, zum ersten Mal seit seinem Infarkt liest er wieder Zeitung. Im Krankenhaus habe ich sie ihm jeden Tag hingelegt, er hat sie nie angerührt.«

»Ach, Liesel, das freut mich, Bedenken muß man also keine haben, ihn aus der Klinik geholt zu haben.«

»Bedenken? Komm doch her und schau ihn Dir an, Du wirst Dich wundern. Ich habe Dir immer geraten, ihn nach Hause zu bringen, ich weiß genau, was ihm guttut, wir werden ihn wieder hinbekommen.«

»Schön, Liesel, das beruhigt mich sehr. Ich fahre jetzt ins Büro und komme dann im Laufe des Tages einmal vorbei. Sollte es ihm nicht gutgehen, ruf mich bitte gleich an.«

»Aber nein, wovon redest Du denn? Ich weiß wirklich nicht, wovon Du eigentlich redest.«

»Ist ja gut, Liesel, wir sehen uns, ich komme noch heute vorbei.«

Als er das Zimmer verläßt und die Treppe herunter zur Rezeption geht, hat er plötzlich das Empfinden, jemand spule die Zeit mit aller Macht wieder zurück. Vater ist zu Haus und wird wieder gesund, Secondo fährt ihn jeden Morgen in den Konzern, und er selbst gibt diese Suite auf, packt seine Koffer und zieht nach Rodenkirchen zurück. Konzernleitung, europäische Bibliothek, alles ein Hirngespinst, Vater wird ihm selbst klarmachen, daß Hanggartners Notizen als Notizen und nicht als Memoiren erscheinen müssen. Je länger er so denkt, um so schneller stürzt alles zusammen, was er in den letzten Wochen aufgebaut zu haben glaubt, das Seltsame ist, er wehrt sich nicht einmal dagegen, es ist ihm sogar recht, er nimmt alles zurück, als habe er sich zuviel vorgenommen oder sich eine Rolle angemaßt, die ihm nicht zusteht.

Mit diesen dunklen Gedanken im Kopf kann er nicht arbeiten, was soll er im Konzern, wenn er die ganze Zeit das Bild seines wieder zeitunglesenden Vaters vor Augen hat? Unten, in der Nähe des Hoteleingangs, begegnet er Max, der sich mit einem Gast unterhält, einen Moment spürt er die Versuchung, die Suite sofort zu kündigen. Die Blumen, die Bücher – alles müßte hinaus, man könnte dem Raum wieder das schlichte Aussehen zurückgeben, das er einmal hatte.

Er schluckt, er ist jetzt so nervös, daß es besser ist, wenn er sich einen Augenblick sammelt. *Sir Ustinov's Bar* wird gerade geöffnet, der alte Barkeeper winkt ihm durch die Hotelhalle zu, er zögert einen Moment und geht dann zu ihm hinüber. Platz nehmen, Luft holen, er ist völlig durcheinander, ihm ist nicht einmal klar, was er als nächstes tun soll. Er läßt sich ein Glas

Wasser geben und trinkt es rasch aus, er spürt ein starkes Herzklopfen und eine feuchte Kälte an den Fingerspitzen. Ein paar Minuten sitzt er so da, als warte er auf einen Bekannten, dann aber ruft er Jana im Verlag an und erklärt ihr, daß er später kommen wird. Er weiß jetzt, was er will, er wollte es, seit er mit Liesel telefoniert hat, deshalb macht er sich nun auf den Weg zu seinem Elternhaus, das endlich wieder von seinem Vater bewohnt wird.

Liesel Burger ist nicht einmal erstaunt, als er kaum zwanzig Minuten nach ihrem Telefongespräch in Marienburg auftaucht. Da sie seinen Wagen gehört hat, ist sie nach draußen gekommen, sie umarmt ihn so heftig, als hätten sie gemeinsam etwas Großes vollbracht und über dunkle Mächte gesiegt.

»Ich wußte, daß Du gleich kommst«, sagt sie, »ich habe eben noch zu Deinem Vater gesagt, daß Du Dich bestimmt auf dem Weg hierher befinden wirst.«

»Sitzt er noch immer oben, in seinem Zimmer?« fragt von Heuken.

»Ja, er sitzt oben«, antwortet Liesel, »geh nur hinauf!«

Als Kind durfte man, wenn man von draußen hereinkam, nicht sofort zu ihm hinaufgehen, denkt von Heuken, erst mußte man sich die Hände waschen und die Haare kämmen und natürlich erst Mutter oder Liesel fragen, ob es ihm recht war. Daß Pa es noch einmal bis hierher schaffen würde, hätte von Heuken niemals geglaubt, noch immer erinnert er sich an seinen nackten Fuß, der so starr unter der Bettdecke hervorlugte, als könne er ihn nie mehr bewegen.

Er geht die Treppe langsam hinauf, oben, im Flur, schaut er kurz auf seine Schuhe, die Vater immer als erstes betrachtet.

»Komm nur herein!« hört er ihn plötzlich rufen, von Heuken steht einen Augenblick still, die Fingerspitzen sind wieder kalt.

»Na, nun komm endlich!« ruft sein Vater, von Heuken wirft noch einmal einen prüfenden Blick auf die Schuhe, dann betritt er das Zimmer. Früher blieb man immer an der Tür stehen und versuchte zunächst herauszubekommen, ob er auch wirklich Zeit hatte. Wenn er mit dem Rücken zur Tür stand oder an dem kleinen Schreibtisch saß, hatte er keine Zeit, nur wenn er einen direkt anschaute, ging man weiter hinein und setzte sich dann meist auf sein Bett. Es war ein besonderes Privileg, auf diesem Bett und seiner kühlen, glatten und schweren Decke sitzen zu dürfen, manchmal kam Vater sogar hinüber und setzte sich neben einen und erzählte etwas Komisches oder dachte sich eine Geschichte aus, die man dann von Anfang bis zum guten Ende zu hören bekam, egal, wie spät es auch dabei wurde.

Er sieht wahrhaftig nicht schlecht aus, er sitzt in seinem weißen Bademantel in dem alten Ledersessel, der früher in Mutters Schlafzimmer stand, seine Haare sind durcheinander, und er trägt die Brille, die er nicht mag. Seine Hände zittern ein wenig, man bemerkt es, weil die Zeitung ebenfalls zittert, er hat jetzt das Aussehen, das seinem wahren Alter entspricht, denkt von Heuken. Das Gesicht ist blaßgelb, und noch immer treten die Knochen viel deutlicher hervor als vor dem Infarkt. Anders als im Krankenhaus ist in diesem Gesicht jetzt aber Bewegung, seine Augen fixieren einen nicht mehr, als bekämen sie kaum noch etwas mit, sondern haben jetzt wieder ganz deutlich die ganze Umgebung im Blick.

»Na, da bist Du ja endlich!« sagt er und lacht. »Nimm Dir vom Schreibtisch den kleinen Stuhl oder setz Dich aufs Bett!«

Seinen alten Ton hat er auch wieder gefunden, *entweder - oder*, etwas Drittes zieht er nicht in Erwägung, und man selbst darf erst recht nicht mit noch einem Vorschlag kommen. Von Heuken geht hinüber zum Schreibtisch und nimmt auf dem kleinen Stuhl Platz.

»Willkommen zu Hause!« sagt er und versucht, seiner Stimme etwas Unbefangenes, Frisches zu geben.

»Danke, Georg, das ist nett von Dir. Es ist eine Wohltat, daß Du mich von diesem Idioten befreit hast, der mich noch auf Wochen in seinen Fängen behalten hätte.«

»Loeb ein Idiot? Früher hast Du ihn einen guten Freund genannt.«

»Früher! Früher hat er mich einmal im Jahr untersucht und mir jedes Mal dazu gratuliert, wie gut ich für mein Alter in Schuß sei. Er war zwar mein Arzt, viel mehr noch war er aber mein Autor, als Autor habe ich ihn geschätzt und als Autor war er mit mir befreundet, Du weißt selbst, daß seine Bücher recht große Erfolge waren.«

»Ja, das weiß ich, und genau deshalb vermute ich, Du hast ihn zu einem weiteren Buch überredet.«

»Ich?! Ihn überredet?! Ich überrede keinen einzigen Menschen mehr, ein Buch für uns zu schreiben. Das ist vorbei, Georg, aus und vorbei! Wenn ich mir in dieser verdammten Klinik etwas vorgenommen habe, dann das, nicht mehr an neue Programme und Bücher zu denken.«

»Ist das Dein Ernst? Glaubst Du wirklich, daß Du Dich aus dem aktuellen Geschäft heraushalten kannst?«

»Da bin ich mir absolut sicher. Die Zeit im Buchgeschäft ist für mich vorüber, ich halte mich jetzt an die weniger anstrengenden Seiten des Lebens.«

Sein altes Mienenspiel beherrscht er noch immer, denkt von Heuken, er zuckt mit den Augenbrauen und tut, als wären seine Worte etwas Bedeutendes, Großes, dann aber wird er plötzlich nachdenklich und kleinlaut, als vertraue er seiner eigenen Aufschneiderei selbst nicht mehr ganz. Menschen, die ihn nicht kennen, wissen bei der ersten Begegnung oft nicht, womit sie dran sind mit ihm, von Heuken fällt auf, daß auch er sich erst wieder an diese Wechselbäder gewöhnen muß.

»Wir haben uns Mühe gegeben, diese anstrengenden Seiten in Deiner Abwesenheit in den Griff zu bekommen«, sagt er, »wir sind gut vorangekommen, aber leicht war es nicht.«

»Es war nicht leicht, weil ich es Euch schwergemacht habe – das willst Du doch sagen.«

»Ja genau, das will ich sagen.«

Er legt die Zeitung beiseite und nimmt die Brille ab, dann faltet er die Hände auf seinem Schoß. Zum ersten Mal seit seinem Infarkt traut sich von Heuken, mit ihm über die letzten Wochen zu sprechen. Vielleicht ist es falsch, vielleicht sollte er noch ein paar Tage warten, er erträgt dieses Warten aber nicht mehr, er möchte jetzt unbedingt ganz genau wissen, wie Pa sich die Zukunft vorstellt.

»Ich habe Durst«, sagt sein Vater, »hol mir ein Glas Wasser, bevor wir weiterreden.«

»Sofort«, antwortet von Heuken, »aber vorher sollten wir klären, ob ein Gespräch über die Geschäfte nicht zu riskant ist. Loeb, das weißt Du, ist eindeutig dagegen.«

»Loeb, mein Lieber, hat hier nichts mehr zu sagen. In der Klinik war dauernd einer seiner Leute in der Nähe und unterband jede Unterhaltung, die das Thema Konzern auch nur streifte. Jetzt aber können wir frei sprechen, es ist wie eine Erlösung!«

Er tut beinahe so, als habe er in der Klinik über den Konzern reden wollen, dabei war er anfangs dazu gar nicht fähig und später nicht willens genug, sicher hat er aber einen Großteil der Zeit in der Klinik damit verbracht, über die Zukunft des Konzerns nachzudenken, überlegt von Heuken und macht sich auf den Weg hinunter zur Küche. Im Haus sieht jetzt alles ganz anders aus als noch vor wenigen Tagen, in der großen Empfangshalle stehen Koffer und Taschen, und in der Küche bereitet Liesel schon das Mittagessen vor, einige Töpfe stehen bereits auf dem Herd, und auf dem großen Tisch liegt kleingehacktes Gemüse. Draußen, im Garten, sind die beiden serbischen Gärtner bei der Arbeit, selbst Secondo macht sich nützlich und trägt Kisten mit Mineralwasser und Fruchtsäften in den Keller.

»Was gibt es denn Gutes?« fragt von Heuken.

»Er hat sich Wildgulasch gewünscht«, sagt Liesel, »Wildgulasch, hausgemachte Nudeln und dazu ein Glas Rotwein.«

»Rotwein? Ich glaube nicht, daß Loeb das erlauben würde.«

»Wen interessiert schon, was Herr Loeb uns erlaubt?« sagt Liesel und macht, ohne auch nur einmal aufzuschauen, weiter. Niemand hier wagt, ihm zu widersprechen, denkt von Heuken, alle halten sich ohne Wenn und Aber an das, was er sagt. Wenn er sich ein Känguruh-Steak wünschen würde, würde Liesel halb Köln abklappern, um eines aufzutreiben, selbst ein Känguruh-Steak würde er pünktlich am Mittag zu essen bekommen.

Als er mit dem Glas Wasser wieder zurück ist, sieht er gleich, wie Vater die kurze Pause genutzt hat. Er trägt jetzt seinen bunten, seidenen Morgenmantel, das Fenster zum Garten steht einen Spalt offen, und in der Rechten hält er eine Zigarre, die er gerade in Brand gesteckt hat.

»Vater, Du rauchst! Das geht nun doch zu weit!« sagt von Heuken und stellt das Glas Wasser auf einen kleinen Tisch neben dem Sessel.

»Ich rauche, ich trinke, die Welt ist wieder in Ordnung«, sagt sein Vater. »Ersparen wir uns fruchtlose Debatten, gehen wir lieber die wichtigen Themen kurz durch. Zunächst Hanggartner, sein Roman ist im Druck? Liegt Ihr gut in der Zeit?«

»Das Leseexemplar wird pünktlich erscheinen«, antwortet von Heuken, »Hanggartner hat sich zuerst etwas geziert, ist dann aber doch wie vereinbart mit seinem neuen Manuskript angereist. Darüber hinaus hat er uns noch ein weiteres, großes Projekt mitgebracht, um das sich Bayermann gerade kümmert.«

»Gut so, mehr möchte ich gar nicht wissen, für Hanggartners neuen Roman war ich noch zuständig, alles, was nach meiner Erkrankung geschehen ist, ist *Eure* Sache.«

»*Wessen* Sache?« fragt von Heuken und bemerkt, wie sein Ton eine leichte Schärfe bekommt. »Man kann nicht gerade behaupten, daß Du Deine Nachfolge mit klaren Direktiven geregelt hast.«

»Nein, das kann man nicht, und jetzt würde ich auch sagen, das war ein Fehler. Ich habe mit dem, was mir passiert ist, niemals gerechnet, in letzter Zeit ging es mir sogar so gut wie lange nicht mehr.«

»Stimmt«, sagt von Heuken, »das haben auch all *die* behauptet, mit denen Du Dich in Deinen freien Stunden außerhalb des Verlages getroffen hast.«

»Wen meinst Du? Wer hat was behauptet?«

»Peter Feil, Lina Eckl, der geheime Kreis, der Dich bei den Streifzügen, die von der Suite im Dom-Hotel ausgingen, begleitet hat.«

»Ach, das meinst Du, daran war doch nichts geheim, ich habe bloß nicht mit jedem darüber gesprochen.«

»Ganz recht, nicht mit jedem, nicht einmal mit mir.«

»Du bist wohl aus allen Wolken gefallen, als Du dahintergekommen bist? Wie hat sich das abgespielt, erzähl mal, ich vermute, Du hast gründliche Nachforschungen angestellt, wie es so Deine Art ist.«

»Wenn Du annimmst, daß ich Dir hinterhergeschnüffelt habe, irrst Du Dich. Ich wollte nur wissen, warum Du diese Suite angemietet hast und was sich dort abgespielt hat.«

»Und? Hast Du das herausbekommen?«

»Ich denke schon. Ich denke, Du warst das ruhige Leben hier in Marienburg leid, und ich vermute, daß Du eine Frau gefunden hattest, mit der Du häufig zusammensein, aber noch nicht fest zusammenleben wolltest.«

»Respekt! Ich hätte nicht gedacht, daß Du bis zum Kern der Geschichte vordringst. Lina hat geplaudert, habe ich recht?«

»Lina hat einige Andeutungen gemacht, und Peter Feil hat Dich aus der Ferne in Begleitung einer Frau gesehen.«

»Aha, Peter Feil! Na, dann weißt Du ja auch, um wen es sich handelt.«

»Nein, weiß ich nicht, Feil hat die Frau nicht erkannt, und Lina weiß auch nicht, wer es ist.«

»Du weißt es *nicht*?! Na, dann gib Dir mal Mühe, es in Erfahrung zu bringen, von mir erfährst Du es jedenfalls nicht!«

»Vater, das ist kindisch! Irgendwann werde ich es doch sowieso erfahren.«

»Allerdings, da hast Du recht, im Augenblick macht es mir jedoch Freude, Euch noch etwas im Ungewissen tappen zu lassen. Spätestens nach der Buchmesse erfahrt Ihr dann mehr.«

»Lina behauptet, daß Du vorhattest, mit Deiner neuen Begleitung zu verreisen.«

»Ja, das hatte ich vor, und wenn meine Genesung weiter so gute Fortschritte macht, werde ich genau das tun.«

»Wieso erwähnst Du die Buchmesse, was soll denn während der Buchmesse geschehen?«

»Während der Buchmesse werde ich meinen Nachfolger an der Konzernspitze bekanntgeben.«

Von Heuken steht noch immer neben dem kleinen Tisch, auf dem er das Wasser abgestellt hat, jetzt geht er langsam hinüber zu Vaters Bett und setzt sich. Nimmt Vater jetzt alles selbst in die Hand, oder wie stellt er sich das genau vor?

»Vater …«, von Heuken versucht, nicht unruhig zu wirken, »Du solltest wissen, worauf wir Geschwister uns inzwischen verständigt haben. Wir haben uns genau an die Vorgaben gehalten, wie Du sie festgelegt hast, Ursula hat Christoph und mich über Dein Testament informiert, und jeder von uns beiden hat sich daran gemacht, Deinem neuen Buchprojekt Konturen zu geben. *Meine* Projektplanung steht, und ich vermute, daß auch Christoph seine Pläne inzwischen an Ursula weitergeleitet hat. *Sie* soll entscheiden, so hast Du es im Testament ja gewollt. Bleibt es dabei, oder hast Du jetzt etwa vor, unsere Verabredungen noch einmal über den Haufen zu werfen?«

Von Heuken spürt, wie er langsam in die schwere Bettdecke einsinkt, er sollte aufstehen, aber er ist viel zu müde, die letzten Wochen haben seinen ganzen Einsatz gefordert, jetzt, in diesem Moment, wird ihm klar, wieviel Kraft ihn der Kampf um die Nachfolge gekostet hat. Er stützt sich mit beiden Händen auf, er will sich erheben, doch da sieht er, daß sein Vater ihm zuvorkommt, Vater steht auf und geht hinüber zum Fenster, um etwas Rauch nach draußen zu blasen.

»Liesel ist völlig verzaubert von diesem Garten«, sagt er leise, »dabei haben wir uns bei seiner Anlage nicht einmal große Mühe gegeben. Der alte Herr Faber machte nur eine kleine Skizze, wo der Rasen hinkommt und wo all die Bäume und Stauden ihren Platz finden sollen, die einzige originelle Idee, die er hatte, war der kleine Teich mit dem Wasserkanal. Heute erst kommt dieser einfach geplante Garten vollkommen zur Geltung, es ist schön, auf eine so weite, nicht unterteilte Rasenfläche zu sehen, findest Du nicht?«

»Ja, ich habe in den letzten Wochen auch immer wieder darüber gestaunt, wie schön unser Garten geworden ist.«

»Du warst häufiger hier, nicht wahr? Liesel hat mir davon erzählt.«

»Ja, ich war einige Male hier ...«

»Und was ging Dir so durch den Sinn, als Du hier warst?«

»Ich habe oft an meine Kindheit gedacht.«

»Ach ja? Hast Du? Du hast also an die guten Zeiten mit Deiner Mutter gedacht.«

»An die guten Zeiten mit Mutter und Dir, Vater.«

»Mit mir?! Ich habe doch nichts getaugt, ich war doch kaum für Euch da, Mutter hat dieses Haus hier geführt, als Du noch klein warst, und Mutter hat übrigens auch gewollt, daß *Du* mein Nachfolger wirst, ihre *Testamentarischen Vorschläge* hast Du doch sicher inzwischen gelesen.«

»Ja, ich habe das Testament gesucht und es zusammen mit diesen *Vorschlägen* in ihrem Schreibtisch gefunden.«

»Du hast Christoph und Ursula sicher davon erzählt.«

»Nein, das habe ich nicht, ich habe davon geschwiegen, weil Du Dich über Mutters *Vorschläge* hinweggesetzt hast. Jetzt, wo sie keine Bedeutung mehr haben, sollten wir sie für uns behalten, Christoph und Ursula würden sich nicht über alles freuen, was Mutter in ihren letzten Wochen notiert hat.«

»Georg, komm bitte mal her.«

Was hat er vor? Von Heuken erhebt sich jetzt endlich und geht zu seinem Vater hinüber. Dicht neben ihm bleibt er stehen, gemeinsam schauen sie in den Garten hinab.

»Georg, hab bitte Nachsicht mit mir«, sagt der alte von Heuken, »ich hätte die Nachfolge in Mutters Sinn regeln müssen, im Grunde wollte ich es ja selbst so, ich war aber zu starrsinnig und wollte Mutters Vorschläge nicht einfach nur übernehmen, erst in der Klinik ist mir klargeworden, wie falsch meine Testamentsplanung war. Nun ist es leider zu spät, Ursula hat jetzt das letzte Wort, ich bitte Dich, das zu akzeptieren, obwohl es gerade Dir als dem Ältesten von Euch Dreien am schwersten fallen muß.«

Vaters Stimme klingt matt, von Heuken hat das unangenehme Empfinden, wieder mit ihm durch den Südpark zu gehen, der Hund läuft voran und tollt zwischen den Bäumen herum, Vater sagt kaum etwas, das Vogelgeschrei aus den Büschen verebbt am frühen Abend allmählich.

»Ursula sagt, Du seist auf diese Nachfolgeregelung gekommen, weil Du Christoph nicht übergehen wolltest«, sagt von Heuken.

»Ja, das ist richtig, aber es steckt noch mehr dahinter, es hat nämlich mit den vielen Briefen zu tun, die Mutter von einigen unserer Autoren erhielt, sicher bist auch Du auf diese Stapel gestoßen. Lange Zeit wußte ich von all diesen Briefwechseln nichts, Mutter hat diese Kontakte hinter meinem Rücken gepflegt. Als ich sie durch einen Zufall entdeckte, sind wir in heftigen Streit gekommen und haben uns darüber entzweit, sie waren sogar der eigentliche Grund für unsere Scheidung.«

»Aber wieso? Hast Du nicht begriffen, wie sehr Mutter Dir mit diesen Briefen geholfen hat? Sie hat viele Deiner besten Autoren beraten und mehr als jede andere Person im Verlag dafür gesorgt, daß diese Autoren uns die Treue gehalten haben.«

»Ja, das hat sie. Nur habe ich das damals in meiner ganzen Empörung nicht gesehen. Diese geheimen Briefwechsel haben mich tief gekränkt, ich war viel zu stolz, um anzuerkennen, was Mutter für uns getan hat, nach ihrem Tod fühlte ich mich noch immer übergangen und war nicht bereit, auf ihre Ideen und Vorschläge einzugehen. Jahre nach unserer Trennung hat Mutter noch einmal Kontakt mit mir aufgenommen, dann und wann haben wir uns geschrieben, von ihrer Seite aus waren es sehr schöne Briefe, das muß ich sagen. Ich möchte, daß *Du* sie nach meinem Tod bekommst, Du wirst dafür sorgen, daß sie nicht in falsche Hände geraten.«

»Und was wird aus all den Briefen, die Mutter von Deinen Autoren erhielt?«

»Hast Du sie an Dich genommen?«

»Ja, ich habe sie an mich genommen und alle gelesen.«

»Sie gehören Dir, ich möchte sie nicht mehr länger im Haus haben, für mich verbinden sich mit ihnen zu viele schmerzhafte Erinnerungen.«

»Georg!« Von Heuken hört, daß Liesel aus der Empfangshalle heraufruft, er verläßt das Zimmer und geht bis zum Treppengeländer.

»Was ist denn, Liesel?«

»Ursula ist am Apparat, sie möchte Dich sprechen.«

»Ich komme sofort.«

Er läuft die Stufen hinunter und übernimmt den Hörer, den Liesel ihm hinhält. Liesel lächelt, von Heuken erkennt, wie gut es ihr tut, daß wieder ein paar Menschen im Haus sind, für die sie kochen und sorgen kann. Aus dem Hörer dringt Ursulas Stimme, von Heuken versucht, sich jetzt darauf zu konzentrieren.

»Georg? Bist Du's?«

»Ja, Ursula.«

»Georg, ist das wahr, was Liesel erzählt? Vater ist wirklich seit gestern abend zu Haus?«

»Ja, ich war gerade oben bei ihm, es geht ihm wahrhaftig besser.«

»Dann komme ich morgen nach Köln.«

»Tu das, er wird sich sehr freuen, weißt Du schon, wann Dein Zug ankommt?«

»Ich könnte kurz nach zehn dasein.«

»Sehr gut, dann hole ich Dich am Bahnhof ab, und wir machen, bevor Du nach Marienburg rausfährst, einen kurzen Spaziergang. Einverstanden?«

»Einverstanden, bis morgen früh, kurz nach zehn.«

Von Heuken beendet das Gespräch und geht in die Küche, um Liesel das Telefon wieder zurückzugeben. Das feingehackte Gemüse ist vom Tisch längst in den Topf gewandert, in dem jetzt das Wildgulasch schmort. Von Heuken nimmt sich einen kleinen Löffel und kostet, seit vielen Jahren hat er kein Gulasch mehr gegessen, Gulasch ist ein Essen aus Kindertagen, als es dazu bunte Nudeln oder weißen, körnigen Reis gab.

»Das schmeckt wunderbar, Liesel, am liebsten würde ich mit Euch zusammen essen.«

»Dann tu's doch, es ist genug für uns drei da.«

»Ja, das glaube ich gern, leider muß ich aber jetzt in den Verlag.«

»Der Verlag, der Verlag – so hat Dein Vater früher auch immer geredet, jetzt ist er klüger geworden und nimmt sich Zeit.«

Von Heuken umarmt sie und gibt ihr einen Kuß auf die Wange, dann verabschiedet er sich und geht noch einmal kurz zu seinem Vater hinauf. Das Schlafzimmer ist leer, das Fenster aber ist weit geöffnet, so daß der Zigarrenrauch besser abziehen kann. Wo ist Pa? Als von Heuken ihn auch im Bad nicht findet, geht er zum Fenster und schaut in den Garten. Vater geht unten auf dem Rasen spazieren, er trägt noch immer den seidenen Morgenmantel und dazu den roten Wollschal, den er früher in den kälteren Jahreszeiten oft um den Hals trug. Die Gärtner haben ihn längst erkannt und kommen jetzt auf ihn zu, er winkt ihnen, gleich wird er mit ihnen die nächsten anstehenden Arbeiten besprechen. Pa hält die Zigarre noch in der Hand, er sieht aus wie der Impresario eines kleinen Theaters, das Bild stimmt, nur irgendeine Kleinigkeit fällt heraus, von Heuken kommt nicht sofort darauf, was es ist, erst als er auf Vaters Füße schaut, weiß er, worum es sich handelt. Vater trägt keine Strümpfe, die weiße Haut schaut nackt aus den alten, schwarzen Schuhen, aus den Schuhen, von denen er in den letzten Wochen immer wieder geträumt hat.

9

AM NÄCHSTEN MORGEN verläßt von Heuken das Hotel kurz nach neun, Ursula hat sich gerade telefonisch bei ihm gemeldet, ihr Zug hat schon wieder Verspätung. Er überlegt, ob er sich einfach durch die nächstbesten Straßen treiben lassen soll, dann aber fällt ihm das Buch über den Dom ein, dessen Konzeption er gegen Mittag mit Peter Feil durchsprechen will. In den Dom wollte er sowieso schon seit einiger Zeit, jetzt hat er sogar einen guten Grund, also los, nichts wie hinein.

Als er durch die ruckartig zurückspringende Glastür des rechten Portals hindurch ist, steht er in einem kühlen Dunkel, die Augen brauchen eine Zeitlang, um sich daran zu gewöhnen, meist verursacht die plötzliche Kälte kleine Schauer, die ihm den Rücken hinaufjagen, als Kind befreite er sich davon, indem er einfach durch das rechte Seitenschiff rannte. Er kneift die Augen zusammen und versucht, den goldenen Schrein im Chor zu entdecken, weit in der Ferne ist er in seiner gläsernen Behausung gerade noch zu erkennen, dabei ist dieser Schrein mit den Gebeinen der Heiligen Drei Könige doch das Zentrum des gewaltigen Baus. Wegen dieses Schreins wurde der Dom überhaupt nur gebaut, und in vielen Jahrhunderten war er der mächtigste Anziehungspunkt der ganzen Stadt, um den sich die vielen Pilger aus aller Welt scharten, jetzt aber weiß kaum noch ein Mensch, was sich der Legende nach in ihm befindet, und wenn all die Besucher von heute es wüßten, würde es ihnen nichts sagen. Zweitausend Jahre Kultur und Religion sind verbraucht, wie nicht gewesen, heutzutage strömen sie mit McDonald's-Tüten hinein und futtern Pommes frites, während sie in ihren Nike-Turnschuhen eine Welt betreten, die ihnen fremd ist. Aber was regt er sich auf, auch er selbst betet seit langem schon nicht mehr regelmäßig wie noch als Kind, und Gottesdienste besucht er höchstens noch an hohen Festtagen. Früher jedoch ist er mit den Eltern und den Geschwistern beinahe jeden Sonntag im Dom gewesen, er erinnert sich gut an das alte, schwere Latein, an die Weihrauchschwaden um den Altar und an das ewige Auf und Ab, Stehen und Knien, Knien und Stehen. Als Kind hatte er Angst, in der Weite des Doms und zwischen den vielen Menschen verlorenzugehen, deshalb hielt er sich eng an die Eltern, Vater ging immer zielstrebig auf die vorderen Reihen zu und nahm dann dort Platz, und nach dem Gottesdienst gingen alle hinüber in die Marienkapelle, um vor Stefan Lochners großem Altarbild mit den Kölner Stadtpatronen ein paar Kerzen zu entzünden.

Auch jetzt, da sich die ersten Touristengruppen in der Nähe der Bänke am Eingang versammeln, zieht es ihn in die Vierung, er möchte das dunkle Langhaus möglichst schnell hinter sich lassen, sein Blick streift nur kurz die Pfeiler und vergewissert sich, daß an jedem von ihnen eine Figur unter einem gotischen Baldachin auf einer kleinen Konsole steht. All diese Figuren gehören hinein in das kleine Buch über den Dom, an dem Peter Feil bereits arbeitet, eine Ausgabe für Erwachsene und eine für Kinder soll es geben, die für Kinder ist als Spiel angelegt, bei dem man sich im Dom auf die Suche nach Details der Ausstattung begeben kann.

Ein großes Kapitel wird Lochners Altarbild einnehmen, er nähert sich ihm jetzt von der Vierung her und tritt durch das geöffnete Gitter in die Kapelle, Maria thront in der Mitte und hält das nackte Jesuskind auf ihrem Schoß, sie trägt einen schlichten, blauen Mantel, *womit ist er gefüttert?*, während zu beiden Seiten zwei der drei Könige in schweren Brokatmänteln knien, *wo ist der dritte, und welche Geschenke haben die drei denn dabei?* Links steht die heilige Ursula mit ihren Gefährtinnen und rechts der heilige Gereon in einer golden blitzenden Rüstung, Vater hat ihn immer mit dem heiligen Georg verwechselt, von diesem falschen Georg hat er seinen Vornamen, während Christoph nach der mächtigen, bunten Steinfigur des heiligen Christophorus mit dem Jesusknaben auf seinen Schultern benannt ist, die Vater von allen Figuren im Dom immer am meisten gefiel.

Soll er eine Kerze anzünden? Ja, warum nicht, früher waren mit diesem Anzünden Hoffnungen und Wünsche verbunden, am schönsten war es, wenn man als Ministrant in festlichen Hochämtern dicke Kerzen in der Hand tragen durfte, Ministranten sind Christoph und er ein paar Jahre gewesen, »da lernt ihr, Euch geradezuhalten und zu knien, ohne einen Buckel zu machen«, hatte Vater gesagt. Richtige Kerzen zum Anzünden gibt es jetzt kaum noch, statt dessen bieten sie einem kleine Wachslichter in Plastikbechern an, die aussehen wie Teelichter zum Kuscheln daheim. Von Heuken entzündet eins und schiebt es mit spitzen Fingern in die brennende Reihe, dann wendet er sich rasch ab und geht noch den Chorumgang entlang, um ganz aus der Nähe einen Blick auf den goldenen Schrein werfen zu können. Dieser Schrein war das Kostbarste, das er als Kind zu sehen bekam, alle Erwachsenen sprachen von ihm als einem Prunkstück von unermeßlichem Wert, vor allem an das Wort *Goldtopas* erinnert er sich, es war der Name des wertvollsten Steins, der Inbegriff von Pracht und dunklem Geheimnis. Als Kind wartete man darauf, daß die Sonnenstrahlen durch die hohen Fenster des Chors genau auf diesen Stein fielen, dann entzündete er sich und flammte hell auf, so daß man glaubte, der Heilige Geist sei gegenwärtig, in goldtopasener Flammengestalt.

Von Heuken geht noch kurz in die Sakramentskapelle, in der er getauft wurde, dann verläßt er den Dom durch die Drehtür am nördlichen Ausgang. Die Treppenstufen hinunter zum

Bahnhof nimmt er sehr schnell, dann wartet er in den *Colonaden* bei einem Kaffee auf Ursulas Ankunft. Das Innere des Doms und die Welt um ihn herum bekommt man nicht mehr zusammen, denkt von Heuken, das Innere ist Gleichmut und Ruhe und absolute Gefaßtheit, während man hier draußen in jeder Sekunde neu reagiert und von einer kleinen Panik in die nächste fällt. Magdalena Koženás Arien gehören zum Dom, *Vergnügte Ruh* kennzeichnet genau die dortige Stimmung, deshalb treibt es die meisten Besucher ja auch schon bald wieder hinaus, sofern sie sich nicht an Zahlen und flotte Erklärungen klammern. Für viele ist die Domplatte das eigentliche Revier und, wer weiß, vielleicht sogar der eigentliche Dom, dieses fast schmucklose, baumlose Grau entspricht ihren Erwartungen, keine Höhepunkte, nichts zum Aufschauen, eine kahle Platte mit ein paar Tänzern, Sängern und Skatern.

Wenig später steht er auf dem Bahnsteig und schaut nach der Wagenfolge von Ursulas Zug. Seine Schwester wird im Speisewagen sitzen und gefrühstückt haben, deshalb postiert er sich genau dort, wo dieser Wagen zum Halten kommt. Als der Zug eingelaufen ist und die Türen sich öffnen, sieht er sofort, daß er richtig vermutet, Ursula kommt ihm mit einer braunen Ledertasche in der Hand direkt entgegen, sie trägt keinen Mantel, sondern ein blaues Jackenkleid, im ersten Moment stutzt von Heuken ein wenig, denn in diesem Kleid sieht sie jünger aus, jünger und wie eine Frau, die an der Spitze eines Unternehmens arbeiten könnte. Da er weiß, daß sie zu Beginn einer jeden Begegnung sehr zurückhaltend ist, beginnt er, von seinem Domrundgang zu erzählen, sie wirkt diesmal aber gar nicht abwesend, sondern fragt sofort nach, unten, vor den Schließfächern, in denen sie ihre Tasche unterbringen, erinnert auch sie sich an den Goldtopas des Dreikönigenschreins, sie schwört darauf, daß er ganz oben, auf der Stirnseite des Schreins, angebracht sei, während von Heuken fest davon überzeugt ist, daß er sich genau im Zentrum der Stirnseite befindet.

Sie verlassen den Bahnhof und gehen am Museum Ludwig vorbei hinunter zum Rhein, von Heuken spricht von seinem gestrigen Besuch in Marienburg, von Liesels Wildgulasch und Vaters Gang durch den Garten, ihm fällt auf, daß er niemandem davon bisher erzählt hat, auch Jana gegenüber hat er diesen Morgen, an jede Einzelheit erinnert er sich in greller Überdeutlichkeit, nicht weiter erwähnt. Im Konzern glauben alle, Vater befinde sich noch in der Klinik, von Heuken weiß nicht, wie er diese neue Meldung am besten verbreiten kann, ohne daß dadurch der falsche Anschein erweckt wird, Vater werde in Kürze wieder im oberen Stock des Konzerns erscheinen, um die Geschäfte erneut in die Hand zu nehmen.

»Du glaubst also wirklich, daß er nicht wieder in seinem Büro auftauchen wird?« fragt Ursula.

»Nein, das wird er nicht. Die Tage in der Klinik waren für ihn ein großer Schock, er wollte nur noch nach Hause, jetzt aber, wo er *wahrhaftig* zu Hause ist, will er sich von allen unnötigen Lasten befreien, schließlich wäre ein erneuter Rückfall der Tod. Ich habe sogar das Gefühl, daß er sich absetzen will, immer wieder spricht er davon, daß man seinen Nachfolger während der Buchmesse bekanntgeben müsse. Wenn seine Genesung fortschreitet, will er nach der Messe verreisen.«

»Verreisen? Wohin denn verreisen?«

»Das ist geheim, er will es bis zur Messe für sich behalten. Wenn er davon spricht, hört es sich an, als wolle er nicht verreisen, sondern verschwinden.«

»Du meinst, er will für längere Zeit fort?«

»Ich vermute, daß er den kommenden Winter irgendwo im Süden verbringen möchte.«

»Aber wie soll das gehen? Wir können ihn doch nicht allein reisen lassen.«

»Allein wird er auch gar nicht reisen, er hat nämlich eine Frau kennengelernt, die ihn begleiten wird.«

Sie stehen nun unten am Rhein in der Nähe der Anlegestelle für die weißen Schiffe, auf denen sie als Kinder den Fluß aufwärts bis Koblenz oder Mainz fuhren. Ursula hat anscheinend von Vaters neuer Bekanntschaft noch nichts gewußt, von Heuken entnimmt das dem langen Blick, mit dem sie auf den Fluß starrt.

»Was ist das für eine Frau?« fragt sie nach einer Pause.

»Niemand weiß, wer sie ist, Vater hat sich vor seinem Infarkt wohl schon einige Zeit mit ihr getroffen. Lina Eckl behauptet sogar, es sei eine ernste Sache, von Heirat sei angeblich auch schon die Rede gewesen, das ist aber nur eine Vermutung.«

»Seit wann weißt *Du* denn davon?«

»Ich weiß davon auch erst seit kurzem, und ich denke, wir sollten jetzt handeln.«

»Du meinst, wir sollten uns rasch auf Vaters Nachfolger einigen?«

»Einigen? Von einigen war nicht die Rede, *Du* bist gefordert, Du solltest Dich in den nächsten Tagen entscheiden.«

»Ich habe mich schon entschieden.«

»Du hast schon? Na, da bin ich gespannt. Und wann rückst Du mit Deiner Entscheidung heraus?«

»Ich fahre gleich nach Marienburg und erkläre Vater, für welches Eurer Projekte ich stimme, so daß wir die Nachricht, wie von Vater gewünscht, während der Buchmesse verbreiten können.«

»Einen Moment noch«, sagt von Heuken, »bevor Du nach Marienburg fährst, möchte ich Dir noch etwas erzählen. Komm, laß uns ein paar Schritte am Rhein entlanggehen.«

Um sie zum Weitergehen zu bewegen, greift von Heuken nach ihrem Arm, sie macht eine kleine Drehung und hängt sich bei ihm ein. Als er die unerwartete Geste spürt, überkommt ihn plötzlich eine große Ruhe, eng aneinandergeschmiegt wie ein Paar, das sich vertraulich bespricht, gehen sie am Ufer entlang. In den frühen Kinderjahren hat er sich mit Ursula gut verstanden, als älterer Bruder war er ihr Beschützer, sie spielten zusammen und gingen gemeinsam zur Schule, ihre Nähe ließ erst während der Gymnasialjahre nach, als Ursula eine strenge Nonnenschule besuchte. Bei keinem anderen Menschen sind ihm die Veränderungen, die mit den Jahren eintreten, derart aufgefallen, als kleines Kind hatte sie ein ruhiges, neugieriges Wesen, sie lehnte sich immerzu an andere, danach konnte sie sich zwischen Vater und Mutter nicht entscheiden, sie wollte die schöne Tochter des Vaters und die Vertraute der Mutter sein, beide Wünsche standen einander jedoch im Wege, je mehr sie Vaters Nähe suchte, um so mehr entfernte sie sich von Mutter. Mit den Jahren entwickelte sich zwischen beiden eine merkwürdige Art des Umgangs, manchmal gingen sie aufeinander ein wie zwei Schwestern, manchmal auch wie gute Freundinnen, immer häufiger aber belauerten und bekämpften sie sich, als stritten sie um den besten Platz an Vaters Seite. Ihr Leben lang war Mutter gegenüber ihren Söhnen nachsichtig und herzlich, Ursula gegenüber wurde sie jedoch mit der Zeit immer kühler, die beiden vertrugen sich einfach immer weniger, vielleicht verhinderte ihr sehr ähnliches Wesen, daß ihre Beziehung sich endlich entkrampfte. Ursula heiratete dann früh, direkt nach dem Studium, noch heute hat von Heuken den Verdacht, daß sie mit dieser frühen Heirat vor allem Mutter beeindrucken wollte. Schon im ersten Jahr der Ehe bekam sie ein Kind, als die Ehe zerbrach, mußte sie ihren Sohn in ein Internat geben, die Mutterrolle hatte sie von Anfang an überfordert. Mit Fünfunddreißig war sie daher plötzlich wieder allein, sie zog sich zurück, viele behaupteten, daß sie *seltsam* wurde, jedenfalls verwandelte sie sich in eine leicht zu verletzende, in sich gekehrte Person, der Vater dann den dringenden Rat gab, sich einem Analytiker anzuvertrauen. Sie gehorchte, sie unterzog sich einer Behandlung, nach fünf Jahren hatte sie so gute Fortschritte gemacht, daß Vater ihr zum vierzigsten Geburtstag vor lauter Freude einen Verlag übertrug. Daß dieser Verlag dann wahrhaftig ein großer Halt für sie wurde, hatte er vielleicht gar nicht geahnt, sie hat es jedenfalls zum Erstaunen aller geschafft, sich all die Jahre an seiner Spitze zu behaupten, der Preis dafür ist ein abgeschiedenes, ereignisarmes, ganz dem Verlag gewidmetes Leben gewesen.

Von Heuken holt etwas aus, er erzählt von den Autorenbriefen, die er gefunden hat, und skizziert die Rolle, die Mutter im Hintergrund spielte, manche Stellen aus den Briefen sind ihm noch so gegenwärtig, daß er sie ausführlich wiedergibt. Je länger er aber von diesen Briefen und ihrem Inhalt berichtet, um so mehr fallen ihm wieder die Parallelen zwischen Mutter und Schwester auf, auch Ursula ist mit vielen ihrer Autoren sehr eng befreundet, vor allem die älteren unter ihnen betrachten sie als ihre enge Vertraute. Zum Schluß erzählt er von Vater und dem, was er gestern über die Scheidung der Eltern erfuhr, er nimmt sich Zeit für die ganze Geschichte, Ursula geht stumm neben ihm her und löst sich nicht mehr von seinem Arm.

»So, das war es«, sagt er schließlich, »ich wollte Dir das alles unbedingt noch erzählen, ich fand, Du solltest es wissen. Die Briefe all dieser Autoren verdienen Beachtung, ich könnte mir gut vorstellen, daß wir sie zusammen mit Mutters Briefen in einer schönen Ausgabe herausbringen. Mein Vorschlag wäre, daß *Du* diese Aufgabe übernimmst, dieses Buch sollte nirgendwo anders erscheinen als in *Deinem* Verlag.«

Sie gibt ihn frei und schaut ihm direkt ins Gesicht, er weiß genau, was nun in ihr vorgeht, dieses Buch wäre wie eine späte

Versöhnung von Mutter und Tochter über Jahrzehnte hinweg. Die Idee ist ihm während seiner nächtlichen Lektüre der Briefe gekommen, bis zur letzten Minute hat er sie aufgehoben, um sie noch in die Waagschale für eine Nachfolge-Entscheidung zu seinen Gunsten zu werfen. Beinahe ideal ist alles bisher für ihn gelaufen, und auch jetzt hat er das Gefühl, die ganze Geschichte genau im richtigen Moment vorgetragen zu haben. Ihre Wirkung ist so stark, wie er es vermutet hatte, Ursula scheint nicht glauben zu können, daß er die Briefe hergeben und ihr zum Geschenk machen will.

»Du willst Dich wirklich von diesen Briefen trennen?«

»Ich schenke sie Dir, ich finde, sie sollten nicht in *meinem*, sondern unbedingt in *Deinem* Verlag erscheinen, ich glaube, ich brauche das nicht zu begründen, wir beide wissen genau, wie nahe Mutter und Du einander doch letztlich wart.«

»Ja«, sagt sie, »wir waren einander sehr nahe, wir haben es nie geschafft, darüber zu sprechen, aber wir haben es beide gewußt.«

Ein kurzes Zucken geht durch ihren Körper, von Heuken greift unwillkürlich wieder nach ihrem Arm, er zieht sie langsam zu sich, und sie gibt sofort nach und lehnt sich mit ihrem Kopf an seine Schulter. Man könnte uns für ein trauriges Liebespaar halten, denkt von Heuken, einer von uns lebt noch in einer festen Beziehung, und der andere muß warten, bis diese Beziehung gelöst ist, alle paar Tage trifft man sich heimlich und wird unglücklicher von Woche zu Woche.

Von Heukens Blick geht auf den Rhein, die alten Kinderbilder sind plötzlich erneut da, er steht barfuß am schimmernden Ufer, seine Hose ist hochgekrempelt, sein weißes Unterhemd bläht sich im Wind, jemand ruft nach ihm, und er dreht sich auch sofort um, Mutter winkt ihm aus der Ferne, es ist spät am Abend, sie geht noch etwas spazieren und nimmt ihn dann mit nach Haus.

Sie stehen eine Weile ganz still, die meisten Fahrradfahrer klingeln und fahren dann in einem kleinen Bogen um sie herum, dann läßt von Heuken seine Schwester los und will sich auf den Rückweg machen.

»Ursula, kommst Du? Vater wird schon auf Dich warten.«

Als er sieht, daß sie sich nicht bewegt, geht er noch einmal zu ihr zurück.

»Ursula, komm! Laß uns zurück zum Bahnhof gehen!«

Sie packt ihn an der Hand, ihr Griff ist fest, so fest, daß er erschrickt.

»Georg, Du mußt mir versprechen, die Sache so gut zu machen, wie Du nur kannst. Ich möchte, daß Du Vaters Nachfolger wirst, in einer Woche soll das, wie Vater es sich gewünscht hat, bekanntgemacht werden.«

Sie hält noch immer hart und fest seine Hand, sie schaut ihn fordernd an, als solle er hier am Rheinufer von Köln einen Schwur ablegen. *Er* soll Vaters Nachfolger werden, jetzt ist es endlich entschieden. Ursulas Satz kam so unerwartet, daß er ihn sich noch ein zweites Mal vorsagen muß. *Er* soll es werden, nicht Christoph, nach der Buchmesse wird er in Vaters Büro sitzen, er wird Minna Zech in den Ruhestand schicken und Jana zu seiner Büroleiterin machen. Vorher wird er mit ihr aber noch verreisen, noch heute wird er versuchen, für die Woche nach der Buchmesse die schönste Suite in der *Locanda Cipriani* zu reservieren. Als er an die alte Schwarz-Weiß-Fotografie denkt, auf der die Locanda wie ein schlichtes italienisches Landhaus direkt an einem Lagunenkanal abgebildet ist, durchläuft ihn eine kurze, die ganze Brust durchflutende Welle des Glücks, hilflos umarmt er seine Schwester und wartet, bis es vorbei ist.

»Mein Gott«, sagt er, »ich kann Dir gar nicht sagen, wie erleichtert ich bin.«

»Komm, Georg«, sagt Ursula, »wir sollten jetzt wirklich zurückgehen, ich nehme mir am Bahnhof ein Taxi, und Du fährst in den Verlag.«

Von Heuken atmet tief aus, noch immer ist er die starke Empfindung einer inneren Überwältigung nicht los, die Anspannung von vielen Wochen läßt jetzt in wenigen Minuten nach, sein Blick hebt sich, eine andere, freie Zukunft steht vor ihm. Er legt seinen Arm um Ursulas Schultern, langsam gehen sie am Rheinufer zurück, er kommt sich vor wie ein junger Mann, der unbeholfen mit seiner ersten großen Liebe spazierengeht und noch nicht die richtigen Worte für seine Gefühle findet. Am liebsten gäbe er seiner Schwester jetzt einen Kuß. Er denkt kurz darüber nach, läßt es dann aber doch sein, seit Jahrzehnten hat er seine Schwester nicht mehr geküßt, nur in den frühen Kindertagen ist so etwas geschehen, aus Übermut, wenn man *Küssen* spielte und die Erwachsenen imitierte. Als müsse er anreden gegen seine Überwältigung, beginnt er statt dessen zu erzählen, er erzählt von den gemeinsamen Kindertagen, kleine Geschichten fallen ihm ein, ein richtiger Erzählstrom bricht sich plötzlich Bahn, *weißt Du noch?*, fragt er immer wieder, läßt ihr dann aber gar keine Zeit für eine Antwort, sondern reiht eine Erinnerung an die nächste, er weiß selbst nicht, was mit ihm los ist.

Als sie am Dom vorbeikommen, sagt Ursula: »Komm, laß uns kurz hineingehen und nachsehen, wer von uns beiden recht hat. Sitzt der große Topas ganz oben, unter dem Dach, oder, wie *Du* sagst, in der Mitte?«

Er stimmt sofort zu, dabei ist er ganz sicher, daß der Stein in der Mitte der Stirnseite sitzt, als Kinder hatten sie manchmal ein winziges Fernglas dabei und schauten sich den Schrein während der langen Messen aus der Ferne an. Es war ein Spiel, jeder von ihnen beiden suchte sich irgendein Detail, und der andere mußte versuchen, es in genau einer Minute zu finden.

Von der Vierung aus gehen sie in den Domchor, als sie den

Schrein gut erkennen, sehen sie auf den ersten Blick, daß sich der große Goldtopas in der Mitte der Stirnseite und ein etwas kleinerer direkt unter dem Dach befindet.

»*Du* hattest recht«, sagt Ursula.

»Nicht ganz«, antwortet von Heuken, »wenn wir unser altes Kinderspiel spielen würden, würde ich sagen zwei Punkte für mich und einen für Dich.«

»Einverstanden«, sagt Ursula, »und jetzt mach die Augen zu und sag mir aus der Erinnerung, wo genau sich auf diesem heiligen Schrein der böse Nero befindet.«

10

PETER FEIL hat seine Unterlagen auf dem großen Tisch in von Heukens Büro ausgebreitet, gemeinsam gehen sie das Layout für die beiden Dom-Bände und für die neu ins Programm aufgenommene *Köln*-Reihe durch, die Betriebsamkeit des kleinen, unruhigen Mannes stört von Heuken diesmal nicht im geringsten, er muß sich nur etwas zur Aufmerksamkeit zwingen, Ursula hat ihm ihre Entscheidung einfach zu plötzlich mitgeteilt. Bei diesem schönen Herbstwetter wird sie mit Vater im Garten sitzen, sie wird ihm ihre Entscheidung erläutern, und der alte Mann wird froh sein, daß es so gekommen ist, wie er es selber auch gewollt hat. *Aus meiner Sicht kommt an erster Stelle Georg für die Nachfolge in Frage* …, von diesem Satz in Mutters *Testamentarischen Vorschlägen* wissen nur Vater und er, er hat ihn Ursula gegenüber mit keiner Silbe erwähnt, er ist mit diesem Satz nicht hausieren gegangen. Am liebsten würde von Heuken die gute Nachricht jetzt selber sofort bekanntgeben und mit seinen engsten Mitarbeitern anstoßen und feiern, statt dessen muß er Peter Feils Überlegungen folgen und sich mit ihm in lauter Exposés und die ersten Umschlagentwürfe vertiefen. Sie werden die Kölner Stadtteile mit einer Reihe gutrecherchierter *Pocket*-Bände überziehen, von Heuken sieht die Stadt unter einem großen Teppich von Schrift langsam verschwinden, nur die Dom-Türme schauen noch aus dem Meer von Buchstaben heraus, von ihrer Höhe aus hat man die beste Aussicht auf das ganze Terrain.

Als sie mit den Planungen fertig sind, räumt Peter Feil seine Unterlagen zusammen, er hat wieder seine schwarze Umhängetasche dabei, in die er alles verstaut.

»Ach ja, Herr von Heuken, bevor ich es vergesse, ich habe noch eine kleine Überraschung für Sie.«

»Eine Überraschung, wie schön!«

»*Cip 730150*, erinnern Sie sich? Sie wollten, daß ich in Erfahrung bringe, was diese Angabe bedeutet. Wir hatten geglaubt, daß es sich um die Codenummer eines Buches oder einer Buchreihe handelt, darum handelt es sich aber nicht.«

Von Heuken hat die ganze Sache vergessen, erst jetzt erinnert er sich wieder an den kleinen Zettel, der neben dem Telefon auf dem Schreibtisch in Vaters Suite lag, er hat diesen Zettel damals in seine Tasche gesteckt und Peter Feil später gefragt, ob er wisse, was Cip 730150 bedeuten könne.

»Tja, Herr von Heuken, ich bin sicher, wir hätten nie herausbekommen, was es bedeutet, wenn ich nicht gestern abend zum Spaß diese Angabe in die Suchmaschine von *Google* eingespeist hätte. *CIP* habe ich eingegeben, und dann die sechsstellige Zahl. Und wissen Sie, welcher Treffer als erster erschien?«

Von Heuken schüttelt den Kopf, es belustigt ihn, daß Peter Feil das herausbekommen haben will, so eine Entdeckung paßt zu seiner findigen Art.

»Na los, Peter, sagen Sie schon!«

»Der erste Treffer auf die Anfrage ist die Web-Seite einer Locanda in der Lagune Venedigs, die einer Familie Cipriani gehört. Das *Cip* ist also die Abkürzung von *Cipriani*, und die sechsstellige Zahl ist nichts anderes als die Telefonnummer der Locanda. Ich habe Ihnen die Seiten gleich ausgedruckt, es handelt sich um ein sehr schön gelegenes Anwesen in der Nähe Venedigs, Hemingway soll dort in den späten vierziger Jahren zu Gast gewesen sein …«

»Peter, ich kenne die Locanda, meine Eltern haben dort ihre Flitterwochen verbracht.«

»Ihr Herr Vater war schon einmal dort? Na, dann fügt sich ja eins ins andre, vielleicht wollte er noch einmal dorthin.«

»Ja, so sieht es aus, es sieht so aus, als habe er sich das alles notiert, um noch einmal dorthin zu reisen. Es ist fantastisch, wie Sie das herausgekriegt haben, jetzt sind beinahe alle Rätsel, die sich mit der Hotelsuite verbanden, gelöst.«

»Ich verstehe Sie nicht, Herr von Heuken.«

»Ach wissen Sie, Peter, jetzt einmal ganz unter uns. Als wir uns damals, direkt nach dem Infarkt meines Vaters, im Dom-Hotel trafen, hatte ich in Wahrheit noch gar keine Ahnung, warum mein Vater so häufig dort übernachtet hatte, der alte Herr hatte diese Sache für sich behalten, deshalb habe ich mich später auch so eingehend bei Ihnen nach den genaueren Umständen erkundigt.«

»Ach so, ich verstehe. Und jetzt, jetzt wissen Sie Bescheid?«

»Nein, alles weiß ich noch nicht, ich weiß zum Beispiel noch nicht, wer die Frau war, mit der mein Vater sich des öfteren dort getroffen hat.«

»Das wissen Sie *wirklich* nicht?«

»Nein, woher denn?«

»Herr von Heuken! Sie sollten es wissen, weil diese Frau in Ihrem Vorzimmer sitzt. Ich habe sie wiedererkannt, ich dachte, ich brauche es Ihnen nicht ausdrücklich zu sagen, weil Sie es längst herausgefunden haben!«

»Jana?! Sie wollen sagen, daß Sie Jana in Begleitung meines Vaters gesehen haben?«

»Richtig, ja, diese junge Frau in Ihrem Vorzimmer habe ich in Begleitung Ihres Vaters auf der Domplatte gesehen, sie war es eindeutig, ich habe mich noch über ihre Größe gewundert, sie ist eine große Frau, die einem auffällt und deren Aussehen man nicht vergißt.«

Von Heuken macht ein paar Schritte hin zu der Fensterfront seines Büros, von der aus man heute besonders weit schauen kann. Die Herbstnebel sind längst verschwunden, das Sonnenlicht liegt breit auf dem Fluß wie eine goldene Ladung, die auf dem Weg ist zur Mündung ins Meer.

»Haben Sie etwa nichts davon gewußt, Herr von Heuken?« fragt Peter Feil.

»Nein«, sagt von Heuken.

»Habe ich jetzt etwas Falsches gesagt?«

»Neinnein, Peter«, antwortet von Heuken, »Sie haben nichts Falsches gesagt, Sie haben gut recherchiert.«

»Danke, Herr von Heuken, dann gehe ich jetzt wohl besser.«

»Ja, Peter, tun Sie das! Und lassen Sie uns bald wieder telefonieren, damit es mit unserer Reihe vorangeht.«

Von Heuken schaut sich nicht um, als Peter Feil das Büro verläßt, er blickt in die Ferne und versucht, seine Erinnerungen zusammenzubringen, Lina Eckl …, hat Lina Eckl nicht davon erzählt, daß Vater immer wieder von *Kundera* gesprochen habe, warum ist er damals nicht stutzig geworden, warum hat ihn die bloße Nennung des Namens *Kundera* nicht bereits auf Janas Fährte gebracht? Vater hat sein *Europa-Projekt* also mit Janas Hilfe betrieben, vielleicht hat sie ihn sogar auf diese Idee gebracht, *Europa* und der neue Zusammenhalt von Osten und Westen – das sind Themen, die Jana schon aufgrund ihrer Biographie interessieren müßten ..., jetzt endlich versteht er, warum sich sein Vater am Ende seines Lebens einem Projekt verschrieben hat, das er sonst nie mit diesem Nachdruck weiterverfolgt hätte. Nach Vaters Infarkt hat Jana das Lager, aber nicht das Thema gewechselt, sie ist vom Vater zum Sohn übergelaufen und hat ihm, Georg von Heuken, geholfen, das *Europa-Projekt* zu verfeinern, letztlich hat sie ihm dadurch sogar die Nachfolge seines Vaters gesichert. Daß Jana seine Nähe gesucht hätte, kann man allerdings nicht behaupten, er selbst war es, der auf sie zugegangen ist, hätte er damals nicht in einem schwachen Moment Kontakt zu ihr gesucht, wären sie vielleicht heute noch immer kein Paar. Was aber soll nun werden?

Von Heuken starrt noch immer hinaus, er hört, daß die Tür seines Büros leise geöffnet wird, Jana kommt anscheinend herein, aber er dreht sich nicht um, sondern bleibt weiter hinter der großen Fensterfront stehen. Schritte, jetzt steht sie dicht hinter ihm, sie umfaßt seine Hüften mit beiden Händen, sie lehnt sich an ihn, sie küßt seinen Nacken und schaut mit ihm hinaus, es ist das alte Bild, wie von Hopper, diesmal nur verdreht, der Mann starrt ins Sonnenlicht, er ist der Sehnsüchtige.

»Warst Du mit meinem Vater *auch* in der Philharmonie?« fragt von Heuken.

Jana schweigt. Sie löst sich langsam von ihm und macht einen Schritt zur Seite, sie stehen nun nebeneinander, sie müssen es jetzt hinter sich bringen.

»Du weißt es also«, sagt sie.

»Ja, jetzt weiß ich es, Peter Feil hat Dich in Vaters Begleitung gesehen. Seit wann warst Du mit ihm zusammen?«

»Seit etwa sechs Wochen.«

»Hast Du mit ihm in der Suite übernachtet?«

»Nein, ich habe ihn dort besucht, übernachtet aber habe ich nicht.«

»Er hatte vor, Dich zu heiraten, stimmt das?«

»Er wollte eine feste Beziehung, vom Heiraten hat er noch nicht gesprochen.«

»Und Du? Was hattest *Du* mit ihm vor?«

»Ich war noch nicht entschieden, wir waren noch nicht lange genug zusammen.«

»Wollte er mit Dir verreisen?«

»Ja, er hat davon gesprochen, mit mir zu verreisen.«

»Und wohin sollte es gehen?«

»Das weiß ich nicht, er machte daraus ein Geheimnis.«

Von Heuken sieht die kurze Szene vor dem Infarkt jetzt genau. Sein Vater sitzt am Schreibtisch der Suite, über die Telefonauskunft hat er die Nummer der *Locanda* erfahren und gerade auf dem kleinen Zettel notiert, als der Zimmerservice sich meldet. Vater steht auf und geht zum Fenster, er ruft den Kellner herein und wendet sich um, in diesem Moment bricht er zusammen.

»Ich werde die Leitung des Konzerns übernehmen«, sagt von Heuken, »nächste Woche wird man es bekanntgeben.«

Jana reagiert nicht, eine Zeitlang bleibt sie noch neben ihm stehen, dann spürt er eine leichte Berührung am Arm, sie hängt sich bei ihm ein, zum zweiten Mal heute erlebt er diese Geste, sie hat etwas Schönes, sie laßt ihn die Unruhe, die ihn befallen hat, beinahe vergessen.

»Meine Schwester ist heute in Köln zu Besuch«, sagt er leise, »ich mache mich jetzt auf den Weg, sie zu treffen, bis zum Abend werde ich fort sein.«

Sie lösen sich voneinander, er geht hinüber zum Schreibtisch und denkt noch einmal an den kleinen Notizzettel. *Cip 730150*, die Nummer der Stille des Südens.

Fährt man mit dem Fahrrad am Rheinufer entlang, macht der Fluß südlich von Köln eine Schleife. Hinter Rodenkirchen gerät man in ländliches, freies Gelände, Viehkoppeln säumen den

Treidelpfad, kurz vor einer Siedlung mit dem Namen *Weiß* gibt es eine Anlegestelle für eine Fähre, die einen zum anderen Ufer, nach *Zündorf*, bringt.

Am Nachmittag dieses Tages sitzt Georg von Heuken auf einer Bank nahe der Fährstelle und wartet darauf, daß die Fähre anlegt. Für ein paar Stunden hat er sich freigenommen und ist mit dem Fahrrad immer weiter nach Süden gefahren. Im Verlag haben die Mitarbeiter schon für die Buchmesse gepackt, am kommenden Montag werden sie die Verlagsstände in Frankfurt aufbauen. Fünf Tage Messe liegen noch vor ihm, am Mittwoch wird der Konzern die Nachricht an die Agenturen verbreiten.

Nach nichts sehnt von Heuken sich jetzt so sehr wie danach, sich für ein paar Tage an einen abgelegenen, ruhigen Ort zurückzuziehen. Eine Woche mit Jana verbringen, zum ersten Mal wären sie Tag und Nacht zusammen, ungestört. Vorher freilich müßte er Vater noch informieren und ihm erklären, warum aus dessen lange geplanter Reise in den Süden nichts wird. Jana wird nicht zu ihm zurückkehren, sie hat einen anderen Mann gefunden, einen Mann, den sie liebt. Und Clara? Clara ist noch über zwei Wochen in Frankreich, er wird ihr sagen, daß er eine kurze Auszeit nimmt, seine Begleitung wird er ihr gegenüber nicht erwähnen. Nach der Rückkehr aus Italien aber wird er sich für die Ehe oder seine Liebe entscheiden müssen, das steht ihm bevor, noch ist er nicht sicher, wie diese Entscheidung ausgehen wird, die Tage mit Jana werden ihm helfen, in dieser Sache klarer zu sehen.

Von Heuken sieht das kleine Boot auf sich zukommen, er steht auf und greift nach seinem Handy, dann gibt er die Nummer ein, die er längst auswendig weiß. Als das Fährboot anlegt, hat er das Gespräch gerade beendet und im alten Torcello nahe Venedig für die Woche nach der Buchmesse eine Suite reserviert.